外国语言文化探索与研究书系

教育部区域和国别研究基地阿拉伯研究中心（北京第二外国语学院）项目
北京第二外国语学院2012年度阿拉伯语系专业群建设经费资助项目

摩洛哥小说艺术：
从产生到发展（1942—2009）

الفن الروائي بالمغرب: من التأصيل إلى التجريب (1942—2009)

王 晶 ◎ 著

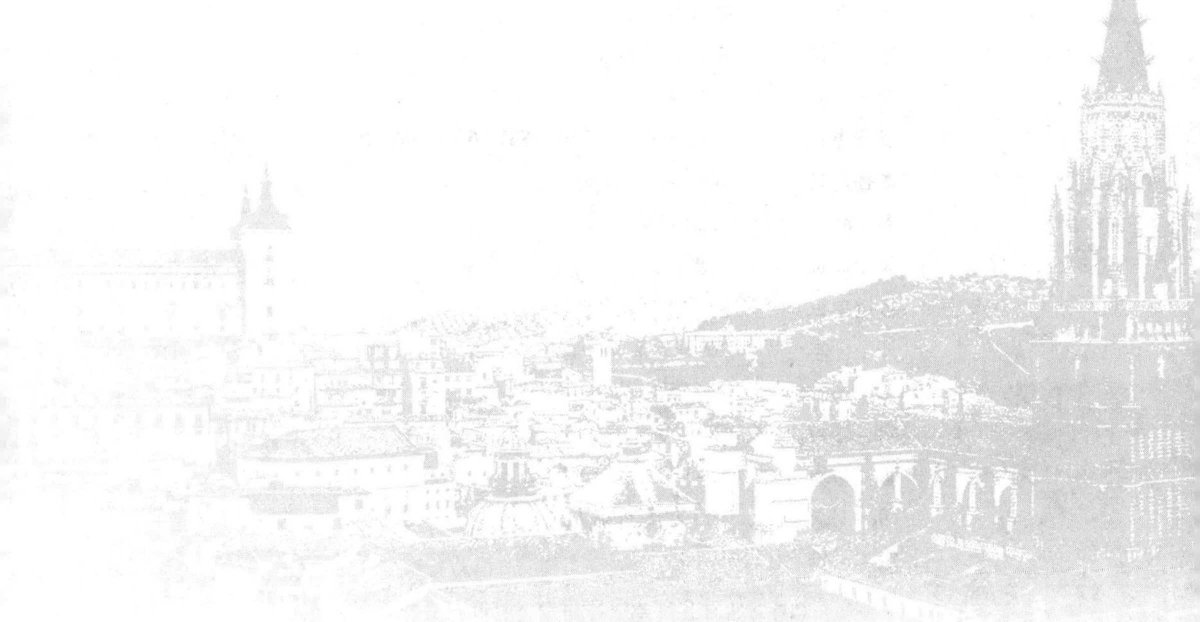

北京·旅游教育出版社

责任编辑：国丹青

图书在版编目（CIP）数据

摩洛哥小说艺术：从产生到发展：1942~2009/
王晶著. -- 北京：旅游教育出版社，2014.2
　　ISBN 978-7-5637-2670-7

Ⅰ.①摩… Ⅱ.①王… Ⅲ.①小说研究—摩洛哥—
1942~2009　Ⅳ.①I566.074

中国版本图书馆 CIP 数据核字（2013）第 123723 号

摩洛哥小说艺术：从产生到发展（1942—2009）
王晶　著

出版单位	旅游教育出版社
地　　址	北京市朝阳区定福庄南里1号
邮　　编	100024
发行电话	（010）65778403 65728372 65767462（传真）
本社网址	www.tepcb.com
E - mail	tepfx@163.com
印刷单位	河北省三河市灵山红旗印刷厂
经销单位	新华书店
开　　本	787 毫米×960 毫米　1/16
印　　张	17.375
字　　数	124 千字
版　　次	2014 年 2 月第 1 版
印　　次	2014 年 2 月第 1 次印刷
定　　价	39.00 元

（图书如有装订差错请与发行部联系）

كلمة شكر

لا يفوتني بعدما انتهيت من هذا العمل المتواضع أن أتقدم بالشكر الجزيل لأستاذي المشرف "محمد بلبول" الذي ساعدني كثيرا خلال ثلاث سنوات، إذ لولا مساعداته القيمة ونصائحه السديدة، لما استطعت إكمال هذا البحث.

كما أود أن أشكر عميد الكلية الأستاذ "عبد الرحيم بنحادة" الذي لم يبخل علي بتشجيعاته، وشكر خاص لنائب عميد الكلية الأستاذ "محمد صالحي" لثقته ومساندته لي، وأيضا شكر جزيل لعميدة الكلية السابقة بالجامعة التي أعمل فيها الأستاذة "تشانغ هونغ يي" لعنايتها وتأييدها في حياتي وعملي.

وأريد أن أشكر صديقتي "حنان" التي ساعدتني طوال مدة إقامتي بالمغرب، وكل أصدقائي الأعزاء مغاربة وأجانب وصينيين على كل ما قدموه لي.

أخيرا أود أن أتقدم بشكري الخاص لعائلتي في الصين التي تقف بجانبي رغم أني ابتعدت عنهم منذ ثلاث سنوات، لأن دعمهم هو قوتي في طلب العلم.

إهداء

أهدي بحثي المتواضع إلى أبوي وزوجي، والأساتذة الأعزاء الذين ساعدوني في كتابة هذا البحث، لكل ما بذلوا من جهود من أجلي، كما أهديه لكل المهتمين بالفن الروائي كتابا ونقادا، وكل من ساهم من بعيد أو قريب في إنجاز وإغناء هذا العمل المتواضع وإعطائه نفسا جديدا لمعالجة موضوعه المركزي.

ملخصات

إن دراسة الرواية المغربية باعتبارها جنسا أدبيا حديثا أبرزته التحولات الاجتماعية والثقافية التي عرفتها بنية المجتمع المغربي الحديث انطلاقا من استقلال المغرب إلى زمننا هذا. فإني أحاول في بحثي أن أقدم جردا تاريخيا عاما لأهم وأبرز التحولات والتغيرات التي مرت بها الكتابة الروائية المغربية من البداية إلى الآن، وهو ما يعني بعبارة أخرى هيمنة الطابع التوثيقي على التحليلي، باستثناء حالات خاصة تستدعي ذلك. تطرقت في البحث إلى الأبواب التالية:

يتخصص الباب الأول لدراسة القضايا النظرية التي ترتبط بنشأة وتطور الرواية المغربية، ونقسمه إلى فصلين: حيث نركز في الفصل الأول على مجمل الإنتاج الروائي بالمغرب من أجل تقديم ملاحظات عامة عن الرواية المغربية، أما الفصل الثاني فسنقدم في قسمه الأول لمحة عن تطور الرواية المغربية، وخصائص الروايات في كل مرحلة من المراحل الثلاث. أما القسم الثاني فسنخصصه لبسط معالم مقاربة تاريخية تنظر إلى الرواية المغربية من خلال ستة عقود، حيث يمثل كل عقد مرحلة تاريخية؛ ونقدم فيه تحليلا إحصائيا يقدم حصيلة كمية للإنتاج الروائي في ارتباط بالخلفيات التاريخية والقوة الدافعة لكل فترة، إضافة إلى ذلك، سنختار رواية أو روايتين كنموذج روائي لكل فترة خاصة.

الجدير بالإشارة أن الباب الأول لهذا البحث يرتكز على إبراز سيرورة تطور الرواية المغربية بشكل عام، وذلك على أساس ثلاثة أهداف: الأول هو يسجل الحصر البيبليوغرافي للرواية المغربية المكتوبة باللغة العربية، والمنشورة خلال الفترة الممتدة من سنة ١٩٤٢ إلى سنة ٢٠٠٩، وخصوصا بالاستعمال بيانات وجداول لتوضيح تحولات الرواية المغربية بطريقة مباشرة؛ ويقوم

الثاني على مقاربة متغيرات الإنتاج الأدبي وتحولات بنيات منتجيه وناشريه، ويقدم خصائص مسار تطور الرواية المغربية في مراحل التطور الثلاث وفي كل عقد زمني من تاريخ المغرب؛ الثالث هو تحليل وتأويل بعض النماذج الروائية حسب كل عشر سنوات، حتى تعطينا هذه الروايات فكرة عامة ومباشرة للتحولات الاجتماعية والسياسية والتغيرات في البنية والدلالة الكتابية.

إن الباب الثاني يركز على تحليل وتأويل ثلاثة نماذج روائية من مختلف الأنواع الكتابية: الرواية الواقعية "دفنا الماضي"، ورواية السيرة الذاتية "الخبز الحافي"، والرواية الجديدة "المرأة والوردة"، حيث تتمثل كل رواية مكانة متميزة في مسار تطور الرواية المغربية، وفقا لذلك قسمنا هذا الباب إلى ثلاثة فصول.

ففي الفصل الأول، الذي يخصص للرواية التاريخية، وسنركز في رواية "دفنا الماضي" لعبد الكريم غلاب، الذي ساهم بشكل دقيق ومقدار وافر في بناء صرح الرواية الإحالية في المغرب. كما ينظر إلى فترة الاستعمار وتحقيق الاستقلال في إطار الصراع الثنائي الداخلي والخارجي الذي كان بين الأجيال داخل العائلة الكبيرة من جهة، وعلاقة المغرب والغرب من جهة أخرى.

وسندرس في الفصل الثاني رواية السيرة الذاتية، من خلال رواية "الخبز الحافي" لمحمد شكري، حيث يكون نموذجا للسيرة الروائية الساذجة والفطرية، التي تقدم الخصائص البنائية للسيرة الذاتية الروائية، وتهيمن فيها الذاكرة على تقنيات السرد ومكونات الصنعة الفنية. كما يركز في هموم الجيل الجديد وخاصة أزمة الجيل المثقف ووضعه المأساوي بعد الاستقلال، كما يظهر شتى القيم السائدة والمتناقضة في المجتمع.

أما في الفصل الثالث فسندرس الرواية الجديدة، أيضا من خلال رواية "المرأة والوردة" لمحمد زفزاف. وهي رواية معقدة فنيا وفكريا ذات تركيب خاص، يعكس رؤيا متعددة للواقع وللتاريخ وللذات، ويعبر عن العالم الحقيقي وواقع العنف والتهميش الذي مر به شمال المغرب في

وسط القرن العشرين. رغم ما يبدو فيها لأول لمحة من بساطة. لذلك كان عملنا متجها نحو الغوص في أعماق هذه الرواية لإبراز أشكال التناص القائمة فيها، حتى نجعل المتلقي يتجاوز المستوى الدلالي السطحي لمفهوم الجنس مثلا، ثم يوضح من خلال اللغة والأوصاف والمشاهد، حالة التوتر والحيرة التي كان يعيشها الشابان في هذا العمل الأدبي.

内容简介

摩洛哥现代阿拉伯语小说总体成就略逊于东部阿拉伯国家，这主要有三方面的原因：一是摩洛哥的现代阿拉伯语小说历史较短，至今只有大约70年的时间。摩洛哥在独立前，小说创作尚未兴起，作家主要的创作活动是传统诗歌和麦卡梅，而不是小说；二是在法国殖民统治时期，很多摩洛哥作家是用法语而非阿拉伯语写作；三是早期的阿拉伯语小说作品表现手法单一，缺少现代小说应具备的故事性、语言性、思想性等基本要素。

摩洛哥于1956年摆脱法国的殖民统治实现独立。在法国殖民统治期间，摩洛哥的小说作品数量屈指可数，直到20世纪70年代末，小说的数量仍然非常少，总量不足50部。从80年代开始，摩洛哥小说才如雨后春笋般迅速发展起来，在短时期内取得了令人瞩目的成绩。截至2009年，已累计出版680多部阿拉伯语小说，其中有很多作品被译成几十种文字，甚至被拍成电影，在阿拉伯世界乃至国际上都享有很高的声誉。叙利亚作家协会评出的20世纪最优秀的105部阿拉伯小说中，摩洛哥小说占了7部，分别是：阿卜杜·凯里姆·胡拉布的《阿里师傅》(1971)；穆罕默德·宰弗扎夫的《女人与玫瑰》(1972)；穆巴拉克·拉比阿的《冬天的风》(1977)；穆罕默德·舒克里的《光面包》(1982)；穆罕默德·柏拉德的《遗忘的游戏》(1987)；萨利姆·哈米什的《权力的疯子》(1990)；以及穆罕默德·阿兹丁·塔奇的《灰烬时光》(1992)。

除此之外，穆巴拉克·拉比阿的小说《好人们》于1972年获得马格里布阿拉伯小说奖；穆罕默德·本阿里的小说《投票日》曾获得1991年巴黎卢特斯国际学院（Lutece）的Vermeil金奖；哈米德·哈姆戴尼的小说《汽车土路之旅》获得2002年阿拉伯小说金奖；本萨米哈·达尔维施的小说《汗莎莎石碑》获得2003年黎巴嫩努阿曼文学奖……这些奖项充分肯定了摩洛哥当代小说的特色、价值及地位。

摩洛哥现代小说从产生到现在大致经历了三个主要发展阶段：一、新生期（20世纪40年代初至50年代末）；二、成长期（20世纪60年代初至70年代末）；三、转型期（20世纪80年代初至今）。摩洛哥现代小说的发展是个动态过程，要精确地划分三个阶段的起始时间并非易事，但此举却十分必要，有助于读者全面了解摩洛哥现代小说的发展史。

在本书第一部分，着重分析介绍了摩洛哥小说发展的整体状况上。一方面对摩洛哥现代小说经历的三个发展阶段进行分别论述，展示每个阶段中，摩洛哥小说的发展变化；另一方面，将摩洛哥小说的发展，以十年为标尺，对每个阶段摩洛哥出版的小说进行统计，并归纳和总结出每个十年间摩洛哥小说的发展情况。与此同时，在每个阶段都选出一两部代表作品，并进行评论，力图从整体上勾勒出摩洛哥小说的发展情况。

在本书第二部分，着重选取了三部不同题材、并极具代表性的小说进行详细分析，分别是：现实主义小说《我们埋葬过去》、新小说《女人与玫瑰》和自传体小说《光面包》。

《我们埋葬过去》是阿卜杜·凯里姆·胡拉布于1966年发表的小说。作家以自己的故乡菲斯为背景,描写了20世纪30年代至摩洛哥独立这一时期的社会矛盾,歌颂了摩洛哥人民反抗殖民统治、争取民族独立的斗争。小说通过描写一个中产阶级大家庭两代人在殖民统治下,对待革命的不同态度和命运,揭示了新与旧、进步与保守和民族主义与殖民主义之间错综复杂的矛盾和斗争。该篇小说描写细致,小至家居摆设,大至声势浩大的节日庆祝场面,都有详尽的描述,可以说是摩洛哥小说发展史上具有里程碑意义的作品。

《女人与玫瑰》发表于1972年,是穆罕默德·宰夫宰夫的代表作品。小说开篇即以主人公朋友的身份,向读者展示了一个光怪陆离的西方世界。而接下来主人公因不满国内落后的社会状态,在朋友的劝说下来到西方世界,却发现西方世界也并非净土,只好重新回到摩洛哥,却发现自己在摩洛哥仍然找不到存在的价值和意义。

小说集中体现了新一代青年,特别是受过高等教育的青年一代,试图改变现状,在失败后所遭遇的苦闷、抑郁。同时,小说用主人公两位法国朋友来象征西方世界黑暗、堕落的一面,并揭示了社会上各种不同的价值观,集中展现了摩洛哥和西方不同的文化和价值观在主人公身上的冲突。值得一提的是,在写作手法上,作者风格细腻而深刻,运用大胆而直接的性描写来刻画并展示主人公内心的挣扎与苦闷。这在摩洛哥小说发展史上是非常少见的。

《光面包》发表于1982年,是穆罕默德·舒克里自传体三部曲的第一部。作品文字平实,但真实生动。作者以他小时候的生活轨迹为线索,描述了他从七岁到二十岁之间颠沛流离的生活,他做过各种苦工,甚至给走私犯当过脚夫,从垃圾堆中捡过食物，为了生存，他尝试过一切办法。作家写这部小说的意图并不是讲述他个人的故事，而是向读者描述20世纪三四十年代摩洛哥穷人的生活状态。

面对贫穷和饥饿，人性成为一种奢侈品。粗暴的父亲为了减轻自己的负担，亲手掐死生病的儿子；年轻的女孩沦为妓女，仅为填饱肚子；年轻人沉溺在大麻中，以忘却残酷的现实……作者凭借独特的视角、运用犀利的文字以及大胆的描写，向我们直观展示了当时摩洛哥底层人民的悲惨境地。

综上所述，摩洛哥的阿拉伯语小说创作正处于发展的重要阶段，虽然起步较晚，但由于其独特的地理位置和历史背景，其影响力在逐年增强，故事内容和艺术手法在不断创新，并积极汲取西方文学创作的新技巧和新思想，以形成具有鲜明摩洛哥特色的本土小说。我们相信摩洛哥的阿拉伯语小说会结出越来越多的硕果！

فهرس

مقدمة.. ١

الباب الأول: رؤية تعريفية لمسيرة تطور الرواية المغربية المعاصرة

الفصل الأول: مكانة الرواية المغربية ضمن الرواية العربية بصفة عامة ١٣

١ – الإنتاج الروائي في المغرب منذ نشأته ١٣

١-١ مكانة الإنتاج الأدبي المغربي في خريطة الأجناس ١٣

١-٢ وضع الإنتاج الروائي المغربي ١٥

١-٢-١ الرواية المغربية الحاصلة على الجوائز ١٦

١-٢-٢ أنماط الكتابة الروائية ١٧

١-٣ وضع الإنتاج الروائي بمختلف اللغات ١٩

١-٣-١ الرواية الأجنبية المترجمة إلى العربية ٢٠

١-٣-٢ خصائص اللغة في الرواية المغربية ٢٢

١-٤ تقنية صدور الرواية المغربية ٢٢

١-٤-١ أماكن الطبع ٢٢

١-٤-٢ جهات الطبع ٢٥

1

1-4-3 الروايات في الأجزاء 28
1-4-4 كتابة الرواية المشتركة 31
2- بعض أصناف الرواية المغربية حسب المواضيع 32
2-1 الرواية التاريخية 34
2-2 السيرة الذاتية 36
2-3 الرواية النسائية 38
2-4 الرواية القومية 43
2-5 الرواية البوليسية 45

الفصل الثاني: مسار تطور الرواية المغربية 47
1- فكرة عامة عن الرواية المغربية 47
1-1 الاتجاه الإحالي 49
1-2 الاتجاه الحداثي 50
2- تطور الرواية المغربية حسب المراحل 52
2-1 فكرة عامة عن المراحل الثلاث 52
2-1-1 خلفيات نشأة الرواية المغربية 52
2-1-2 الرواية وكتب الرحلات 53
2-2 مرحلة التأسيس 56
2-2-1 بداية الرواية المغاربية 57
2-2-2 الملامح الفنية الأساسية في مرحلة التأسيس 61

٦٣	2-3 مرحلة الانتشار ....
٦٧	2-4 مرحلة التحول ....

3- مسارات تطور الرواية المغربية حسب العقود التاريخية ٧٣

٧٣	3-1 مرحلة الحماية ....
٧٣	3-1-1 إحصاء الإنتاج في مرحلة الحماية ....
٧٥	3-1-2 واقع ظهور الرواية المغربية ....
٧٨	3-2 من بداية الاستقلال إلى نهاية الستينيات: عتبات تحول الوعي الروائي ....
٧٨	3-2-1 إحصاء الإنتاج من بداية الاستقلال إلى نهاية الستينيات ....
٨٠	3-2-2 خصائص الرواية المغربية من بداية الاستقلال إلى نهاية الستينيات ....
٨١	3-2-3 نموذج روائي: "في الطفولة" ....
٨٣	3-3 السبعينيات: نحو تجربة روائية جديدة ....
٨٣	3-3-1 إحصاء الإنتاج في السبعينيات ....
٨٥	3-3-2 خصائص الرواية المغربية في السبعينيات ....
٨٧	3-3-3 نموذج روائي: "الغربة" ....
٩٠	3-3-4 نموذج روائي: "زمن بين الولادة والحلم" ....
٩١	3-3-5 نموذج روائي: "الريح الشتوية" ....
٩٤	3-4 الثمانينيات: صدور التحول الكمي ....
٩٤	3-4-1 إحصاء الإنتاج في الثمانينيات ....
٩٦	3-4-2 خصائص الرواية المغربية في الثمانينيات ....
٩٧	3-4-3 نموذج روائي: "بدر زمانه" ....

٣-٥ التسعينيات: لحظة الطفرة الكمية ١٠٠
٣-٥-١ إحصاء الإنتاج في التسعينيات ١٠٠
٣-٥-٢ خصائص الرواية المغربية في التسعينيات ١٠٢
٣-٥-٣ نموذج روائي: "مسالك الزيتون" ١٠٥
٣-٦ العقد الأول في القرن الواحد والعشرين: تنوع الكتابة ١٠٨
٣-٦-١ إحصاء الإنتاج في العقد الأول في القرن الواحد والعشرين ١٠٨
٣-٦-٢ خصائص الرواية المغربية في العقد الأول في القرن الواحد والعشرين ١١٢
٣-٦-٣ نموذج روائي: "خطبة الوداع" ١١٤
٣-٦-٤ نموذج روائي: "دم الوعول" ١١٧
٣-٧ خلاصة الخصائص الروائية التجريبية ١٢١
٣-٧-١ التحرر من سلطة الإيديولوجية والعناية بالرواية نفسها ١٢١
٣-٧-٢ تطبيق الأشكال الجديدة في الكتابة ١٢٢
٣-٧-٣ الاهتمام بالإنسان والإنسانية ١٢٤

الباب الثاني: قراءة لنماذج الرواية المغربية

الفصل الأول: الرواية الواقعية – "دفنا الماضي" لعبد الكريم غلاب ١٣٥
١- التوطئة ١٣٥
١-١ أهمية الرواية الواقعية ١٣٧
١-٢ حياة عبد الكريم غلاب وأعماله ١٣٨

4

1-3 أسباب اختيار عبد الكريم غلاب: أزمة التاريخ	140
1-4 دفنا الماضي - الصراع والواقع	142
2 - القوتان المتعارضتان في الرواية	145
2-1 المجموعة الأولى	147
2-1-1 "الحاج محمد التهامي"	148
2-1-2 "عبد الغني"	149
2-1-3 "محمود"	150
2-2 المجموعة الثانية	150
2-2-1 "عبد الرحمن"	151
2-2-2 "عبد العزيز"	154
3 - الواقع في الرواية	155
3-1 أهمية فاس في الرواية	155
3-2 اللوحات التسجيلية والرؤية الثنائية للمجتمع	156
3-3 ما وراء خاتمة الرواية	159
4 - الصراع في الرواية	161
4-1 الصراع الداخلي	161
4-2 الصراع الخارجي	166
5 - خلاصة	166
5-1 دقة التسجيل والوصف للواقع والتاريخ	166
5-2 تعويض الصراعات الأخرى بصراع الأجيال	167

٥-٣ انتهاء الرواية بالنهاية السعيدة ١٦٧

الفصل الثاني: السيرة الذاتية – "الخبز الحافي" لمحمد شكري ١٦٩

١- التوطئة ١٦٩

١-١ حياة الكاتب وأعماله الروائية ١٦٩

١-٢ أسباب اختيار محمد شكري ١٧٠

٢- الجوع مرض مزمن ١٧٣

٢-١ الأسلوب الفني لوصف الجوع ١٧٣

٢-٢ موقف البطل الروائي أمام الجوع ١٧٦

٢-٣ آثار الجوع في حياته الباقية ١٧٨

٣- العنف ١٨٠

٣-١ العنف الأسري ١٨١

٣-٢ العنف في الشارع ١٨٣

٤ - صورة الذكورة والأنوثة في الرواية ١٨٥

٤-١ صورة الذكورة ١٨٦

٤-٢ صورة الأنوثة ١٨٩

٤-٣ العلاقة بين الرجل والمرأة ١٩١

٥- مغامرة الجنس ١٩٢

٥-١ مراقبة الأنوثة ١٩٣

٥-٢ التخيل والتجربة الجنسية ١٩٦

6- خلاصة ١٩٨	

الفصل الثالث: الرواية الجديدة – "المرأة والوردة" لمحمد زفزاف ١٩٩

1- التوطئة ١٩٩
   1-1 حياة الكاتب وأعماله الروائية ٢٠٣
2- الصراع بين المغرب والغرب ٢٠٤
   2-1 صورة المغرب ٢٠٥
      2-1-1 خيبة الأمل ٢٠٥
      2-1-2 الاحتقار من الغرب ٢٠٨
   2-2 صورة الغرب ٢٠٩
      2-2-1 المجد ٢١٠
      2-2-2 النقد ٢١٢
3- الأسلوب الفني في الرواية ٢١٦
   3-1 المسخ ٢١٦
   3-2 التعبير اللغوي ٢١٩
   3-3 الحلم والوهم ٢٢٣
4- المرأة والجنس في الرواية ٢٢٧
   4-1 من الجنس الحيواني إلى الحب الحقيقي ٢٢٧
   4-2 ما وراء الجنس ٢٢٩
5- خلاصة ٢٣٢

٢٣٣	٥-١ نقد الواقع الغرب والواقع المغربي
٢٣٤	٥-٢ الاستفادة من العناصر الغربية والعربية
٢٣٥	٥-٣ شعور التناقض تجاه المغرب والغرب
٢٤٧	خاتمة
٢٥٠	المصادر والمراجع
٢٥٦	ملحق: الجداول والرسوم البيانية في البحث

مقدمة

إن تاريخ الرواية المغربية قصير فهو لا يتجاوز في أقصى تقدير سبعة عقود. ويمكن المجازفة، من أول وهلة، بالقول إنها جنس أدبي نما وترعرع في ظل عهد الاستقلال وإن كانت بذور النشأة تعود إلى ما قبله بسنوات. مجمل القول إن الرواية، بمعناها الحديث، لم تكن معروفة قبل الاستقلال؛ وهذا بديهي لا يختلف حولها الباحثون. فقد وقر الرأي على أن الأدباء المغاربة لم يكونوا على دراية بأصول كتابتها لانتفاء الشروط الموضوعية لذلك، فجاء إنتاجهم في هذا الباب خليطا بين تقاليد سردية متنافرة فخلطوا بين المقامات، وبين الروايات المترجمة، وبين الأعمال المقتبسة، وبين القصص القصيرة، والشعر القصصي والمقالات القصصية الاجتماعية، والمقالات الإصلاحية التي صيغت في أسلوب أقرب إلى أسلوب الحكي والقص، وأبعد عن الأسلوب الفني أو الشكل الروائي بمعناه المتعارف عليه بين النقاد.

عرف تطور الرواية المغرية ثلاث مراحل مركزية: ١) مرحلة التأسيس أو مرحلة التقليد، ٢) مرحلة الانتشار أو مرحلة التشبع، ٣) مرحلة التحول أو مرحلة التجريب. وعلى هذا أساس هذا التحقيب، يمكن أن نرصد أنماطا من الأشكال السردية: الرواية التاريخية، الرواية الجديدة والتراث، الرواية الإحالية، والرواية المتعددة الأبعاد، والسيرة الذاتية. سنعمل على بلورة الإطار العام الذي حدد نشأة الرواية المغربية ووتيرة تطورها وتشكّل محافل تلقيها، من أربعينات القرن الماضي إلى بداية الألفية الثالثة.

وتجدر الإشارة إلى أن الرواية قامت أصلا على أساس التمثيل التخيلي للواقع شأنها في ذلك شأن باقي أجناس التعبير الفني في مختلف أرجاء المعمور، ولكن تمثيلها الفني اختلف من مرجعية إلى أخرى. وهنا نشير إلى أن الاختلاف كان وما زال وسيبقى قائما، إذ أن الرواية في

سيرورة مستمرة مثل سيرورة الثقافة والمجتمع.

كانت الرواية المغربية في بداية الأمر عبارة عن تقليد لمجموعة من النماذج السابقة، خاصة على مستوى قوانين وثوابت تكون جنس الكتابة الروائية. وتجسدت في هذه المرحلة الرغبة في تمثل ثوابت الكتابة الروائية عبر محاكاة وتقليد نماذج سابقة، مثلتها الرواية الغربية من جهة والرواية المشرقية التي كان لها السبق في النشأة من جهة أخرى. وتعتبر تجربة "الزاوية" (١٩٤٢) للتهامي الوزاني نموذجا لهذه البداية. إن مجمل إنتاج هذه المرحلة يتحدد في أربعة أعمال، وهي فترة امتدت إلى ما بعد الاستقلال.

وتأتي المرحلة الثانية كمرحلة تمثلت فيها الرواية المغربية، إن على مستوى الموضوعات وإن على مستوى الشكل، أصول الكتابة الروائية. وقد امتدت هذه المرحلة من التجارب والرواية الأولى التي استوفت شروط الكتابة الروائية وتمثلت ثوابتها حتى بروز أشكال التجريب المختلفة التي حاولت أن تخرج عن الأسلوب المتداول في الكتابة.

وقد كانت النزعة الواقعية الاجتماعية في هذه المرحلة خاصية مركزية في الكتابة الروائية. وإن كان هناك تطور لافت في تأصيل الجنس وتطويره، فإنه بقي يمارس وظيفته التأثيرية النفعية، في علاقته بالخطابات والصراعات الإيديولوجية، وبالتصورات السائدة عن الكتابة على مدى عقدي الستينات والسبعينات وبداية الثمانينات من القرن العشرين، والمرتبطة في أغلبها بفلسفة الالتزام التي تنطلق منها المدرسة الواقعية في الأدب.

إذا أردنا تأطير الرواية المغربية زمنيا في هذه المرحلة، فإننا نستطيع أن نزعم أن هذه المرحلة تغطي العقود الثلاثة الأولى لعهد الاستقلال. وتمثل نصوص روائية معالمها الكبرى مثل "في الطفولة" (١٩٥٧) لعبد المجيد بنجلون و"المعلم علي" (١٩٧١) لعبد الكريم غلاب؛ و"جيل الظمأ" (١٩٦٧) لمحمد عزيز الحبابي و"رفقة السلاح والقمر" (١٩٧٦) لمبارك ربيع؛ و"المرأة

مقدمة

والوردة" (١٩٧٢) لمحمد زفزاف، وغيرها من التجارب الروائية التي امتدت على مدى عقدي الستينات والسبعينات وبداية الثمانينات من القرن العشرين. فهؤلاء الكتاب لعبوا دورا كبيرا في نشر الفن الروائي الرواية وتطوره بالمغرب من خلال استيعاب تقنياته والتعامل مع الواقع الاجتماعي والسياسي لمغرب الاستقلال تعاملا روائيا. ومن ثمة استطاعت الكتابة الروائية في هذه المرحلة أن تضفي خصوصية محلية على متخيلاتها وعوالمها، وتميزت بمجموعة من الخصائص التي ترتبط بالبعد المحلي من حيث طبيعة الأحداث والفضاءات والسياقات الثقافية والاجتماعية والنفسية.

أما في ما يخص المرحلة الثالثة فتشكل أهمّ مرحلة في تاريخ تطور الرواية المغربية. بحيث تميزت الرواية المغربية بنزوعها إلى التجريب واختبار تصورات وأشكال وتقنيات جديدة في الكتابة الروائية. وبدأت وظيفة النص الروائي الشعرية والجمالية تُلقي اهتماما خاصا، وتراجعت وظيفة النص التأثيرية النفعية أو اتخذت لها أشكالا وصورا غير مألوفة تتطلب قارئا ذا كفاءات جديدة وعالية في القراءة والتلقي.

ويمكن أن نستحضر بعض النماذج لهذه المرحلة، ابتداءً من الثمانينات بظهور "الخبز الحافي" (١٩٨٢) لمحمد شكري؛ و"الفريق" (١٩٨٧) لعبد الله العروي؛ و"عين الفرس" (١٩٨٨) للميلودي شغموم؛ و"أحلام البقرة" (١٩٨٨) لمحمد الهرادي؛ و"لعبة النسيان" (١٩٨٧) لمحمد برادة؛ و"المباءة" (١٩٨٨) لمحمد عز الدين التازي؛ و"مجنون الحكم" (١٩٩٠) لبنسالم حميش...

إن الإنتاج الروائي الذي صدر في المرحلة الثالثة يمثل أكثر من نصف الإنتاج الصادر في المغرب، حيث كان عدد الروايات المغربية أكثر من مائتين. وإضافة إلى هذا كان للإنتاج الروائي المغربي حضور بارز على المستوى الأكاديمي وفي الساحة الثقافية والأدبية ما يدفعنا إلى القول إن هذا الإنتاج جعل (المغرب الروائي) يعيش على إيقاع أحداث العصر بتفاعله مع نظريات فكرية

3

وقيم أدبية. ولا شك أن الإنتاج الروائي في مرحلة التجريب، كمّا وكيفا، يمثل نقلة نوعية في مجال الكتابة الأدبية وفي مجال تطور الفكر في المغرب المعاصر.

يجوز أن نعيد صياغة هذه المراحل الثلاث بشكل آخر يأخذ بعين الاعتبار الهاجس المهيمن على الكتابة الروائية في كل مرحلة على حدة. فنتحدث مثلا عن مرحلة التقليد وتمثل ثوابت الكتابة الروائية كمرحلة أولى، ومرحلة الإيديولوجية والصراعات الفكرية كمرحلة ثانية، ثم مرحلة التجريب والبحث عن تشكيل جديد للكتابة الروائية كمرحلة ثالثة.

وإذا كانت هذه المراحل تمثل عموما مسار تطور الكتابة الروائية المغربية، فإن اهتمامنا سيتركز حول هذه المراحل الثلاث خصوصا المرحلتين الأخيرتين. ونقصد بالضبط التعريف بخرائط التجريب الروائي المغربي، والذي ولد لدينا بعض الأسئلة حول فن الرواية المغربية المعاصرة.

وبالوقوف على بعض الدراسات التي تناولت الرواية المغربية يتضح لنا أنّ أغلبها ظلت رهينة اتجاهين أساسيين:

الاتجاه الأول تناول الدراسة من زاوية سوسيولوجية تطرح قضايا الصراعات الإيديولوجية والفكرية كأسئلة محورية، لتبحث عن تجلياتها في الموضوعات التي تتداولها الرواية وفي تشكيلات مكوناتها الخطابية من شخصيات وفضاء وغيرها.

الاتجاه الثاني فينظر إليها من زاوية مكوناتها الخطابية، وإن كان لا يخلو بدوره في بعض الدراسات من منزع ربط هذه المكونات الخطابية بقضايا الإيدولوجيا والصراع الاجتماعي كما هو في الواقع. ولا يخلو كلا الاتجاهين من بعض الدراسات التي يطغى عليها هاجس التعريف ببعض المناهج التي تبلورت في الغرب.

ورغم أهمية هذه الدراسات باتجاهيها حول موضوع الرواية المغربية إلا أنه يمكن إبداء ملاحظة أساسية تتمثل في غياب دراسات وأبحاث تتناول الرواية المغربية من زاوية التجريب وتأويل

مقدمة

النصوص الروائية.

ونعتبر هذه الملاحظة منطلقا نحو تحديد إشكالية البحث التي يمكن صياغتها على الشكل التالي: "دراسة تعريفية للفن الروائي بالمغرب الأقصى من التأصيل إلى التجريب مع الوقوف على بعض النماذج الروائية المغربية للوصول إلى معرفة التطور الذي لحق هذا الجنس الأدبي شكلا ومضمونا"

وتفرز لنا هذه الإشكالية المركزية مجموعة من الأسئلة الفرعية من أهمها ما يلي:

أولا: ما هي خرائط تجريب الرواية المغربية منذ نشأتها مع تحديد الخصائص العامة في كل من مراحل تطورها؟

ثانيا: ما هي القوة الدافعة وراء الرواية المغربية؟ مع تحديد المكانة التي تحتلها ضمن الرواية العربية؟

ثالثا: ما هي كيفية اشتغال العناصر الخارجية والداخلية في الرواية المغربية، وكيفية تجسيد الأساليب والفنون الجديدة في الأعمال الروائية، ومدى إسهام هذه الهواجس في تشييد جمالية وشعرية ودلالة النص الروائي.

وعليه سنحاول من خلال مقاربات متكاملة أن نجيب عن تلك الأسئلة دون أن نغفل قضية مركزية وهي إنجاز دراسة تعريفية للفن الروائي بالمغرب الأقصى من التأصيل إلى التجريب. من أجل هذا جاءت دراستنا مقسمة إلى قسمين متمايزين موضوعاتيا، أفردنا أولهما للتعريف العام بالبعد التجريبي في الرواية المغربية، وخصصنا الآخر لتقديم الفكرة العامة لفن الرواية المغربية عبر تأويل ثلاث أنواع من النصوص الروائية التي تتكون من الرواية التاريخية والسيرة الذاتية والرواية الجديدة.

سنخصص الباب الأول لدراسة القضايا النظرية التي ترتبط بنشأة وتطور الرواية المغربية،

ونقسمه إلى فصلين: حيث نركز في الفصل الأول على مجمل الإنتاج الروائي بالمغرب من أجل تقديم ملاحظات عامة عن الرواية المغربية، أما الفصل الثاني فسنقدم في قسمه الأول لمحة عن تطور الرواية المغربية، وخصائص الروايات في كل مرحلة من المراحل الثلاث. أما القسم الثاني فسنخصصه لبسط معالم مقاربة تاريخية تنظر إلى الرواية المغربية من خلال ستة عقود، حيث يمثل كل عقد مرحلة تاريخية؛ ونقدم فيه تحليلا إحصائيا يقدم حصيلة كمية للإنتاج الروائي في ارتباط بالخلفيات التاريخية والقوة الدافعة لكل فترة، إضافة إلى ذلك، سنختار رواية أو روايتين كنموذج روائي لكل فترة خاصة.

وسيخصص الباب الثاني لدراسة المتن الذي سنعتمد عليه في البحث. وسوف نحاول أن نتناوله من ثلاث زوايا، سنطرح من خلالها المناهج الروائية، وفقا لذلك سنقسم هذا الباب إلى ثلاثة فصول. ففي الفصل الأول، الذي سيخصص للرواية التاريخية، وسنركز في رواية "دفنا الماضي" لعبد الكريم غلاب، الذي ساهم بشكل دقيق ومقدار وافر في بناء صرح الرواية الإحالية في المغرب. "وكان له فوق ذلك، التماعات من النقد الذاتي في صلب رواياته، مما يؤكد الخلافة بين المبنى والمعنى، كما يتجلى عند كاتبنا، في الفرق القائم بين إنتاجه الاستدلالي وإنتاجه السردي الذي يكشف من خلال الشخصيات والمواقف والأوصاف والحوادث والمونولوجات الداخلية، عن المكونات، ويشير، من طرف خفي، إلى الكوامن الإيديولوجية."[1]

وسندرس في الفصل الثاني رواية السيرة الذاتية، من خلال رواية "الخبز الحافي" لمحمد شكري، حيث يكون نموذجا للسيرة الروائية الساذجة والفطرية، التي تقدم الخصائص البنائية للسيرة الذاتية الروائية، وتهيمن فيها الذاكرة على تقنيات السرد ومكونات الصنعة الفنية.

أما في الفصل الثالث فسندرس الرواية الجديدة، أيضا من خلال رواية "المرأة والوردة" لمحمد زفزاف. وهي رواية معقدة فنيا وفكريا ذات تركيب خاص، يعكس رؤيا متعددة للواقع

وللتاريخ وللذات، رغم ما يبدو فيها لأول لمحة من بساطة. لذلك كان عملنا متجها نحو الغوص في أعماق هذه الرواية لإبراز أشكال التناص القائمة فيها، حتى نجعل المتلقي يتجاوز المستوى السطحي البورنوغرافي، ثم يتلمس من خلال المفردات والأوصاف والمشاهد، حالة التوتر والحيرة للشباب في هذا العمل الأدبي.

من أجل أن نحقق هذه الأهداف التي طرحناها كمحاور أساسية للبحث، سننطلق من متن تتحدد نصوصه كما يلي:

جدول الروايات المدروسة في البحث

الرواية	الكاتب	التاريخ
في الطفولة	عبد المجيد بنجلون	١٩٥٧
دفنا الماضي	عبد الكريم غلاب	١٩٦٦
الغربة	عبد الله العروي	١٩٧١
المرأة والوردة	محمد زفزاف	١٩٧٢
زمن بين الولادة والحلم	أحمد المديني	١٩٧٦
الريح الشتوية	ربيع مبارك	١٩٧٧
الخبز الحافي	محمد شكري	١٩٨٢
بدر زمانه	مبارك ربيع	١٩٨٣
مَسالك الزيتون	الميلودي شغموم	١٩٩٠
خطبة الوداع	عبد الحي مودن	٢٠٠٣
دم الوعول	محمد عز الدين التازي	٢٠٠٥

أخيرا، قبل الدخول في تفاصيل هذا الموضوع الهام، لابد من تقديم بعض التوضيحات

الضرورية موضوعا ومنهجا، منها:

أولا: سنحاول في هذا البحث إعطاء صورة جزئية وأولية عن الرواية المغربية، من خلال تحليل النماذج المذكورة، على المستوى الميكرونصي والماكرونصي، للوصول، عبر بنياتها السردية العميقة وبنياتها الخطابية السطحية، إلى إبراز مختلف العناصر البنائية التي تساهم في تحديد خرائط تطورها وإبراز دينامية خصائص الروايات المغربية منذ نشأتها.

ثانيا: لقد راعينا في اختيار هذا المتن مظهري الشمول والتنوع من بعض الزوايا. فقد حاولنا أن نأخذ بعين الاعتبار الفترة التي امتد عبرها ما يسمى بدينامية الرواية المغربية، والتي انطلقت من أربعينات القرن الماضي إلى بداية الألفية الثالثة. لهذا نجد نصوص المتن تشمل تجارب يمكن أن نعتبرها نماذج أولى في مرحلة التقليد، كما تشمل نماذج تمثل لمرحلة التشبع ومرحلة التحول. وكان وراء اختيارنا لهذا المتن بالذات - رغم وجود روايات مغربية أخرى لها قيمة معتبرة كان بالإمكان إدراجها ضمن المتن المدروس- ضيق المجال، والطابع التعريفي لبحثنا الذي لا يطمح إلى الإحاطة الشاملة والشافية بقدر ما يسعى إلى استخلاص الملامح العامة والمميزة للتجربة الروائية من خلال نماذج تمثيلية معترف بتمثيليتها من قبل المؤسسة الأدبية والثقافية بوجه عام. ويزكي هذا أن روايتي "المرأة والوردة" و"الخبز الحافي" لمحمد شكري تحظيان بتقدير في الأوساط الأدبية المحلية والعالمية، فقد أختيرتا ضمن أفضل ١٠٥ رواية عربية في القرن العشرين (صدرها اتحاد الكتاب العرب عام). ومجمل القول فإن هذه الأعمال تتجسد فيها خصائص تجريب الرواية المغربية منذ نشأتها؛ فكل ذلك سيسمح لنا بالوقوف على الأشكال المتميزة لتقديم خرائط تجريب الرواية المغربية بصفة عامة، ولتعريف فن الرواية المغربية بصفة خاصة.

ثالثا: إن التحليلات التي قمنا بها تنطلق أساسا من النص، تفكيكا وإعادة تركيب، ولا تتجاوز ذلك إلا لماما. فرغم قوة إغراء المقارنة بين بعض النصوص المغربية من جهة، والعربية من

جهة ثانية. والتي كانت ستفيد، لو تمت هذه المقارنة، في إبراز القيمة الكبيرة للنصوص الروائية المغربية وتميزها في مجال الإبداع الروائي العربي.

ومن المفيد أن نشير إلى أن هذا العمل استفاد من السيميائية والسيميائية الدينامية، والسوسيولوجية والتحليل النصي وغيرها من المناهج التي تسعى إلى تأسيس مقاربة ملائمة للنصوص الأدبية عامة، والروائية بصفة خاصة. وذلك ما يعني تحليلها وفق قواعد ومفاهيم إجرائية، في إطار يتوخى الاستفادة من مقاربات منهجية متنوعة ومتكاملة تحقق مزية التكامل المعرفي.

لقد جاءت خاتمة الأطروحة في صورة محاولة تركيب عام لما توصلت إليه قراءتنا من نتائج واستنتاجات.

وأشفعنا الكل بفهرس للمصطلحات الأساسية والمصادر والمراجع المعتمدة.

---

[١] أحمد اليبوري، "الكتابة الروائية في المغرب – البنية والدلالة "، شركة النشر والتوزيع المدارس، الطبعة الأولى، الدار البيضاء، ٢٠٠٦، ص ٩

الباب الأول

رؤية تعريفية لمسيرة تطور الرواية المغربية المعاصرة

الفصل الأول: مكانة الرواية المغربية ضمن الرواية العربية بصفة عامة

في هذا الجزء من البحث سنرصد إحصاء الإنتاج الأدبي عامة والإنتاج الروائي خاصة. سنستعين في هذا البحث بما جمعه الدكتور محمد يحيى القاسمي، ونشره في موقع اتحاد كتاب الانترنت العرب[1]، ويحتوي على بيبليوغرافيا الرواية المغربية، والرواية النسائية بالمغرب، وتجنيسات الرواية المغربية إلى حدود ٢٠٠٩. وبالرغم أننا نطمح إلى أن نقدم عرضا كاملا لمسيرة الرواية الكاملة، فإننا ندرك افتقارنا إلى بعض المعلومات الدقيقة وتفاصيلها، مما يجعلنا نسعى إلى استكمال معلوماتنا في بعض الأحيان باللجوء إلى إحصاءات الإنتاج إلى حدود سنة ٢٠٠١ أو ٢٠٠٧. ومهما يكن من أمر فإننا سنبذل كل قصارى جهدنا لتقديم خريطة تعكس تطور الرواية المغربية.

١- الإنتاج الروائي في المغرب منذ نشأته
١-١ مكانة الإنتاج الأدبي المغربي في خريطة الأجناس

بلغ عدد الأعمال الروائية الصادرة خلال الفترة الممتدة من سنة ١٩٤٢ إلى سنة ٢٠٠٩، ٦٤٨ عملا روائيا، ويمثل ذلك ٢٣% من مجمل الإنتاج الأدبي الصادر خلال الفترة الممتدة من سنة ١٩٣٢ إلى سنة ٢٠٠٧، ولكن عدد المجموعات الشعرية يبلغ ١٣٣٦ عملا،

ويمثل ٤٨٪ من مجمل الإنتاج الأدبي، إذ تضاعِف نسبتُه نسبةَ الإنتاج الروائي. ويدل هذا على أن الكتاب المغاربة يقبلون على كتابة الشعر ويهتمون به أكثر من اهتمامهم بالرواية، خصوصا في القرن الجديد، أي ما بين سنة ٢٠٠٠ وسنة ٢٠٠٩، حيث بلغ عدد المجموعات الشعرية ٧٥٤ عملا، ويبرز هذا الرقم التفوق الكمي للشعر على الرواية: أكثر من الضعف مقارنة بعدد الروايات التي بلغ عددها ٣٤٠ عملا. فيما يلي جدول وضع الإنتاج الأدبي الصادر خلال فترة ١٩٣٢ — ٢٠٠٩:

جدول وضع الإنتاج الأدبي الصادر خلال فترة ١٩٣٢- ٢٠٠٩

الإنتاج الأدبي	عدد	تراكم ٪	تاريخ النشر
الرواية	٦٤٨	٢٣	١٩٤٢-٢٠٠٩
القصص	٦٠٢	٢٢	١٩٣٨-٢٠٠٩
الشعر	١٣٣٦	٤٨	١٩٣٦-٢٠٠٩
المسرح	١٩١	٧	١٩٣٣-٢٠٠٩
مجموع	٢٧٧٧	١٠٠	

رسم بياني: وضع الإنتاج الأدبي الصادر خلال فترة ١٩٣٣- ٢٠٠٩

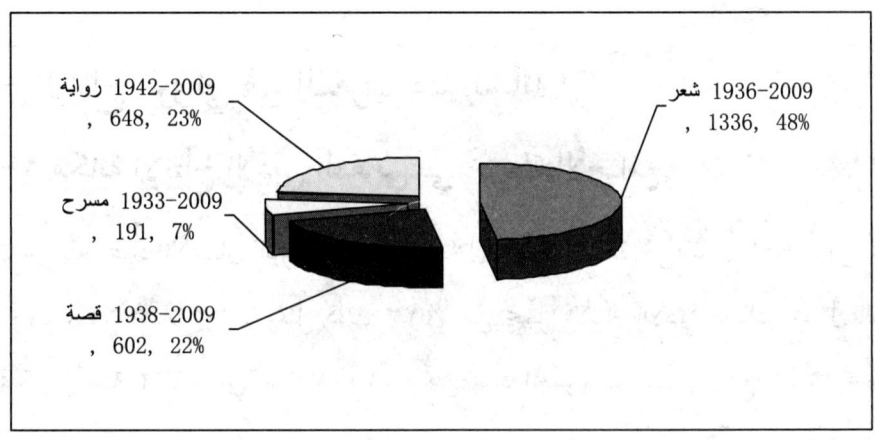

١-٢ وضع الإنتاج الروائي المغربي

وفيما يلي ملاحظات عام لتوزع الرواية المغربية حسب مختلف المراحل منذ نشأتها:

جدول توزع الإنتاج الروائي حسب مراحله ١٩٤٢- ٢٠٠٩

فترة الانتاج	عدد الأعمال الروائية	% تراكم
١٩٤٢ – ١٩٥٥	٤	١
١٩٥٦ – ١٩٦٩	١٤	٢
١٩٧٠ – ١٩٧٩	٢٥	٤
١٩٨٠ – ١٩٨٩	٧٧	١٢
١٩٩٠ – ١٩٩٩	١٨٨	٢٩
٢٠٠٠ – ٢٠٠٩	٣٤٠	٥٢
مجموع	٦٤٨	١٠٠

رسم بياني: تطور الإنتاج الروائي حسب مراحله ١٩٤٢-٢٠٠٩

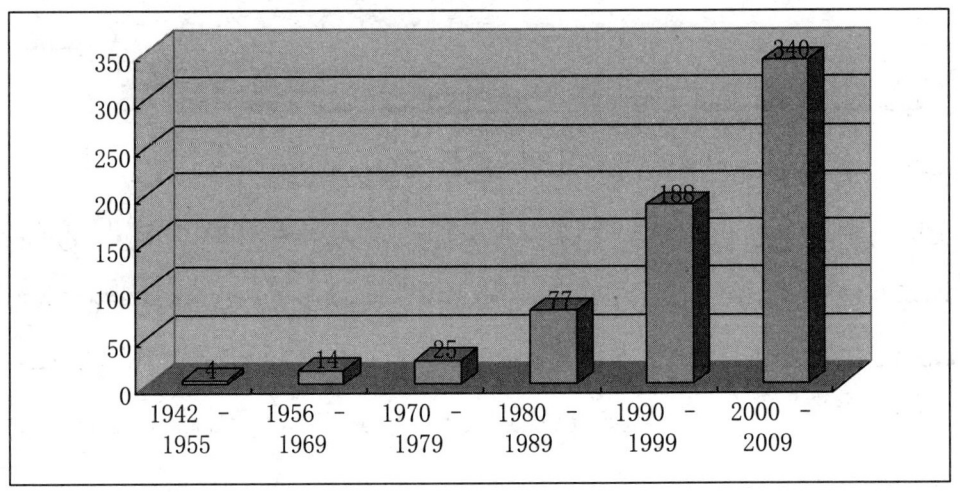

١-٢-١ الرواية المغربية الحاصلة على الجوائز

لقد حظيت بعض النصوص الروائية بتقدير وطني وعالمي كبير كرواية "الخبز الحافي" لمحمد شكري التي ترجمت إلى عدة لغات عالمية، ورواية "يوم الاقتراع" لمحمد بنعلي التي أحرزت على ميدالية ذهبية "Vermeil" بالأكاديمية الدولية بباريس "Lutece" خريف سنة ١٩٩١، ورواية "رحلة خارج الطريق السيار" لحميد لحمداني التي أحرزت على جائزة الرواية العربية لسنة ٢٠٠٢ (جائزة الملك عبد الله الثاني ابن الحسين للإبداع بعمان الأردنية) مع ميدالية ذهبية، ورواية "ألواح خنساسا" ٢٠٠٤ لبنسامح درويش والتي أحرزت على جائزة ناجي نعمان الأدبية بلبنان سنة ٢٠٠٣... وتدل هذه الجوائز والميداليات والشهادات التقديرية على مكانة الرواية في العالم العربي وجودتها الفنية وجدتها في طرح القضايا الإنسانية الشائكة والجريئة.

وبالإضافة إلى ذلك، فاز طاهر بن جلون في عام ١٩٨٧ بجائزة غونكور المتميزة عن روايته "الليلة المقدسة" التي ترجمت إلى ٤٣ لغة إلى جانب روايته "طفل الرمال". وحصل أيضا على الجائزة الكبرى للآداب من مؤسسة نور الدين أبا عام ١٩٩٤، رغم أنه يكتب باللغة الفرنسية.

ومن ناحية أخرى، صدر اتحاد الكتاب العرب العام قائمة أفضل ١٠٥ رواية عربية في القرن العشرين، حيث منها سبع روايات مغربية: "المعلم علي" ١٩٧١م لعبد الكريم غلاب، و"المرأة والوردة" ١٩٧٢م لمحمد زفزاف، و"الريح الشتوية" ١٩٧٧م لمبارك ربيع، و"الخبز الحافي" ١٩٨٢م لمحمد شكري، و"لعبة النسيان" ١٩٨٧م لمحمد برادة، و"مجنون الحكم" ١٩٩٠م لبنسالم حميش، و"أيام الرماد" ١٩٩٢م لمحمد عز الدين التازي... فإن هذه الأعمال تمثل بصفة عامة في خصائص الرواية المغربية وتجريب فن الرواية المغربية منذ نشأتها.

١-٢-٢ أنماط الكتابة الروائية

عرفت الرواية المغربية في الجهة الشرقية على مستوى التجنيس والتشكيل النوعي عدة أنماط فنية حسب ما جمعه الأستاذ جميل حمداوي،[٢] ويمكن إجمالها في الأشكال التالية:

جدول أنماط الكتابة الروائية

رقم	تجنيسات الرواية	رواية	كاتب	تاريخ
١	الرواية العمالية	المعلم علي	عبد الكريم غلاب	١٩٧١
		الريح الشتوية	مبارك ربيع	١٩٧٧
		يوم الاقتراع	محمد بنعلي	١٩٩٣
		سيرة للعته والجنون	جلول قاسمي	٢٠٠٢
		الجبال لا تسقط	سعدية أسلايلي	٢٠٠٦
٢	الرواية الرومانسية	ملكة جمال المتوسط	مصطفى الحسني	٢٠٠٠
		زفاف الجنازة	حميد خيدوس	٢٠٠٣
٣	الرواية البيكارسكية	الخبز الحافي	محمد شكري	١٩٨٢
		الشطار	محمد شكري	١٩٩٢
		جذور الضباب	ميمون الحسني	٢٠٠٦
٤	الرواية الأوطبيوغرافية	في الطفولة	عبد المجيد بنجلون	١٩٥٦
		الخبز الحافي	محمد شكري	١٩٨٢
		أوراق	عبد الله العروي	١٩٨٩
		الشطار	محمد شكري	١٩٩٢

		حفريات في الذاكرة	محمد عابد الجابري	١٩٩٧
		غابة الإشارات	عبد الكريم برشيد	١٩٩٩
		وجوه	محمد شكري	٢٠٠٠
		الجمرة الصدئة	عمرو القاضي	٢٠٠٧
٥	الرواية السياسية	البرزخ	عمرو القاضي	١٩٩٦
		الطائر في العنق	عمرو القاضي	١٩٩٨
		رائحة الزمن الميت	عمرو القاضي	٢٠٠٠
٦	الرواية السينمائية	صراع القبائل	عبد الله عاصم	١٩٦٦
٧	الرواية الرمزية	رحلة خارج الطريق السيار	حميد لحمداني	٢٠٠٠
٨	الرواية الواقعية الاجتماعية	أمواج الروح	مصطفى شعبان	١٩٩٨
		الرقص على الماء	الحسين الطاهري	٢٠٠٢
		مقاتلات أحفير	عمرو جلول	٢٠٠٥
٩	الرواية الفانطاستيكية	الجرذان	يحي بزغود	٢٠٠٠
١٠	الرواية الأسطورية	طوق السراب	يحي بزغود	٢٠٠١
١١	الرواية المناقبية	جنوب الروح	محمد الأشعري	١٩٩٦
١٢	الرواية الشاعرية	رحيل البحر	محمد عز الدين التازي	١٩٨٣
		لعبة النسيان	محمد برادة	١٩٨٧
		أرني كيف أمسك القمر	ميمون كبداني	٢٠٠١
		مدارج الهبوط	جلول قاسمي	٢٠٠٥

١٣	الرواية النسائية	أغنية لذاكرة متعبة	حليمة الإسماعيلي	٢٠٠٤
		الجبال لا تسقط	سعدية أسلايلي	٢٠٠٦

١-٣ وضع الإنتاج الروائي بمختلف اللغات

بلغ عدد الروايات الصادرة من سنة ١٩٤٢ إلى ٢٠٠٧ في المغرب التي كتبت، علاوة على العربية، بالأمازيغية والفرنسية والإسبانية والإنجليزية، ١٠٨٠ رواية، وفيما يلي جدول لتوزيع الرواية على اللغات المتداولة في المجال الثقافي المغربي:

جدول إنتاج الروايات المغربية المكتوبة باللغات المختلفة ١٩٣٤-٢٠٠٧

الإنتاج الروائي	عدد الروايات	تراكم %	تاريخ النشر
الرواية المكتوبة العربية	٥٩٢	٥٤	١٩٤٢-٢٠٠٧
الرواية المكتوبة الأمازيغية	٥	٠	١٩٩٧-٢٠٠٥
الرواية المكتوبة بالفرنسية	٥٠١	٤٦	١٩٣٤-٢٠٠٧ [٣]
الرواية المكتوبة بالإسبانية	١٢	١	١٩٩٣-٢٠٠٦
الرواية المكتوبة بالإنجليزية	٥	٠	٢٠٠١-٢٠٠٥
مجموع	١١١٥	١٠٠	

يتبين من الجدول أعلاه أن جل الإنتاج الروائي المغربي مكتوب بالعربية والفرنسية، إذ تحتل الرواية العربية والرواية الفرنسية تسعة وتسعين بالمائة من الإجمال الروائي. وخصوصا أن عدد الرواية المكتوبة بالفرنسية كبير جدا مقارنة بالروايات المكتوبة بلغات أخرى مثل الإنجليزية والإسبانية والأمازيغية. والأمر يرجع إلى أن الاستعمار الفرنسي ترك حضورا قويا بعد الاستقلال وتجلى هذا

في الارتباط الوثيق للنخبة المثقفة بما فيها النخبة المشتغلة بالفكر والأدب بالتقاليد الثقافية الفرنسية. وإضافة إلى هذا مازالت اللغة الفرنسية تمارس دورا في تحقيق التميز والارتقاء الاجتماعيين. من هنا أهمية الفرنسية في حياة المغاربة اليومية، وإنّها لظاهرة لطيفة وخاصة مقارنة بالوضع في الدول العربية الأخرى.

١-٣-١ الرواية الأجنبية المترجمة إلى العربية

يبلغ عدد الروايات المترجمة إلى العربية في المغرب بين ١٩٤٢-٢٠٠٢ عشرين رواية، وأغلبها مترجمة من الفرنسية إلى العربية. حيث يحتل طاهر بنجلون[٤] المرتبة الأولى في لائحة الكتاب، فعشرة من أعماله ترجمت إلى العربية. ويليه في المرتبة الكاتب إدمون عمران المليح، بأربعة أعماله مترجمة إلى العربية. ثم عبد اللطيف اللعبي وإدريس الشرايبي وعبد الكبير الخطيبي. أما من ناحية المترجمين، فإن محمد الشركي هو أكثر مساهمة في الترجمة، قد ترجم على الأقل خمس روايات إلى العربية، وهذا جدول الروايات المترجمة إلى العربية بالتفصيل:

جدول الروايات المترجمة إلى العربية

كاتب	رواية	مترجم	تاريخ النشر
طاهر بنجلون	محا المعتوه محا الحكيم	صالح القرمادي	١٩٨٢
	حرودة	رشيد بنحدو	١٩٨٢
	صلاة الغائب	محمد طرشونة محمد الشركي	١٩٨٥
	غزالة .. وتنتهي العزلة	رشيد بنحدو	١٩٨٧

الباب الأول: رؤية تعريفية لمسيرة تطور الرواية المغربية المعاصرة

	ليلة القدر	محمد الشركي راجعها محمد بنيس	١٩٨٧
	يوم صامت في طنجة	شفيق السيد صالح	١٩٩٣
	طفل الرمال	محمد الشركي	١٩٩٤
	المرتشي	مبارك وساط	١٩٩٤
	ليلة الغلطة	روز مخلوف	١٩٩٨
	الكاتب العمومي	علي باشا	١٩٩٨
إدمون عمران المليح	أيلان أو ليل الحكي	علي تيزلكاد	١٩٨٧
	ألف عام بيوم واحد	أحمد صبري	١٩٩١
	المجرى الثابت	محمد الشركي	١٩٩٣
	عودة أبو الحكي	حسان بورقية	٢٠٠٠
عبد اللطيف اللعبي	مجنون الأمل	علي تزلكاد والمؤلف	١٩٨٣
	يوميات قلعة المنفى	*٥	١٩٨٥
	تجاعيد الأسد	محمد الشركي	١٩٨٩
إدريس الشرايبي	الحضارة أماه	محمد الشاوش	١٩٨٤
	بوابة الماضي	محمد عجينة	١٩٨٦
عبد الكبير الخطيبي	الذاكرة الموشومة	طرس الحلاق	١٩٨٤
	صيف في ستوكهولم	فريد الزاهي	١٩٩٢

١-٣-٢ خصائص اللغة في الرواية المغربية

لا يمكن الحديث عن الرواية المغربية دون التطرق إلى اللغة الروائية كمكون من مكوناتها، منذ مرحلة التأسيس الأولى إلى مرحلة التجريب الثالثة، بالنسبة للغة المقامة والمقالة، بدرجات متفاوتة لطبيعتها التعددية، واستيعاب اللهجات العامية الدارجة والمفردات والصيغ الفرنسية، في الحوارات أولا، وفي السرد ثانيا، ثم في النص ثالثا، مع احتفاظها للفصحى بالموقع المركزي الذي يتيح لها أن تكون اللغة الحاضنة لمختلف أشكال التعبير الفئوي والطبقي والقومي.

إن اللغة في الإنتاج الروائي المغربي، تتأرجح بين المحافظة على الفصحى والدعوات إلى تبني اللغة العامية والارتقاء بها إلى مستوى التعبير الأدبي. وقد مالت الكفة نحو موقف متوازن بحكم أن إقصاء العامية أو الفصحى كليا من الكتابة الروائية ليس موقفا ملائما لما يفرضه واقع التلقي وضرورة الانفتاح، في إطار إثراء وتطوير وصيانة الفصحى والرفع من مستوى العامية على مستوى التعبير الأدبي.

يعتبر توظيف الدارجة في الرواية المغربية، ضمن حدود معقولة، مبرّرا فنيا وايدولوجيا، غير أنه تجاوز تلك الحدود، كما يلاحظ في حالات قليلة، مما يجعل ذلك التوظيف ذا طابع إشكالي على المستويين القومي والإبداعي على السواء، وما يفضي إلى الحيلولة دون أي تواصل حقيقي بين المبدع والمتلقي.

١-٤ تقنية صدور الرواية المغربية

١-٤-١ أماكن الطبع (لروايات الصادرة ما بين ١٩٤٢ - ٢٠٠٩)

شهدت الرواية المغربية في المنطقة الشرقية انتعاشا كبيرا منذ العقود الأخيرة من القرن المنصرم وبداية العقد الأول من هذا القرن وذلك على المستويين الكمي والنوعي. وتضم المنطقة

الشرقية ستة أقاليم متباينة في المساحة والساكنة حسب التقسيم الإداري والجهوي الذي تبنته الحكومة وهي: الناظور وبركان ووجدة وجرادة وفجيج وتاوريرت. فيما يلي جدول أماكن الطبع للرواية المغربية الصادرة خلال فترة ١٩٤٢- ٢٠٠٩:

جدول أماكن الطبع للرواية المغربية خلال فترة ١٩٤٢ – ٢٠٠٩

داخل المغرب	عدد الروايات	تراكم %	خارج المغرب	عدد الروايات	تراكم %
الدار البيضاء	٢٣٨	٣٨	بيروت	٢٤	٤
الرباط	١٤٨	٢٣	مصر	١٠	٢
مراكش	٣٩	٦	ليبيا	٤	١
القنيطرة	٢٦	٤	بغداد	٣	١
المحمدية	٢٥	٤	تونس	٣	٠
طنجة	٢٤	٤	سوريا	٣	٠
وجدة	١٩	٣	الأردن	٢	٠
فاس	١٤	٢	الجزائر	١	٠
تطوان	١٠	٢	لندن	١	٠
مكناس	٧	١			

بركان	٦	١			
بني ملال	٤	١			
الجديدة	٤	١			
آسفي	٤	١			
سلا	٣	٠			
إنزكان	٢	٠			
الناظور	٢	٠			
الدشيرة	١	٠			
خريبكة	١	٠			
ميضار	١	٠			
الرشيدية	١	٠			
ورزازات	١	٠			
مجموع داخل المغرب	٥٨٠	٩٢	مجموع خارج المغرب	٥١	٨
مجموع	٦٣١[6]				

يتضح من الجدول أعلاه أن اثنتين وعشرين مدينة مغربية فقط هي التي ساهمت في نشر

الروايات المذكورة، وتحتل الدار البيضاء المرتبة الأولى من ناحية النشر إذ ساهمت بطبع حوالي مائتين وأربعين رواية، لتصل إلى نسبة ثمانية وثلاثين بالمائة من مجموع الإنتاج الروائي في المغرب، وهذا ما يؤكد دورها الكبير والعظيم في النشر. وتأتي الرباط في المرتبة الثانية بما يقارب مائة وخمسين رواية، وتحتل ثلاثة وعشرين بالمائة من مجموع الإنتاج الروائي، باعتبار أن هاتين المدينتين نشرتا أكثر من ستين بالمائة من مجموع الإنتاج الروائي في المغرب، وقدمتا مساهمة ملحوظة في النشر. أما خارج المغرب فقد ساهمت ثمانية أقطار عربية في نشر خمسين رواية مغربية، في مقدمتها مدينة بيروت التي نشرت دور نشرها أربعا وعشرين رواية مغربية، تليها مصر بعشر رواية. ونشرت رواية واحدة خارج القطر العربي وكانت تحديدا بلندن .

١-٤-٢ جهات الطبع

(الرواية المغربية المكتوبة بالعربية الصادرة ما بين ١٩٤٢- ٢٠٠٩)

فيما يلي جدول جهات الطبع للرواية المغربية الصادرة خلال فترة ١٩٤٢- ٢٠٠٩:

جدول جهات الطبع للرواية المغربية خلال فترة ١٩٤٢- ٢٠٠٩

الهيئة أو المؤسسة أو الجمعية	رواية	كاتب	تاريخ النشر
اتحاد كتاب المغرب	أبراج المدينة	محمد عز الدين التازي	١٩٧٨
	ليل الشمس	عبد الكريم جويطي	١٩٩١
	بين الجدران	أحمد الطاهري الإدريسي	١٩٩٥

	أوراق عبرية	حسن رياض	١٩٩٧
	حطب الليالي	سعيد الشرقاوي	٢٠٠٠
	عند اللقاء	عبد الرحيم فريد	٢٠٠٠
	مدارج الهبوط	جلول قاسمي	٢٠٠٥
	شيء يستحق الوطن	حسن طارق	٢٠٠٦
	بعيدا عن بوقانا	عبد الحكيم معيوة	٢٠٠٧
	فراشات هاربة	عبد الكريم الطبال	٢٠٠٧
منشورات وزارة الثقافة (المغرب)	الأعمال الكاملة لمحمد زفزاف	محمد زفزاف	١٩٩٩
	يوميات مهاجر سري	رشيد نيني	١٩٩٩
	نساءاء آل الرندي	الميلودي شغموم	٢٠٠٠
	الأعمال الكاملة	عبد الكريم غلاب	٢٠٠١
	الأعمال الكاملة	محمد عز الدين التازي	٢٠٠٤
	وشم في الذاكرة	عبد القادر خلدون	٢٠٠٤
	أستاذ على السفح	عزيز الشدادي	٢٠٠٥
	الأعمال الكاملة	الميلودي شغموم	٢٠٠٥
	وشم في الذاكرة	عبد القادر خلدون	٢٠٠٥
	الطريق إلى ١٦ ماي	الحسن أشهبون	٢٠٠٦
	قبل أن تغيب	عبد المجيد بنسودة	٢٠٠٨

	الشمس		
	الأعمال الكاملة	مبارك ربيع	٢٠٠٩
	زاوية العميان	حسن رياض	٢٠٠٩
منشورات الرابطة	الحجاب	حسن نجمي	١٩٩٦
	فراق في طنجة	عبد الحي مودن	١٩٩٦
	جنوب الروح	محمد الأشعري	١٩٩٦
	رائحة الجنة	شعيب حليفي	١٩٩٦
	ملك اليهود	يوسف فاضل	١٩٩٦
	الذاكرة الموشومة (الطبعة الثانية)	عبد الكبير الخطيبي	١٩٩٨
	ثلاثية الرباط	عبد الكبير الخطيبي	١٩٩٨
	مدينة براقش	أحمد المديني	١٩٩٨
اتحاد كتاب العرب (سوريا)	أيام الرماد	محمد عز الدين التازي	١٩٩٢
رابطة أدباء المغرب	العجب العجاب	أحمد المديني	١٩٩٩
رابطة الأدب الإسلامي	العائدة	سلام أحمد إدريسو	١٩٩٥
الزمان المغربي	إملشيل	سعيد علوش	١٩٨٠
منشورات شؤون جماعية	ذاكرة من زجاج / من ذكريات المهجر	العربي مجدول	١٩٩٤

منتدى رحاب بوجدة	الجرذان	يحي بوزغود	٢٠٠٠
	طوق السراب	يحي بزغود	٢٠٠١
منشورات المندوبية السامية للأشخاص المعاقين	رحلة العطش / الصوت المبحوح	محمد بنعلي	١٩٩٦
منشورات وزارة الإعلام العراقية	أرصفة وجدران	محمد زفزاف	١٩٧٤
	عناصر منفصمة	محمد الأحسايني	١٩٨٤

١-٤-٣ الروايات في الأجزاء

قد صدر العديد من الروايات المكونة من أجزاء، ويبلغ عدد المجموعة من هذا نوع من الروايات عشر مجموعات. وهي إما مكونة من جزئين، وإما من ثلاثة أجزاء، وهناك الروايات ذات أربعة أجزاء، رغم أن بعضها لا يكمل بعض. فيما يلي جدول لهذه الروايات:

جدول الروايات في أجزاء

الأجزاء	كاتب	رواية	تاريخ النشر
في جزأين	عبد المجيد بنجلون	في الطفولة — ج ١	١٩٥٧
		في الطفولة — ج ٢	١٩٦٨
	موليم العروسي	مدارج الليلة الموعودة	١٩٩٣
		مدارج الليلة البيضاء	١٩٩٤
	عبد الغني أبو العزم	الضريح	١٩٩٤

		الضريح الآخر	١٩٩٧
	العربي باطما	الرحيل	١٩٩٥
		الألم	١٩٩٨
	عبد اللطيف البياتي	الليالي – ج ١	١٩٩٦
		الليالي– ج ٢	١٩٩٨
	أحمد سلام إدريسو	شجرة المريد – ج ١ – بئر السيد	١٩٩٩
		شجرة المريد – ج٢ – شبح الجفري	١٩٩٩
	عاشور عبدوسي	حكايا للاستيقاظ (١)	٢٠٠١
		حكايا للاستيقاظ (٢)	٢٠٠٥
	خليد التباعي	رواية ولد الطالب – تباشير الصباح	٢٠٠١
		رواية ولد الطالب – بصمات الليل	٢٠٠٤
	عبد الله العروي	خواطر الصباح (يوميات)	٢٠٠٢
		خواطر الصباح : حجرة في العنق	٢٠٠٥
في ثلاثة أجزاء	محمد شكري	الخبز الحافي	١٩٨٢
		الشطار\ زمن الأخطاء[7]	١٩٩٢
		وجوه	٢٠٠٠
	مبارك ربيع	درب السلطان – ج١ – نور	١٩٩٩

		الطلبة	
		درب السلطان – ج٢ – ظل الأحباس	١٩٩٩
		درب السلطان –ج٣ – نزهة البلدية	١٩٩٩
	محمد عز الدين التازي	زهرة الآس ١ : واد رشاشة	٢٠٠٣
		زهرة الآس ٢ : شم النسيم فجنان السبيل	٢٠٠٣
		زهرة الآس ٣ : دار الدبيبغ	٢٠٠٣
	محمد الصالح العمراني	جيل الانبهار – ج ١	٢٠٠٣
		جيل الانبهار – ج٢	٢٠٠٦
		جيل الانبهار – ج ٣	٢٠٠٧
	عبد القادر امهاود	الاستفاقة – ج ١ (المثلث) [٨]	١٩٩٨
في أربعة الأجزاء	محمد واحي	الماضي المركب – ج ١ – آخر فرسان آيت واكمار	١٩٩٤
		الماضي المركب – ج ٢ – المواسين	١٩٩٦
		الماضي المركب – ج ٣ – نهاية السد	١٩٩٧
		الماضي المركب – ج ٤ – البهجة	١٩٩٨

١-٤-٤ كتابة الرواية المشتركة

تتميز الرواية المغربية بخاصية أخرى وهي اشتراك الروائيين في كتابة رواية واحدة، وهو أمر ينطبق على الشعر والقصة كذلك. ويبلغ عدد هذا النوع من الروايات ستة وهي:

جدول كتابة الرواية المشتركة

كاتب	رواية	تاريخ النشر
عبد الحميد الغرباوي إدريس الصغير	ميناء الحظ الأخير	١٩٩٥
عبد الإله الحمدوشي ميلودي حمدوشي	الحوت الأعمى (رواية بوليسية)	١٩٩٧
عبد الإله الحمدوشي ميلودي حمدوشي	القديسة جانجاه (رواية بوليسية)	١٩٩٩
علي لهروشي شكري سرفيس	الحب والعاصفة	١٩٩٩
جمال الدين بن الصغير رحيمو حجوب	مذكرات مهاجر مغربي: الزواج الأبيض	٢٠٠٣
عبد الإله بنهدار علي الميساوي	وتشابكت الخيوط	٢٠٠٦

٢ – بعض أصناف الرواية المغربية حسب المواضيع

كثيرا ما نسمع أنها رواية عاطفية أو غرامية أو رواية اجتماعية أو سياسية، أو رواية رمزية، ولكن ليست كل هذه التصنيفات صحيحة. "فالرواية باعتبارها نثرا، تحتمل في بعض الأحيان جلّ هذه التصنيفات. وقد شبه بعضهم الرواية بكرة حمراء موضوعة إلى جانب الضوء، فمن أي جهة نظرت اليها كان السطح الذي تراه هو أكثرها احمرارا. فالرواية يمكن أن تصنفها بالرواية العاطفية، أو الغرامية، لأنك تنظر اليها من هذا الجانب. لكنك من الممكن أن تنظر اليها من جانب آخر فتصنفها باعتبارها رواية اجتماعية، أو فلسفية، أو تجريبية، أو أي شيء آخر."[٩]

أما بالنسبة للرواية المغربية المكتوبة بالعربية فتنوعت تجنيساتها تنوعا لم تشهده باقي الأقطار العربية. وقد حصرت هذه التجنيسات في اثنى عشر حقلا معجميا، ولكل حقل عديد من التجنيسات الفرعية حسب ما جمعها الدكتور محمد يحيى القاسمي في نهاية عام ٢٠٠٨[١٠]. وفيما يلي تفاصيل لتجنيسات الرواية المغربية:

جدول توضيح لتجنيسات الرواية المغربية

رقم التجنيس	حقل معجمي	عدد تجنيسات	تفاصيل التجنيسات
١	الرواية	٢٦	رواية دالت على تجنيس مجرد – رواية اجتماعية – رواية اجتماعية انتقادية – رواية تاريخية – رواية أندلسية\مغربية تاريخية – رواية وطنية تاريخية – سلسلة القصص التاريخية – رواية بوليسية – رواية سينمائية – رواية أطروحة – رواية فلسفية من أجل التجاذبات الإنسانية – رواية

			قصصية – الرواية الفائزة بالجائزة الثانية – رواية قصيرة – روايات قصيرة جدا – رواية شعرية – رواية تمثيلية – رواية مسرحية – رواية من الخيال العلمي – رواية الفتيان – رواية للصغار الكبار – الجزء الأول من رواية – رواية الرحلة الأولى – روايتان – مجموعة روايات – نص روائي
٢	السيرة	١١	سيرة مقرونة بالذات – سيرة ذاتية بفضاء السجن أو السجين – سيرة مقرونة بفضاء الهجرة – سيرة روائية – وسيرة ذاتية روائية – رواية معطوفة على السيرة الذاتية – سيرة موضوعية روائية – سيروايه – نص سيروائي – سيرة ذهنية – سيرة ذهانية.
٣	القصة	٥	قصة – قصة ثلاثية – قصة اجتماعية – قصة من الواقع – قصة من صميم المجتمع
٤	المذكرات	٦	مذكرات – مذكرات شخصية – مذكرات مهاجر مغربي – مذكرات مضافة إلى فضاء السجن – ذكريات – ذاكرة ارتباط بالهجرة أو البطالة
٥	اليوميات	٣	تجنيس مضاف إلى فضاء السجن – تجنيس مضاف إلى فضاء الهجرة – تجنيس مضاف إلى فضاء القرية
٦	المحكيات	١	محكيات – وقد تبنى هذا التجنيس محمد برادة
٧	التخييل الذاتي	١	هو تجنيس سطر من لدن روائي واحد هو عبد القادر الشاوي في عمليه "دليل المدى" و"من قال أنا"

٨	الخواطر	١	يتمثل في "بوح الذات" للطيفة الهراج، و"خواطر الصباح: حجرة في العنق" لعبد الله العروي
٩	الرحلة	١	يتمثل في مجهولة وغريب: "رحلة تيه وأمل" لمحمد أفار
١٠	النص	٢	نص: تجنيس مجرد – نصوص سردية
١١	الملحمة	١	يتمثل في "صهيل منتصف الليل" للحسين الحياني
١٢	الكتابة	١	يتمثل في "أورشليم والمطر" لعلى بعروب
المجموع		٥٩	

قد استعمل بعض الدارسين ونقاد الرواية عديدا من المصطلحات لتصنيف الرواية المغربية، سواء من حيث المضمون أو من حيث الشكل أو تقنيات السرد، سنقدم فيما يلي بعض النوعيات للرواية:

٢-١ الرواية التاريخية

كما شرح الأستاذ إبراهيم خليل في كتابه عن الرواية التاريخية، "فالقارئ حين يقرأ رواية تاريخية لا بد من أن يقع فيها على حوادث، وعلى أشخاص، وقد تتخللها حبكة عاطفية غرامية، أو معالجة لمسائل اجتماعية: كالفقر، أو الجوع، أو الظلم الاجتماعي. وقد نجد فيها أيضا مواقف سياسية، وأخرى دينية، ومع ذلك نسميها رواية تاريخية، ولا نصنفها ضمن الروايات الغرامية أو العاطفية، أو السياسية، أو الدينية. وبصرف النظر عن ذلك كله تختلف الرواية التاريخية عن التاريخ باعتمادها الانتخاب، والترتيب، والإضافة، والحذف، وتحليل الشخوص، والتخييل، بهدف بث الحياة في الهياكل التاريخية لتبدو للقارئ وكأنها حاضر يعيشه الراوي، ولكن لا يجوز أن يقحم الكاتب في التاريخ عناصر تجعله يبدو مختلفا عما هو معروف. اذ ينبغي أن تستند الرواية التاريخية

لحوادث لها قيمتها التاريخية، وقد تم تدوينها في السابق. أما اذا تضمنت الرواية حوادث لها قيمة تاريخية، بيد أنها لم تدون في السابق، فهي بهذا المعنى لا تعد رواية تاريخية."^11

لا يتعدى عدد الروايات التاريخية أو التاريخية التخييلية عشر روايات نشرت ما بين سنة ١٩٤٢ وسنة ٢٠٠٢، ومن أشهرها "مجنون الحكم" ١٩٩٠م و"العلامة" ١٩٩٧م لبنسالم حميش، حيث يوظف شخصيات تاريخية تتخلى تدريجيا عن انتمائها التاريخي لتمرير خطاب إيديولوجي يتعلق بالأوضاع الراهنة. أما بيان الروايات التاريخية فنورده في الجدول التالي:

جدول الرواية التاريخية

كاتب	رواية	تاريخ النشر
التهامي الوزاني	وزير غرناطة	١٩٥٠
أحمد عبد السلام البوعياشي	الثائر المهزوم	١٩٦٨
محمد بن أحمد اشماعو	المعركة الكبرى	١٩٧٨
بنسالم حميش	مجنون الحكم	١٩٩٠
بنسالم حميش	العلامة	١٩٩٧
مبارك ربيع	من جبالنا	١٩٩٨
محمد بن أحمد اشماعو	أسود البحار	١٩٩٩
أحاديث فوق الرمال	أحاديث فوق الرمال	١٩٩٩

٢-٢ السيرة الذاتية

إن بعض الكتاب الرواية يلجئون إلى الرواية لكتابة سيرهم الذاتية، أو لكتابة سيرة شخص آخر هو بطل الرواية، وراويها الذي يسرد الحكاية ويروي الحوادث. فيبلغ عدد رواية السيرة الذاتية بالمغرب حوالي أربعين رواية صدرت في الفترة الممتدة بين سنة ١٩٤٢ وسنة ٢٠٠٩، وهذا عدد ضئيل مقارنة بمجموع الإنتاج الروائي المغربي، بحيث لا يتعدى نسبة سبعة في المائة من مجموع الإنتاج الروائي. وتتنوع مصطلحات السيرة نفسها بين السيرة الذاتية الروائية والسيرة الذهنية والسيروائية والبيوغرافيا واليوميات والمحكيات. وهذا جدول السيرة الذاتية بالتفاصيل:

جدول السيرة الذاتية خلال فترة ١٩٤٢ – ٢٠٠٩

كاتب	رواية	تاريخ النشر
التهامي الوزاني	الزاوية	١٩٤٢
عبد المجيد بنجلون	في الطفولة – ج ١	١٩٥٧
	في الطفولة – ج ٢	١٩٦٨
عبد الكريم غلاب	سبعة أبواب	١٩٦٥
حميد لحمداني	دهاليز الحبس القديم	١٩٧٩
محمد شكري	الخبز الحافي	١٩٨٢
	الشطار	١٩٩٢
	وجوه	٢٠٠٠
محمد الخضر الريسوني	رحلة نحو النور	١٩٨٢
عبد الكريم مهير	صالح	١٩٨٤

ليلى لحلو	فلا تنس الله	١٩٨٤
العربي بنجلون	سفر في أنهار الذاكرة	١٩٨٧
محمد برادة	لعبة النسيان	١٩٨٧
عبد الله العروي	أوراق	١٩٨٩
	خواطر الصباح (يوميات)	٢٠٠٢
	خواطر الصباح: حجرة في العنق	٢٠٠٥
عبد القادر الشاوي	دليل العنفوان	١٩٨٩
الميلودي شغموم	مسالك الزيتون	١٩٩٠
عبد الغني أبو العزم	الضريح	١٩٩٤
	الضريح الآخر	١٩٩٧
العربي مجدول	ذاكرة من زجاج	١٩٩٤
العربي باطما	الرحيل	١٩٩٥
	الألم	١٩٩٨
صابر بوغانم	زفرات الغربة	١٩٩٥
ربيعة السالمي	الجلادون	١٩٩٦
عبد الكريم غلاب	سفر التكوين	١٩٩٦
	الشيخوخة الظالمة	١٩٩٩
عبد اللطيف البياتي	الليالي – ج ١	١٩٩٦
	الليالي– ج ٢	١٩٩٨
محمد عابد الجابري	حفريات في الذاكرة	١٩٩٧

رشيد يحياوي	القاهرة الأخرى	١٩٩٧	
حليمة زين العابدين	هاجس العودة	١٩٩٨	
عبد القادر امهاود	الاستفاقة – ج ١: المثلث	١٩٩٨	
محمد صولة	لهاث الذاكرة	١٩٩٨	
عبد الكريم برشيد	غابة الإشارات	١٩٩٩	
محمد برادة	مثل صيف لن يتكرر	١٩٩٩	
مريم التوفيق	ذكرياتي في الاتحاد السوفياتي	١٩٩٩	
رشيد نيني	يوميات مهاجر سري	١٩٩٩	
عبد الرزاق شاهدي	أعاجيب السيرورة	٢٠٠٠	
إدريس المرابط	كصة الفدان	٢٠٠١	
محمد البعودي	تاراتاتا	٢٠٠٥	
سعيد حاجي	ذاكرة فينيق	٢٠٠٦	
عبد القادر الشاوي	من قال أنا (تخييل ذاتي)	٢٠٠٦	
عبد الكريم الطبال	فراشات هاربة	٢٠٠٧	

٢-٣ الرواية النسائية

"ليست الرواية النسوية إلا نوعا من الرواية يتم التركيز فيه على المسائل ذات العلاقة بخصوصية المرأة، وإنما لو نظر القارئ فيها من زاوية أخرى، لوجد أنها رواية قد لا تختلف عن الرواية الاجتماعية، أو العاطفية، أو الغرامية، أو الفكرية. والرواية النسوية لا تختلف عن غيرها من حيث الشكل؛ فقد تكون رواية حداثية – نسوية، أو تاريخية – نسوية، أو تجريبية – نسوية. ولا

يشترط في مؤلف الرواية النسوية أن يكون امرأة وإن علم ذلك من العنوان أو مما يكتب وينشر من دراسات."[١٢]

ظهرت أول رواية نسائية بالمغرب في سنة ١٩٥٤ بقلم آمنة اللوه "الملكة خناثة"، ولكن حتى ٢٠٠٨ بلغ عدد الرواية النسائية بالمغرب ٥٠ رواية ب٣٧ روائية مغربية،[١٣] يحتل ٨.٤٥% من مجموع الرواية المغربية. ويمكن ملامسة تطور الإنتاج الروائي في المغرب من خلال الجدول التالي:

جدول توزع الإنتاج الروائي النسائي حسب مراحله ١٩٤٢-٢٠٠٨

فترة الإنتاج	عدد الرواية النسائية	تراكم % (١)	تراكم % (٢)
١٩٤٢ – ١٩٥٥	١	٢	٢٥
١٩٥٦ – ١٩٦٩	١	٢	٧.١٤
١٩٧٠ – ١٩٧٩	٠	٠	٠
١٩٨٠ – ١٩٨٩	٩	١٨	١١.٦٩
١٩٩٠ – ١٩٩٩	٨	١٦	٤.٢٦
٢٠٠٠ – ٢٠٠٨	٣١	٦٢	١٠.٠٦[١٤]
مجموع	٥٠	١٠٠	٨.١٢[١٥]

(١): بالنسبة لمجموع الرواية النسائية إلى حدود ٢٠٠٨

(٢): بالنسبة لمجموع الأعمال الروائية الصادرة في نفس المرحلة في التاريخ

والأكثر أهمية أنه في أواخر القرن المنصرم وبداية الألفية الجديدة، جاءت المرأة إلى الكتابة الروائية وأضحت أكثر حضورا وجرأة بعد أن كانت أقلام نسائية قليلة هي التي تمارس كتابة الرواية وعلى رأسها خناثة بنونة ("الغد والغضب" ١٩٨١، و"النار والاختيار" ١٩٨٦م).

من الملاحظ اليوم أن عدد الروائيات بالمغرب قد ازداد بشكل لافت للنظر منذ أواخر القرن الماضي وبداية الألفية الجديدة خلافا للعقود السابقة. يمكن أن نستحضر بعض الأسماء، منهن خديجة مروازي ("سيرة الرماد" ٢٠٠٠)، والمرحومة مليكة مستظرف ("جراح الروح والجسد" ١٩٩٩)؛ منهن من وصلت إلى العمل الروائي الثاني كزهور كرام التي تجمع بين النقد والإبداع، ("جسد ومدينة" ١٩٩٦، و"قلادة قرنفل" ٢٠٠٤)، وزهرة منصوري ("البوار" ٢٠٠٦، و"من يبكي النوارس" في نفس سنة)، وحليمة زين العابدين ("هاجس العودة" ١٩٩٨، و"قلاع الصمت" ٢٠٠٥)؛ ومنهن من وصلت إلى العمل الروائي الثالث كليلى أبو زيد ("عام الفيل" ١٩٨٣، "رجوع إلى الطفولة" ١٩٩٣، و"الفصل الأخير" ٢٠٠٠)؛ ومنهن من جاءت من القصة إلى الرواية، وأصدرت روايتها الأولى كوفاء مليح ("عندما يبكي الرجال" ٢٠٠٧)، ومنهن من جاءت من الشعر إلى الرواية كفاتحة مرشيد التي أصدرت روايتها الأولى، ("لحظات لا غير" ٢٠٠٧، و"مخالب المتعة" ٢٠٠٩)؛ ومنهن من تمتح من مصادر إبداعية ومرجعيات نقدية مغايرة، كاسمهان الزعيم التي أنجزت رسالتها لنيل الدكتوراه حول الأدب الإسباني في إسبانيا وأمريكا اللاتينية، وأصدرت روايتها الأولى ("ما قيل همسا" ٢٠٠٧)... ولكن ما زال هناك بعض الكاتبات المغربيات يفضلن كتابة الرواية بالإنجليزية، وعلى رأسهن فاطمة مرنيسي.

ولا شك أن الانفتاح الذي عرفه المجتمع المغربي المعاصر على قضايا المرأة وحقوقها، وازدياد الاهتمام بما يسمى الأدب النسائي ومسألة الكتابة والمرأة، وإقبال المرأة المغربية على القول والكتابة بالكثير من الجرأة والاختلاف، هي عوامل لعبت دورا فعالا في تطور الكتابة الروائية النسائية بالمغرب.

نجد بعض الروائيات المغربيات يعتمدن على صورة المرأة لتناول التغيرات السياسية والاجتماعية والفكرية والأدبية التي انعكست في الرواية باعتبارها وثيقة الصلة بالواقع. "لأن المرأة

تعد موضوعا حساسا، لاعتبار موقعها الذي يسمح بتشخيص حالة الوعي في مجتمع من المجتمعات، حيث نجد مجموعة من الباحثين والسوسيولوجيين والدارسين النقديين وكذا المبدعين، قد لامسوا متغيرات الواقع الاجتماعي، واعتمدوا في كشف مقدار التغيرات الطارئة على المستوى الاجتماعي على صورة المرأة أو النظر إليها، كما تنعكس في الخطاب اليومي أو الأكاديمي."[١٦]

ففي رواية "النار والاختيار" ١٩٨٦م لخناثة بنونة، نجد إن بطلة الرواية شابة مثقفة تعيش في غربة خانقة إلا أهنا تجاوزت مرحلة الضياع والسلبية، وحاولت نسبيا أن تجد خلاصها في الارتباط بالواقع. كانت تتجاذبها قوتان، إحداهما تتمثل في التقاليد التي تريد منها زواجا شريفا، والأخرى تنخر كيانها وتشعرها بالمشاركة في إثر "هزيمة يونيه"، ولا تقف هناك مفكوفة اليدين. مرت البطلة بمرحلة الشغف بالأدب والإيمان بالحياة، ثم مرحلة الانهيار والموقف السلبي، أخيرا تغيرت تماما عن طريق المصادفة، وأضحت واثقة من أن الأمة العربية ستخرج من أزمتها وستتغلب مستقبلا على مخلفات الهزيمة. "كان الجواب لسؤال الرواية في قرارها النهائي بالانخراط في سلك التعليم لتكوين جيل صالح يمكنه أن يمحو عار الهزيمة، وبالتخلي عن مشروع الزواج باعتباره حائلا دون تحقيق ذلك الهدف."[١٧]

ترتبط البطلة من أول الرواية إلى نهايتها بتغيرات المجتمع المغربي والعربي، وتتمثل في آثار "هزيمة يونيه" ١٩٦٧ على نفوس الشعب العربي، وفي نفس الوقت، تطرح خناثة بنونة لنا صورة المرأة الشجاعة القوية، "تبدو البطلة، من أول الرواية إلى نهايتها، في مواقف تغلب عليها الثقة بالنفس رغم عوامل الإحباط فهي تترفع على الكلمة، وتتعالى على الآخرين، ولا تنسجم مع المجتمع، وتئن تحت وطأة الهزيمة وتلوح، في نفس الوقت، بشعارات تمردية، منمقة حينا، متقطعة الأوصال أحيانا."[١٨]

وإلى جانب هذا نرى أن هناك من الروائيات من فضلن التعبير باللغة الفرنسية بحكم ما

تمنحه الكتابة بهذه اللغة من جرأة في طرح القضايا ومن تقنيات تعبيرية تساعد في نحت أسلوب روائي مميز يقود إلى سرد الأحداث بسلاسة تصور واقع المرأة الأليم والظلم الذي تعاني منه. ويمكن اعتبار الرواية النسائية، في ضوء هذا، رسالة لأسماع المجتمع الذي تسوده قيم ذكورية، صوت المرأة المناضلة من أجل مجتمع تقدمي منفتح على القيم الإنسانية.

ومن هؤلاء الروائيات فاطمة مرنيسي وزكية خيرهم ... حيث يهتممن بالشرف الحقيقي للمرأة أي عفة عقلها وروحها وطهارة ضميرها، إنّهن يراقبن العالم من منظار المرأة، ويتكلمن بصوت المرأة المتحررة من الخوف الذي رسخته التقاليد البالية التي حصرت دورها في الإنجاب وخدمة الرجل، فيكتبن من أجل المرأة. تعتقد بعض الروائيات أن واقع المرأة يزداد تخلفا، وتزيد سطوة الرجل في جميع مناحي الحياة فتزداد أزمة المرأة في تجلياتها الاقتصادية والاجتماعية والثقافية. إن المرأة في واقع التخلف جسد للاستهلاك، فهي لا تثير اهتمام الرجل ككائن إنساني بقدر ما يثيره جسدها.

تذهب الروائية زكية إلى القول: "إن البعض من الكتاب والروائيين في بعض البلدان العربية مقيدون بعوامل خارجة عن إرادتهم، يخشون من الإرث الخاطئ والسياسات الخاطئة في تلك البلدان ولكن ظهرت أصوات كثيرة ساهمت وبشكل واضح في إظهار معاناة المرأة العربية والظلم الذي يقع عليها في كل زمان ومكان كما أنهم للأسف يخشون من أخذ المرأة لمكانتها الحقيقية ومساهمتها فعليا في اتخاذ القرارات، فهم يحبذون المرأة التقليدية التي لا هم لها إلا شؤون البيت ولا علاقة لها بالثقافة ولا بالسياسة... لا من قريب ولا من بعيد. فالمرأة المثقفة تشكل رعبا لبعض المثقفين وليس من دافع لهذا إلا الرعب من فقدان الرجل لمركزه في العائلة وسيطرته على أفراد أسرته."[١٩]

ونستعرض كذلك رواية أخرى، "الجبال لا تسقط" ٢٠٠٦م لسعدية أسلايلي، حيث

ترصد الكاتبة فيها تجربتها الذاتية عبر معاناتها المريرة من جراء طيش بعض المتعلمين المتنطعين الذين ثاروا في وجه أساتذتهم مستخدمين كل أنواع الأسلحة العاتية لمحاصرتهم داخل إعدادية تربوية حتى ينفذوا ما يطلبه هؤلاء الخاملون من نقط تؤهلهم للنجاح والفوز في الامتحان.

"وتعكس الرواية كذلك تجربة الكاتبة الذاتية والعاطفية أثناء دخولها في علاقة طائشة ومتهورة مع الدكتور فهد أستاذ علم الاجتماع لتصحو في الأخير على إيقاع الممانعة والتصدي والحفاظ على ميثاق الشرف الأبوي الذي يسيج لاشعورها وأناها العلوي ورفضها لمنطق الاستغلال الذكوري وتعويض ما هو ذاتي ووجداني عاطفي بالنضال النقابي والوقوف مع عمال مناجم الرصاص والفضة حتى النصر المحقق، والاستسلام في الأخير لغريزة الحب وجمع الشمل مع عشيقها فهد."[٢٠]

فإن الرواية النسائية بصفة عامة تدعو فيها إلى استقلالية المرأة وقدسية الحب الرومانسي المبني على الاحترام والتفاهم المتبادلين، وفي نفس الوقت تدافع عن حقوق المرأة، وتصور أوضاع المرأة وهي تواجه الحياة الصعبة، وتصارع الرجال المتخلفين الذين يستهينون بوجود المرأة الداخلي، وينظرون إليها كموضوع للاستهلاك الجنسي ليس إلا. وقد صيغت الرواية النسائية فنيا بطريقة شاعرية ممتعة قائمة على التذويت والاستبطان واستقراء الذاكرة بروح سريالية حلمية تتأرجح بين الواقع واللاواقع.

٢-٤ الرواية القومية

"تتجاوز الرواية القومية مجال المشاكل المحلية والوطنية لتحتضن قضايا أعم وأشمل، تتعلق بمصير مجموعات بشرية واسعة، في صراعها من أجل البقاء؛ ورغم أن الرواية القومية، ترتبط أحيانا، بقضايا اجتماعية، الا أنها لا تقف عندها بل تنطلق منها لتصوير معالم كيان أشمل تلتقي

فيها أصداء الماضي واهتمامات الحاضر، وتطلعات المستقبل."[٢١]

تمثل الروايتان: "رفقة السلاح والقمر" ١٩٧٦م لمبارك ربيع و"النار والاختيار" ١٩٨٦م لخناثة بنونة، نموذجين للرواية القومية المغربية، حيث يشكل احتلال الوعي العربي القومي نقطة الارتكاز فيهما، ومجال العقدة الحديثة في الصراعات التي خاضتها الأمة العربية والإسلامية ضد خصومها من أجل الاعتناق من الوعي الشقي والانطلاق نحو أفق التحرر من التخلف الاجتماعي والسياسي والفكري الذي أدى إلى الهزيمة.

رسمت الرواية الأولى "رفقة السلاح والقمر" صورة عن الانتصار الذي أحرزه العرب في حرب رمضان، وركّزت على حرب الجولان التي شارك فيها المغرب معنويا وماديا بإرسال بعض فرقه العسكرية لساحة المعارك، دفاعا عن أرض عربية.

استعمل مبارك ربيع استهلال روايته بنهايتها، ونجد نفس المشهد في نهاية الرواية، حتى يجعل حلقات الرواية متنوعة، حيث يُري القراء المشاهد في الحرب. ولم يتوقف الكاتب مجردا لوصف الحرب، بل يتميز بوصف العالم الممزوج بالموت والحياة، والأفكار والشكوك والصراعات النفسية للجنود العرب. فيرغب في التحدث عن أهمية الحرب: إنّ الحرب بداية الأمل وامتحان عسير واختيار صعب بالنسبة للعرب، ثم يركز الكاتب في النقاش عن الحضارتين العربية والغربية، ويترك التفكيرات للقراء عن القيم الأخلاقية السائدة.

أما الرواية الثانية فتركز على "هزيمة يونيه" ١٩٦٧ وما خلفته من آثار سلبية، و"تحاول تصوير الانعكاسات العميقة التي تركتها هزيمة يونيه في النفوس، وأزمة الضمير التي ولدتها والوعي بالمصير المشترك الذي خلقته، في ارتباط مع الوعي الوطني والوعي الطبقي." [٢٢]

تصف خناثة بنونة في روايتها هذه مصير البطلة التي تتجسد فيها الصراعات بين التقاليد العربية والحضارة الغربية، والعناصر المتأثرة بها الايجابية والسلبية، والقوة الداخلية والخارجية. فتطرح

خناثة بنونة من وراء هذه الرواية إشكالية الانهيار الذي أصاب العرب بعد هزيمة يونيه، وتحاول أن تقدم للعرب حلا يقوم على مبدأين أساسيين: العقل والعلم. وكان جواب أسئلة الرواية في اختيار البطلة النهائي: الانخراط في سلك التعليم لتكوين جيل جديد صالح لإلغاء عار الهزيمة، والتخلي عن مشروع الزواج باعتباره اختيارا تقليديا بدون معنى.

هكذا تلتقي "رفقة السلاح والقمر" و"النار والاختيار" في دعوتهما للعلم والعقل كوسيلتين متكاملتين للخلاص من أزمة التخلف والخروج دائرة الهزيمة."[٢٣]

٢-٥ الرواية البوليسية

ظهرت الرواية البوليسية في المغرب عام ١٩٩٧ في إنتاج ميلودي حمدوشي وعبد الإله الحمدوشي، حيث أسسا هذا الجنس الأدبي في الروايتين: "الحوت الأعمى" ١٩٩٧م، ثم "القديسة جانجاه" ١٩٩٩م (تأليف مشترك). بعد ذلك، انفرد كل واحد منها بكتابة روايته البوليسية، فأصدر ميلودي حمدوشي روايتيه "دموع من دم" ١٩٩٩م و"أم طارق" في السنة نفسها، و"ضحايا الفجر" في ٢٠٠٢م؛ ونشر عبد الإله الحمدوشي روايتيه البوليسيتين: "الذبابة البيضاء" ٢٠٠٠م، و"الرهان الأخير" ٢٠٠١م.

وبذلك يبلغ عدد الروايات البوليسية في المغرب سبع روايات، ثلاثة لميلودي حمدوشي، واثنتان لعبد الإله الحمدوشي واثنتان مشتركتان. وفيما يلي جدول الرواية البوليسية:

جدول الرواية البوليسية خلال فترة ١٩٤٢ — ٢٠٠٩

كاتب	رواية	تاريخ النشر
عبد الإله الحمدوشي	الحوت الأعمى (رواية بوليسية)	١٩٩٧

الميلودي حمدوشي	القديسة جانجاه (رواية بوليسية)	١٩٩٩
الميلودي حمدوشي	دموع من دم	١٩٩٩
	أم طارق	١٩٩٩
	ضحايا الفجر	٢٠٠٢
عبد الإله الحمدوشي	الذبابة البيضاء	٢٠٠٠
	الرهان الأخير	٢٠٠١

الفصل الثاني: مسار تطور الرواية المغربية

١- فكرة عامة عن الرواية المغربية

لا يتعدى التاريخ الأدبي للرواية المغربية سبعين سنة. فقد دخلت العالم الأدبي للمغرب بفعل تأثيرات النهضة الأدبية والفكرية التي عرفها المشرق وبفعل التحولات الاجتماعية والنفسية التي عرفها المغرب والإنسان المغربي، بُعيد الاستقلال، والتي كان لها أثر على تغيير أشكال التعبير. فلم تعد الأشكال التقليدية من شعر ومقامة وخطبة تقوى على الإحاطة بتمظهرات الحداثة عبر تجلياتها المختلفة. وجد المثقف المغربي في الرواية كجنس أدبي الإطار الجمالي والتعبيري القادر على استيعاب جدلية وإيقاع المجتمع المغربي وهو يواجه عالما تتحطم فيه اليقينيات وتنمحى الحدود الواضحة بين الخير والشر بين الشهامة والخسة بين الحقيقة والزيف.

لن نضيف جديدا إذا قلنا إن الرواية لم تكن معروفة قبل الاستقلال، ومع ذلك فمن المفيد التذكير بأن أشكال الفن القصصي وقتئذ كانت نتاجا أدبيا هجينا يخلط المقامات بنتفٍ من الروايات المترجمة، والشعر القصصي والمقالات القصصية الاجتماعية، والمقالات الإصلاحية التي صيغت في أسلوب أقرب إلى أسلوب الحكي والقص، وأبعد عن الأسلوب الفني أو الشكل الروائي بمعناه المتعارف عليه بين النقاد.

أما الآن فقد عرف الفن الروائي بالمغرب طفرة نوعية وكمية تجلت في نضج الكتابة الروائية المغربية وإقبال المترجمين على نقل نماذج منا لكثير من لغات العالم، وفي وفرة الإنتاج الروائي. ويفصل معظم النقاد تاريخ تطور الرواية المغربية إلى ثلاث مراحل أساسية: ١) مرحلة التأسيس أو مرحلة التقليد[٢٤]؛ ٢) مرحلة الانتشار أو مرحلة التشبع؛ ٣) مرحلة التحول أو مرحلة التجريب.

وعلى هذا الأساس، يمكننا أن نرصد أنماطا من الأشكال السردية: الرحلة، الرواية التاريخية، الرواية الجديدة والتراث، الرواية الإحالية، الرواية المتعددة الأبعاد، والرواية النسائية. سنبرز الإطار العام الذي نشأت فيه الرواية المغربية، وتحديد مراحل تطورها وضبط محافل تلقيها، من الأربعينات إلى بداية الألفية الثالثة.

إن الرواية قد قامت أساسا على أساس التمثيل للعالم شأن أي عمل فني، ولكن تمثيلها للعالم اختلف من مرجعية إلى أخرى. وسيبقى هذا الاختلاف قائما، لأن الرواية في تطور مستمر؛ يوازي سيرورة تطور الثقافة والمجتمع.

نتناول في هذا البحث بطريقة ضمنية، مسألة العلاقة بين البنيتين السردية والدلالية، منطلقين من المقولة اللغوية، بأن كل زيادة أو نقص في المبنى، ينتج عنه تغير في المعنى. وكان اختيارنا للمتن الروائي، موضوع التحليل، تحكمه ضوابط تتعلق بموقعه في تاريخ الكتابة الروائية في المغرب، من خلال قراءة جديدة لدوره في تسجيل أساليب سردية معينة أو ترسيخ طرائق تعبير جديدة. على هذا الأساس، سنرصد أنماطا من الأشكال السردية: الرواية التاريخية، الرواية الجديدة والتراث، رواية السيرة الذاتية، والرواية المغربية المكتوبة بالفرنسية التي تتناول المسألة النسائية.

إن الرواية المغربية مقارنة مع القصة القصيرة، ذات إنتاج محدود. وعدد ما نشر منها يظل قليلا قياسا بهذه الأخيرة من حيث الكم، ومن جهة الفترة المغطاة (من خمسة إلى ستة عقود). على سبيل المثال فإن عدد الروايات الصادرة قبل سنة ١٩٨٠، لم يتجاوز ٤٠ عملا روائيا، حتى في الثمانينات ذاتها، التي شهدت ازدهارا نسبيا، نشرت ٧٧ رواية، ولكن إجمالي عدد الروايات ما زال قليلا. وكل هذا يرجع إلى أن الرواية المغربية لم تعرف انطلاقتها الحقيقية إلا في الستينيات والسبعينيات، وبلغت درجة تعتبر مؤشرة على رسوخ للكتابة الرواية على امتداد الثمانينيات والتسعينيات، وانخراط أجيال جديدة من الكتاب الشباب الذين تميزوا بكتابة الروايات القصيرة

خاصة. ومما لا شك فيه أن هذا التراكم العددي عبر ستة عقود أحدث تطورا كبيرا على المستوى الفني والفكري.

عرفت الرواية المغربية اتجاهين في سيرورة تطورها: الإتجاه الإحالي، والاتجاه الحداثي.

١-١ الاتجاه الإحالي

إن "الإحالي" يكاد يغطي كل كتابة روائية، لذلك اعتبرناه رديفا وشبه مرادف للواقعي والتاريخي والسيري والسيرذاتي."[٢٥]

من أول رواية صدرت في المغرب وهي رواية "الزاوية" للتهامي الوزاني سنة ١٩٤٢، مرورا برواية عبد الهادي بوطالب "وزير غرناطة" الصادرة سنة ١٩٥٠، إلى صدور السيرة الذاتية "في الطفولة" لعبد المجيد بن جلون سنة ١٩٥٦، حدد الاتجاه الإحالي من خلال تناول التاريخي العام الممتزج بالسيري والسيرذاتي إلى التاريخ المتعالق مع السيرذاتي، حيث تدخل الكتابة السيرية والسيرذاتية مرحلتها الروائية.

في فترة الستينيات والسبعينيات، عرف فيها الاتجاه الإحالي في صيغته الواقعية بعض الازدهار بصدور عدد من الرويات. منها "دفنا الماضي" ١٩٦٦م، و"المعلم علي" ١٩٧١م لعبد الكريم غلاب؛ و"جيل ظمأ" ١٩٦٧م لمحمد عزيز الحبابي؛ و"المخاض" ١٩٧٢م لأحمد البكري السباعي، و"المغتربون" ١٩٧٤م لمحمد الإحسايني؛ و"رفقة السلاح والقمر" ١٩٧٦م لمبارك ربيع...

كما حدث تحول في الأساليب والأشكال في نهاية السبعينيات وخلال الثمانينيات والتسعينيات بصدور "الخنازير" ١٩٨٣م ليوسف فاضل؛ و"سنوات العجاف" ١٩٨٤م لمحمد صوف؛ و"وكر العنكبوت" ١٩٩٨م لغلي أفيلال.

كما ظهرت الكتابة المتعلقة بتجربة الاعتقال التي تتناولها عدة الروايات. منها "سبعة أبواب" ١٩٦٥م لعبد الكريم غلاب، و"كان وأخواتها" ١٩٨٧م و"الساحة الشرفية" ١٩٩٩م لعبد القادر الشاوي.

"ولهذا الاتجاه الروائي المغربي الذي يحمل أيضا اسم "أدب السجون" أو "أدب المقاومة" صفات أسلوبية وبيمانية أصيلة، ويتميز عن كتابات أخرى عربية مماثلة بميله إلى الإيقاع الروائي، رغم الطابع الذاتي لهذه الكتابة، وذلك عن طريق الانشطارات النصية التي تفضي إلى خلق عوالم ممكنة مغايرة للخط المهيمن للأحداث." ٢٦

١-٢ الاتجاه الحداثي

يعتبر الاتجاه الحداثي تجسيدا للقيم الفكرية والأدبية والفنية المستندة إلى فلسفة للحداثة تنظر إلى الإنسان نظرة مركبة وتعتبره بوتقة تناقضات وترفض تبني مواقف إطلاقية جاهزة بخصوص مواقفه وتصرفاته، وتشكل الأعمال المنتسبة لهذا الاتجاه انعطافة حاسمة في تاريخ الرواية المغربية إلى درجة جعلت البعض يعتبرها الانطلاقة الحقيقية للرواية المغربية بحكم أنها أعادت وضع كل القضايا الفنية والبنائية والموضوعاتية للرواية المغربية والعربية تحت دائرة الضوء. ابتدأ هذا الاتجاه بظهور "المرأة والوردة" ١٩٧٢م لمحمد زفزاف، و"زمن بين الولادة والحلم" ١٩٧٦م و"الجنازة" لأحمد المديني، و"الغربة" ١٩٧١م و"اليتيم" ١٩٧٨م لعبد الله العروي، و"إميلشيل" ١٩٨٠م لسعيد علوش... وتشبع هذا الاتجاه في الثمانينيات بصدور "الخبز الحافي" ١٩٨٢م لمحمد شكري، و"الفريق" لعبد الله العروي، و"الأبله والمنسية وياسمين" ١٩٧٢م، و"عين الفرس" ١٩٨٨م للميلودي شغموم، و"أحلام بقرة" ١٩٨٨م لمحمد الهرادي، و"لعبة النسيان" ١٩٨٧م لمحمد برادة، و"المباءة" ١٩٨٨م لمحمد عز الدين التازي...

تقوي هذا الاتجاه الحداثي في نهاية التسعينيات، حيث قد بلغ عدد صدور الروايات الحداثية أكثر من ١٠٠ رواية عربية في المغرب، منها "شجرة التين" ١٩٩٦م لعلي أفيلال و"جنوب الروح" ١٩٩٦م لمحمد الأشعري، و"العلامة" ١٩٩٧م لبنسالم حميش، و"شجيرة حناء وقمر" ١٩٩٨م و"السيل" في نفس السنة لأحمد التوفيق...

قد أصبح الإنتاج الروائي الذي صدر في إطار الحداثة يمثل أكثر من نصف الإنتاج الصادر في المغرب، وسيكون أكثر فأكثر بعد التسعينيات من القرن الماضي، ولا شك أن الإنتاج الروائي الحداثي، كمًا وكيفًا، يمثل نقلة نوعية في مجال الكتابة الأدبية وفي مجال تطور الفكر وسيحتل مكانة مركزية في المغرب المعاصر.

"إن من أبرز مقصديات الرواية الحداثية، من حيث الشكل، البحث عن الصنعة القائمة على الغموض، وذلك يفضي إلى إقصاء شرائح كثيرة من القراء، ويجعل النص حكرا على دائرة ضيقة من المتلقين الذين يتناقص عددهم تدريجيا، بخلاف الرواية الإحالية كانت تؤكد على جلاء المعنى عن طريق تقنيات حكائية وسردية وأساليب وصفية تساعد على جعل الخطاب مباشرا وشفافا لدى المتلقي." [٢٧]

أضف إلى هذا أن الرواية الحداثية لا تولي عناية كبيرة بالجانب الحداثي، بل تحتفي أكثر بالأوصاف وسلسلة من المشاهد وخطاب استدلالي ذي طابع إيديولوجي وسوسيوثقافي، حيث بدأ الروائيون يحاولون في أغلب الأحيان التغلب من أواليات الارتداد، ويسعون إلى المغامرة في مستوى الأشكال والطرائق السردية، حتى أصبحت الرواية الحداثية إلى رواية المغامرة.

ونجد في الاتجاه الحداثي أنّ نسبة مكونات التراث العربي والإسلامي تزداد في الرواية المغربية، حيث توظف الأسطورة والحكاية الخرافية والمعتقد الشعبي في الرواية، كما هو الشأن في "المرأة والوردة" ١٩٧٢م لمحمد زفزاف، و"وردة للوقت المغربي" ١٩٨٣م لأحمد المديني، و"بدر

زمانه" ١٩٨٣م لمبارك ربيع و"عين الفرس" ١٩٨٨م و"مسالك الزيتون" ١٩٩٠م عند الميلودي شغموم، و"مجنون الحكم" ١٩٩٠م عند بنسالم حميش.

٢- تطور الرواية المغربية حسب المراحل

٢-١ فكرة عامة عن المراحل الثلاث

إن الرواية المغربية المكتوبة بالعربية حققت تراكما كميا ونوعيا لافتا خلال وقت قصير لا يبلغ سبعين سنة، ومع ذلك، يصعب أن نقول إنها بنفس الغزارة والنوعية الموجودة في البلدان الأخرى العربية والغربية، كما يصعب أن ندعي خصوصية الرواية المغربية عامة، والجديد منه خاصة. قد تميز هذا الجنس الأدبي بتحولات نوعية تطلبت سنينا أو قرونا في البلدان الأخرى، نجحت الرواية المغربية في أن تقوم ككيان أدبي خلق تقاليد جديدة للكتابة والتلقي، وفي أن تنتشر وتتحول شكلا ومبنى تماشيا مع التغيرات التي يشهدها المجتمع المغربي، وعلاوة على هذا، انفتح الروائيون المغاربة على التجارب الجديدة والنظريات اللغوية والأدبية والفكرية المتقدمة ليستفيدوا منها قصد إغناء تجاربهم الإبداعية وربط الرواية المغربية بالرواية العالمية على المستوى التقني والجمالي. ويمكن اختصار تاريخ الرواية بالمغرب في ثلاث مراحل مركزية: مرحلة التأسيس، ومرحلة الانتشار، ومرحلة التحول.

٢-١-١ خلفيات نشأة الرواية المغربية

تتمثل الفكرة الأساسية في أن الأجناس الأدبية ومنها السردية تتكون وتتطور تحت تأثير ما يسمى بـ"العوامل الداخلية" التي تعتبر "مكونات" مدعمة بالعوامل الخارجية. "تتصل

المكونات بمستوى التطور اللغوي معجميا وتركيبيا ودلاليا، وبنوعية المتخيل الأدبي، وبدرجة إدراك أبعاد الجنس السردي، في ضوء نظرية الأدب؛ كل ذلك في إطار ما يسمى ب"المؤسسة السردية" التي أخذت تترسخ كمفهوم للكتابة مختلف شكلا ومضمونا عن الكتابة الاستدلالية بمختلف تشكيلاتها. وهكذا نشأ في المغرب وعيان متماسكان: ١) وعي لغوي جديد يقوم على "التعددية"، ٢) وعي أجناسي ينزع نحو "الحكائية"، استجابة للتحولات التي طالت الأذواق والتصورات والأفكار، في علاقة وثيقة مع مفهومي "العصرية" و"التجديد" اللذين نجد لهما صدى واسعا في آثار بعض الكتاب المغاربة بين العشرينات والثلاثينات."[٢٨] كما يتجلى ذلك في "الأدب العربي في المغرب الأقصى" سنة ١٩٢٩م لمحمد بلعباس القباج، وفي "الزاوية" سنة ١٩٤٢ للتهامي الوزاني.

منذ العشرينات، بدأ بروز حركة اجتماعية نحو التحرر من بعض العاهات السائدة التي أشار إليها محمد غريط في "فواصل الجمان..." وصاحب ذلك ازدهار كتابة الرحلات ونشرها في الصحف اليومية المغربية مما يدل على نوع من الانفتاح على الخارج، وتلق إيجابي لهذا الجنس الأدبي المتجدد من مختلف محافل التلقي من ناشرين وقراء. هكذا نشرت في جريدة "السعادة"، مثلا، الرحلة الحجازية الأولى سنة ١٩١٦ والرحلة الحجازية الثانية ١٩٣٢ لأحمد الصبيحي، والرحلة الحجازية سنة ١٩١٧ لمحمد دينية ورحلة محمد بن يحيى الصقلي "وداعا والى الملتقي" سنة ١٩٢٨، والرحلة الحجازية لإدريس الجعيدي سنة ١٩٣٠ و"الرحلة المراكشية" لمحمد ابن الموقت ١٩٣٢.

٢-١-٢ الرواية وكتب الرحلات

يعتقد بعض النقاد أن ما كتب من تجارب أو محاولات قصصية ذكرت على أنها كانت

بنت الثلاثينات لم تستطع أن تقف على قدميها، لا في مواجهة الروايات الغربية، وفي أداء رسالتها الحتمية، ولا في إرساء دعائم فن جديد، كانت الظروف الاجتماعية والاقتصادية والطبقية، كافية لإنباته ومده بكل ما يساعد على تغذيته ونمائه. ومن ثم فإنها لم ترق إلى مستوى الأعمال الوطنية والقومية الأخرى التي كانت تعمل على تأكيد الشخصية المغربية، واثبات وجودها في مواجهة الاستعمار والاحتلال الفرنسي.

إذن فإن ما يذكره بعض المغاربة على أنه أعمال قصصية وروائية: "الرحلة المراكشية" لمحمد ابن الموقت و"مرآة المسائل الوقتية" لمحمد بن عبد الله المؤقت؛ و"تأسيس" لعلال الجامعي؛ و"عذراء المرية" لعبد الله إبراهيم؛ و"عجائب الأقدار" و"عواقب الإصرار" لمصطفى الغرباوي؛ و"الضحية" لمليكة الفاسي؛ وغيرها من كتابات آمنة اللوة، وأحمد البقالي، وعبد العزيز ابن عبد الله. لم تتوفر فيه أية إمكانيات أو مقومات تؤهله لأن يحتل موقع الريادة في مجال الفن والروائي، هذه من جهة.

ومن جهة أخرى هناك من يظن أن "الاهتمام بالرحلة يمثل مرحلة أساسية في تاريخ تكون الرواية المغربية، لأنها ساهمت في إعادة الاعتبار لطرائق السرد والحكي والوصف بعيدا عن أساليب "المقال" و"الخطبة" و"الرسالة"... وهى الأجناس التي كانت سائدة خلال الفترة السابقة. "[٢٩]

ومما يجدر ذكره أن الكتابة الرحلية تحررت من ألوان البلاغة والبديع، وأسست كتابة تقوم على التقاط اليومي والمعيشي مثل الرواية، فاستعملت مفردات دارجة وفرنسية حتى لغات أجنبية أخرى، توخيا للدقة والأمانة في نقل المشاهد والأحداث، كل ذلك يشير إلى أن لغة الكتابة الأدبية أصابها نوع من التنوع بابتعادها عن الفصحى وعن أساليب البلاغة التقليدية بحثا عن بلاغة جديدة في ارتباط مع التحولات التي كانت تتم ببطء على المستويات الاجتماعية في بعديها الثقافي واللساني.

ومن جهة ثالثة، فإن "الرحلة المراكشية" خلقت مسافة فنية بينها والرحلة التقليدية باعتمادها التحويل على مستوى الضمائر، والتغريب على مستوى الزمن والمكان، وذلك ما اعتبرناه خطوة أولى نحو عصر الرواية في المغرب.

يعرف دارسو الرواية المغربية؛ أن ظهور هذا الجنس الأدبي؛ مر بمجموعة من المراحل؛ سابقة عن مرحلة التأسيس التي أجمع عليها النقاد المغاربة. ولعل أول مرحلة تفرض نفسها كموضوع للدراسة؛ لما تحمله من أسئلة محرجة للثقافة المغربية؛ هي مرحلة الثلاثينات؛ التي احتضنت نصا سرديا؛ يحمل الكثير من الأسئلة؛ التي سبق أن طرحناها وهو نص (الرحلة المراكشية لابن المؤقت)؛ الذي حاول تقديم صياغة جديدة للكتابة السردية؛ تجمع بين مرحلتين متناقضتين؛ الأولى ترتبط بما قبل القرن التاسع عشر؛ حيث الثقافة المغربية؛ مكون أساسي من الثقافة الإسلامية - العربية؛ والمرحلة الثانية؛ ترتبط بما بعد القرن التاسع عشر؛ وهي مرحلة الاتصال المباشر مع مكون ثقافي جديد؛ هو المكون الثقافي الأوربي خصوصا مع "حملة نابوليون" على مصر وما خلفته من آثار على الثقافة العربية الإسلامية وهي آثار وصل صداها ومفعولها إلى الغرب الإسلامي.

وقد حاول ابن المؤقت كتابة نص سردي؛ يستجيب للمكونين معا؛ فهو من جهة؛ يعتمد قالب الرحلة؛ ومن جهة أخرى ينفتح على المستجدات السردية؛ التي تفرضها الثقافة الغربية. لذلك نجد الرحلة المراكشية؛ تحاول عبر قالب سردي؛ الجمع بين التراث والحداثة؛ لنقل صورة عن مدينة مراكش؛ التي غزاها التحديث من كل جانب.

من أجل هذا يمكن القول إنّ "الرحلة المراكشية" نص رائد على أساس أنه خلق مسافة فنية بينه وبين الرحلة التقليدية باعتمادها على مستوى الضمائر، والتغريب على مستوى الزمن والمكان، وذلك ما اعتبرناه خطوة أولى نحو عصر الرواية في المغرب.

٢-٢ مرحلة التأسيس

جاء ظهور الرواية المغربية من الناحية الزمنية متأخرا عن نظيرتها في المشرق العربي، وقبل ذلك عن الرواية الغربية... وهذا يؤكد ان ظهورها محكوم بتأخر مضاعف، فرض عليها التعامل مع الرواية المشرقية والغربية كنماذج ومرجعيات كبرى، وبشكل آخر فإن الرواية المغربية قلدت إلى حد كبير الرواية المشرقية التي نتجت بدورها عن تقليد الرواية الغربية، وبالرغم من أن الرواية المغربية أكدت في العديد من المحاولات رغبة قوية للخروج من أسر التقليد والمحاكاة، والتركيز على المعطيات السوسيوثقافية المغربية كنموذج للكتابة لكن ذلك ظهر باهتا ، وأحيانا كثيرة فشل في تقديم رواية مغربية تمتلك مواصفات محلية أصيلة، لذلك جاءت أغلب الأعمال الروائية التي ظهرت في فترة ظهور الكتابة الروائية في المغرب، محاكية لنماذج روائية مشرقية معروفة.

على هذا الأساس يمكن القول إن الرواية المغربية، في بداياتها الأولى تحققت كتكرار لمجموعة من النماذج السابقة، خاصة على مستوى قوانين وثوابت تكون جنس الكتابة الروائية. وتجسدت في هذه المرحلة الرغبة في تمثل ثوابت الكتابة الروائية عبر محاكاة وتقليد نماذج سابقة، مثلتها الرواية الغربية من جهة والرواية المشرقية العربية التي كان لها السبق في النشأة في العالم العربي. ويمكن أن نأخذ تجربة "الزاوية" للتهامي الوزاني نموذجا لهذه البداية.

وفي كل الأحوال، كان الاهتمام في هذه المرحلة بتأسيس الجنس الجديد وتأصيله، غير بعيد عن التيارات الأدبية ذات النزعة الرومانسية أو الواقعية أو التاريخية، وقريبا من الإيديولوجية الوطنية بحكم انشغال المغرب عبر نخبه السياسية والثقافية بمسألة الإصلاح واستعادة الاستقلال عن فرنسا التي فرضت حماية على المغرب سرعان ما تحولت إلى احتلال كولونيالي يتحكم في البلاد والعباد.

٢-٢-١ بداية الرواية المغاربية

من وجهة نظر تاريخية يمكن القول إن أول رواية جزائرية هي "غادة أم القرى" لرضا حوحو وقد ظهرت عام ١٩٤٧، بينما تعتبر رواية "اعترافات إنسان" لمحمد فريد سيالة التي صدرت سنة ١٩٦١ أول عمل روائي ليبي، وهناك من يذهب بعيدا فيعتبر أن أول عمل روائي ليبي يعود إلى سنة ١٩٣٧، وهو المعنون "مبروكة" لمؤلفه حسين ظافر بن موسى، وقد طُبع في دمشق سنة. أما في تونس، فيُنسب أول نص روائي إلى محمد العروسي المطوي، ويحمل عنوان "ومن الضحايا" وقد صدر سنة ١٩٥٦. وتعد رواية "الأسماء المتغيرة" لأحمد ولد عبد القادر أول نص روائي موريتاني وقد صدر سنة ١٩٨١ عن دار الباحث للطباعة والنشر والتوزيع ببيروت اللبنانية، حيث يتجلى التأخر المضاعف مقارنة بظهور الرواية المشرقية، فقد عرفت أول رواية عربية النور في مصر في عام ١٩١٤ بعنوان "زينب" لمحمد حسين هيكل، وصدر أول رواية عربية في العراق في عام ١٩٢١ تحت عنوان "في سبيل زواج" لأحمد السيد.

أما في المغرب، فقد تجسدت الرواية المغربية في البداية في كتقليد لمجموعة من النماذج السابقة، خاصة على مستوى ثوابت تكوّن جنس الكتابة الروائية. وتجسدت في هذه المرحلة الرغبة في تمثل ثوابت الكتابة الروائية عبر محاكاة وتقليد نماذج مشرقية أو غربية.

وفي الحقيقة هناك خلاف كبير حول بداية هذه المرحلة، إذ يمكننا أن نستحضر بعض رؤى رئيسية: هناك من يعتبر "الرحلة المراكشية" ١٩٣٢ عند ابن الموقت أول عمل روائي في المغرب؛ ومن يأخذ تجربة "الزاوية" سنة ١٩٤٢ للتهامي الوزاني نموذجا لهذه البداية، وقد طبعت في أواخر الأربعينات من القرن الماضي؛ وهناك من يفضّل "وزير غرناطة" ١٩٥٠ لعبد الهادي بوطالب كبداية الرواية المغربية؛ وهناك من يرى أن "في الطفولة" سنة ١٩٥٧ لعبد المجيد بن جلون في الخمسينات — وهي سيرة ذاتية — هي الانطلاقة الحقيقة للرواية بالمغرب؛ وهناك من يعتقد أن

البداية الحقيقية للرواية بالمغرب كانت في الستينات مع"سبعة الأبواب" سنة ١٩٦٥ و"دفنا الماضي" سنة ١٩٦٦ لعبد الكريم غلاب و"جيل الظمأ" ١٩٦٦ لمحمد عزيز لحبابي؛ وهناك من يصرّ على أن لا أهمية للبحث عن أول رواية بالمغرب؛ وأن التاريخ لهذا الجنس الأدبي بالمغرب يبدأ مع أول رواية عربية وهى موضع خلاف أيضا.

رغم أن هناك خلافات كبيرة حول نقطة بداية الرواية المغربية، ما زلت أميل إلى أن تحصر البداية في "الزاوية" عام ١٩٤٢، كما ذكرها بعض الأدباء المغاربة[٣٠]، حيث ترتبط بعقد الأربعينات؛ الذي عرفت خلاله الثقافة المغربية انفتاحا كبيرا على الضفة الشمالية؛ وخصوصا إسبانيا وفرنسا. وقد جسدت "الزاوية" هذا الانفتاح بقوة. "وبالرغم من أنها لا تتوفر على مؤهلات فنية وروائية كبيرة، إلا انه ما يجمع بينها الحفظ الكبير بين الروائي والسير ذاتي، بحيث لا تخلو رواية من الروايات المذكورة من هذا الخلط على المستوى الحكائي، وكذا حضور الآخر أي الغرب كعنصر أساسي وفاعل في عملية الحكي، إضافة إلى اعتماد قواعد الكتابة الكلاسيكية، وهي سمات طبعت المرحلة التأسيسية للرواية المغربية."[٣١]

إن "الزاوية" نص روائي لا يقل أهمية عن نص الرحلة المراكشية؛ وخصوصا على المستوى التكويني؛ حيث جسد نبض المرحلة؛ وما تعيشه النخبة المغربية من تردد بين النموذج العربي الشرقي؛ والنموذج الأوربي الغربي.

تتسم سيرورة ظهور الرواية المغربية بحداثتها، حيث تأخر ظهور أول رواية بالمغرب إلى سنة ١٩٤٢. وانسجاما مع ذلك، تمتد زمنيا إلى منتصف الستينيات، وبالضبط إلى سنة ١٩٦٧، تاريخ صدور رواية "جيل الظمأ" لمحمد عزيز الحبابي، فلا يبلغ عدد الأعمال الروائية في هذه المرحلة أكثر من ١٥ رواية، مما يكون أغلب أعمال هذه المرحلة باستثناء عناوين خمسة، باعتبارها أعمالا تمتلك قيمة فنية تمثيلية كبيرة، تؤهلها لإعطاء صورة عامة وواضحة عن ملامح الكتابة

الروائية المغربية، فنسوقها حسب ترييبها الكرونولوجي، وهي:

جدول الرواية الرئيسية في مرحلة التأسيس

	الرواية	الكاتب	التاريخ
١	الزاوية	التهامي الوزاني	١٩٤٢
٢	في الطفولة	عبد المجيد بنجلون	١٩٥٧
٣	سبعة أبواب	عبد الكريم غلاب	١٩٦٥
٤	دفنا الماضي	عبد الكريم غلاب	١٩٦٦
٥	جيل ظمأ	محمد عزيز الحبابي	١٩٦٧

"ارتبط تأخر ظهور الرواية المغربية بطبيعة البنية الأجناسية التقليدية السائدة، باعتبارها محددا لطبيعة الإنتاج ولحدود آفاق تلقيه. وهى بنية اتسمت من جهة بديمومة حضور الكتابة الشعرية كجنس أدبي مركزي، ومن جهة أخرى باستمرار حضور أنواع أدبية نثرية تقليدية، تجلت أساسا في أدب الرحلة."[٣٢] ويعتبر نشر الأعمال الأربعة خلال مرحلة الحماية عتبة مهمة في سيرورة تجريب الرواية المغربية. ويمثل هذا الظهور مجموعة من التحولات السوسيوثقافية التي ساهمت في نسج الفضاء العام لظهور الرواية بالمغرب.

مثلت مجموعة من أعمال البدايات الروائية علامات داخل مسار الرواية المغربية، بشكل يجعل العودة إلى نصوص، كنصي "الزاوية"و"سليل الثقلين" للتهامي الوزاني الصادرين في مرحلة مبكرة، مقارنة بالأعمال الأخرى، نوعا من الاكتشاف الأدبي، وبشكل يجعل أيضا الوقوف عند لحظة البداية باعتبار جانبها الكمي قراءة غير منصفة بامتياز.

"وشكل استمرار البنية التقليدية الأجناسية وغياب الكتابة الروائية داخلها امتدادا لسياق سوسيوثقافي عام، تكمن أهم سماته في طبيعة التركيبة الاجتماعية التقليدية السائدة، وذلك اعتبارا

لخصوصية الرواية كجنس أدبي يتعلق بشروط ظهوره، بشكل عام، بالانشغالات الثقافية والفكرية للفئات البورجوازية."[٣٣]

فالبورجوازية المغربية التي قادت معركة الاستقلال، تمكنت من الاستمرار في بسط نفوذها وهيمنت على الصعيدين المادي والفكري، كما استطاعت البورجوازية الصغيرة أن تساهم من منظورها الخاص في إثراء الحركة الأدبية وفرض نموذجها الفني، وهو النموذج الذي يكتفي برصد الهزائم التي ألحقت بهذه الطبقة، واستثمارها كخلفية فكرية وإيديولوجية تغني العمل الفني وتكشف عن طبيعة هذه القوة الاجتماعية الصاعدة وعن عجزها عن مواصلة مهام تاريخية أكبر من قدرة تلك القوة وتكوينها الخاص.

أما الطبقة البورجوازية الكبيرة فركزت بصفة أساسية على الماضي، باعتباره نبعا تاريخيا حافلا بالتضحيات والمكاسب، في حين انصب اهتمام مثقفي البورجوازية الصغيرة على الواقع المعاش، الذي أخذوا ينقدونه ويعرون مظاهره الشائعة لتوظيفه جماليا وفنيا في أعمال روائية نحتوا شخصياتها من نماذجه المقهورة. بينما تقوقع آخرون داخل ذواتهم، فألهتهم ذواتهم عمن عداهم. أخذوا يدورون في تلك الدائرة المغلقة المحدودة، وينسجون حولها خيوط الحرير.

في منتصف الأربعينيات وخلال فترة نهاية الحرب العالمية الثانية، شهد المغرب تحولات اجتماعية كبيرة ساهمت في بَلورة ظهور جانب الرواية المغربية. "ارتبطت التحولات تلك، من جهة بتغير البنية السوسيومهنية وبتطور هامش الأطر المثقفة داخلها، ومن جهة أخرى بانبثاق "برجوازية" مغربية بالمدن الكبرى، كفاس. وهو تحول تكمن امتداداته الثقافية المفترضة في البحث عن أجناس تعبيرية تستوعب متغيرات البنية الذهنية للطبقة ذاته."[٣٤]

كان النزاع قويا بين مختلف القوى الاجتماعية. ومن هنا كان على كل قوة أن تعطي ما عندها في المجال الثقافي. مستهدفة بذلك العطاء أن يكون وسيلة من وسائل إثبات وجودها،

ورديفا فكريا يدعم إيديولوجيتها، ويعزز موقعها كطبقة تريد أن تستقطب أكبر عدد من رجال الفكر والقلم. كما كان من الطبيعي أن تظهر روايات تنتسب إلى هذه القوة الاجتماعية أو تلك، طالما أن كل فئة من هذه الفئات تملك أيديولوجيتها الخاصة، وتفكيرها الخاص، النابع من الأساس المادي والشروط الاقتصادية والتاريخية التي شكلت وجودها.

إن طبيعة "البرجوازية" المغربية ظلت تفتقد إلى مشروع ثقافي وإبداعي حقيقي، بسبب عدم انسجام مكوناتها، وتداخل مصالح فئة من فئاتها مع مصالح البرجوازية الاستعمارية، وهذا ما يجعل الربط النهائي والمطلق بين ظهورها وبين بداية الرواية المغربية ضربا من الإسقاط الذي لا يخلو من تعسف.

٢-٢-٢ الملامح الفنية الأساسية في مرحلة التأسيس

إذا نحاول أن نلخص الملامح الفنية الفكرية الأساسية في مرحلة التأسيس، نلاحظ فيما يلي:

أولا: ظاهرة امتزاج الروائي بالسيرذاتي.

إن أبرز الروايات المغربية في مرحلة التأسيس ثلاثة منها روايات سيرذاتية، أي "الزاوية"، و"في الطفولة"، و"سبعة أبواب". "الواقع أن معظم الروايات المغربية، وعلى الخصوص روايات البدايات، هي روايات سيرذاتية بشكل أو بآخر، حيث غالبا ما ينهل كاتبها من تجربته، محاولا الاستفادة من ماضيه كما هو، أو محورا بصياغة فنية، تختلف من كاتب لآخر."[٣٥]

في الحقيقة، ليست هذه ظاهرة قاصرة في المغرب فحسب، بل إنها ظاهرة شاسعة في مجال كتابة الرواية الشرقية، فتبدأ الرواية المصرية أيضا بروايات سيرذاتية، بدليل "زينب" لهيكل، و"الأيام" لطه حسين، و"حياتي" لأحمد أمين الخ... كان الكاتب يفضل أن يتخذ السيرة الذاتية

ليعبر عن ذاته وعلاقة الشعب مع المجتمع. "البحث عن أسباب ذلك فيما هو عام مشترك، لاسيما هو خاص فردي. وأغلب الظن أن معرفة عميقة بالخصوصيات الإبداعية لهذا الجنس الأدبي في ارتباطه بالسباق السوسيوثقافي العام ستفيد حتما في كشف العديد من أسرار هذا الوضع المثير."[٣٦]

ثانيا: حضور الغرب والاستعمار

إن الخاصية الثانية للأعمال الروائية في مرحلة التأسيس تتمثل في حضور الغرب والاستعمار، ولو بأشكال مختلفة، أصبحت ظاهرة "الاستعمار والمطالبة بالاستقلال والتناقض بين المغرب والغرب، والتحدي الحضاري." عناصر مهمة ذات حضور قوي في كتابة هذه الروايات. حيث ما جسد في رواية "دفنا الماضي"، كان الكاتب يركز على الصراع بين الجيلين في العائلة الكبيرة للتعبير عن الصراع بين المغرب والغرب، وتنتهي الرواية بتحقيق الاستقلال. أما في رواية أخرى "في الطفولة"، فيتحدث الكاتب عن طفولته، حيث عاش في البيئتين المتناقضتين: إنجلترا والمغرب. فكانت الكتابة تتعلق بالتاريخ والواقع تعلقا عميقا في هذه المرحلة.

ثالثا: الالتزام بقواعد الكتابة

كانت الرواية المغربية في مرحلة التأسيس تلتزم بقواعد الكتابة الكلاسيكية، حيث تجري القصة حسب البداية والعقد وحل العقد والنهاية، وهناك سارد عارف يعرف الحكاية ويتدخل بالتعليق على الأحداث والشرح، إضافة إلى ذلك، فإن معظم الروايات تنتهي بالنهاية السعيدة، كما تتمثل الرواية "دفنا الماضي" بتحقيق الاستقلال. "فالملاحظ أن أغلبها يستمد رصيده من مقومات الرواية الكلاسيكية، والمعروفة بهيمنة الحكاية، والاهتمام الكلي بالحبكة الروائية، بالإضافة للمحافظة المطلقة على خطية السرد، واعتماد السارد الكلي المعرفة، فضلا عن كثافة التدخلات المباشرة."[٣٧]

٢-٣ مرحلة الانتشار

تمتد هذه المرحلة زمنيا من نهاية مرحلة التأسيس إلى منتصف السبعينيات تقريبا، وتتميز من ناحية السياسة بحصول المغرب على الاستقلال، ودخوله إلى فترة التغلب على آثار التخلف والاستعمار، والمحاولة في تحقيق الأهداف التنموية الأخرى.

لقد وصفنا هذه المرحلة من تطور الرواية المغربية بالتشبع باعتبار التقليد الذي شهدته على مستوى الموضوعات التي تداولتها، والتي ارتبطت في مجملها بالصراع الإيديولوجي ومناهضة السلطة والتعبير عن واقع اجتماعي مأزوم وصورة الآخر. فكل هذه اليتيمات ولدتها خيبة الأمل من الرهانات المعقودة على الاستقلال، والمسارات الجديدة التي اتخذتها الحياة السياسية والاجتماعية آنذاك. ولهذا تأثيره أيضا على شكل الكتابة الذي تميز بدوره بنوع من الواقعية المباشرة في صياغة الموضوعات. فهيمنة الرؤى الفكرية والإيديولوجية ارتباطا بالصراعات السياسية والاجتماعية التي يهجس بها الواقع جعلت من الكتابة الروائية شكلا لتمرير الأفكار وكوة وسيطة لفضح وتعرية ذلك الواقع.

إن هذا التشبع القائم في جوهره على التكرار كتقليد، إضافة إلى تأثير عوامل خارجية منها أساسا التأثر بمسار تطور الرواية العربية المشرقية، ونماذج من الرواية الغربية والعالمية، وتبلور الوعي النظري بالكتابة الروائية، قد انتهى إلى تكون وعي جديد بالرواية حاول أن يحررها من الموضوعات والأشكال التي ظلت رهينتها طيلة الفترة السابقة. وقد برز مع هذا الوعي الجديد من خلال إدراك جديد للواقع أيضا مكّن الروائي من الخروج من كتابة تغذيها، بشكل مباشر، الصراعات الإيديولوجية والفكرية الضيقة، نحو أفق يمكن من مقاربة الواقع من زاويا أخرى أكثر شمولا وعمقا، تطرح الأسئلة الأساسية للفرد في سياق لم يعد فيه مكان للأفكار المطلقة والمواقف النهائية.

ولكن "ظلت الممارسة الروائية المغربية، والعربية عامة، تعاني من تبعات ولادتها القاسية، في

شكل تمزق مأساوي فظيع، بين شكل روائي غربي ومضمون حكائي عربي."[٣٨]

تأتي المرحلة الثانية كمرحلة تشبعت فيها الرواية المغربية على مستوى الموضوعات وأشكال الكتابة التي تداولتها. وقد امتدت هذه المرحلة من التجارب الروائية الأولى التي استوفت شروط الكتابة الروائية وتمثلت ثوابتها حتى بروز أشكال التجريب المختلفة التي حاولت أن تخرج عن المتداول.

"وقد كانت النزعة الواقعية الاجتماعية في هذه المرحلة سمة بارزة في الكتابة الروائية. وان كان هناك تطور لافت في تأصيل الجنس وتطويره، فإنه بقي يمارس وظيفته التأثيرية النفعية، في علاقته بالخطابات والصراعات الإيديولوجية، وبالتصورات السائدة عن الكتابة على مدى عقدي الستينيات والسبعينيات من القرن العشرين، والمرتبطة في أغلبها بفلسفة الالتزام التي تنطلق منها المدرسة الواقعية في الأدب."[٣٩]

بعد هذه المرحلة ظهر نوع جديد من الكتابة الروائية مطبوع بالواقعية، وقد امتد من أواسط عقد الستينيات إلى منتصف عقد السبعينيات من القرن العشرين، وهي مرحلة عرف فيها المغرب بروز جملة من التناقضات، إذ كان الصراع على المستوى السياسي قد بلغ ذروته وكان له تأثير بالغ في المجال الثقافي والفكري، وعلى الأجناس الكتابية، ومنها الرواية التي أظهرت ميلا كبيرا للواقعية، باعتبارها الاتجاه الأكثر قابلية للتعبير عما كان يعرفه الواقع المغربي من صراعات وإرهاصات.

"للأسف الشديد المعلق، أو في حكم المعلق، لعقل معطيات تاريخية عديدة متشابكة. مما انعكس في شكل إحباط كبير أصاب نفوس الجماهير الشعبية العريضة. إحباط بدؤوا يشعرون معه وكأنهم استغلوا. فاحتدم الصراع المغربي/ المغربي، بين الفئات المستفيدة من الوضع الجديد والفئات المحرومة، خصوصا بعد انتهاء شروط التحالف الاستراتيجي المرحلي السابق ضد المستعمر

الأجنبي، وظهور الخلافات المجمدة سابقا على السطح من جديد."[٤٠]

وقد ظهر ذلك في روايات محمد زفزاف، ومبارك ربيع، وعبد الكريم غلاب، ومحمد شكري... الذين لعبوا دورا كبيرا في نشر الرواية وتقدمها بالمغرب. استطاعت الكتابة الروائية في هذه المرحلة أن تضفي خصوصية محلية على متخيلها وعوالمها، وتميزت بمجموعة من الخصائص ترتبط بالبعد المحلي من حيث طبيعة الأحداث والفضاءات والسياقات الثقافية والاجتماعية والنفسية.

إذا أردنا تأطير الرواية المغربية زمنيا في هذه المرحلة، فإننا نستطيع أن نربط بداياتها بمرحلة الاستقلال ومن قبيل الإشارة إلى نصوص روائية في هذه الفترة، نذكر رواية "دفنا الماضي" ١٩٦٦م، و"المعلم علي" ١٩٧١م لعبد الكريم غلاب؛ و"رفقة السلاح والقمر" ١٩٧٦م لمبارك ربيع؛ و"المرأة والوردة" ١٩٧٢م لمحمد زفزاف باعتبارها نماذج تأسيسية لهذه المرحلة. فقد لعبت دورا كبيرا في ذيوع الرواية وتقدمها بالمغرب. ومن ثمة استطاعت الكتابة الروائية في هذه المرحلة أن تضفي خصوصية محلية على متخيلها وعوالمها، وتميزت بمجموعة من الخصائص التي ترتبط بالبعد المحلي من حيث طبيعة الأحداث والفضاءات والسياقات الثقافية والاجتماعية والنفسية.

قد وصف بعض النقاد هذه المرحلة من تطور الرواية المغربية بالتشبع باعتبار التكرار الذي شهدته على مستوى الموضوعات التي تداولتها، والتي ارتبطت في مجملها بالصراع الإيديولوجي ضد السلطة والتفاوضات الاجتماعية وصورة الآخر كموضوعات ولدتها خيبة الأمل من الرهانات المعقودة على الاستقلال، والمسارات الجديدة التي اتخذتها الحياة السياسية والاجتماعية آنذاك. ولهذا تأثيره أيضا على شكل الكتابة الذي تميز بدوره بنوع من الواقعية المباشرة في صياغة الموضوعات. فهيمنة الرؤى الفكرية والإيديولوجية ارتباطا بالصراعات السياسية والاجتماعية التي يهجس بها الواقع، جعلت من الكتابة الروائية شكلا لتمرير الأفكار وقوة وسيطة لفضح وتعرية

ذلك الواقع.

"وقد تميزت الكتابة الروائية في هذه الفترة بهيمنة السياسي على الفني والإبداعي، وحضور الظواهر الاجتماعية كالفقر والأمية...إضافة إلى اعتماد اللغة السهلة والمباشرة، مع الإبقاء على عنصر السيرة الذاتية، والغرب ولو بشكل أقل من روايات المرحلة التأسيسية."[٤١]

إن هذا التشبع القائم في جوهره على التكرار، إضافة إلى تأثير عوامل خارجية منها أساسا التأثر بمسار تطور الرواية العربية المشرقية، ونماذج من الرواية الغربية والعالمية، وتبلور الوعي النظري بالكتابة الروائية، قد انتهى إلى تكون وعي جديد بالرواية حاول أن يخرج بها من شرنقة الموضوعات والأشكال التي ظلت رهينتها طيلة الفترة السابقة. وقد تبلور مع هذا الوعي الجديد إدراكٌ جديد للواقع أيضا، استطاع أن يخرج من إطار الصراعات الإيديولوجية والفكرية الضيقة ليتناول الواقع من زاوية أخرى أكثر شمولا وعمقا، تطرح الأسئلة الأساسية للفرد ضمن اهتماماتها الأولية.

من ناحية أخرى، إن هزيمة ١٩٦٧ تركت آثارا سلبية فادحة في جميع الشعوب العربية نفسيا وفكريا، حيث كل ذلك انعكس في الأدب المغربي عامة وكتابة الرواية خاصة. "إذا أضفنا لذلك كله، الآثار السلبية الفادحة لهزيمة ١٩٦٧ النكراء، وما أحدثته من رجة فكرية ونفسية عنيفة في كيان جميع الشعوب العربية، في ظل ظرفية تاريخية مشحونة بصراع إيديولوجي قوي بين المعسكرين المهيمنين على الساحة الدولية آنذاك. أمكننا فهم سر اعتماد هذا التاريخ نقطة تحول جذري في مسار الكتابة الأدبية المغربية عامة، والروائية منها على الخصوص."[٤٢]

إذا نحاول أن نلخص الملامح الفنية المتميزة في مرحلة الانتشار، كما جملها د. عبد العالي بوطيب في كتابه "الرواية المغربية من التأسيس إلى التجريب"، فيما يلي:"

- تكريس هيمنة السياسة على الثقافة.
- إعلاء الجوانب الفكرية على الفنية.
- إعطاء الأولوية لوظيفة الأدب على حساب طبيعته.
- اعتبار الاجتهادات الفنية مجرد محاولات إبداعية شكلية فجة.
- حضور بعض القضايا القومية (كقضية فلسطين مثلا).
- حضور التاريخ المغربي الحديث والمعاصر كتينة روائية بارزة.
- الحضور المكثف لبعض الظواهر الاجتماعية التي تمس الفئات المحرومة.
- ظهور البطل الإشكالي.
- إسناد البطولة لمثقفي البورجوازية الصغيرة والمتوسطة.
- استخدام اللغة البسيطة الخالية تقريبا من كل ملامح البيان العربي الكلاسيكي.
- اعتماد الشروط الموضوعية في تحريك الأحداث الروائية، واستبعاد الصدف والمفاجآت المعمول بها سابقا.
- استمرار حضور موضوعي السيرة الذاتية والغرب."[٤٣]

إن الكتاب المغاربة الجدد استعملوا أقلامهم في تسجيل موضوعات المجتمع الجديد واهتموا بالقضايا التاريخية في هذه المرحلة، فكانوا يعبرون عن أفكارهم الطبقية والإيديولوجية عن طريقة الكتابة، كما يرصدون المظاهر الجديدة في الحياة الاجتماعية. وكل ذلك ينعكس في الرواية، وسنحللها الجزء الباقي من هذا البحث.

٢-٤ مرحلة التحول

تعتبر مرحلة التجريب أهم مرحلة في تاريخ تطور الرواية المغربية. تميزت الرواية المغربية

بنزوعها إلى التجريب واختبار تصورات وأشكال وتقنيات جديدة في الكتابة. بينما تتراجع العناصر الإحالية والتأثيرية في الكتابة والإبداع، وتتحرر من قيود الإيديولوجية، بل تظهر جمالية وشعرية النص الروائي التي تلقى اهتماما خاصا، وتتميز الرواية المغربية، في هذه المرحلة، بنزوعها نحو تبني فلسفة جديدة للكتابة واختيارها أشكالا وتقنيات جديدة في الكتابة تتطلب من القارئ امتلاك كفاءات عالية في القراءة والتلقي، حتى يتفاعل مع الكاتب، وتتكون بينهما علاقة تشاركية.

في هذه المرحلة، "انطلق التحرر من سلطة الإيديولوجية، ولم يعد النظر إلى الأدب على أنه مجرد وعاء يحمل موقفا إيديولوجيا سابقا على الكتابة والإبداع. وبذلك، تم الشروع في وضع حد لكتابة روائية تقليدية تسعى إلى خلق نوع من الإيهام بالواقع، وانطلقت كتابة تجريبية تبني عوالمها من تفجير الواقع وتعدد زوايا النظر والاحتفاء باللغة والتخييل والانفتاح على عوالم الحلم والفانطاستيك والمحكي الشعبي. وفي كل الأحوال، ففي بدايات محطة التحول التي لا زال أدب الرواية يعيشها بالمغرب إلى اليوم في اعتقادنا، بدأت المطالبة باستقلال الأدب عن الخطابات الإيديولوجية القاهرة والخطابات الأدبية والنقدية والفكرية التي حكمت المحطتين السابقتين، وانطلقت العناية بالأدب باعتباره أدبا أولا، والمطالبة بالنظر إليه باعتباره غاية لا وسيلة في الصراعات الاجتماعية والإيديولوجية."[٤٤]

ونذكر فيما يلي بعض الروايات الممثلة لهذا الاتجاه: "الفريق" ١٩٨٧م، و"الأوراق" ١٩٨٩م لعبد الله العروي؛ "الجنازة" ١٩٨٧م لأحمد المديني؛ "المباءة" ١٩٨٩م و"دم الوعول" ٢٠٠٥م لمحمد عز الدين التازي؛ و"مجنون الحكم" ١٩٩٠م و"العلامة" ١٩٩٧م لبنسالم حميش و"أحلام بقرة" ١٩٨٨م و"ديك الشمال" ٢٠٠١م لمحمد الهرادي؛ و"عين الفرس" ١٩٨٨م و"مسالك الزيتون" ١٩٩٠م عند الميلودي شغموم؛ "لعبة النسيان" ١٩٨٧م و"الضوء الهارب"

١٩٩٣م لمحمد برادة؛ و"جارات أبي موسى" ١٩٩٧م و"السيل" ١٩٩٨م لأحمد التوفيق...وسيصبح التجريب بعد ذلك سمة مميزة للرواية المغربية في التسعينيات وما بعدها إلى يومنا هذا.

وتجسد هذه الأعمال بدرجات مختلفة التحولات التي عرفتها الكتابة الروائية في المغرب، وهي تحولات جعلتها تنزاح عن مسارها التقليدي على مستويي الموضوعات والأشكال، لترتاد آفاقا جديدة بحثا عن أشكال جديدة تستطيع بواسطتها أن تلامس بعمق الأسئلة الجديدة التي يتداولها الواقع. وقد اتخذ البحث عن هذه الأشكال اتجاهين أساسيين يحددان معا كشكلين من أشكال التجريب، وهما اتجاه الانفتاح على التجربة الروائية الغربية والتجارب العالمية كمنطلق لتحديث شكل الكتابة الروائية وجعله أكثر قدرة على طرح الموضوعات التي تمثل اهتمامات الروائيين المغاربة، ثم اتجاه الانفتاح على التراث العربي الإسلامي كمنطلق يمكن للتفاعل مع مكوناته المختلفة أن يبلور كتابة روائية أكثر جدة.

بالنسبة للاتجاه الثاني في تجريب الرواية المغربية، يمكن أن نقول إنه يقوم على الاحتراس في التراث العربي والإسلامي، ويحدد مستويات تحقق علاقة التفاعل بينهما، حتى يشيد جمالية ودلالة النص الروائي، حيث يؤدي إلى وعي مزدوج لدى بعض الكتاب المغاربة، أحدهما هو "وعي بالمأزق الذي وصلت إليه تجربة الحداثة في إطارها الغربي في مجال الإنتاج الروائي (الغموض، الاستلاب، التعقيد)؛ والآخر هو وعي بالأفق الذي يفتحه التراث الكلاسيكي والتراث السردي الشعبي على مختلف مستويات البناء والتركيب، في إطار المحافظة على خصائص الذائقة الجمالية المتوارثة."[٤٥]

ويمكن أن نعيد صياغة هذه المراحل الثلاث بشكل آخر يأخذ بعين الاعتبار الهاجس المهيمن على الكتابة الروائية في كل مرحلة على حدة. فنتحدث مثلا عن مرحلة التقليد وتمثل

ثوابت الكتابة الروائية كمرحلة أولى، ومرحلة الايدولوجيا والصراعات الفكرية كمرحلة ثانية، ثم مرحلة التجريب والبحث عن تشكيل جديد للكتابة الروائية كمرحلة ثالثة.

نشأت الرواية المغربية في أحضان التاريخ والسيرة، ولم تتحرر من الواقع، رغم تنويعاتها التخييلية، لأنها كانت تستمد دائما أهمّ عناصرها من الحياة الاجتماعية والسياسية والفكرية في المغرب المعاصر.

وإذا كانت هذه المراحل تمثل عموما مسار تطور الكتابة الروائية المغربية، فإن اهتمامنا سيتركز حول المرحلتين الأخيرتين منها. ونقصد بالضبط خرائط تطور الرواية المغربية في سياق التجريب.

بدأ ما يمكن تسميته بالرواية التجريبية منذ بداية منتصف السبعينيات من القرن الماضي مع صدور روايتي "حاجز الثلج" ١٩٧٤م لسعيد علوش، و"زمن بين الولادة والحلم" ١٩٧٦م لأحمد المديني.

"في هذا المناخ المتحول بنيويا، ستصدر رواية "حاجز الثلج" ١٩٧٤م للكاتب سعيد علوش. وهي رواية ستسجل ضمن المشروع الروائي العربي بالمغرب سبقا في الانفتاح على "التقنيات الجديدة التي استخدمتها الرواية الأوروبية المعاصرة (رواية القرن العشرين)، كما تستفيد من الروايات العربية الحالية بما فيها جميعا من أساليب مأخوذة أيضا عن الغرب."٤٦

بعد ذلك التاريخ بسنتين ١٩٧٦، أصدر الكاتب أحمد المديني رواية تحمل عنوان "زمن بين الولادة والحلم"، وهي ثاني إصدار له بعد مجموعته القصصية "العنف في الدماغ" ١٩٧١م. "ستظهر إذن رواية المديني الأولى في فترة تحول ومرور أو عبور من زمن المواجهات الخفية والمعلنة إلى زمن تقنين أشكال المواجهة وإعادة النظر في أساليبها. وفي البداية سيواجه النص بالصمت والتجاهل، إلى أن يقتض ذلك الصمت أحد أبرز فرسان حلبة النقد في تلك المرحلة."٤٧

تسجل مرحلة التحول من التجريب التلقائي مع الروايتين المذكورتين إلى التجريب الواعي باستراتيجياته مع أعمال كل من محمد عز الدين التازي وأحمد المديني ومبارك ربيع وعبد الله والعروي والميلودي شغموم ومحمد برادة ومحمد زفزاف وغيرهم. "فمع هذه الكوكبة من الروائيين المغاربة، ستنتقل الرواية إلى مرحلة البحث عن إمكانات جديدة في مستويات التقنية والرؤية، وهو بحث معرفي وفني وإيديولوجي يستهدف الخلخلة وتجاوز القواعد السائدة المترسبة عن التقاليد وقيم الثقافة التقليدية."[٤٨]

وإن الروايات النموذجية في هذه الفترة هي: "أبراج المدينة" ١٩٧٨م المدينة، و"اليتيم" ١٩٧٨م لعبد الله العروي... بيد أن هذه الإبداعات الروائية تبقى محاولات فردية متناثرة لتتحول إلى ظاهرة جماعية مع بداية الثمانينيات خاصة مع ظهور أعمال كل من مبارك ربيع "رفقة السلاح والقمر" ١٩٧٦م و"بدر زمانه" ١٩٨٣م، وأحمد المديني "وردة للوقت المغربي" ١٩٨٢م، ومحمد عز الدين التازي "رحيل البحر" ١٩٨٣م، والميلودي شغموم "الأبله والمنسية وياسمين" ١٩٨٢م... "حيث نلاحظ في هذه النصوص السردية التجريبية تداخل الضمائر، وتعدد السرد، وتيار الوعي، والمنولوج وخاصية التذويت (تبئير الذات)، وشعرنة الخطاب السردي، وتداخل الأزمنة والإيقاعات السردية، والإيجاز في الوصف، وتوظيف خطاب التغريب والتعجيب، وخلق بوليفونية سردية (تعددية أسلوبية) قائمة على الباروديا والتهجين والمفارقة والسخرية واستنطاق المستنسخات النصية."[٤٩]

شهدت التغيرات السياسية المهمة في منتصف السبعينيات من القرن المرصوم، مما يمهد الطريق لتدشين مرحلة الإصلاحات الديمقراطية. أما على الصعيد الثقافي والفكري، فقد ظهرت تصورات أدبية جديدة تدعو إلى تجاوز طرق الكتابة والتعبير السابقين. وفي إطار الكتابة الروائية، الأمر يؤدي إلى ظهور التجريبية برهاناتها الساعية إلى اعتماد تقنيات كتابية جديدة، بهدف إعادة

摩洛哥小说艺术：从产生到发展（1942—2009）

التوازن المفقود للرواية المغربية، حيث تتجاوز تقنيات الحكي الكلاسيكي، وتنويع وجوه السرد، وتناول مواضيع تنهل من التراث، والظواهر الغرائبية، وتكسير سطوة اللغة القديمة، والمصالحة بين الأجناس التعبيرية والكتابية في السرد الروائي.

بدأت الرواية المغربية في مرحلة التجريب تبلور أسئلة المغايرة، متحررة من القيود الواقعية الاجتماعية التقليدية، وأصبحت تنفتح على مرجعيات فكرية وأدبية وفنية ونقدية جديدة، وتعيد النظر إلى الخلفيات الفلسفية والإيديولوجية التي كانت تتحكم في الكتابة الروائية في الزمن السابق. ولكن من ناحية أخرى، بسبب انطلاق الإبداع والبحث المتواصل عن الجماليات الجديدة والشعريات الناضجة واقتصاديات المغايرة في الكتابة، كاد التجريب الروائي يؤدي إلى انفصال الأدب عن المجتمع، وانغلاق الكتابة على ذاتها، ويجعل الرواية تبدو كأنها شيء غير نافع ولا صالح.

"فقد ضحت الكتابة الروائية بوظيفتها التداولية النفعية لصالح وظيفتها الشعرية الجمالية الخالصة، ولم تكن هذه التضحية بعيدة عن تأثير الرواية الجديدة بفرنسا والنظريات البنيوية والشكلية في اللغة والأدب، كما أنها ليست منفصلة عن المناخ النفسي العام الذي هيمن على المغرب، وخاصة بعد خيبة الأمل وخمود الفورة الحماسية التي سادت السنوات الأولى من الاستقلال، وانكسار خطابات كانت رافعة إيديولوجية التقدم والتغيير في السبعينات من القرن المنصرم. ففي بعض نماذج هذه المحطة، نجد نصوصا تغالي في الاشتغال على الشكل الروائي، وتقدم كتابة موجهة بسخرية خفية وغرابة كاسحة تسير بطيئا نحو اللامعنى واللاحكاية."[٥٠]

ورغم ذلك فإن الرواية التجريبية، ما زالت محل نقاش واسع، كونها لم تتمكن من متراكمة ما يكفي من النماذج الروائية للدفاع عن نفسها، إضافة إلى وجود روائيين ما زالوا منتصرين لأشكال الرواية الواقعية.

إنّ الإنتاج الروائي الذي يجسد المرحلة الثالثة يمثل لأغلبية الإنتاج الصادر في المغرب، إذ بلغ عدد الروايات المغربية المنضوية في هذا الاتجاه ما يربو على مائتين. لقد كان للإنتاج الروائي المغربي حضور على المستوى الأكاديمي وفي الساحة الثقافية والأدبية بحيث يمكن أن نقول إنه كان يسعى لجعل (المغرب الروائي) يعيش على إيقاع أحداث العصر من نظريات فكرية وقيم أدبية وفي تفاعل معها. ولا شك أن الإنتاج الروائي في مرحلة التحول، كمّا وكيفا، يمثل نقلة نوعية في مجال الكتابة الأدبية وفي مجال تطور الفكر في المغرب المعاصر.

٣ – مسارات تطور الرواية المغربية حسب العقود التاريخية

٣-١ مرحلة الحماية

٣-١-١ إحصاء الإنتاج في مرحلة الحماية

نتخذ في هذا البحث سنة ١٩٤٢ لحظة بداية ظهور الرواية المغربية، ويبلغ عدد الروايات الصادرة في مرحلة الحماية بين سنة ١٩٤٢ و١٩٥٥ أربعة أعمال روائية،[٥١] وتحتل ١٧% من مجموع الأعمال المنشورة إلى حدود سنة ١٩٥٥، حيث يتجلى التأخر المضاعف لتلك اللحظة، سواء بالمقارنة مع مرحلة ظهور الرواية بالمشرق، وخصوصا بكل من مصر والعراق،[٥٢] أو بالمقارنة مع لحظة ظهور الكتابات القصصية والمسرحية كجنسين جديدين بالمغرب، حيث ظهرت أول مجموعة قصصية في عام ١٩٣٨، وبلغ عدد المجموعات القصصية إلى حدود ١٩٥٥م خمسة أعمال قصصية، تحتل ٢١% من مجموع الأعمال الأدبية الصادرة خلال مرحلة الحماية. وفي نفس الوقت، عرفت الفترة الممتدة من سنة ١٩٣٣ إلى سنة ١٩٥٥ صدور تسعة أعمال مسرحية، تشغل ٣٧% من المجموع المذكور. كما صدرت خلال هذه المرحلة ست مجموعات

شعرية، حيث تشغل ٢٥% من مجموع الأعمال الأدبية. فإن ظهور كتابة الرواية بالمغرب يدل على استيقاظ الإبداع الأدبي والفني في المغرب. فما يلي تتضح تفاصيل الأعمال الأدبية من خلال الجدول والرسم البياني:

جدول (١): وضع الإنتاج الروائي الصادر في مرحلة الحماية ١٩٤٢- ١٩٥٥

مرحلة الحماية	السنوات	١٩٤٢	١٩٥٠	١٩٥٤
	عدد الروايات	١	٢	١
	المجموع	٤		

رسم بياني: وضع الإنتاج الأدبي الصادر خلال مرحلة الحماية ١٩٤٢- ١٩٥٥

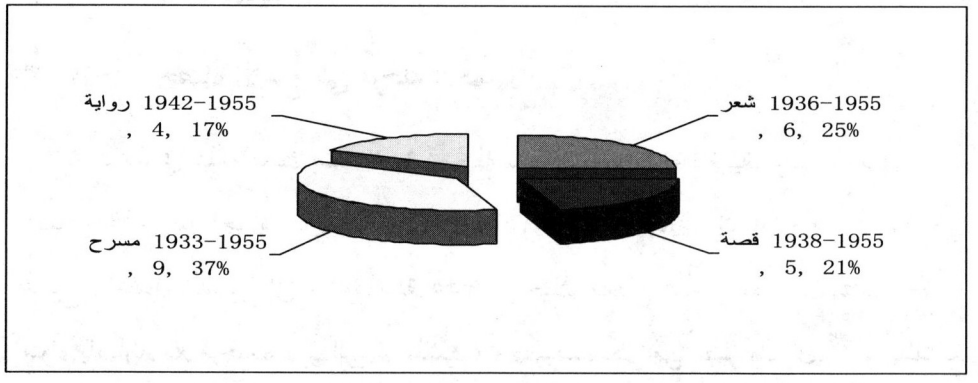

جدول (٢): وضع الإنتاج الروائي الصادر خلال مرحلة الحماية ١٩٤٢- ١٩٥٥

فترة الإنتاج	عدد الرواية بالعربية	(١)%	(٢)%	(٣)%	(٤)%	(٥)%
مرحلة الحماية	٤	١٧[٥٣]	٤٤.٤٥[٥٤]	٠.٦٢[٥٥]	٠.٣٧[٥٦]	٠.١٤[٥٧]

(١) بالنسبة لمجموع الأعمال الأدبية الصادرة خلال مرحلة الحماية

(٢) بالنسبة للأعمال الروائية الصادرة بكل اللغات خلال مرحلة الحماية

(٣) بالنسبة لمجموع الأعمال الروائية العربية الصادرة إلى حدود ٢٠٠٩

(٤) بالنسبة لمجموع الأعمال الروائية الصادرة بكل اللغات إلى حدود ٢٠٠٧

(٥) بالنسبة لمجموع الأعمال الأدبية العربية الصادرة إلى حدود ٢٠٠٩

ترتبط محدودية الإنتاج الروائي خلال مرحلة الحماية بتأخر ظهور الكتابة الروائية وبخصوصية شروط تكونها كجنس أدبي جديد، كما تعكس عدد الأعمال الروائية المحدود وضع الرواية المغربية خلال المرحلة ذاتها. إنّ هذه الشروط التي تداخلت في تحديدها ترتبط بمجموعة من الشروط السوسيوثقافية والأدبية المتعلقة بأسئلة التحول الأجناسي.

٣-١-٢ واقع ظهور مرحلة الحماية

ارتبط التأسيس لجنس الرواية في الأدب المغربي الحديث بداية القرن العشرين؛ بطرح النخبة المغربية لمجموعة من الأسئلة الفكرية؛ التي ارتبطت في العمق بمنظومة الحداثة التي اخترقت الفكر المغربي خلال القرن التاسع عشر؛ سواء عبر الحربين اللتين خاضهما المغرب في مواجهة الفرنسيين والأسبان (أيسلي وتطوان). أو عبر العلاقات الاقتصادية والسياسية والديبلوماسية والثقافية كذلك؛ التي كانت تربط المغرب بأوربا.

و نتيجة لكل هذه الأحداث؛ ولدت الرواية كصوت أدبي حديث؛ للتعبير عن مجمل التحولات التي يعرفها المغرب؛ كجزء لا يتجزأ من العالم العربي؛ يمتلك تراثا أدبيا تقليديا (المقامة؛ الرسالة؛ الخطابة؛ الرحلة). وفي نفس الآن كجزء لا يتجزأ من المكون الثقافي الأوروبي المتوسطي؛ وعلى قائمته الأوربي؛ وهذا المكون الثقافي يفرض على المغرب تحديا كبيرا على مستوى الخيارات

المفتوحة للكتابة.

وقد عاش المغرب بين هذين التحديين؛ تحدي المحافظة على التراث الأدبي العربي وتحدي معانقة التصورات الأدبية الحديثة؛ التي تهب عليه رياحها من الضفة الشمالية لبحر الأبيض المتوسط؛ وهذه الوضعية هي التي صاغت سؤال التأسيس في الرواية المغربية.

إلى جانب هذا التأثر، عرفت العلاقات الثقافية بين المغرب والمشرق العربي ازدهارا نسبيا عبر الصحافة المصرية التي كانت تصل إلى المغرب حاملة أصداء الفكر والأدب والسياسة. "وكان من نتائج ذلك تبلور (مثقفة) مغربية – مشرقية نجد أصداءها في الحركة السلفية بالمغرب المتأثرة بالسلفية المشرقية، وفي الحركة الشعرية التي انطلقت نحو الجديد مقتفية أثر المدرسة والرومانسية المصرية، وفي الحركة القصصية والروائية التي اتخذت نماذجها المثلي من المرجعيتين المصرية واللبنانية. إن العوامل الداخلية (المكونات) والخارجية (المؤثرات) مجتمعة ومتفاعلة، مثلت الشروط التكوينية والتاريخية التي ساهمت في تبلور أولى للوعي بجنس الرواية في المغرب والشروع في وضع اللبنة الأولى للمؤسسة الروائية." [٥٨]

لكن إذا نحن أردنا أن نوضح هذه النقطة، فسنحاول تناولها من حيث تكون الرواية. إن مفهوم التكون لا يعني التتبع التاريخي لظهور الرواية، والوقوف عند مراحلها المختلفة. ولكن التكون يفيد الوقوف على أهم العناصر البنيوية التي تقوم عليها الرواية، هذا من جهة؛ والوقوف على بعض اللحظات الدالة في تاريخ الرواية من جهة أخرى، من خلال مرجعيات أساسية كان لها أثرها الفعال في تحويل مجرى الممارسة الروائية. [٥٩]

يمكن أن نقول في هذا السياق بأن الرواية والشروط العامة المحيطة بإقامة السرد الروائي المرتبط بها هو ما يعيننا، "ومن الوهمي البحث عن الجذور التاريخية والفنية للرواية في الأدب المغربي بانفصال عن خط القصة القصيرة التي لم تكن تمثل في بداياتها جنسا أدبيا مستقلا بذاته." [٦٠]

"من هنا يصبح من الأنسب استعمال تسمية أقرب إلى الدقة، أي "كتاب الرواية"، بحكم ما يظهر لنا من كتاب يطرقون فن الرواية هم هواة أكثر منهم محترفين، أو أنهم يركنون إليه كتابة عرضية عقب صحبة طويلة مع القصة القصيرة. لا عجب إذا لاحظنا، وباستثناءات قليلة، أن "الروائيين" والقصاصين هم على الأغلب واحد." [٦١]

إنّ الصعوبة الأولى هي أن النشأة المتأخرة للرواية في نطاق الكتابة السردية مجتمعة، وخاصة بطء بلوغها النضج المناسب، إضافة إلى غياب بعض الشروط العامة اللصيقة بكتابة السرد الحديث؛ فإن عوامل أخرى نستقصيها لاحقا أسهمت في وضع الرواية تحت طائلة الهشاشة والاختلال.

"تكمن أهم الشروط تلك في خصوصية سيرورة التحول الأجناسي القائم على الانتقال من الأنواع السردية التقليدية، المتجلية أساسا في المقامة وأدب الرحلات، إلى الكتابة القصصية. وشكل ظهور الكتابة القصصية داخل السيرورة تلك عتبة لانبثاق الرواية بالمغرب."[٦٢]

تزامن نشر الأعمال الأربعة خلال مرحلة الحماية مع مجموعة من التحولات الثقافية والاجتماعية التي حدثت في أربعينيات القرن الماضي، حيث شكلت عتبة رئيسية في إطار سيرورة ظهور الرواية المغربية. إن هذه الشروط التي احتفظت بخصوصية وضع الرواية كجنس أدبي جديد ملائم للبنية الاجتماعية المغربية خلال تلك الفترة.

في الحقيقة، إن شروط نشأة الرواية المغربية تشبه شروط ظهور الكتابة القصصية، وما بين النموذجين اختار (إبراهيم كشخصية في الرواية)؛ الانحياز للنموذج الثاني؛ لما يجسده من تقدم؛ وتنظيم؛ وقوة؛ ويعبر هذا الانحياز عن قوة التأثير التي مارسها النموذج الثقافي الأوربي على الثقافة المغربية؛ باعتباره نموذجا بديلا لما يعيشه المغرب من تردي؛ مماثل لما تعيشه الأمة العربية ككل.

٣-٢ من بداية الاستقلال إلى نهاية الستينيات: عتبات تحول الوعي الروائي

٣-٢-١ إحصاء الإنتاج من بداية الاستقلال إلى نهاية الستينيات

صدر خلال فترة سنة ١٩٥٦-١٩٦٩، ١٤ عملا روائيا عربيا. إن هذا الإنتاج كما يكشف الجدولان أسفله - بالرغم من ضآلته الكمية في تاريخ الرواية المغربية إذ أنه لم يتجاوز ٢.١٦% من الإنتاج الروائي الصادر إلى حدود سنة ٢٠٠٩ - قد حقق في الآن ذاته تحولا كميا نسبيا بالمقارنة مع مرحلة الحماية بأربعة أعمال روائية، حيث لم تكن النسبة تلك تتجاوز ٠.٦٢%. وفي نفس الوقت، بلغت نسبة الرواية العربية ٢٧% من مجموع الإنتاج الأدبي خلال هذه الفترة، بينما كانت تلك النسبة ١٧% خلال مرحلة الحماية. إضافة إلى ذلك يميل الكتاب المغاربة، في فترة الستينيات من القرن الماضي، إلى كتابة الرواية باللغة العربية وتتراجع نسبة الروائيين المغاربة الذين يختارون الكتابة باللغة الفرنسية حيث يحتل عدد الرواية العربية ٧٠% من مجموع الإنتاج الروائي بكل اللغات. فما يلي تتضح تفاصيل الأعمال الأدبية من خلال الجدول والرسم البياني:

جدول (١): وضع الإنتاج الروائي الصادر خلال فترة ١٩٥٦ – ١٩٦٩

	السنوات	١٩٥٧	١٩٦٣	١٩٦٥	١٩٦٦	١٩٦٧	١٩٦٨	١٩٦٩
١٩٥٦-١٩٦٩	عدد الروايات	١	٢	٢	٢	٣	٣	١
	المجموع	١٤						

جدول (٢): وضع الإنتاج الروائي الصادر خلال فترة ١٩٥٦ – ١٩٦٩

فترة الإنتاج	عدد الرواية بالعربية	(١)%	(٢)%	(٣)%	(٤)%	(٥)%
١٩٥٦-١٩٦٩	١٤	٢٧ [٦٣]	٧٠ [٦٤]	٢.١٦ [٦٥]	١.٣ [٦٦]	٠.٥ [٦٧]
مرحلة الحماية	٤	١٧	٤٤.٤٥	٠.٦٢	٠.٣٧	٠.١٤

(١) بالنسبة لمجموع الأعمال الأدبية الصادرة خلال فترة ١٩٥٦ – ١٩٦٩

(٢) بالنسبة للأعمال الروائية الصادرة بكل اللغات خلال فترة ١٩٥٦ – ١٩٦٩

(٣) بالنسبة لمجموع الأعمال الروائية العربية الصادرة إلى حدود ٢٠٠٩

(٤) بالنسبة لمجموع الأعمال الروائية الصادرة بكل اللغات إلى حدود ٢٠٠٧

(٥) بالنسبة لمجموع الأعمال الأدبية العربية الصادرة إلى حدود ٢٠٠٩ .

رسم بياني: وضع الإنتاج الأدبي الصادر خلال فترة ١٩٥٦ – ١٩٦٩

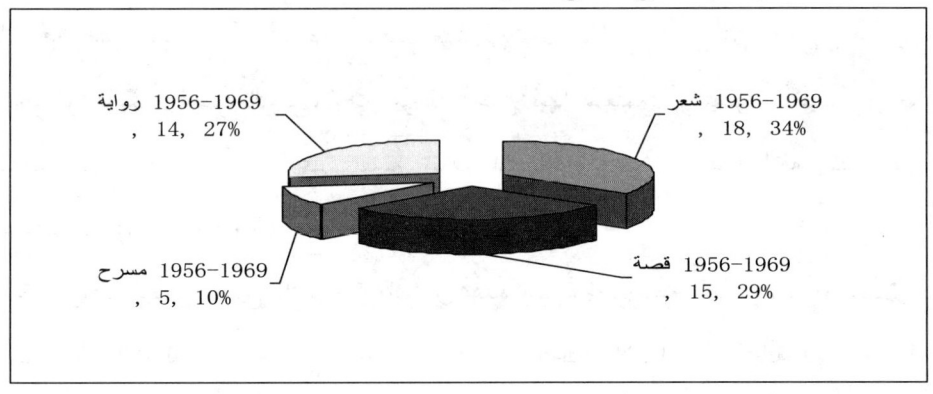

تطورت الرواية والقصة خلال هذه الفترة تطورا كبيرا، أصبح عدد الإنتاج الروائي والقصصي ثلاثة أضعاف مما كان في مرحلة الحماية، حيث تكون نسبة الأعمال القصصية ٢٩% من مجموع الأعمال الأدبية الصادرة. وفي نفس الوقت، عرفت الفترة الممتدة من سنة ١٩٥٦ إلى

سنة ١٩٦٩ صدور ٥ أعمال مسرحية، تشكل ١٠% من المجموع المذكور. كما صدرت خلال هذه المرحلة ١٨ مجموعة شعرية، حيث تشغل ٣٤% من مجموع الأعمال الأدبية.

٣-٢-٢ خصائص الرواية المغربية من بداية الاستقلال إلى نهاية الستينيات

إن سيرة "في الطفولة" (الجزء الأول) ١٩٥٧م لعبد المجيد بن جلون هي أول رواية وسيرة ذاتية بعد الاستقلال، وصدر الجزء الثاني لهذا العمل سنة ١٩٦٨. ومقابل هذا فإن أعمالا من قبيل رواية "سبعة أبواب" ١٩٦٦م لعبد الكريم غلاب، و"جيل الظمأ" ١٩٦٧م لمحمد عزيز الحبابي، تتبوأ مكانة مهمة في تاريخ الرواية المغربية، باعتبارها أعمالا تملك قيمة فنية عالية تؤهلها لإعطاء صورة واضحة ودقيقة عن ملامح الكتابة الروائية المغربية آنذاك. ويمكن إبراز هذه الملامح على النحو التالي:

امتزاج الروائي بالسرد الذاتي: "خلاصة ذلك أن بداية الكتابة الروائية كانت محكومة تاريخيا بما يمكن نعته بتضخم الأنا لدرجة لم يجد معها الروائيون آنذاك بدا من الاستناد إلى تجربتهم الشخصية لتأثيث الفضاء الروائي، وهي مرحلة أحسّ فيها المتعلمون والمثقفون بأهميتهم فراحوا يستكشفون ذواتهم، ويعكفون على تفسير أناهم المتضخمة وعلى تحديد العلاقة بينهم وبين مجتمعهم المتحرك في اتجاه واحد."[٦٨]

ارتبط التطور النسبي للإنتاج الروائي في هذه الفترة بخصوصية لحظة بداية الاستقلال، كمجال لمتغيرات الوعي الأجناسي الروائي، حيث شكل عتبة للانتقال إلى كتابة الرواية ارتباطا بمفهومها الأوربي والشرقي. وظهر متغيران في هذه الفترة، كمي وأجناسي، حيث فتح الإطلاع على النماذج الروائية المشرقية والأوربية، وتم ذلك من خلال مستويين أساسيين: "تجلي الأول في اللقاء المباشر بالنماذج تلك، وارتبط ذلك ببداية إسهام الجامعة المغربية على مستوى تطوير

هامش التلقي في إطار بحثها عن مشروع نقدي روائي مفترض، وبمتابعة مجموعة من الروائيين لدراستهم بالقاهرة وبباريس. واعتمد المستوى الثاني من جهة الترجمات المشرقية للأعمال الروائية الأوربية، ومن جهة أخرى وساطة الرواية المغربية المكتوبة بالفرنسية باعتبارها مجال تماس مع النموذج الروائي الأوربي."[٦٩]

٣-٢-٣ نموذج روائي: "في الطفولة"

إن رواية "في الطفولة" صادرة في سنة ١٩٥٧ لعبد المجيد بن جلون أول نص أوطبيوغرافي (سيرة ذاتية) في المتن الروائي المغربي، وأول نص إبداعي أدبي تمثل قواعد الكتابة السردية كما هو محدد في السيرة الذاتية. فتتميز "في الطفولة" عن باقي السير الذاتية الأخرى بكونها سيرة ذهنية. تشبه سيرة "الأيام" لطه حسين وسيرة "حياتي" لأحمد أمين. ويمكن أن نعتبر "في الطفولة" لعبد بن جلون نصا روائيا لكونه يجمع بين التوثيق والتخييل، وبين المتعة الفنية وسرد الحقائق التاريخية. فإن "في الطفولة" كتاب يجمع بين السيرة الذاتية والكتابة الروائية.

تستعرض الرواية سيرة الكاتب الطفولية: هاجرت الأسرة من الدار البيضاء إلى مانشستر، ثم عادت إلى المغرب واستقرت في فاس، حتى ذهابه إلى مصر لمتابعة دراساته الجامعية. حيث يركز الكاتب في سيرته على بيئتين متناقضتين حضاريا وثقافيا: بيئة إنجلترا وبيئة المغرب. وبذلك تذكرنا برواية "أوديب ملكا" ١٩٣٥م لطه حسين و"عصفور من الشرق"١٩٣٨م لتوفيق الحكيم و"قنديل أم هاشم" ١٩٤٤م ليحيى حقي، و"الحي اللاتيني" ١٩٥٤م لسهيل إدريس، و"موسم الهجرة إلى الشمال" ١٩٦٦م للطيب صالح، و"أصوات" ١٩٧٢م لسليمان فياض...

يستحضر الكاتب في روايته هذه فضاءين متقابلين: فضاء إنجلترا وفضاء المغرب، وبتعبير آخر يذكر فضاء مانشستر وفضاء فاس، حيث يدل على الصراع الحضاري والثقافي والديني بين

الفضاءين. لما وصل الولد من مانشستر إلى فاس، وجد صعوبة كبيرة في التواصل والتفاهم مع أفراد الأسرة الكبيرة والبيئة المغربية، فبدأ يستغرب هذا العالم القريب من البداوة والتخلف، ثم قارن البلدين: إنجلترا والمغرب، ووصف تأرجحه بين الحضارتين الغربية والمغربية (الإسلامية المشرقية). ولكنه قرر أخيرا أن يتحدى هذا الإشكال الصعب، باختيار مواجهة مجموعة من العوائق والإحباطات ويتجاوز الواقع الذاتي ليتكيف مع الواقع الموضوعي وليحقق الفوز من خلال التواصل مع فضاءين مختلفين ومتناقضين حضاريا وثقافيا.

" تتسم البيئتان بقيم متعارضة تتمثل في ثنائية الأصالة والمعاصرة، وثنائية التقدم والتخلف، وثنائية التغريب والتأصيل، وثنائية المادة والروح، وثنائية التفسخ الحضاري في مقابل الاعتزاز بالهوية والدين والتشبث بالوطن."[٧٠]

انطلقت الرواية من فترة ما بعد الحرب العالمية الأولى إلى سفر الكاتب إلى مصر سنة ١٩٣٧، حيث تعكس بصدق وتخييل فني حالة إنجلترا والمغرب في بداية القرن العشرين، وتشير الرواية إلى الأزمة الاقتصادية العالمية وما سببته من إفلاس اقتصادي ومالي وظهور الحركة الوطنية، ثم تظهر لنا ما تعيش فيه مانشستر في أجواء الإمبراطورية من غطرسة واستبداد إمبريالي؛ وما يعيشه المغرب في أجواء الاستعمار الفرنسي، مما أدى إلى الأزمات والمشاكل على جميع المستويات. وخصوصا أن المغرب يعاني من جميع مظاهر التراجع السياسي والاقتصادي والاجتماعي، مما حدا بالمغاربة إلى مقاومة الاستعمار، في مرحلة أولى، من خلال الدعوة إلى الإصلاح السياسي والاجتماعي والاقتصادي، ثم الدعوة إلى المقاومة المسلحة إسوة بالشعوب العربية التي كانت بدورها تعاني مما يعانيه المغرب.

"نستشف مما سلف ذكره، أن نص "في الطفولة" لعبد المجيد بن جلون سيرة ذاتية، وأول خطاب أوطوبيوغرافي في مسار الرواية المغربية، كما أنه نص روائي كلاسيكي يسترجع الكاتب فيه

طفولته التي قضاها في صراع مع الذات والواقع مع التأرجح بين الإخفاق والانتصار مشغلا خطاب البوح والاعتراف والاستذكار واسترجاع الماضي لمعرفة الحاضر ضمن رؤية سردية داخلية مع التنويع الأسلوبي واللغوي والتفنن في الإيقاع الزمني وتنويع الفضاءات والمشاهد المكانية." [٧١]

٣-٣ السبعينيات: نحو تجربة روائية جديدة

٣-٣-١ إحصاء الإنتاج في السبعينيات

صدر خلال فترة سنة ١٩٧٠ – ١٩٧٩، ٢٥ عملا روائيا عربيا. أظهرت هذه الفترة تزايدا كميا على مستوى الإنتاج الروائي مقارنة بفترة الستينات التي عرفت صدور أربع عشرة رواية. ولكن حصيلة الإنتاج الروائي لفترة السبعينيات لم تشكل سوى ١٦% من مجموع الأعمال الأدبية المنشورة. نستنتج، إذن، أن الإنتاج الروائي انخفض مقارنة بالفترة السابقة التي شكل إنتاجها الروائي ٢٧% من مجمل الإنتاج الأدبي. ومرد هذا التراجع يعود إلى تزايد الإقبال على أجناس أدبية أخرى مثل القصة القصيرة والشعر. وكما يتبين من الجدولين التاليين، فإن الرواية المكتوبة بالعربية تشكل نسبة ٧٦% من مجموع الإنتاج الروائي بكل اللغات إلى حدود ٢٠٠٧، مما يسمح بالقول إن هناك إقبالا كبيرا على كتابة الرواية بالعربية في هذه الفترة. وشغلت ٣.٨٦% من مجموع الإنتاج الروائي الصادر إلى حدود سنة ٢٠٠٩، بينما لم تتجاوز ٠.٩% من الإنتاج الأدبي الصادر إلى حدود سنة ٢٠٠٩، فقد حققت تضاعفا بالمقارنة مع المرحلة السابقة. فما يلي تتضح تفاصيل الأعمال الأدبية من خلال الجدول والرسم البياني:

جدول (١): وضع الإنتاج الروائي الصادر خلال فترة ١٩٧٠- ١٩٧٩

	السنوات	٧١	٧٢	٧٣	٧٤	٧٦	٧٧	٧٨	٧٩

١٩٧٩-١٩٧٠	عدد الروايات	٢	٣	١	٥	٣	٢	٧	٢
	المجموع	٢٥							

جدول (٢): وضع الإنتاج الروائي الصادر خلال فترة ١٩٧٠ — ١٩٧٩

فترة الإنتاج	عدد الرواية بالعربية	%(١)	%(٢)	%(٣)	%(٤)	%(٥)
١٩٧٩-١٩٧٠	٢٥	١٦ [٧٢]	٧٦ [٧٣]	٣.٨٦ [٧٤]	٢.٣١ [٧٥]	٠.٩ [٧٦]
١٩٦٩-١٩٥٦	١٤	٢٧	٧٠	٢.١٦	١.٣	٠.٥
مرحلة الحماية	٤	١٦	٤٠	٠.٦٨	٠.٣٧	٠.٣٦

(١) بالنسبة لمجموع الأعمال الأدبية الصادرة خلال فترة ١٩٧٠ — ١٩٧٩

(٢) بالنسبة للأعمال الروائية الصادرة بكل اللغات خلال فترة ١٩٧٠ — ١٩٧٩

(٣) بالنسبة لمجموع الأعمال الروائية العربية الصادرة إلى حدود ٢٠٠٩

(٤) بالنسبة لمجموع الأعمال الروائية الصادرة بكل اللغات إلى حدود ٢٠٠٧

(٥) بالنسبة لمجموع الأعمال الأدبية العربية الصادرة إلى حدود ٢٠٠٩

رسم بياني: وضع الإنتاج الأدبي الصادر خلال فترة ١٩٧٠ — ١٩٧٩

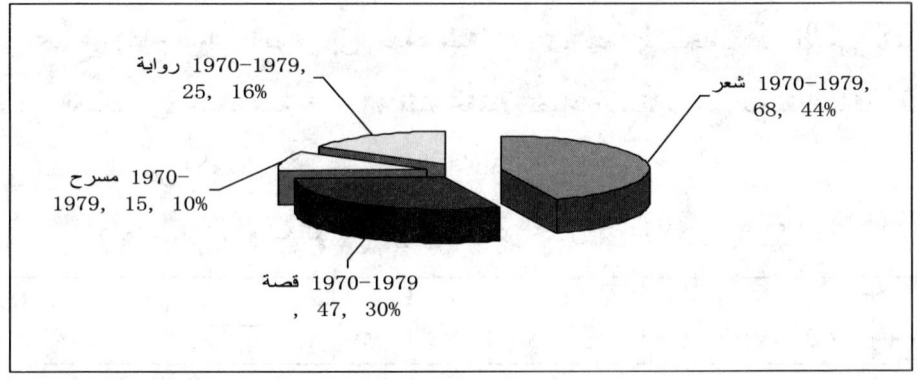

بلغ عدد الأعمال الأدبية المنشورة في الفترة الممتدة ما بين فترة ١٩٧٠ و١٩٧٩، ١٥٥ عملا، وتعتبر هذه الحصيلة ضعف ما أنتج في عقد الستينيات، منها ٦٨ مجموعة شعرية تشغل ٤٤% من مجموع الأعمال الأدبية، فتكاد تقارب نصف الإنتاج الأدبي، مما يدل على الإقبال القوي على الشعر في هذه المرحلة. وعرفت هذه الفترة ٤٧ قصة تشغل ٣٠% من مجموع الأعمال الأدبية، أما عدد الأعمال الروائية والمسرحية فقد كان ٢٥ عملا روائيا و١٥ عملا مسرحيا بنسبة ١٦% و١٠% على التوالي.

ظهر خلال هذه الفترة روائيون مشهورون، منهم عبد الكريم غلاب بروايته "المعلم علي" ١٩٧١م؛ عبد الله العروي بروايتين "الغربة" ١٩٧١م و"اليتيم" ١٩٧٨م؛ ومبارك ربيع بثلاث روايات "الطيبون" ١٩٧٢م، و"رفقة السلاح والقمر" ١٩٧٦م، و"الريح الشتوية" ١٩٧٧م؛ ومحمد زفزاف بأربع روايات "المرأة والوردة" ١٩٧٢م، و"أرصفة وجدران" ١٩٧٤م، و"قبور في الماء" ١٩٧٨م، و"الأفعى والبحر" ١٩٧٩م...

٢-٣-٣ خصائص الرواية المغربية في السبعينيات

تزدهر الرواية الكلاسيكية والرواية الواقعية ازدهارا كبيرا في هذه المرحلة، فإن الرواية الكلاسيكية معروفة بهيمنة الحكاية والاهتمام الكلي بالحبكة الروائية بالإضافة إلى المحافظة المطلقة على خطية السرد واعتماد السارد الكلي المعرفة. كما تتسم بتسلسل الأحداث وخطية السرد وتنامي الإيقاع الصاعد (بداية وعقدة وصراع وحل ونهاية)، ويتوخى المنطق والتوجيه المحكم في التعامل مع الأحداث، ويتمركز حول الشخصيات الإنسانية النموذجية الحية، والمسماة علميا، والمحددة بدقة صفاتها الفيزيولوجية وأدوارها النفسية والأخلاقية والاجتماعية والسردية. ولا سيما في روايات "المعلم علي"١٩٧١م لعبد الكريم غلاب، و"الريح الشتوية" ١٩٧٧م لمبارك ربيع،

و"إكسير الحياة" ١٩٧٥م لمحمد عزيز الحبابي.

"يزاوج هذا النص الروائي الكلاسيكي بين البطل الفردي السلبي والبطل الجماعي الإيجابي ("المعلم علي" لعبد الكريم غلاب و"الريح الشتوية" لمبارك ربيع)، ويسهب في وصف الشخوص والأمكنة والوسائل والأشياء بطريقة واقعية مشحونة بالتوتر الدرامي والبعد الموضوعي والطبيعي؛ وذلك باختيار فضاءات مرجعية واقعية كفضاء البادية والمدينة. وغالبا ما يستعمل هذا النص الروائي تقنيات سردية كالرؤية من الخلف وضمير الغائب. وبالتالي، يتحكم السارد العارف بكل شيء (الراوي المطلق) في رقاب الشخصيات ومصائرها ما دام يملك معرفة خارجية وداخلية كلية كالإله الخفي كما يسميه فلوبير (Flaubert). ويتدخل هذا السارد في عملية السرد والحكي تعليقا وتقويما وتفسيرا وأدلجة."[٧٧]

أما بالنسبة للرواية الواقعية فتتعلق بحصول المغرب على الاستقلال ١٩٥٦م ودخول مرحلة الجهاد الأكبر للقضاء على آثار التخلف والاستعمار والآثار السلبية الفادحة المترتبة عن هزيمة ١٩٦٧م وما أحدثته من رجة عنيفة في كيان جميع الشعوب العربية. "أمكننا فهم سر اعتماد هذا التاريخ نقطة تحول وهو ما انعكس على الكتابة الروائية المغربية التي وجدت ضالتها المنشودة في الواقعية باعتبارها الاتجاه الإبداعي الكفيل بتحقيق الرهانات التاريخية المطروحة."[٧٨] كما تعكس ذلك من خلال أعمال محمد زفزاف وعبد الكريم غلاب ومبارك ربيع ومحمد شكري... لقد توجه هؤلاء الروائيون إلى موضوعات مجتمع المغرب الجديد وعبروا عن أفكار الطبقة الشعبية والمشاكل الإيديولوجية والثقافية، وتكسرت الهيمنة السياسية على الثقافة وطغيان الكتابة الأطروحية وإعلاء الجوانب الفكرية على حساب الفنية.

"يمكن أن نلتمس بوادر التحول في الأعمال الروائية الواقعية نفسها، وخاصة تلك التي عملت من أجل تحرير الأدب من إمرة الوعي والانفتاح على الواقع النفسي وتفجير خزّان اللاوعي

وتجريب تقنيات تيار الوعي في الكتابة الروائية. ويعتبر مبارك ربيع في بعض أعماله الروائية من الروائيين الذين ساهموا في هذا التحول."[٧٩]

يمكن القول إن النقد الأدبي لم يكشف بعد عن كل التحولات الأسلوبية والجمالية التي أنجزتها الأعمال الروائية والواقعية، ويبدو من الضرورة اليوم إعادة قراءة هذه الروايات. إذا حاولنا أن نربط كتابة الرواية المغربية بالمقاييس الزمانية، يمكن التماس بوادر الحداثة الروائية في ظهور رواية "الغربة" لعبد الله العروي ١٩٧١م، ورواية "المرأة والوردة" لمحمد زفزاف ١٩٧٢م، سنفصل تحليل الرواية الثانية في القسم الثاني من هذا البحث. وسنكتفي في مرحلة أولى بتقديم بعض الملاحظات بخصوص رواية "زمن بين الولادة والحلم" لأحمد المديني ورواية "الغربة" لعبد الله العروي ورواية "الريح الشتوية" لمبارك ربيع.

٣-٣-٣ نموذج روائي: "الغربة"

تتناول رواية "الغربة" في عام ١٩٧١ لعبد الله العروي، الحالات النفسية وأزمة المجتمع المغربي من منظور الطبقة البورجوازية الصغيرة، فترصد شرائح المعاناة وشعور الأبطال بالخيبة التي ولدتها في نفوسهم. إنّ هذه الرواية تركز على فترة حساسة من فترات تاريخ المغرب الحديث وهي فترة الحرب العالمية الثانية التي تعتبر أوج العمل الوطني من أجل الاستقلال، وتكشف، بالتالي، الصراع الداخلي بين لعبة النضال الوطني وأطماع بعض الفئات في تحقيق مصالح فئوية خاصة، والصراع الخارجي بين الاستعمار وبين تحالف القصر مع الحركة الوطنية من أجل إنهاء الحماية واستعادة السيادة المفقودة في المغرب.

وأكثر من ذلك، فإن "الغربة" تعرض منظورا جديدا إلى الغرب، حيث إنه مكان صالح للهروب لفترة معينة من الزمن، ثم أنه مصدر يمكن أن يقدم للأبطال وعيا صحيحا عن وضعهم

الخاص. كما يصف الكاتب في هذه الرواية شخصيات مغربية وأوروبية. إن الكاتب لا يسحب الخيبة على المغاربة فقط، بل على الأبطال الأوروبيين، مما يرصد طبيعة هذه الخيبة عند الأبطال، ويرصد الأسباب الاجتماعية والتاريخية التي سببتها.

تستعرض الرواية خيبة ومأساة الواقع عن طريق وصف فشل الشخصيات المختلفة، مثلا: البطل الرئيسي "شعيب"، كان مناضلا في الحركة الوطنية ولكنه أخيرا بعد مشاهدة إفلاس الأحزاب وهروب الجماهير، لم يصبح فاشلا في النضال الوطني فحسب، بل يفشل في حياته العاطفية؛ والبطل "يوليوس"، هو رجل أوروبي هاجر إلى المغرب طالبا راحة البال وحياة مريحة، غير أنه وجد نفسه في ظروف مشابهة لما يوجد في الغرب؛ "لارة" كانت امرأة ذات مشاعر إنسانية، ولكن التطاحن في الغرب جعلها تخون إيمانها، وتفقد الشعور الإنساني...

إن رواية "الغربة" لا تشبه على إطلاق أعمال "عبد الكريم غلاب"، ورواية "الريح الشتوية" لمبارك ربيع التي تدخل التعليقات المباشرة، وتبني الأحداث على البداية والعقدة والصراع والحل والنهاية، أما "الغربة" فنص روائي يبتعد عن المباشر ويلج دائرة التجريب باعتباره استثمارا للمنجز الروائي الغربي من أجل تجديد أشكال الرواية العربية وربطها بالمنجز العالمي. الغموض الذي يطبع النص والذي يتجلى في التلاعب بالتتابع الزمني ينبع من طبيعة التجربة التي تتمثل في غربة المثقف وتمزقه بين عالمين متعارضين على مستوى القيم وعلى مستوى التنظيم الاجتماعي والسياسي. يفرض هذا العالمان محنة الازدواجية التي من آثارها السلبية تمزق الهوية بسبب الخيبة الحضارية وتداخل المرجعيات القيمة.

إن هذه الرواية "لا تكتفي بمحاولة تقديم صورة عن الواقع الاجتماعي المغربي وحده، ولكنها تطمح إلى تقديم وعي شامل بالقضايا الاجتماعية المغربية في علاقتها بالحضارة الاستعمارية. وإذا كانت روايات "غلاب" ترصد نوعا من التقابل بين المجتمع المغربي وبين

المستعمر، فإن "الغربة" تتعدى ذلك إلى إعطاء رؤية عن طبيعة الواقع الاجتماعي والفكري في بلاد الغرب، بل أنها تحاول أن تحدد موقفها من الغرب كحضارة قائمة، تدخل في علاقة تصادم وتبادل تأثير مع بلاد المغرب."[٨٠]

رغم أن "الغربة" تصف نفس الفترة، أي فترة الاستقلال التي تعالجها الأعمال الأخرى، التي تنظر إلى الفترة من زاوية "سعيدة"، فإنها تقف عند حركة السيرورة الاجتماعية، وذلك إما بطريقة مباشرة كما هو الشأن في روايات "عبد الكريم غلاب"، وإما بطريقة ضمنية كما هو الشأن في "الريح الشتوية" لمبارك ربيع. لقد اختار "عبد الله العروي" طريقة البناء التركيبي للواقع الاجتماعي بدل التصوير الحرفي لهذا الواقع وذلك لبلورة رؤية مغايرة، تبتعد عن الاستعراض الفوتوغرافي لمظاهر الحياة الاجتماعية، وتجاوزته لتنظر إلى الواقع الاجتماعي بطريقة شمولية تركيبية، حيث تقدم معاناة الجيل الكامل أمام الأزمة والمرحلة التاريخية، كما تكشف عن المضمون الصراعي لهذه الفترة، والعلاقات الحساسة أثناء النضال ضد المستعمر.

"في حين أن الروايات الأخرى توقفت عند هذه الفترة الحرجة دون أن تكشف عن مضمونها الصراعي، رغم أن هذه الفترة، كما أوضحنا في المدخل السوسيولوجي، من خلال مواطن شتى، كانت محطة للصراع الاجتماعي، حيث كشفت كثيرا من العلاقات التي كانت متوارية أثناء النضال ضد المستعمر، أي حين كان المجتمع المغربي يبدو متماسكا ومتلاحما حول فكرة النضال هذه."[٨١]

إن الأزمة التي تعكسها "الغربة" لا تتجسد في خيبة الطبقة البورجوازية الصغيرة في المغرب فحسب، بل تتمثل في فشل الفئات الفقيرة. كانت الطبقة البورجوازية الصغيرة ضعيفة إلى حد ما في تلك الفترة الحاسمة، وتساهم مساهمة كبيرة في النضال الوطني ضد المستعمر، تظهر كناطق باسم الهموم، ولكن بعد أن تعاني من الخيبة، تلتجئ إلى الغرب، وتستسلم بسهولة، ليست قادرة

على هذه الهموم. وبالنسبة للفئات الفقيرة، يفقدها الوعي من أجل النضال. كل ذلك يكون مصدر المأساة الاجتماعية والنفسية في هذه الرواية.

٣-٣-٤ نموذج روائي: "زمن بين الولادة والحلم"

صدرت رواية "زمن بين الولادة والحلم" عام ١٩٧٦ بقلم أحمد المديني، وتعتبر بداية مرحلة التجريب في تاريخ تطور الرواية المغربية مع رواية أخرى "حاجز الثلج" لسعيد علوش. إن الإرهاصات الأولى لظهور المنحى التجريبي في الرواية المغربية المعاصرة، ستسجل في منتصف السبعينيات، أي مع صدور روايتي "حاجز الثلج" لسعيد علوش عام ١٩٧٤، و"زمن بين الولادة والحلم" لأحمد المديني عام ١٩٧٦.[٨٢]

إن هذه الرواية تقترب كثيرا من الرواية المعاصرة في أوروبا شكلا وتكونا، حيث تتحول الرواية إلى بحث أو إلى ما يشبه المقال، لأنها تتخلى عن الأبطال، ولا تقوم بتصوير أحداث متماسكة، ولكنها ما زالت تختلف عن الرواية الأوروبية المعاصرة في كونها تحتفظ بالعنصر الإيديولوجي الواضح. إنها تمزج بين الرواية والشعر والقصة القصيرة، فتكون مزيجا من هذه الأنواع جميعا، وتصبح اللغة فيها محايدة خالية من أي بعد اجتماعي أو عقائدي. وفي كل مقطع من مقاطع الرواية السبعة تعود رحلة الوعي لتجدد نفسها في نسخ متقاربة، وتمضي الرواية على وتيرة واحدة إلى نهايتها. فتتجاوز هذه الرواية الروايات الكلاسيكية السابقة من حيث تقنيات الكتابة، وتحتفظ بالمضمون السوسيولوجي بطريقتها الخاصة.

"ويعتبر ناقد آخر أن "أحمد المديني" في هذا العمل ألغى من حسابه جميع الشروط الروائية مما جعل عمله يتحول إلى "اللارواية" أو إلى مجرد محاولة لغوية، وذلك لكونه ألغى الشخصيات والحدث والصراع واكتفى بالتجريب في ميدان اللغة... لقد اتخذ المديني القالب الروائي كوسيلة

للتعبير، وهو لا يقدم عملا روائيا كلاسيكيا يعتمد على الأحداث الخاضعة لتسلسل زمني وإطار مكاني محددين، ولكنه يتوسل لذلك بتقنية جديدة في الرواية ترفض أن تتقيد بأي تحديد زماني أو مكاني. إن رواية أحمد المديني عبارة عن حركة وعي أكثر مما هي أحداث بعينها يرصدها الكاتب. لذلك فليس هناك أبطال بالمعنى التقليدي، وليس هناك حوار أو صراع بين أشخاص محددين، ليس هناك تحديد على الإطلاق، وإنما هناك مغامرة فكرية لبطل واحد."[٨٣]

يعتبر البحث عن فكرة متنامية أو واضحة من خلال المقاطع الروائية الفكرية عملا عبثيا، إذ لا توجد وحدة روائية أو تنام حدثي كامل، كما تجعل الرواية موضوعها بطلا مهوشا تتوارد الخواطر على فكرة وتجري الحركة خارجة إطار الزمان والمكان. "العلاقات الاجتماعية الشائكة تخلق بالضرورة أشكالا أدبية مطابقة لها. ففي الوقت الذي يفقد فيه الإنسان أي مجال للتصالح مع واقعه تختل كل القيم بما فيها قيم الزمان والمكان. ورواية "زمن بين الولادة والحلم" تعبر بشكل واضح عن هذا الاختلال. فمن حيث التحديد المكاني نرى أن الرواية، وقد خلت من الحدث بالمفهوم الروائي الكلاسيكي، تخلصت من ضرورة وصف الإطار المكاني المحدد".[٨٤]

من ناحية أخرى، إن العبارات والكلمات تتكرر طوال الرواية، مما يؤدي إلى التراكم اللغوي والمعنوي، وتخلو من وحدة الرواية ذات الخصائص العضوية. وبناء على هذا لا مجال إلى اعتبارها منتجا وليد الجهل بأساليب الكتابة الروائية التقليدية، بل يتعين التعامل معها كمغامرة فنية تتجاوز الأشكال والقوالب التقليدية التي أرست أسسها رواية القرن التاسع عشر وبداية القرن العشرين.

٣-٣-٥ نموذج روائي: "الريح الشتوية"

تصور "الريح الشتوية" ١٩٧٧م إحدى الروايات المشهورة عند مبارك ربيع – الحياة

الاجتماعية القاسية للفئة الفقيرة في فترة الاستعمار، وتعرض صورا لمأساة الفلاحين الذين طردوا من أرضهم، وترينا، في قسمها الثاني، مظاهر كفاح العمال ضد المستعمرين تحت رئاسة النقابة المغربية. ولا تخلو الرواية من إشارات تبين الخلفية الأيدلوجية للكاتب الذي يتبنى برنامج الحركة الوطنية بوصفه المشروع المناسب لقيادة البلاد نحو الخلاص من الاستعمار ومن جميع أشكال القهر الاجتماعي الذي يئن تحت وطأة الفلاحون والعمال.

يسجل القسم الأول من الرواية مأساة الفئة الفقيرة خلال فترة الاستعمار، حيث يظهر الفلاح شقيا منزوع الأرض متخاذلا وجاهلا بالأسلوب السليم الذي يمكن أن يسترد به أرضه. هناك بطلان في هذا القسم، أحدهما "العربي الحمدوني" هو شخصية أساسية في هذا القسم، والآخر "المذكوري" هو شخصية ثانوية. من القواسم المشتركة بينهما كونهما قد فقدا أرضهما، وطردا من القرية، وكانا يواجهان نفس المشاكل الأساسية، ثم أضطرا إلى الهروب من بلدتهما وأصبحا عاملين في المصنع. رغم أنهما حاولا استرداد الأرض عن طريق المحاكم الفرنسية والأساليب الأخرى، إلا أن مجهوداتهما لم تثمر. وهكذا ننتهي هذا القسم بموت "العربي" تحت آلة في أحد المعامل، وبجنون "المذكوري".

"لقد حاول الكاتب في القسم الأول من الرواية أن يسجل الأخطاء الكثيرة الناتجة عن جهل الإنسان المغربي بقضيته وانسياقه أمام رغبته الذاتية المتصلة باسترداد الأرض، دون أن يعي هذا الإنسان بأن المسألة تتجاوز الذات لتشمل جميع الناس، فالمغرب كله أصبح مستعمرا... غير أن "العربي" لم يكن في مستوى الوعي الذي يدرك حقيقة الاستعمار."[٨٥]

يركز القسم الثاني من هذه الرواية على بطل جديد يدعى "كبور"، هو ابن عم "العربي"، كان عاملا عاديا في المراكز الصناعية التي أنشأها المستعمر، وينخرط في النقابة، ثم يتحول إلى شخصية غير عادية تحمل وعيا كاملا بالحركة الوطنية بمساعدة العمال التقدميين والمثقفين.

إن أغلب الخطوط الفنية والمضمونية في هذه الرواية قد سبق أن صادفناها في روايات سابقة تتبنى نفس المضامين وتقتفي نفس الأسلوب. فعبد الكريم غلاب في روايته "المعلم علي" يركز على بطل فقير، تحول من شخص بسيط إلى عامل عادي، ثم انضم إلى النقابة واشترك في النضال الوطني؛ واهتم أيضا غلاب في رواية "دفنا الماضي" بحياة فئة اجتماعية أرستقراطية؛ كما يذكرنا القسم الثاني لهذه الرواية برواية "الثلاثية" لنجيب محفوظ. لا يخرج مبارك ربيع في هذه الرواية عن نسق الكتابة الواقعية الاجتماعية التي تحاول إبراز حركية الوعي الفردي من خلال حركية الصراع الاجتماعي وتبرز دور النضال الجماعي المنظم في بلوغ النتائج المرجوة.

"تقف رواية "الريح الشتوية" بأحداثها مع بداية ظهور الوعي عند العمال المغاربة، كما تصور المجابهة العفوية مع المستعمر دون أن تصل إلى لحظة الاستقلال، وذلك مثلما فعلت تماما رواية "دفنا الماضي" التي وإن كانت قد وقفت عند هذه اللحظة فإنها لم تتعرض لكثير من الأحداث الهامة التي ميزتها."[٨٦]

إن هذه الرواية تتناول مرحلة ماضية متعلقة بفترة الاستعمار، ترتبط مضمونا وشكلا بالروايات السابقة، ولم تتجاوز الإطار العام حول تلك المرحلة. وتتميز بالخصائص التالية: الصراع بين المغاربة الفقراء والمستعمرين، الوعي بأهمية النضال الوطني، دور النقابة في تطوير الأحداث، والنهاية السعيدة... وعلاوة على هذا يتمتع الكاتب بقدرة فائقة على الوصف الدقيق ، يمكنه من تقديم صورة واقعية عن حياة المغاربة الفقراء وذلك بأسلوب فني رشيق. لا يخلو من عمق فكري يؤطر نظرته للتاريخ وللواقع الاجتماعي الذي يتجلى عبر لمسة إثنوغرافية.

٣-٤ الثمانيات: عتبات التحول الكمي

٣-٤-١ إحصاء الإنتاج في الثمانيات

عرفت الفترة الممتدة من فترة ١٩٨٠ – ١٩٨٩ تضاعفا كميا هائلا على مستوى الإنتاج الروائي، كما يتضح من خلال الجدولين والرسم البياني التاليين، حيث انتقل عدد الإصدارات إلى ٧٧ عملا روائيا بعد انحصاره خلال العقدين السابقين في ١٤ عملا و٢٥ عملا. ويشغل الإنتاج الروائي في هذه الفترة، ١١.٨٨% من مجموع الأعمال الروائية الصادرة إلى حدود سنة ٢٠٠٩، وذلك في الآن ذاته الذي لم تتجاوز فيه نسبة الإنتاج الروائي بين سنتين ١٩٥٧ و١٩٧٩، ٦.٢٢%، فحقق الإنتاج الروائي خلال هذه الفترة تحولا كميا.

وكما يتضح من خلال الجدولين التاليين، يحتل عدد الرواية المكتوبة بالعربية ٦٠% من مجموع الإنتاج الروائي بكل اللغات خلال فترة ١٩٨٠-١٩٨٩، وهي نسبة منخفضة قليلا بالمقارنة مع الفترة السابقة، مما يدل على أن بعض الكتاب المغاربة يفضلون كتابة الرواية باالفرنسية بتأثير الأدب الغربي عامة، والأدب الفرنسي خاصة. وكما يسجل الإنتاج الروائي ٢.٧٧% من مجموع الإنتاج الأدبي الصادر إلى حدود ٢٠٠٩، حيث يحقق ثلاثة أضعاف بالمقارنة مع العقد السابق. فما يلي تتضح تفاصيل الأعمال الأدبية من خلال الجدول والرسم البياني:

جدول (١): وضع الإنتاج الروائي الصادر خلال فترة ١٩٨٠- ١٩٨٩

	السنوات	٨٠	٨١	٨٢	٨٣	٨٤	٨٥	٨٦	٨٧	٨٨	٨٩
١٩٨٠- ١٩٨٩	عدد الروايات	٥	١	٨[٨٧]	٨[٨٨]	١١[٨٩]	١٠[٩٠]	٨[٩١]	١٠[٩٢]	٨	٨[٩٣]
	المجموع	٧٧[٩٤]									

جدول (٢): وضع الإنتاج الروائي الصادر خلال فترة ١٩٨٠ – ١٩٨٩

فترة الانتاج	عدد الرواية بالعربية	(١)%	(٢)%	(٣)%	(٤)%	(٥)%
١٩٨٠-١٩٨٩	٧٧	٢٥[٩٥]	٦٠[٩٦]	١١.٨٨[٩٧]	٧.١٣[٩٨]	٢.٧٧[٩٩]
١٩٧٠-١٩٧٩	٢٥	١٦	٧٦	٣.٨٦	٢.٣١	٠.٩
١٩٥٧-١٩٦٩	١٤	٢٧	٧٤	٢.٣٦	١.٣	٠.٥٦
مرحلة الحماية	٤	١٦	٤٠	٠.٦٨	٠.٣٧	٠.٣٦

(١) بالنسبة لمجموع الأعمال الأدبية الصادرة خلال فترة ١٩٨٠ – ١٩٨٩

(٢) بالنسبة للأعمال الروائية الصادرة بكل اللغات خلال فترة ١٩٨٠ – ١٩٨٩

(٣) بالنسبة لمجموع الأعمال الروائية العربية الصادرة إلى حدود ٢٠٠٩

(٤) بالنسبة لمجموع الأعمال الروائية الصادرة بكل اللغات إلى حدود ٢٠٠٧

(٥) بالنسبة لمجموع الأعمال الأدبية العربية الصادرة إلى حدود ٢٠٠٩

رسم بياني: وضع الإنتاج الأدبي الصادر خلال فترة ١٩٨٠ – ١٩٨٩

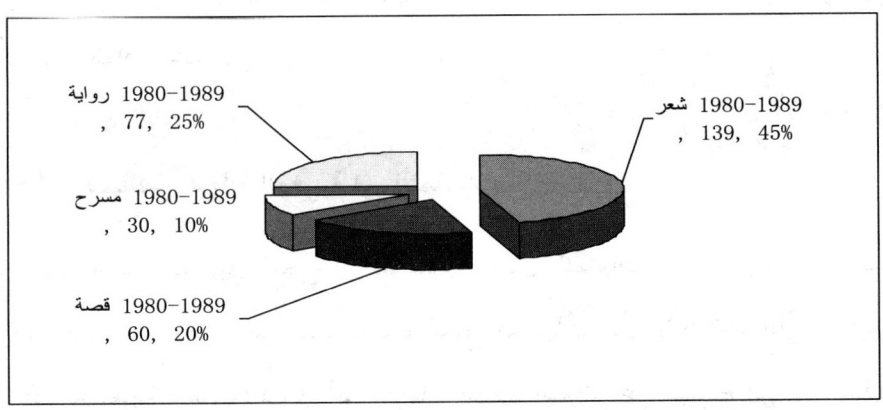

عرفت فترة ١٩٨٠-١٩٨٩، إنتاج أعمال أدبية كثيرة، بلغ عددها ٣٠٦ عملا أدبيا، منها ١٣٩ مجموعة شعرية تسجل ٤٥٪ من مجموع الإنتاج الأدبي، وتحتل عدديا المرتبة الأولى في مجموع الأعمال الأدبية كما هو الحال في العقد السابق، مما يؤشّر للمكانة المتميِّزة للتعبير الشعري في الحياة الأدبية بالمغرب. وقد بلغت حصيلة الإنتاج الروائي خلال الثمانيات ٧٧ عملا، بنسبة ٢٥٪ من مجموع الإنتاج الأدبي، بينما لم يتجاوز عدد الأعمال القصصية ٦٠ عملا بنسبة ٢٠٪ من المجموع المذكور، ونستنتج من هذه الإحصاءات أن هذه الفترة عرفت تطورا كميا مُعتبرا للإنتاج الروائي، فقد فاق عدد الروايات عدد القصص.

ويمكن أن نستحضر بعض النماذج التي تجسد هذا التجريب والتحول لهذه المرحلة، قد انطلق قويا منذ بداية الثمانينات من القرن المنصرم مع نصوص من قبيل: "الخبز الحافي" ١٩٨٢م لمحمد شكري؛ و" الأبله والمنسية وياسمين" ١٩٨٢م و"عين الفرس" ١٩٨٨م عند الميلودي شغموم؛ "وردة للوقت المغربي" ١٩٨٢م لأحمد المديني؛ و"بدر زمانه" ١٩٨٣م لمبارك ربيع؛ و"رحيل البحر"١٩٨٣م و"المباءة" ١٩٨٨م لمحمد عزالدين التازي؛ و"وردة للوقت المغربي" ١٩٨٣م لأحمد المديني؛ و"الفريق"١٩٨٧م لعبد الله العروي؛ و"العشاء السفلي" ١٩٨٧م لمحمد الشركي؛ و"أحلام بقرة" ١٩٨٨م لمحمد الهرادي؛ و"لعبة النسيان" ١٩٨٧م لمحمد برادة؛ و"دليل العنفوان" لعبد القادر الشاوي ...

٣-٤-٢ خصائص الرواية المغربية في الثمانيات

شكلت متغيرات بنية منتجي الرواية المغربية خلال الثمانيات أحد الشروط الأساسية لتحولاتها الكمية. "وشكل هذا التزامن فضاء لنسج مستويات من الاختلاف على مستوى الكتابة الروائية المغربية ذاتها، وذلك في أفق ممارسة اختلافها المفترض عن النموذج الروائي المشرقي

وامتدادات سلطته."[١٠٠] ويظهر هذا المستوى في استمرار انتقال الأدباء إلى الكتابة الروائية، حيث "شكل هذا الانتقال، بامتداديه السابقين، تعبيرا عن البحث عن "زمن روائي" مفترض يستطيع تمثل شروط الثمانيات الموسومة بتحولاتها السوسيوثقافية، وذلك ضمن متخيل روائي يبحث عن أدبه الخاص، وعن حدود ومستويات اختلافه المفترضة عن سلطة مرجعية الواقع."[١٠١]

ومن ناحية أخرى، فإن من أهم التطورات التي عرفتها الرواية المغربية منذ الثمانينيات هو توظيف التراث الأدبي والفكري والتاريخي والأسطوري بدرجات متفاوتة في إبداع الكتابة، باعتباره مكونا أساسيا في النص الروائي.

"وقد كان حضور التراث في الرواية المغربية على شكل شذرات متناثرة، أو بنيات سردية كاملة تتناوب مع البنيات والمحكيات الواقعية، أو سيرة شخصية تاريخية، أو إشارات سريعة لحقب من التاريخ القديم أو الحديث. بل قد يتم توظيف مفردة لغوية ذات حمولة خاصة دينية أو سياسية أو فلسفية، تساهم في توليد مسار سردي صغير يمكن أن يدخل في صراع مع المسار السردي المهيمن."[١٠٢]

٣-٤-٣ نموذج روائي: "بدر زمانه"

إن رواية "بدر زمانه" التي صدرت في سنة ١٩٨٣ بقلم مبارك ربيع، رواية بارزة تتمثل خصائص الرواية المغربية في الثمانينيات، حيث الاحتفاء بتقنيات السرد التراثي المستعملة في ألف ليلة وليلة وفي السير الشعبية، واستلهام عوالم ملحمية، تختفي فيها ملامح الزمن المحدد، تحكي عن الماضي والحاضر وخاصة المستقبل. ومن ناحية أخرى، يتم توظيف مفاهيم التحليل النفسي الفرويدي توظيفا أدبيا في سياق صوغ الخصائص النفسية للشخصيات وسبر عمقها اللاشعوري المرتبط بالرغبة والمكبوت، وفي الآن، تستثمر الكتابة الروائية النظريات وأصناف المعرفة المتعلقة

بالمجتمع والتاريخ والفلسفة لصياغة النص الروائي، كما تساهم الحكمة القديمة والتجربة الحديثة في تأطير هذا النص.

توحي "بدر زمانه" بأن الكتابة الروائية تخضع في جزء منها لقواعد ومبادئ التحليل النفسي، وتفسير الأحلام كمصادر رغبات اللاوعي في إطار فلسلة فرويد. "فعقدة أوديب وما تقتضيه من علاقات معينة بين الابن من جهة الأب والأم، ومن جهة ثانية، تسير بصفة عامة وفق التصور الفرويدي، بل إن دور الأحلام النمطية وأفق تفسيرها في سياق النص يبدوان متساوقين، إلى حد بعيد مع ما يطرحه التحليل النفسي من قراءة للرغبة والذات والموضوع، والكبت، والأقنعة المختلفة التي يتم التستر وراءها الإخفاء الدوافع الجنسية."[١٠٣]

تتضمن الرواية مستويين سرديين رئيسيين: واقعي وأسطوري، فإذا كان من العسير دراسة حركة المحكي الواقعي ورديفه اللاشعوري من جهة، والمحكي الأسطوري من جهة ثانية، ألا يمكن أن ننظر إلى العلاقة بين المحكيين المذكورين من زاوية الانشطار الذي يتركز في المضمون والدلالة. وفي المحكيين معا توجد لحظتان متميزتان: اللحظة الإيديولوجية، واللحظة الطوباوية. "إن اللحظتين معا، الأولى في سياق واقعي، والثانية في سياق أسطوري، تتعرضان للفشل، فيلقي القبض على أحمد ورفاقه، ويقع انقلاب ضد شهراموش وأنصار تجربة الإصلاح، وبذلك تتشابه الدوافع رغم اختلاف ملابساتها، وتتطابق المصائر، وتصبح اللحظة الإيديولوجية انعكاسا للحظة الطوباوية."[١٠٤]

كان المستوى الأول يجري على لسان أحمد، حيث يأخذ السرد في المحكي الواقعي عن طريق استرجاع الشخصيات الروائية، وتدور عقدة هذا المحكي أساسا حول سيرة أحمد نفسه في علاقته بأبيه في المرحلة الأولى وبالسلطة في المرحلة الثانية، أي بالسلطة الأبيسية ثم بالسلطة المخزنية.

ينبع المستوى الثاني، الأسطوري، بطريقته الخاصة من منطقة اللاشعور التي تفعل من خلال أربعة أحلام، حيث يحكي السارد في الصنف الأول عن الحلم الأول الملغِز للبطل أحمد، ويقدم بضمير المتكلم. أما الحلم الثاني فيتعلق بالحلم الأول في نفس الفضاء، "فإذا كان الحلم الأول يعتمد على التكثيف الرمزي، فإن الحلم الثاني يوظف "النقل" ويقدم الأخ الأكبر محمد بديلا للأب ويدخلهما في دائرة التنافس والصراع على موضوع الرغبة الذي ما زل لحد الآن مجهولا."[١٠٥] وإن البئر والحبل في الأحلام يتمثلان الأعضاء الجنسية الذكرية، حتى يقصدا السلطة الأبوية والذكورية في الرواية.

أما في الحلم الثالث والرابع، فينقشع تدريجيا الصراع الغامض بين أفراد العائلة: الصراع من أجل الحصول على الأم، بل من أجل الحصول على موضوع الرغبة. وفي الحلم الرابع، يستعين السارد المشاهد عيد الأضحى، يتعاون مع الدين الإسلامي. "وهو حلم تتداخل فيه عناصر مختلفة: اللاشعور وما يسوده من قلق الإحصاء والفزع من تدمير الذات من طرف الأب، والديني ذي الطابع الأسطوري على مستوى السرد، ويتمثل في حلم نحر إبراهيم ابنه إسماعيل والفدية التي نزلت من السماء وأوقفت عملية النحر."

ويتقوى الترابط بين الروائي والملحمي كلما تقدمنا في الرواية: من أحداث واقعية إلى أخرى أسطورية، متسلسلة عن طريق التناوب السردي والتناهي الفكري، رغم بعض التفاصيل الخاصة، بحيث يمكن أن نقول: إن الحكي الأسطوري استعارة سردية للحكي الواقعي. كما تنقلنا الرواية عبر شذرات وأهازيج من التراث الشعري الشعبي، تحكي، بطريقتها العفوية والبسيطة، تجارب في الحب والأمل واليأس والموت وغيرها من شؤون الحياة."[١٠٦]

تحكي الرواية بصيغتين سرديتين مختلفتين، إحداهما المحكي الواقعي من خلال تجربة أحمد، فنجد في الرواية متتاليات سردية له، ولكن نجهل المتحاورين في المشاهد الحوارية منذ بداية الرواية؛

والأخرى المحكي الأسطوري من خلال تجربة شهراموش التي تتعرض للفشل، وبذلك سقطت التجربتان الأسطورية والأيديولوجية لسبب جوهري يكمن في حقيقة مركزية: "السيف وحده البتار، يرد الظلمة نهار"[١٠٧]. وتتوالى أسئلة "فينك يا الحق؟ اخرج للزنقة وسوّل"، وينتهي التساؤل بنبرة يأس مشوبة بالسخرية "كل شيء مكتوب – مهزلة".[١٠٨]

إن رواية التراث السردي وردة في دينامية الرواية المغربية على مستوى الدلالة المركزية، ومع السرد الواقعي، مؤكدا هيمنة الإيديولوجية كقوة عظيمة.

٣-٥ التسعينيات: لحظة الطفرة الكمية

٣-٥-١ إحصاء الإنتاج في التسعينيات

شكلت التسعينيات لحظة انعطاف على مستوى صدور الإنتاج الروائي المغربي، حيث عرفت هذه الفترة ١٨٨ رواية، تستأثر بنسبة ٢٩٪ من مجموع الأعمال الروائية العربية الصادرة إلى حدود ٢٠٠٩، بنسبة نمو تبلغ ٢.٥ مرة مقارنة بإنتاج العقد السابق، وتحقق هذه الحصيلة تحولا كميا ملحوظا في هذه الفترة. وكما يتضح من خلال الجدولين التاليين، يحتل الإنتاج الروائي المكتوب بالعربية ٥٢٪ من مجموع الإنتاج الروائي بكل اللغات خلال فترة ١٩٩٠-١٩٩٩، والملاحظ أنه تراجع قليلا بالمقارنة مع الفترة السابقة، مما يدل على أن بعض الكتاب المغاربة ما زالوا يفضلون كتابة الرواية باللغة الفرنسية بتأثير الثقافة الغربية عامة والفرنسية خاصة، ويحسن التذكير في هذا المقام بظهور الرواية المكتوبة باللغة الأمازيغية والإسبانية في هذه الفترة، ويصل عدد ما كتب بهاتين اللغتين ٥ أعمال. إضافة إلى ذلك، يشغل الإنتاج الروائي في هذه الفترة ٦.٧٧٪ من مجموع الإنتاج الأدبي الصادر إلى حدود ٢٠٠٩، حيث يحقق تضاعفا بالمقارنة مع العقد السابق. فما يلي تتضح تفاصيل الأعمال الأدبية من خلال الجدول والرسم البياني:

جدول (١): وضع الإنتاج الروائي الصادر خلال فترة ١٩٩٠– ١٩٩٩

	السنوات	٩٠	٩١	٩٢	٩٣	٩٤	٩٥	٩٦	٩٧	٩٨	٩٩
١٩٩٠ – ١٩٩٩	عدد الروايات	٨	٧ [١٠٩]	١٢	١٢ [١١٠]	١٧ [١١١]	١٥	٣٢	٢٠	٣٣ [١١٢]	٣٢
	المجموع	١٨٨ [١١٣]									

جدول (٢): وضع الإنتاج الروائي الصادر خلال فترة ١٩٩٠ – ١٩٩٩

فترة الانتاج	عدد الرواية بالعربية	(١)%	(٢)%	(٣)%	(٤)%	(٥)%
١٩٩٠–١٩٩٩	١٨٨	٢٥ [١١٤]	٥٢ [١١٥]	٢٩ [١١٦]	١٧.٤١ [١١٧]	٦.٧٧ [١١٨]
١٩٨٠–١٩٨٩	٧٧	٢٥	٦٠	١١.٨٨	٧.١٣	٢.٧٧
١٩٧٠–١٩٧٩	٢٥	١٦	٧٦	٤.٢٣	٢.٣١	١
١٩٥٧–١٩٦٩	١٤	٢٧	٧٤	٢.٣٦	١.٣	٠.٥٦
مرحلة الحماية	٤	١٦	٤٠	٠.٦٨	٠.٣٧	٠.٣٦

(١) بالنسبة لمجموع الأعمال الأدبية الصادرة خلال فترة ١٩٩٠ – ١٩٩٩

(٢) بالنسبة للأعمال الروائية الصادرة بكل اللغات خلال فترة ١٩٩٠ – ١٩٩٩

(٣) بالنسبة لمجموع الأعمال الروائية العربية الصادرة إلى حدود ٢٠٠٩

(٤) بالنسبة لمجموع الأعمال الروائية الصادرة بكل اللغات إلى حدود ٢٠٠٧

(٥) بالنسبة لمجموع الأعمال الأدبية العربية الصادرة إلى حدود ٢٠٠٩

رسم بياني: وضع الإنتاج الأدبي الصادر خلال فترة ١٩٩٠ – ١٩٩٩

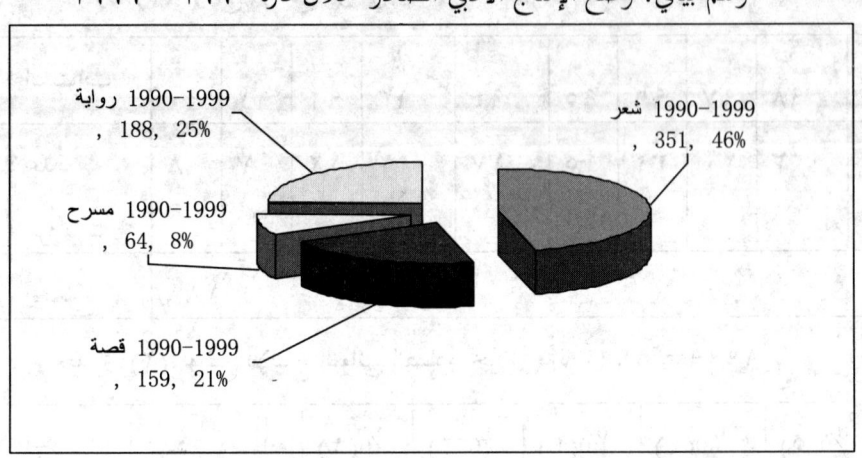

كما عرفت فترة ١٩٩٠-١٩٩٩ أعمالا أدبية كثيرة، تشغل ٧٦٢ عملا أدبيا، حققت رقما مضاعفا بالمقارنة مع العقد السابق. منها ٣٥١ مجموعة شعرية تسجل ٤٦٪ من مجموع الإنتاج الأدبي، فتكاد تقارب نصف عدد الأعمال الأدبية الصادرة مكرسة بذلك الاتجاه السائد في العقدين السابقين، مما يدل على الإقبال القوي وقوة الآثار التقليدية في المغرب. وبلغ عدد الإنتاج الروائي خلال التسعينيات ١٨٨ عملا، يشغل ٢٥٪ من مجموع الإنتاج الأدبي، كما كان في العقد السابق، بينما وصل عدد الأعمال القصصية إلى ١٥٩ عملا بنسبة ٢١٪ من المجموع المذكور، ويشكل عدد الأعمال المسرحية ٦٤ عملا، بنسبة ٨٪ من المجموع المذكور، حيث يزداد عددها أيضا، ومع ذلك مازال التأليف المسرحي بالمغرب قليلا المقارنة بالأشكال الأدبية الأخرى.

٣-٥-٢ خصائص الرواية المغربية في التسعينيات

ما من شك في أن تزايد النصوص الروائية على المستوى في التسعينيات، رافقه تزايد في الاهتمام والدرس والنقاش حول الرواية المغربية في وضعها الراهن، وهذا ما يدعو إلى طرح أسئلة

أساس لا تقف عند حدّ الاحتفاء بهذا التقدم الكمّي، بل تتجاوزه إلى مسألة المستوى النوعي.

وبالنظر إلى وضعية جنس الرواية المغربية في التسعينيات، يمكن أن نتقدم بافتراض مفاده أن الرواية المغربية تشهد عودة الحكاية، وهي عودة تستدعي العودة إلى الذات والمجتمع والتاريخ والذاكرة، وتقتضي ألا تبقى الكتابة منشغلة بذاتها فحسب، بل أن تعيد الاعتبار للمرجع.

"ويمكن أن نصوغ ذلك الافتراض بطريقة أخرى: ألا يمكن أن نصف اللحظة الراهنة، بالنسبة إلى الرواية المغربية، بأنها لحظة انتقال وتحول، ربما في اتجاه رواية مغربية يبدو أنها منشغلة في الوقت ذاته بسؤال الكتابة كما بسؤال الحكاية. فبفضل إسهامات الكتّاب، من الأجيال السابقة أو اللاحقة، لم يعد الأدب الروائي اليوم يكتفي بكتابة لا تنشغل إلا بذاتها، ولم يعد يقتصد في الحديث لا عن العالم الاجتماعي والنفسي، ولا عن الشيء السياسي. وبعبارة أوضح، فقد بدأت الرواية المغربية تعرف، منذ سنوات لحظة انتقال وتحول، وهي على ما يبدو لحظة في اتجاه البحث عن توازن بين الانشغال بسؤال الكتابة دون التضحية بالحكاية، أو لنقل في اتجاه تأصيل التجريب دون التفريط في أصول التخييل التي بدونها لا يمكن الحديث عن شيء اسمه رواية."[١١٩]

إذا كانت أغلب الروايات الجديدة التي ظهرت في الثمانينات قد نالت حظا وافرا من القراءة والنقد، فإن عقد التسعينات عرف صدور العديد من الروايات التي تستحق الدرس والنقد والقراءة. لقد ظهر في هذه الفترة روائيون جدد ينتمون إلى فضاءات اجتماعية وثقافية ومعرفية مختلفة ومتنوعة، أصدروا رواياتهم الأولى في التسعينات، نذكر منهم: بنسالم حميش ويوسف فاضل وأحمد التوفيق ومحمد الأشعري وعلي أفيلال ومحمد أسليم وأبو يوسف طه وعمرو القاضي وحسن رياض وحسن نجمي وشعيب حليفي وعبد الحي المودن وبهاء الدين الطود ومحمد غرناط ومحمد أنقار والحبيب الدائم ربي وعبد الكريم الجويطي وجلول قاسمي ونور الدين وحيد ومحمد أمنصور وجمال بوطيب وأحمد الكبيري وحسن طارق وأحمد اللويزي ومصطفى الغتيري وعبد العزيز

الراشدي...

كما يمكن أن نستحضر بعض النماذج الروائية في التسعينيات التي نالت النقد والدراسة، منها: "مجنون الحكم" ١٩٩٠م و"العلامة" ١٩٩٧م لبنسالم حميش؛ و"مسالك الزيتون" ١٩٩٠م و"خميل المضاجع" ١٩٩٧م للميلودي شغموم؛ و"أيام الرماد" ١٩٩٢م لمحمد عز الدين التازي؛ و"زمن الأخطاء" و"الشطار" ١٩٩٢م لمحمد شكري؛ و"الضوء الهارب" ١٩٩٣م لمحمد برادة؛ "طريق السحاب" ١٩٩٤م لأحمد المديني؛ "أوراق الصفصاف" ١٩٩٥م لعلي أفيلال؛ و"رائحة الجنة" ١٩٩٦م لشعيب حليفي؛ و"زغاريد الموت" ١٩٩٦م لعبد الكريم جويطي؛ و"جارات أبي موسى" ١٩٩٧م و"السيل" ١٩٩٨م لأحمد التوفيق...

وجدير بالذكر أن ظهور الرواية البوليسية بالمغرب عام ١٩٩٧ في إنتاج مشترك "الحوت الأعمى" لميلودي حمدوشي وعبد الإله الحمدوشي، وصدور ثلاث رواية بوليسية أخرى، بعد ذلك في التسعينيات قد أغنى سجل الرواية المغربية وجعلها تطرق نوعا لم يألفه القارئ العربي إلا من خلال ترجمة وتعريب الروايات البوليسية العالمية.

وفي سبيل إبراز تطور الرواية المغربية في حقبة تسعينيات القرن الماضي سنقف عند رواية "مسالك الزيتون" الصادرة سنة ١٩٩٠ للميلودي شغموم الذي لعب دورا فعالا في تطوير السرد الروائي وأشكاله بالمغرب. إن "مسالك الزيتون" عمل طويل يشكل حلقة أساسية، وهي الرواية الخامسة له تندرج ضمن مشروعه الإبداعي الموزع بين القصة القصيرة والرواية، كما أنها سيرة ذهنية، بحيث يغتني محكيها من ذاكرة الجسد بتساوق مع اغترافه من الحياة الفكرية والرمزية والثقافية لصاحبه.

٣-٥-٣ نموذج روائي: "مسالك الزيتون"

أصدر الكاتب المغربي الميلودي شغموم ١١ رواية عربية إلى حدود ٢٠٠٩م منذ أول عمله الروائي "الضلع/ الجزيرة" ١٩٨٠م ، حيث قدم مساهمة كبيرة في تجريب الرواية المغربية بفضل معلوماته الغنية في الفلسفة والأدب. فهو كاتب يستغل كل الإمكانات التي تمنحنها عوالم الإبداع، ويدفع بقوة التخييل إلى أبعد مدى يستطيعه الإنسان في الكتابة، أضف إلى هذا أن رواياته تمتاز بمعان عميقة وحساسية مرهفة ووجهات نظر جديدة... على هذا الأساس اخترنا "مسالك الزيتون" التي صدرت في سنة ١٩٩٠ كنموذج روائي من أجل استكشاف بعض المميزات الجمالية والموضوعية التي تطبع الكتابة الروائية في التسعينيات.

تبدو "مسالك الزيتون" رواية أوطوبيوغرافية تنهل مادتها الحكائية الخام من حياة كاتبها بدءا من الاسم، ثم المهنة، والوضع الاجتماعي... ويبدو أن بعض الشخوص في الرواية تحيل على أناس لهم وجود واقعي، في حين أن البعض الآخر يدخل في إطار الشخصيات المزدوجة البعد لكونها مزيجا مركبا من الواقعي والتخيلي. زد على هذا أن الثقافة الواسعة للكاتب تظهر من خلال تطبيقه الدقيق لخلفية نظرية وثقافية هائلة، واستعادة حادة وقاسية لسنوات الألم والخوف والرعب، وتوقا إلى خلق أثر أدبي متميز ينزاح بمقدار ملموس، عن أشكال الكتابة وصيغ التعبير وطرائق السرد وطبيعة اللغة، عما يعتبر نصوصا روائية تقليدية. كل هذا يمنح "مسالك الزيتون".

إن تعدد الفهم الذي نقصده لا يفصل الأدب عن الفكر، الإبداع عن التخييل. فالرواية هي تفكير في التخييل، والتخيل يفكر في العالم. فإن الكاتب حرّر رواية السيرة الذاتية من مجال الوقائع اليومية والأحداث المباشرة، بل أدخلها إلى المجال المعرفي، اشتغالا بالفلسفة والتراث العربي الإسلامي والتراث المحلي. وبناء عليه، نجد أن هذه الرواية تحفل بالأسطورة والحكي الخرافي والمحاورة والحكمة والتصوف، إلى جانب بلاغة الاستعارة والرمزية، وذلك في تناسق يخدم موضوع الرواية:

ما هي الصعوبات التي يعاني منها المغاربة لتحقيق الإنسانية، وما هي الوسائل التي يحقق بها المغاربة إنسانيتهم في المغرب؟ هذه أسئلة تثير "مساليك الزيتون" القارئ النبيه وتدفعه إلى التفكير فيه إلى أن تصبح جزءا من وعيه.

"استنادا إلى ما تقدم، يمكننا القول إن "مسالك الزيتون" تنطوي على مختلف شروط النص التخييلي المستقل عن حياة صاحبه، والمتنصل من تجربته الفردية الواقعية بالرغم من إيهامه القارئ بارتباط النص بالحياة الواقعية للمؤلف، كما نتلمس ذلك في نزوعها نحو الغريب والعجيب على المستوى الموضوعاتي، وتوسلها بواليات الصنعة الروائية على مستوى صيغ السرد وزوايا التبئير وترتيب الزمن، زيادة على بعدها التأملي الذي يستحضر مطروحات الفلاسفة (المذهب الكلبي)، وإشراقات الصوفية (ابن عربي وعبد الوهاب الشعراني)؛ للتعبير عن وجهة نظر خاصة تجاه الوجود الإنساني، في تجلياته السيكولوجية والاجتماعية والرمزية."[١٢٠]

رغم أن "مسالك الزيتون" رواية أوطوبيوغرافية، بحكم أن بعض الشخصيات في الرواية حقيقيون، ظهروا في حياة الكاتب؛ فإنها سرعان ما تصبح نصا مضادا للأوطوبيوغرافيا بخرقها للعقد الأوطوبيوغرافي بمزجها الواقعي بالتخيلي ، التاريخي بالأسطوري فهناك شخصيات ولّدها تخييل الكاتب، ولدت مع بداية السرد وماتت بنهايته، ليس لها ماض ولا مستقبل. إضافة إلى ذلك، ليس في الرواية سارد واحد محدد، تتغير الضمائر والساردون الذين يتناوبون جميعا على محافل الحكي، ويتبادلون الأصوات والأدوار متداولة، حيث تصبح الرواية مثل مسرح، يعبر كل الممثلين عن أفكارهم وأدوارهم عن طريق أقوالهم وسلوكهم.

كما يطبق الكتاب حقائق تاريخية أو خرافية كخلفية الرواية، ويعين الحروف ذات معان مختلفة، حيث تشير إلى طبقات البشر ومعادنهم وأوضاعهم وحالاتهم، ويجعل أسماء الشخصيات في الرواية تحمل خصائص رمزية أو وظيفية. "أن الشخوص الرئيسية تستبد كل واحدة منها بأكثر

من دور تمثيلي واحد، وتتزيا بعدد من الدوال التي تغطي مختلف حالاتها الوجودية، وأوضاعها في الزمان والمكان؛ ... عن شخوص "مسالك الزيتون" تأخذ أوصافها وسلوكاتها وتسمياتها من الذاكرة الروحانية لمدينة مكناس، ثم معيش الكاتب، وكذا رصيده الثقافي وأطروحته الفكرية."[١٢١]

منذ السبعينيات والثمانينيات، أصبح عديد من الروائيين والقصاصين المغاربة يطبقون التقنية التجريبية الجديدة في الكتابة، عن طريق المثاقفة أو المحاكاة مع الغرب، أو من وحي التراث الإبداعي والمتخيل الشعبي، لكي يخترقوا جمالية النصوص الجديدة سطحا أو انعكاسا. أما "مسالك الزيتون" فهي أبرز رواية في التسعينيات، لأنها تشغل بمسخ الشخصيات والرمزية في الرواية من ناحية، وتضع الرواية في السيرذاتية لتدل على صحة القصة من ناحية أخرى؛ وتستعمل الصوفية من ناحية، وتطبق الأسطورة والحكي الخرافي من ناحية أخرى، حيث أصبحت "مسالك الزيتون" تحمل معان كثيرة وعميقة، ويصعب علينا تأويلها وتحليلها.

"تعج "مسالك الزيتون" بأساليب المسخ، وتعرف شخوصها سلسلة من التحولات التي يمتزج فيها المألوف بالمدهش، والحلم باليقظة، ويتزاوج بصددها الوصف الموضوعي بالهذيان والاستبهام. لكن المتفحص لتجليات هذا المكون في ثنايا النص، لابد أن يستنتج أن جذوره الفلسفية والصوفية تكاد تغطي قيمته الفنية أو النقدية، لا سيما وأن مبدأ المشاركة وفكرة التناسخ هما من أبرز القضايا التي عالجها الميلودي شغموم بخصوص الخطاب الصوفي، ومن أهم القوانين التي تحتكم عليها مسالك المريدين خلال تشوفهم إلى الولاية وأثناءها، فيتقلبون على المراتب والأحوال والأجسام، حتى يبلغوا أعلى طبقاتها أو يبرهنوا على تفوقهم وقوة بركتهم."[١٢٢]

إن تعدد المضمون الروائي والأشكال السردية والصيغ الحكائية من أهم خصائص "مسالك الزيتون"، فإن التعدد كقيمة جمالية تكسر القيود المفروضة القاهرة في العقود السابقة، وأصبح، بالتالي، أساسا إدراكيا ومعرفيا لأي ممارسة فنية وأدبية وعلمية. يبرز التعدد في هذه

الرواية باعتباره خاصية سياقية وتداولية وحكائية، ويتيح للرواية خلق انزياح مرئي وملموس مقارنة بالرواية التقليدية التي كتبت خلال بداية السبعينات خاصة. وقد مكن النص الروائي من الانفتاح على السيري الواقعي والرمزي والصوفي والعجائبي والأدبي والفقهي، بقصد تمثله وتحويله إلى جزء من النسيج العام، سعيا إلى خلق أسس كتابة روائية عربية بديلا لأسس الكتابة الروائية الغربية.

تحمل "مسالك الزيتون" قيمة باهرة في تاريخ تطور الرواية، "أنها ليست سلسلة من الأحداث والأشخاص والأمكنة، التي يمكن القبض عليها في أفقيتها وخطبتها. ولكنها إضافة إلى ذلك، مجموعة من القيم والتصورات والانشغالات، ورصيد دافق بالمعارف والخطابات، وذخيرة هائلة من أنواع المقروء والمكتوب أو المقول عموما. وبالتالي يصعب فصل شقها التجريبي المحسوس والملموس، عن شقها الرمزي المتعالي والمجرد."[١٢٣]

وإجمالا، فإن الرواية "مسالك الزيتون" تجربة مزدوجة بين الكتابة والحكاية، بين الحقائق والأحلام، بين التفكير والتخييل، بين العقل والفعل. يشغل الكاتب الميلودي شغموم بالأشكال السردية المتعددة في الإبداع والكتابة، ويطبق في نفس الوقت الفلسفة الصوفية والرمزية والمسخ، ويلعب بالأزمنة والأمكنة، ويتنقل بين الساردين والأشخاص، كل ذلك يزيد صعوبة في القراءة والفهم.

٣-٦ العقد الأول في القرن الواحد والعشرين: تنوع الكتابة

٣-٦- ١ إحصاء الإنتاج في العقد الأول في القرن الواحد والعشرين

شهدت الرواية المغربية تحولا كميا في القرن الجديد، إذ بلغ مجموع ما أنتج من أعمال روائية ٢٨٨ عملا، بنسبة ٥٢.٤٧% للأعمال الروائية العربية الصادرة إلى حدود ٢٠٠٩. ويتضح من خلال الجدولين التاليين، نزول الرواية المكتوبة باللغة الانجليزية، تطورت الرواية المكتوبة

بالأمازيغية والإسبانية إلى السوق، إذ يبلغ عددها ١٧ عملا روائيا. إضافة إلى ذلك، يشغل الإنتاج الروائي في هذه الفترة ١٢.٢٤% من مجموع الإنتاج الأدبي الصادر إلى حدود ٢٠٠٩، حيث تضاعف بالمقارنة مع العقد السابق. فما يلي تتضح تفاصيل الأعمال الأدبية من خلال الجدول والرسم البياني:

جدول (١): وضع الإنتاج الروائي الصادر خلال فترة ٢٠٠٠- ٢٠٠٩

	السنوات	٠٠	٠١	٠٢	٠٣	٠٤	٠٥	٠٦	٠٧	٠٨	٠٩
٢٠٠٠ -٢٠٠٩	عدد الروايات	٣١	٣٤	٢٨	٤٤	٣١	٣١	٣٨	٤٧	٢٤	٣٢
	المجموع	٣٤٠									

جدول (٢): وضع الإنتاج الروائي الصادر خلال فترة ٢٠٠٠ – ٢٠٠٩

فترة الإنتاج	عدد الرواية بالعربية	(١)%	(٢)%	(٣)%	(٤)%	(٥)%
٢٠٠٠- ٢٠٠٩	٣٤٠	٢٣[١٢٤]	٥٤[١٢٥]	٥٢.٤٧[١٢٦]	٢٦.٣[١٢٧]	١٢.٢٤[١٢٨]
١٩٩٠- ١٩٩٩	١٨٨	٢٥	٥٢	٢٩	١٧.٤١	٦.٧٧
١٩٨٠-	٧٧	٢٥	٦٠	١٣	٧.١٣	٣.٠٩

١٩٨٩						
١٩٧٠- ١٩٧٩	٢٥	١٦	٧٦	٤.٢٣	٢.٣١	١
١٩٥٧- ١٩٦٩	١٤	٢٧	٧٤	٢.٣٦	١.٣	٠.٥٦
مرحلة الحماية	٤	١٦	٤٠	٠.٦٨	٠.٣٧	٠.٣٦

(١) بالنسبة لمجموع الأعمال الأدبية الصادرة خلال فترة ٢٠٠٠ — ٢٠٠٩

(٢) بالنسبة للأعمال الروائية الصادرة بكل اللغات خلال فترة ٢٠٠٠ — ٢٠٠٧

(٣) بالنسبة لمجموع الأعمال الروائية العربية الصادرة إلى حدود ٢٠٠٩

(٤) بالنسبة لمجموع الأعمال الروائية الصادرة بكل اللغات إلى حدود ٢٠٠٧

(٥) بالنسبة لمجموع الأعمال الأدبية العربية الصادرة إلى حدود ٢٠٠٩

رسم بياني: وضع الإنتاج الأدبي الصادر خلال فترة ٢٠٠٠ — ٢٠٠٩

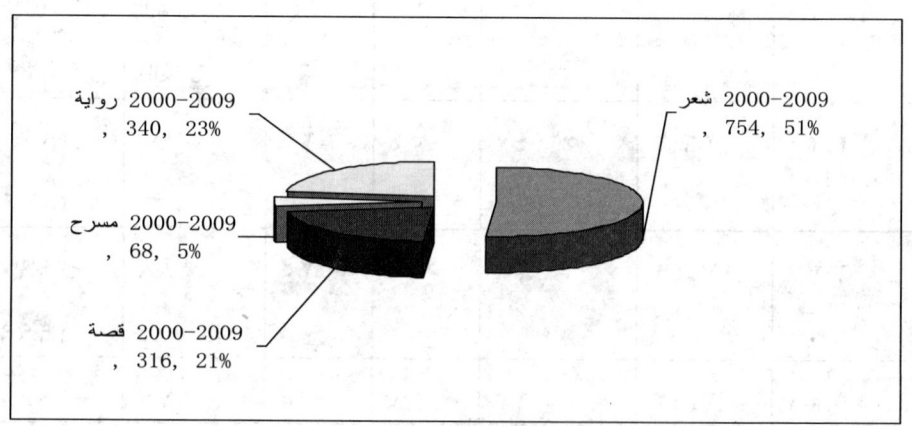

كما عرفت فترة ٢٠٠٠-٢٠٠٩ أعمالا أدبية كثيرة، حيث يبلغ عددها ١٤٧٨ عملا أدبيا، وتحقق مضاعفا بالمقاربة مع العقد السابق. منها ٧٥٤ مجموعة شعرية تسجل ٥١% من مجموع الإنتاج الأدبي، حيث تشكل نصفا من الأعمال الأدبية الصادرة، مما يدل على الإقبال القوي وقوة الآثار التقليدية في المغرب منذ بداية القرن العشرين. ومن ناحية أخرى، يبلغ عدد الإنتاج الروائي خلال العقد الأول من القرن الجديد ٣٤٠ عملا، يشغل ٢٣% من مجموع الإنتاج الأدبي، بينما يبلغ عدد الأعمال القصصية ٣١٦ عملا ويشكل ٢١% من المجموع المذكور، ويشكل عدد الأعمال المسرحية ٦٨ عملا، مما يقارب من العقد السابق، ويشغل ٥% من المجموع المذكور، ما زال عددا قليلا بالمقارنة مع الأشكال الأدبية الأخرى. وجدير بالذكر أن عدد الرواية يكون أكثر من عدد الأعمال القصصية منذ بداية الثمانينيات، حيث تحقق الرواية المغربية تطورا كبيرا في المرحلة الثالثة، أي مرحلة التجريب من تاريخ دينامية الرواية.

"الملاحظ كذلك أن الرواية بالمغرب بدأت منذ أواخر القرن المنصرم وبداية القرن الجديد تشهد تحولا داخل التحول، فأضحت تخفف من الإيغال في التجريب والغلو في تكريس الوظيفة الشعرية الجمالية الخالصة للنص الروائي، وتعيد الاعتبار للحكاية والتخيل. وهكذا ظهرت أعمال تحاول خلق توازن بين وظيفتي النص المركزيتين: الشعرية الجمالية والنفعية التداولية، وعادت تؤسس ميثاق المصالحة مع المجتمع والقراء، ونستحضر هنا نصوصا كتبها كتاب قادمون من تجارب ومجالات وفضاءات أخرى اجتماعية ومهنية وثقافية وأدبية مغايرة للتي كان يأتي منها كتاب الرواية سابقا."[١٢٩]

ونذكر من الكتاب المغاربة المنتمين للجيل الجديد على أفيلال الذي صدر له ست روايات في القرن الجديد ("الخوف" ٢٠٠٠م، و"هيلانة" ٢٠٠٠م، و"شم على جدار القلب" ٢٠٠٤م، و"ذئاب الليل" ٢٠٠٥م، و"اعترافات امرأة" ٢٠٠٧م، "نساء باكيات" ٢٠٠٨م)؛

والآخرون هم يوسف فاضل ("حشيش" ٢٠٠٠م و"ميترو محال" ٢٠٠٦م و"حديقة الحيوانات" ٢٠٠٨م)؛ وأحمد الكبيري ("مصابيح مطفأة" ٢٠٠٤م و"مقابر مشتعلة" ٢٠٠٦م)؛ وعمرو القاضي ("رائحة الزمن الميت" ٢٠٠٠م، و"الجمرة الصدئة" ٢٠٠٧م)؛ ومحمد أنقار ("المصري" ٢٠٠٣م و"باريو مالقة " ٢٠٠٧م)؛ وعبد الحي المودن ("خطبة الوداع" ٢٠٠٣م)؛ وشعيب حليف ("مجازفات البيزنطي" ٢٠٠٦م)؛ وعبد الكريم جويطي ("كتيبة الخراب" ٢٠٠٧م)؛ وحسن رياض ("زاوية العميان" ٢٠٠٩م) ...

٣-٦-٢ خصائص الرواية المغربية في العقد الأول في القرن الواحد والعشرين

وفي هذه الفترة أضحت الكتابة الروائية أكثر ميلا إلى التفكك والانقسام، ولم تعد البنية السردية محكومة بالمنطق السببي والتتابع المنطقي والتماسك العقلاني التقليدي، فظهر نمط من الكتابة ينتهك التماسك السردي معتمدا منطق التفكك والتشذر، وظهرت الروايات بدون حكاية أو متعددة البؤر الحكائية، جاعلة الشكل الفني في الواجهة حتى يدرك السرد كسرد وليس كمجرد تقنية في خدمة سير الحكاية.

كما ينبغي أن يسجل أن الكتاب من الجيل الجديد الذين بدؤوا الكتابة في التسعينيات وبداية القرن الجديد هم من الجيل الذي يتمتع بالتعدد والتنوع، ويتميز بطريقة جديدة في وصف الموضوعات والشخصيات، حتى ينشغل بنمط جديد على الذوات والعوالم والمجتمع والحياة والتاريخ... يحاول تأسيس معرفة جديدة حول الإنسان ومصيره ومجتمعه والعلاقة بينه وبين العالم والآخرين. فيواجه هؤلاء الكتاب المغاربة خلال حركة التجديد والتجريب من أجل إعادة بناء الرواية المغربية الحديثة، مسألتين أساسيتين: مسألة الكتابة أي كيف نكتب؟ ومسألة الحكاية أي ماذا نكتب؟ وكل ذلك دون أن نهمل الانشغال بطرائق التخيل وأشكال السرد وجمالياته.

أما الروائيون الذين بدؤوا الكتابة منذ عقود، فلم يتوقفوا عن الكتابة، بل ما زالوا يساهمون في الحقل الروائي المغربي، ويقدمون النصوص الروائية الحديثة باستخدام أشكال السرد الجديدة والمعرفة الحديثة. لذلك، سنختار عملين روائيين من روايات القرن الجديد لكاتبين مغربيين، أحدهما من جيل جديد بدأ الكتابة في التسعينيات، والآخر بدأ الكتابة منذ عقود، حتى يمكننا أن نقدم صورة متكاملة تقريبية عن الرواية المغربية الآن.

الرواية الأولى التي نقترحها هي رواية: "خطبة الوداع" الصادرة سنة ٢٠٠٣م لعبد الحي المودن، هذا الكاتب أصدر روايته الأولى "فراق في طنجة" سنة ١٩٩٦ التي نالت قبول القراء والنقاد، وهذه الرواية عمل روائي ثان له، حظي باهتمام خاص منذ صدوره. "وعبد الحي مودن من الروائيين المغاربة الجدد الذين بدأت أعمالهم تتميز بقدرتها على استخدام أصول الرواية، فتكتب عن تجربة وتحكي حكاية وتشخص واقعا وتسرد تاريخا، دون أن يمنعها ذلك من الاشتغال على التقنية الروائية والتشخيص السردي واقتصاديات اللغة وجمالياتها. فما يريد المحكي أ ن يقوله يعبر عنه بناؤه الفني نفسه، فلا شك أن هناك دلالة داخلية لهذا المسلك الذي سلكه المحكي في بنائه."١٣٠ فإن السرد يقام على الازدواج والانقسام والتعدد.

أما الرواية الثانية فهي رواية "دم الوعول" الصادرة سنة ٢٠٠٥ للأستاذ محمد عز الدين التازي الذي لعبت رواياته على مرّ العقود دورا فعالا في تحديث وتجريب طرائق السرد الروائي وأشكاله بالمغرب دون أن تكون غايته تدمير الحكاية تماما. وخصوصا ما تتعلق أعماله الروائية بالتحليل النفسي للشخصيات واستنطاق العوالم النفسية وإعادة النظر في أساليب السرد وتقنياته، وكما في علاقة السارد والشخصية، بتفكيك بناء النص وإعادة بنائه، حيث حافظ على الجانب الحكائي في الرواية دون أن يمنعه ذلك من استثمار الأشكال الحلمية والفانطاستيكية والاستبهامية، واستدعاء البنيات اللعبية، وإلباس البنية السردية ظلال الرؤيا الشعرية.

٣-٦-٣ نموذج روائي: "خطبة الوداع"

في البداية يحكي لنا الراوي أي البطل أحمد الغزواني عن شخصيته وظروفه وأحواله، التي تقع في الجمود والإحباط واليأس، وقرر إلقاء خطبة الوداع أمام تلاميذه في نهاية السنة الدراسية، وقد رتب في عقله ما سيقوله، حيث يقول فيه ما لم يقل لأحد من قبل، ولكن عندما حان وقت الخطبة، تطايرت الأفكار كلها، وصارت كلمات متفككة متقطعة، ولم يقل ما استعد له جيدا، فشل تماما في خطبته. حيث نعرف أن أحمد الغزواني كان يعيش في الفراغ والملل والضياع واليأس، يفشل في كل حياته، إلى أن تطلب منه امرأة أن يساعدها في البحث عن رجل اسمه سعيد المرزوقي الذي كان يتعلق به في ما مضى من التاريخ. هكذا يتحول الراوي إلى باحث، فكأنه بهذا البحث يجد مخرجا من مأزقه المتمثل في عالم الجمود ويدخل عالم السؤال، أصبح يسعى في الطريق إلى البحث عن مصير سعيد المرزوقي، بل في طريق البحث في مكبوت الذات، وسيرورة إنقاذ الذات من الحصر.

ثم يقودنا الراوي أحمد الغزواني إلى داخل ذاكرته وقلبه، يذكرنا صديقه القديم سعيد المرزوقي، الذي اختفى منذ زمن مجهول المصير. من هنا يبدأ الراوي يتنقل بين الماضي والحاضر من أجل البحث عن مصير صديقه وتحقيق العلاقة بينهما. وأصبحت الرواية تتابع البحث عن حقيقته وتثبيت وجوده. "أنه يخرج من عالم الحصر والعي والجمود والفراغ إلى عالم البحث والسؤال: في الظاهر هي رحلة البحث والسؤال عن مصير ذلك الآخر المنفي المبعد، أي سعيد المرزوقي. وفي العمق، شروع الراوي في البحث والسؤال عن هوية ذلك الآخر ومصيره هو حيلة من أجل طرح أفضل للسؤال عن هويته ومصيره هو. فهما معا الراوي أحمد الغزواني وصديقه القديم سعيد المرزوقي موضوع البحث، وجهان لهوية منفية مبعدة مكبوتة يسعى محكي البحث إلى نفض غبار النسيان عنها."[١٣١]

رغم أن سعيد الغزواني اختفى منذ مدة طويلة، وكل ما تركه هو الرسائل إلى أحمد الغزواني، ما زال يبدو أنهما صديقان حميمان قديمان منذ أيام التعليم الثانوي لحياة أحمد. فإنّهما متشابكان ومتعارضان في نفس الوقت، يتعلق أحدهما بالآخر، وينفصل بعضهما عن بعض. يبدو أن سعيد المرزوقي يختلف عن أحمد تماما، هو مناضل سياسي نشيط يخرج أحمد من وضع اليأس ويحرره من الحصر. ولكن في الحقيقة، إن حكاية كل واحد منهما هي مرآة للحكاية الأخرى، هما وجهان لشخص واحد. يعيش أحمد في الوقت الراهن، يمثل الواقع؛ أما سعيد فيعيش في الخيال، يمثل الأمل بالنسبة لأحمد.

"لقد انتهى المرزوقي والغزواني إلى أن كل واحد منهما ضروري في وجود الآخر، فهما وجها عملة واحدة: وجه الواقع ووجه اللذة، وجه النضال ووجه الإبداع، وجه السياسة ووجه الكتابة، وجه الإيديولوجية ووجه الحلم. وهذا الازدواج أو الانقسام هو نفسه الحقيقة التي ينبغي أن نتقبلها. وعى حد تعبير الرواية، فالشرخ بين الاثنين وجودي أبدي، وكل ما يمكن فعله هو أن نلملم الجراح، وأن نتجاوز وضعية الانفصال والإبعاد والكبت إلى مرحلة الاتصال والتواصل والتفاعل، فهذان المتعارضان هما معا وجه الحياة، وهما معا يشكلان هوية الذات، وبدونهما يبقى مصير الذات مأزوما وإشكاليا."[١٣٢]

تتميز اللغة في الرواية بطريقتين: إحداهما لغة أحمد الغزواني، اللغة السردية كأنها لغة النثر والحكي؛ والأخرى لغة سعيد المرزوقي، اللغة الشعرية كأنها لغة الاستعارة والرمز. تزدوج اللغتان في الرواية، وتمثلان الشخصين في النص الروائي، حيث يبدو أن الكاتب يحاول بناء فن جديد في الكتابة، أي شكل مزدوج في النص: بين السرد والشعر، بين الخيال والواقع، بين الحكاية والرمز.

كما تتناول هذه الرواية تاريخ المغرب، فتركت الأحداث التاريخية الكبيرة آثارا عميقة في الرواية. ذكر الكاتب في الرواية هزيمة يونيو في ١٩٦٧م، حيث أصبح العرب يقعون في اليأس

والفراغ، وكان أحمد واحدا منهم، فظهر سعيد في أكتوبر هذه السنة، أنقذ أحمد من الورطة والشر، فقد أعاد له الأمل والقوة، وأخرجه من الضعف واليأس. أصبح سعيد رمز المناضلين السياسيين الذين يحررون الشعب العربي من واقع الفشل والهزيمة.

أما في بداية السبعينيات بالمغرب، شهدت التغيرات السياسية ضد السلطة الحكومية، اعتقل سعيد في سنة ١٩٧٣ واختفى من حياة أحمد، فيرجع الجمود واليأس والفراغ إلى حياة أحمد حتى اللحظة التي قدم فيها أحمد خطبة الوداع إلى تلاميذه في سنة ٢٠٠٠م وتذكر صديقه القديم سعيد. هكذا ظهر سعيد بعد هزيمة ١٩٦٧م حتى اختفى في سنة ١٩٧٣، كان موجودا في أصعب الأوقات في تاريخ المغرب، فكان يرمز قوة الإصلاح وكرامة الشعب وأمل العرب.

"والرواية من هذا الجانب تقول ما يحدث في المغرب المعاصر من مصالحة وبحث عن حقيقة السياسيين المنفيين والمبعدين والمختفين، أي أنها تقول هذا الانتقال الذي يحدث في المغرب، من مرحلة اتسمت بالقمع والتنكيل بوجوه النضال والثورة، وسميت بسنوات الرصاص، إلى مرحلة مصالحة وبحث عن حقيقة ما جرى للمبعدين والمختفين والمناضلين." [١٣٣]

ومن ناحية أخرى، تحاول الرواية خلق طريقة جديدة تزاوج بين الحكاية والرمز، وبين السرد والشعر. لقد كان سعيد مناضلا يتميز خطابه بالطابع الإيديولوجي والواقعي، وبعد التواصل مع أحمد، تأثر به وتحول خطابه إلى الشعري واللاشعاري. فنلاحظ أن أحمد يمثل التيار التجريبي، بل سعيد يجسد التيار الواقعي في تاريخ الرواية المغربية، فيبدو أن الكاتب يسعى إلى رسم تاريخ الرواية بالمغرب: من النصوص الواقعية إلى النصوص التجريبية، من الحكاية إلى التخيل الرمزي، ثم إلى الزواج بين الحكي والرمز ،مما يمثل مغامرة تجريب الرواية بالمغرب.

"وتبدو رواية: خطبة الوداع كأنها تدعو إلى تجاوز التعارض بين أحمد وسعيد، فقد بدأ الاقتناع بضرورة التواصل بل وتبادل الأدوار، فأحمد الغزواني صار يدرك أهمية النضال والعمل

السياسي، وسعيد المرزوقي لم يجد في منفاه غير الكتابة بديلا للتعبير عن بقائه ووجوده وأمله في العودة. فتحول خطابه النضالي الإيديولوجي إلى خطاب شعري استعاري يعيد للكتابة قيمتها الشعرية، ويتقدم خطابا جديدا كأنه يتحرر من الإيديولوجية نفسها، فهو لم يعد باليقين نفسه كما في السابق، والواقع لم يعد ممكنا أن يقال بكلمات واضحة تحقيقية، والرسائل التي كان يرسلها من منفاه إلى أحمد، ومنذ ١٩٧٩، هي رسائل بكلمات تخيلية تحمل في ذاتها هذه القيمة الاستعارية الرمزية علامة على خطاب جديد، وهى القيمة التي أكسبت نص الرواية ثراء شعريا مدهشا، ومنحت محكي البحث لغوية وغموضا."[١٣٤]

وإجمالا، فإن الرواية "خطبة الوداع" نص مزيج بين النضال واللذة، بين الواقع والحلم، بين الحكاية والرمز، بين التاريخ والتخيل، بين السرد والشعر. كما تتميز هذه الرواية عن الأعمال الأخرى من حيث اللغة والمعنى، وتسعى إلى خلق فن جيد في بناء النصوص الروائية بالمغرب.

٣-٦-٤ نموذج روائي: "دم الوعول"

أصدر محمد عز الدين التازي من أول روايته ("أبراج المدينة" ١٩٧٨م) إلى حدود ٢٠٠٩ تسعة عشر عملا روائيا، لا تتمتع هذه الروايات بغزارتها فحسب، بل بمزايا نوعية تبرز مظاهر تجديد الرواية المغربية. فمحمد عز الدين التازي من الروائيين الرواد الذين يساهمون في تجريب الرواية المغربية. وسنختار إحدى رواياته الحديثة "دم الوعول" التي صدرت في سنة ٢٠٠٥، كنموذج روائي للقرن الجديد من أجل الكشف عن بعض المظاهر التجديد في ها الفن على المستوى الموضوعاتي والجمالي والتقني.

تشتغل رواية "دم الوعول" على البناء الفني الجديد، وتوظف أشكالا وأساليب جديدة في الحكي والسرد والتخيل، وتعمل على تفكيك النص الروائي بمعناه التقليدي، وإعادة السرد الروائي

بالمعنى الحداثي، على أساس افتراض وجود قواعد جديدة للكتابة والقراءة.

"لا تنتمي روايات محمد عز الدين التازي إلى هذه النصوص الروائية التي تكتفي بتسجيل الواقع ونسخه، بل هي تنتمي إلى هذا النوع الآخر من الأدب السردي الذي يعتبر فرانز كافكا من كتّابه الكبار في العصر الحديث، وهو النوع الذي يعمد إلى كتابة ما في ذواتنا ووجودنا وعوالمنا النفسية والاجتماعية من غرابة مقلقة، وذلك باستخدام الفانطاستيك والانفتاح على اللاواقعي والمتخيل والأحلام والاستبهامات وتوظيف الاستعارة والترميز ولعبة المرايا والمحاكاة الساحرة وتعدد الأصوات والمنظورات السردية ..."[١٣٥]

تتعلق أول خصائص الرواية بأسلوبها في بناء النص السردي وشكله الفني، لم تحك الرواية بالقصة الكاملة أو الوحدة التقليدية، بل تتألف من سبعة أبواب، موضوعها واحد: الإشاعة المتداولة حول عبد الرحيم الأزرق الذي يشتغل ممرضا في مصحة عقلية قد يتحول إلى قزم. ولكن النص الروائي ليس رواية مستمرة واحدة حول ذلك الموضوع، بل يقدم كل باب من الرواية قصة حول الموضوع الواحد. في هذا الإطار، تتفكك الرواية وتتعدد، يتفكك السارد ويتعدد، يتغير في كل باب سارده وشكله السردي وطريقته في معالجة الموضوع الواحد.

يظهر عبر الأبواب السبعة المهيكلة للنص ساردون مختلفون، منهم الضابط مصطفى التواتي الذي يقدم لنا قصة أمنية؛ ومقدم البرنامج التلفزيوني عباس المرادي الذي يقدم لنا قصة إعلامية؛ وأفراد أسرة عبد الرحيم الأزرق: طليقته مريم وولداه عبد الغني وبديعة الذين يقدمون رواية عائلية؛ وعبد الرحيم الأزرق يحكي حكايته بلسانه فيقدم لنا رواية شخصية. إضافة إلى هذه القصص، كما يشمل الباب الرابع قصتين إضافيتين لكل من الضابط مصطفى التواتي ومقدم البرنامج التلفزيوني عباس المرادي اللذان يحكيان في الباب الأول والثاني.

يشارك كل سارد في بناء النص الروائي بأقصى فعالية ممكنة، ويبدو أن كلا منهم يحاول

توضيح الإشاعة والبحث عن الحقيقة، ولكنهم في سعيهم إلى التوضيح والإبانة لا يزيدون الأمور إلا تعقيدا ثم إنهم يسعون إلى تجريد الأشكال الأخرى للحقيقة والتي تُروى بلسان الرواة الآخرين من كل مصداقية، وعن طريق تعدد الحقيقة بتعدد أشكالها السردية تتجدد الرواية ويعاد بناء النص الروائي في كل باب من الرواية.

"يبدو أن كل شيء يشتغل على أساس إشاعة لا بد من توضيحها وتفسيرها. وهكذا انخرطت شخصيات عديدة في مشروع كبير للتفسير والتوضيح، تمارس البحث والتحقيق، والافتراض والتحليل، والتفكيك وإعادة البناء، ورواية الأشياء من زاوية نظر معينة. وكلما تقدم المحكي إلا وكان الانطباع بأننا نتقدم نحو معرفة ما. إلا أنه في النهاية، يبدو كأن لاشيء قد تمّ حسمه، ولا نعرف هل الإشاعة صحيحة أم مختلقة، ولا ندري في النهاية أيتعلق الأمر بحكاية واقعية أم بحكاية مختلقة، ويصعب الحسم ما إذا الأمر يجري داخل المصحة العقلية أم خارجها، وما إذا كانت الشخصيات والرواة من عقلاء الناس أم من مجانينهم، وما إذا كانت الحكاية في مجموعها حقيقية وواقعية أم أنها مفتعلة متخيلة وجهها الاستعاري والرمزي هو الأكثر أهمية؟" [١٣٦]

وبعبارة أخرى، فإن الرواية تتأرجح بين الإشاعة والحقيقة، بين الوهم والواقع، ويبدو أن الأهم ليس هو البحث عن الحقيقة، بل البحث عن كيفية بناء الحقيقة الافتراضية عبر الحكي حيث يتقاطع الموضوعي بالذاتي، الواقعي بالخيالي، الحقيقي بالوهمي. ومن ناحية أخرى، يقف القراء على البعد المأساوي للوجود الإنساني، حيث يواجه الإنسان الوحيد المعزول قدره في عالم يعج بالأصوات التي لا تساهم، بالضرورة، في بناء جسور التواصل.

ركز كافكا في روايته "المسخ" على تحول الإنسان إلى حشرة، ثم ترك وحيدا ومكروها من أسرته، تطرح الرواية مسألة الإنسانية والهوية بطريقة استعارية ورمزية، فهناك علاقة قوية بين المسخ والإنسان، حيث ينعكس العالم الواقعي باستخدام الأسطورة والسخرية. أما في رواية "دم

الوعول"، فهناك مسخ من نوع آخر حيث يتحول الإنسان إلى كائن قزمي، فيمثل المسخ مصير الإنسان المسكين، فيصبح ضحية للمجتمع والحياة الواقعية.

شهد المغرب تحولات ملحوظة بدأت مع أواسط السبعينات، وتفجرت في التسعينات وبداية الألفية الثالثة تغيرات نوعية مست بنية المجتمع وحساسية الأجيال الصاعدة التي تشكل الجيل الثاني للاستقلال، الأمر الذي كانت له انعكسات كبيرة تمثلت في تغير العلائق الاجتماعية وسلم القيم الأخلاقية التي تحكم هذه العلاقات في الحياة اليومية للأفراد. ومن الطبيعي أن يكون لهذه التحولات أثر في الأدب عموما والرواية على وجه الخصوص. فظهرت خطابات اللايقين التي تمارس اللعب والسخرية وتدخل إلى عالم الاحتمالات والافتراضات، وتشكّ في كل شيء، وتصف العالم بطريقة لاواقعية لامعقولة، وتشدد على غربة الإنسان ووحدته في العالم، وفقدانه لحميميته، ثم تفكر في قيمة وجود الإنسان ومصيره دون الانطلاق من توجهات تخدم أيديولوجية معينة تتوق إلى تحقيق المدينة الفاضلة كما فعلت في الزمن السابق.

في هذه الرواية، يبدو الأمر كأن المعرفة – معرفة ما يجري وما يقع في المجتمع – أمر غير قابل للإدراك، ولم يعد السارد يمتلك تلك السلطة التي تسمح له بتأليف حقيقة العالم، فالعالم أضحى أكثر تمنعا وانغلاقا واستعصاء على الفهم الذي يقطع الشك باليقين، فما يحدث فيه من حوادث أقرب إلى الغرائب، وأشبه ما يكون إلى الأسرار والألغاز، وأقرب إلى عالم الجنون. "وهذا ما يجعل الأدب الروائي يكتسحه الشك والسخرية واللايقين، وهو بهذا لا يتنكر للالتزام بقضايا الإنسان الكبرى بل يسعى إلى استعادة مكانته ووظيفته بنوع جديد من الالتزام، التزام ينأى بنفسه عن الإيديولوجية الاحتوائية القاهرة والمحاولات المثالية الحالمة التي هيمنت على الأدب في عقود سابقة."[١٣٧]

إجمالا، فإننا أمام نص روائي يشيد معرفة بتنوع الوجودية واللايقين، يتناقش عن قيمة

الذوات في المجتمع، يفكر في مصائر الإنسانية ومستقبلها، كما يقدم للقراء كتابة روائية تستند إلى مرجعيات فلسفية تأخذ في الحسبان التعقيد الهائل للعالم الذي نعيش فيه. إضافة إلى ذلك، تتجاوز هذه الرواية الروايات التقليدية السابقة لمحمد عز الدين التازي، وتحاول خلق أسلوب جديد في الكتابة حيث تصب الحكايات الفرعية مثل الجداول في نهر الحكي لتتوحد في رواية متكاملة.

٣-٧ خلاصة الخصائص الروائية التجريبية

خلاصة القول، إن التحولات الأساسية في تاريخ الرواية المغربية، تتمثل في التخلي عن مفهوم الواقع بالمعنى المتعارف عليه ومفهوم الشكل التقليدي الذي لا يخرج عما ألفه القارئ والانطلاق نحو أشكال وتقنيات تحاول استنكار الواقع في أبعادة المتنوعة واللامتجانسة. وهي بهذا تؤسس مفهوما جديدا للكتابة الروائية، نورد أبرز مميزاته في الأقسام التالية:

٣-٧-١ التحرر من سلطة الإيديولوجية والعناية بالرواية نفسها

في مرحلة التحول، انطلقت الرواية المغربية تتحرر من سلطة الإيديولوجية القاهرة في العقود السابقة، ولم تعد مجرد وعاء يحمل موقفا سياسيا وإيديولوجيا، أو مجرد مرآة للواقع الخارجي الاجتماعي كما في النصوص الواقعية أو التاريخية في الستينيات والسبعينيات. هكذا ظهرت روايات لم تعد تكتفي باستنساخ الواقع، ولم تعد تدعي النقل الأمين البريء للواقع والحقيقة، بل ظهرت وهى تطمح إلى أن تكون مميزة في شكلها وخطابها، عاملة على تنسيب كل نقل للواقع وتذويت كل قول للحقيقة، فأضحى التذويت آلية أساسية بحيث يتم تقديم الأشياء والعوالم من خلال تصور الذات، وأضحى المنظور لا يعني إلا نظرة إلى الأشياء كما تتقدم إلى الذات.

كما انطلقت الرواية التجريبية لتتحرر من البناء الروائي التقليدي، فلم تعد تخضع للمبادئ الجوهرية في الكتابة: "المعقولية" و"اليقين" و"التناسق" و"التطابق"، التي كان تحكم الرواية من قبل، بل تميل إلى عوامل جديدة: "الانقسام" و"اللاتجانس" و"اللايقين"، أصبحت الرواية تتفجر إلى وحدات متعددة ومتنافرة، تتعدد سطوحها ومستوياتها وزواياها، تتنوع باللغات وأشكال ومناهج سردية جديدة، وتتصادم العوالم الداخلية النفسية للشخصيات الروائية بالعوالم الخارجية الاجتماعية، تنفتح على عوالم التخيل والفانطاستيك والمحكي الشعبي والأسطورة.

لذلك في بداية مرحلة التحول التي تميزت فيها الرواية بسعيها نحو الاستقلال عن الإيديولوجية، أصبحت مجرد استعراض لتقنيات الكتابة، وكاد يؤدي هذا إلى انفصال الأدب عن المجتمع، وانغلاق الكتابة على ذاتها. لكن نهاية الثمانينيات وخصوصا منذ التسعينيات وبداية القرن الواحد والعشرين، أصبحت الرواية المغربية تهتم بالتقنيات الأدبية في الكتابة باعتبارها نصوصا أدبية أولا، وتهتم بالمجتمع والإنسان أيضا باعتبار الأدب ممارسة ذات بعد اجتماعي يتشكل من كائنات اجتماعية لا يمكن اختزالها في أشكال تعبيرية منغلقة وخارج سياق تطلعاتها الاجتماعية وكينونتها الاجتماعية، وهكذا أصبحت الرواية المعاصرة موزعة بين التيارين الأساسيين لتاريخ تطور الرواية.

٣-٧-٢ تطبيق الأشكال الجديدة في الكتابة

تهتم الرواية المغربية بالتقنيات والأشكال والأساليب الجديدة في الكتابة التي لم تكن مألوفة أو منتشرة من قبل في الرواية المغربية، وخاصة توظيف التحليل النفسي وتشخيص الحياة النفسية في الإبداع: المحكي النفسي والمونولوج الداخلي، المحكي الشعري، ومحكي السفر والرحلة والمحكي التاريخي، والكتابة الجسدية...

من ناحية اللغة في الرواية، تستعمل الرواية الجديدة الأساليب الشعرية والحلمية والأسطورية والفانطستيكية والعاميات في سرد النصوص، كما تشغل الأشكال الاستعارية والرمزية في الوصف والحكي مما يجعل الرواية تتعدد في القراءة والتأويل، ويصعب معها الفصل بين الجسد والرواح، بين الشكل والمضمون. أصبحت اللغة موضوعا لتشخيص أدبي حواري هجين وساحر، مثلما أصبحت حقلا للعب ولخلق أسباب الاستلذاذ بهذا اللعب في ذاته.

أما من ناحية السرد، فتستعين الرواية التجريبية بالأجناس الأدبية الأخرى التي لم تطبق في الرواية من قبل، مثل الشعر والأسطورة والسرد الشعبي والحكاية الخرافية...، وتوظف الذاكرة بصورة طاغية وتستدعي العجائبي والخرافي، ويتم تشغيل المكونات السيرذاتية باعتبارها عناصر تكوينية للنصوص الروائية.

إن النص الروائي شرع في التحرر من الشروط الجمالية التي ظلت تتحكم في الكتابة الروائية بالمغرب في الفترات السابقة، وخاصة التحرر من البنية الروائية التقليدية، فلم تعد الرواية في الكثير من النماذج تخضع للعوامل التي كانت جوهرية في الكتابة الروائية القديمة: الانسجام والتناسق والتطابق ... وأصبحت الرواية الجديدة تنفجر إلى وحدات متعددة ومتنافرة، تتعدد سطوحها ومستوياتها، ويطبعها الازدواج والتعدد والتناقض.

انفتح النص الروائي على أجناس أدبية وغير أدبية، وصارت الرواية الواحدة المتعددة تقوم في داخلها بتذويب أجناس وأشكال سردية متعددة ومتباينة دون أن تنسب بشكل واضح إلى جنس محدد. كما بدأت الرواية تتلاعب بالأزمنة والفضاءات والضمائر، وتناوب الواقع والحلم والاستبهام في الرواية الواحدة، وحتى تحكي الروايات المتعددة في النص الروائي الواحد. إضافة إلى كل ذلك، توظف هذه الروايات أفكار الفلسفة في الكتابة: الوجودية والصوفية والإنسانية والحداثة وما بعد الحداثة ... وتتناقش العلاقة بين الإنسان وذواته وبين الطبيعة والمجتمع والعالم، مما

يتطلب من القراء امتلاك كفاءة في القراءة والتلقي، حتى يتمكنوا من التفاعل مع الرواية تفاعلا تواصليا.

وجدير بالذكر أن بعد فترة محاكاة الروايات الغربية والعربية الشرقية، بدأ الروائيون المغاربة في مرحلة التجريب يدركون أهمية التراث العربي الإسلامي والتراث المحلي، لاستثماره والاستفادة منه وتوظيفه في الكتابة والإبداع، حتى يضيفوا عنصرا جديدا في السرد الروائي. حيث نجد في عديد من الأعمال الروائية المكونات التراثية التي تتفاعل بالتراث العربي الإسلامي والتراث المحلي.

٣-٧-٣ الاهتمام بالإنسان والإنسانية

في مرحلة التحول، وخاصة منذ التسعينيات والقرن الجديد، عادت الرواية التجريبية المغربية تسائل نفسها، وتضع نفسها موضع التأمل والتنظير، وتفكر في علاقتها بالإنسان، وبالذات في المجتمع والعالم، وبذلك الآخر الذي يسكننا ولا يتحدث إلا من خلال لغة الأدب وبالجسد والروح وباللذة والألم وبالعالم والآخرين. كما يسائل الإنسان نفسه وقدره الكوني والتاريخي واشتغاله الذهني والاجتماعي. أصبحت عديد من هذه الروايات تهتم بلذة الإنسان وألمه، بروح الإنسان وجسده، بعلاقته مع الآخرين من خلال اللغات الأدبية والسرد الروائي والأشكال الاستعارية والرمزية. لم تعد الرواية مجرد عمل فني أو نصا حكائيا، بل تنطلق من الإنسان نفسه، باعتباره حاجة داخلية، وباعتبارها فعلا ماديا ورمزيا، وباعتبارها شكلا من أشكال المقاومة الداخلية، وباعتبارها بديلا لموضوع الرغبة المفقود.

كما تأثر بعض الكتاب بفلسفة فرويد، فقدموا في رواياتهم وجهة نظر حول واقع الإنسان ووسطه وحول الكيفية التي يدرك بها الإنسان هذا الوسط والروابط التي يقيمها معه. فأصبحت الرواية التجريبية المغربية طريقة هامة لقراءة الإنسان وفهم أسئلة الإنسانية في العصر المعاصر،

حيث من خلال قراءة العمل الأدبي نستشف الخلفية الفكرية الضمنية للكاتب أو الفنان، التي تُوجِّه وتفسر، من وجهة نظره، روح الإنسانية في العصر.

أصبحت هذه الروايات لا تسجل الأحداث المادية أو التغيرات الاجتماعية، بل تهتم أكثر بتصوير انعكاسات تلك الأحداث في أذهان الإنسان ومدى تأثيرها في وعيه. كما تحرص على تقديم الصور الذهنية والتصورات التي تفرضها الأحداث أو يقتضيها التطور التاريخي، والعقدة ترتكز على صراع الأفكار ورؤى العالم.

التفسير:

---

[1] http://www.arab-ewriters.com/

[٢] جميل حمداوي، مقالة "أنماط الكتابة الروائية في المغرب الشرقي"، ٢٠٠٧

http://www.diwanalarab.com/

[٣] ظهرت أول رواية مكتوبة بالفرنسية أقدم من الرواية المكتوبة بالعربية في سنة ١٩٣٤، ولكن بعد ذلك ظهرت الرواية الثانية بالفرنسية في سنة ١٩٥٣، وتأخرت بعشرين سنة مقارنة الرواية الأولى.

[٤] طاهر بن جلون هو روائي مغربي عربي مقيم في فرنسا وفاز بجائزة "غونكور" الفرنسية. وأيضا إنه روائي مشهور في الصين، وقد تترجمت ثلاثة من أعماله إلى الصينية وطبعت في هونغ كونغ.

[٥] اسم المترجم مجهول

[٦] هناك لا يتعدى عشرين رواية تبقى مجهولة مكان النشر

[٧] ملحوظة: زمن الأخطاء هي نفسها رواية الشطار، لم يغير فيها شيئا غير العنوان.

[٨] قد صدر الجزء الأول من المثلث ولم تصدر بعد بقية الأجزاء.

[٩] إبراهيم خليل، "بنية النص الروائي"، الدار العربية للعلوم ناشرون، ٢٠٠٩، ص ٢٨٤

[10] http://www.wata.cc/forums/archive/

[١١] إبراهيم خليل، "بنية النص الروائي"، الدار العربية للعلوم ناشرون، منشورات الاختلاف، ٢٠٠٩، ص ٢٨٤

[١٢] إبراهيم خليل، "بنية النص الروائي"، الدار العربية للعلوم ناشرون، منشورات الاختلاف، ٢٠٠٩، ص ٢٨٤

[١٣] نقتصر على الروايات المكتوبة باللغة العربية الفصيحة بأقلام نسائية

[١٤] عدد مجموع الإنتاج الروائي المكتوب بالعربية خلال فترة ٢٠٠٠- ٢٠٠٨ ، هو ٣٠٨ رواية.

[١٥] عدد مجموع الإنتاج الروائي المكتوب بالعربية إلى حدود ٢٠٠٨، هو ٦١٦ رواية.

[١٦] دة. زهور كرام، "السرد النسائي العربي – مقارنة في المفهوم والخطاب"، الدار البيضاء، ٢٠٠٤، ص ٢٢

[١٧] أحمد اليبوري، "في الرواية العربية – التكون والاشتغال"، دار المدارس للنشر والتوزيع، الدار البيضاء، ٢٠٠٠، ص ١٤٣

[١٨] أحمد اليبوري، "في الرواية العربية – التكون والاشتغال"، دار المدارس للنشر والتوزيع، الدار البيضاء، ٢٠٠٠، ص ١٤٣

[١٩] الحوار المتمدن - العدد: ١٢٥٥ - ٢٠٠٥ / ٧ / ١٤ ،

http://www.ahewar.org/debat/

[٢٠] جميل حمداوي، "أنماط الكتابة الروائية في المغرب الشرقي" ٢٠٠٧

http://www.diwanalarab.com/

[٢١] أحمد اليبوري، "في الرواية العربية – التكون والاشتغال "، دار المدارس للنشر والتوزيع، الدار البيضاء، ٢٠٠٠، ص ١٤٢

[٢٢] أحمد اليبوري، "في الرواية العربية – التكون والاشتغال "، دار المدارس للنشر والتوزيع، الدار البيضاء، ٢٠٠٠، ص ١٤٤

[٢٣] أحمد اليبوري، "في الرواية العربية – التكون والاشتغال "، دار المدارس للنشر والتوزيع، الدار البيضاء، ٢٠٠٠، ص ١٤٦

[٢٤] طرح باعسو عثمان هذه النظرة في رسالته لنيل الدكتوراه "المكونات التراثية في الرواية المغربية": تنفصل تطور الرواية المغربية عبر ثلاث مراحل، يمكن أن نرصدها باستحضارنا لقوانين تطور الجنس الروائي التي تحدث عنها فلاديمير كريزنسكي (Krysinski Vladimir). وهى قانون التكرار وقانون التشبع وقانون التحول. فتطور الرواية المغربية يتحقق إلى حد ما عبر هذه القوانين، والتي تحدد بوضوح مكامن الانتقال والتحول في تاريخ تكونها. ص ١

[٢٥] أحمد اليبوري، "الكتابة الروائية في المغرب – البنية والدلالة"، شركة النشر والتوزيع المدارس، الطبعة الأولى، الدار البيضاء، ٢٠٠٦، ص ١٦

[٢٦] أحمد اليبوري، "الكتابة الروائية في المغرب – البنية والدلالة"، شركة النشر والتوزيع المدارس، الطبعة الأولى، الدار البيضاء، ٢٠٠٦، ص ١٧

[٢٧] أحمد اليبوري، "الكتابة الروائية في المغرب – البنية والدلالة"، شركة النشر والتوزيع المدارس، الطبعة الأولى، الدار البيضاء، ٢٠٠٦، ص ١٩

[٢٨] أحمد اليبوري، "الكتابة الروائية في المغرب – البنية والدلالة"، شركة النشر والتوزيع المدارس، الطبعة الأولى، الدار البيضاء، ٢٠٠٦، ص ١٢

[٢٩] أحمد اليبوري، "الكتابة الروائية في المغرب – البنية والدلالة"، شركة النشر والتوزيع المدارس، الطبعة الأولى، الدار البيضاء، ٢٠٠٦، ص ١٣

[٣٠] هؤلاء الأدباء المغاربة منهم: الأستاذ حسن الوزاني، شاعر وباحث نشيط مغربي، ذكر هذا الرأي في كتابه "الأدب المغربي الحديث ١٩٢٩-١٩٩٩" ص١١١) والأستاذ أحمد اليبوري (أديب مغربي، ذكر هذا الرأي في كتابه "الكتابة الروائية في المغرب – البنية والدلالة" ص ١٥

[31] http://www.maroc.ma/PortailInst/

[٣٢] حسن الوزاني، "الأدب المغربي الحديث ١٩٢٩—١٩٩٩"، دار الثقافة، الدار البيضاء، ٢٠٠٢، ص ١١٢ .

[٣٣] حسن الوزاني، "الأدب المغربي الحديث ١٩٢٩—١٩٩٩"، دار الثقافة، الدار البيضاء، ٢٠٠٢، ص ١١٣ .

[٣٤] حسن الوزاني، "الأدب المغربي الحديث ١٩٢٩—١٩٩٩"، دار الثقافة، الدار البيضاء، ٢٠٠٢، ص ١١٤-١١٥.

[٣٥] عبد العالي بوطيب، "الرواية المغربية من التأسيس إلى التجريب"، سلسلة دراسات وأبحاث ٢٩\ ٢٠١٠، جامعة المولي إسماعيل، كلية الآداب والولوم الإنسانية، مكناس، ٢٠١٠، ص ١١

[٣٦] عبد العالي بوطيب، "الرواية المغربية من التأسيس إلى التجريب"، سلسلة دراسات وأبحاث ٢٩\ ٢٠١٠، جامعة المولي إسماعيل، كلية الآداب والولوم الإنسانية، مكناس، ٢٠١٠، ص ١١

[٣٧] عبد العالي بوطيب، "الرواية المغربية من التأسيس إلى التجريب"، سلسلة دراسات وأبحاث ٢٩\ ٢٠١٠، جامعة المولي إسماعيل، كلية الآداب والولوم الإنسانية، مكناس، ٢٠١٠ ص ١٢

[٣٨] عبد العالي بوطيب، "الرواية المغربية من التأسيس إلى التجريب"، سلسلة دراسات وأبحاث ٢٩\ ٢٠١٠، جامعة المولي إسماعيل، كلية الآداب والولوم الإنسانية، مكناس، ٢٠١٠، ص ١٦

[٣٩] د. حسن المودن، مقالة: "الرواية بالمغرب: ملاحظات أولية حول الرواية المكتوبة باللغة العربية"
http://www.doroob.com/

[٤٠] عبد العالي بوطيب، "الرواية المغربية من التأسيس إلى التجريب"، سلسلة دراسات وأبحاث ٢٩\ ٢٠١٠، جامعة المولي إسماعيل، كلية الآداب والولوم الإنسانية، مكناس، ٢٠١٠ ص ١٣

[41] http://www.maroc.ma/PortailInst/Ar/

[٤٢] عبد العالي بوطيب، "الرواية المغربية من التأسيس إلى التجريب"، سلسلة دراسات وأبحاث ٢٩\ ٢٠١٠، جامعة المولي إسماعيل، كلية الآداب والولوم الإنسانية، مكناس، ٢٠١٠ ص ١٤

[43] عبد العالي بوطيب، "الرواية المغربية من التأسيس إلى التجريب"، سلسلة دراسات وأبحاث ٢٩\ ٢٠١٠، جامعة المولي إسماعيل، كلية الآداب والولوم الإنسانية، مكناس، ٢٠١٠ ص ١٥

[44] د. حسن المودن، مقالة: "الرواية بالمغرب: ملاحظات أولية حول الرواية المكتوبة باللغة العربية"
http://www.doroob.com/

[45] أحمد اليبوري، "الكتابة الروائية في المغرب – البنية والدلالة"، شركة النشر والتوزيع المدارس، الطبعة الأولى، الدار البيضاء، ٢٠٠٦، ص ١٩

[46] محمد أمنصور، "استراتيجيات التجريب في الرواية المغربية المعاصرة"،شركة النشر والتوزيع المدارس، الدار البيضاء، ٢٠٠٦، ص ٥٨

[47] محمد أمنصور، "خرائط التجريب الروائي"، مطبعة أنفوبرانت، فاس، ١٩٩٩، ص ١٦

[48] محمد أمنصور، "خرائط التجريب الروائي"، مطبعة أنفوبرانت، فاس، ١٩٩٩، ص ٢٥

[49] http://www.arabiancreativity.com/

[50] د. حسن المودن، مقالة: "الرواية بالمغرب: ملاحظات أولية حول الرواية المكتوبة باللغة العربية"
http://www.doroob.com/

[51] الأعمال الروائية الأربعة هي : "الزاوية" (١٩٤٢) و"سليل الثقلين" (١٩٥٠) للتهامي الوزاني و"وزير غرناطة" (١٩٥٠) لعبد الهادي بوطالب و"رواد المجهول" (١٩٥٥) لأحمد عبد السلام البقالي.

[52] صدر أول رواية عربية في مصر في عام ١٩١٤ ، "زينب" لمحمد حسين هيكل؛ وصدر أول رواية عربية في العراق في عام ١٩٢١، "في سبيل الزواج" لأحمد السيد.

[53] إن عدد مجموع الأعمال الأدبية الصادرة خلال مرحلة الحماية، هو ٢٤ عملا أدبيا

[54] عدد الأعمال الروائية الصادرة بكل اللغات خلال مرحلة الحماية، هو ٩ أعمال روائية، منها ٤ أعمالا مكتوبة بالعربية، و٥ أعمال مكتوبة بالفرنسية.

[55] إن عدد مجموع الأعمال الروائية العربية الصادرة إلى حدود ٢٠٠٩، هو ٦٤٨ عملا روائيا

[56] إن عدد مجموع الأعمال الروائية الصادرة بكل اللغات إلى حدود ٢٠٠٧ هو ١٠٨٠ عملا روائيا

[57] إن عدد مجموع الأعمال الأدبية العربية الصادرة إلى حدود ٢٠٠٩، هو ٢٧٧٧ عملا أدبيا

[58] أحمد اليبوري، "الكتابة الروائية في المغرب – البنية والدلالة "، شركة النشر والتوزيع المدارس، الطبعة الأولى، الدار البيضاء، ٢٠٠٦، ص ١٤.

[59] هذه المرجعيات الأساسية هي: الوكاش "في الكتابين" كذب رومانسي وحقيقة روائية "و"نظرية الرواية"؛ و"جاك ديبوا" من كتابه "مؤسسة النص". وغير ذلك من المرجعيات الأساسية المعروفة. ---- من أحمد اليبوري، "في الرواية العربية –

التكون ولاشتغال"، شركة النشر والتوزيع المدارس، ٢٠٠٠، ص ١٣- ١٦.

[٦٠] أحمد المديني، "الكتابة السردية – في الأدب المغربي الحديث"، مطبعة المعارف الجديد، الرباط، ٢٠٠٠، ص ٢١٧.

[٦١] أحمد المديني، "الكتابة السردية – في الأدب المغربي الحديث"، مطبعة المعارف الجديد، الرباط، ٢٠٠٠، ص ٢١٨.

[٦٢] حسن الوزاني، "الأدب المغربي الحديث ١٩٢٩—١٩٩٩"، دار الثقافة، الدار البيضاء، ٢٠٠٢، ص١١٣.

[٦٣] إن عدد مجموع الأعمال الأدبية الصادرة خلال فترة ١٩٥٦ – ١٩٦٩، هو ٥٢ عملا أدبيا.

[٦٤] عدد الأعمال الروائية الصادرة بكل اللغات خلال فترة ١٩٥٦ – ١٩٦٩ هو ٢٠ عملا روائيا، منها ١٤ رواية مكتوبة بالعربية، و٦ أعمال مكتوبة بالفرنسية.

[٦٥] إن عدد مجموع الأعمال الروائية العربية الصادرة إلى حدود ٢٠٠٩، هو ٦٤٨ عملا روائيا

[٦٦] إن عدد مجموع الأعمال الروائية الصادرة بكل اللغات إلى حدود ٢٠٠٧ هو ١٠٨٠ عملا روائيا

[٦٧] إن عدد مجموع الأعمال الأدبية العربية الصادرة إلى حدود ٢٠٠٩، هو ٢٧٧٧ عملا أدبيا

[68] http://thawra.alwehda.gov.sy/

[٦٩] حسن الوزاني، "الأدب المغربي الحديث ١٩٢٩—١٩٩٩"، دار الثقافة، الدار البيضاء، ٢٠٠٢، ص ١١٧

[70] http://pulpit.alwatanvoice.com/

[71] http://pulpit.alwatanvoice.com/

[٧٢] إن عدد مجموع الأعمال الأدبية الصادرة خلال فترة ١٩٧٠-١٩٧٩، هو ١٥٥ عملا أدبيا.

[٧٣] عدد الأعمال الروائية الصادرة بكل اللغات خلال فترة ١٩٧٠-١٩٧٩، هو ٣٣ عملا روائيا، منها ٢٥ رواية مكتوبة بالعربية، و٨ أعمال مكتوبة بالفرنسية.

[٧٤] إن عدد مجموع الأعمال الروائية العربية الصادرة إلى حدود ٢٠٠٩، هو ٦٤٨ عملا روائيا.

[٧٥] إن عدد مجموع الأعمال الروائية الصادرة بكل اللغات إلى حدود ٢٠٠٧ هو ١٠٨٠ عملا روائيا

[٧٦] إن عدد مجموع الأعمال الأدبية العربية الصادرة إلى حدود ٢٠٠٩، هو ٢٧٧٧ عملا أدبيا.

[٧٧] جميل حمداوي، مقالة: "السرد الروائي المغربي بين التجنيس والتأصيل"
http://pulpit.alwatanvoice.com/

[78] http://thawra.alwehda.gov.sy/

[79] د. حسن المودن، مقالة: "الرواية بالمغرب: ملاحظات أولية حول الرواية المكتوبة باللغة العربية"
http://www.doroob.com/

[٨٠] محمد أخ حميد، "الرواية المغربية ورؤية الواقع الاجتماعي—دراسة بنيوية تكوينية"، دار الثقافة، ١٩٨٥، ص ٢٨١

[٨١] محمد أخ حميد، "الرواية المغربية ورؤية الواقع الاجتماعي—دراسة بنيوية تكوينية"، دار الثقافة، الدار البيضاء، ١٩٨٥، ص ٢٧٤

摩洛哥小说艺术：从产生到发展（1942—2009）

[٨٢] محمد أمنصور، "خرائط التجريب الروائي"، مطبعة أنفوبرانت، فاس، ١٩٩٩، ص ١٥.

[٨٣] محمد أخ حميد، "الرواية المغربي ورؤية الواقع الاجتماعي – دراسة بنيوية تكوينية"، دار الثقافة، الدار البيضاء، ١٩٨٥، ص ٤١٠

[٨٤] محمد أمنصور، "خرائط التجريب الروائي"، مطبعة أنفوبرانت، فاس، ١٩٩٩، ص ٢١.

[٨٥] محمد أخ حميد، "الرواية المغربية ورؤية الواقع الاجتماعي—دراسة بنيوية تكوينية"، دار الثقافة، الدار البيضاء، ١٩٨٥، ص ٢٤٣

[٨٦] محمد أخ حميد، "الرواية المغربية ورؤية الواقع الاجتماعي—دراسة بنيوية تكوينية"، دار الثقافة، الدار البيضاء، ١٩٨٥، ص ٢٤٥

[٨٧] هناك روايتان أخرتان مترجمتان الى العربية

[٨٨] هناك رواية أخرى مترجمة الى العربية

[٨٩] هناك روايتان أخرتان مترجمتان الى العربية

[٩٠] هناك رواية أخرى مترجمة الى العربية ورواية

[٩١] هناك رواية أخرى مترجمة من الفرنسية الى العربية

[٩٢] هناك ثلاث روايات أخرى مترجمة الى العربية

[٩٣] هناك رواية أخرى مترجمة الى العربية

[٩٤] عدد الروايات المترجمة هو إحدى عشرة رواية

[٩٥] إن عدد مجموع الأعمال الأدبية الصادرة خلال فترة ١٩٨٠-١٩٨٩ ، هو ٣٠٦ عملا أدبيا.

[٩٦] عدد الأعمال الروائية الصادرة بكل اللغات خلال فترة ١٩٨٠-١٩٨٩، هو ١٢٩ عملا روائيا، منها ٧٧ رواية مكتوبة بالعربية، و٥٢ رواية مكتوبة بالفرنسية.

[٩٧] إن عدد مجموع الأعمال الروائية العربية الصادرة الى حدود ٢٠٠٩، هو ٦٤٨ عملا روائيا.

[٩٨] إن عدد مجموع الأعمال الروائية الصادرة بكل اللغات الى حدود ٢٠٠٧ هو ١٠٨٠ عملا روائيا.

[٩٩] إن عدد مجموع الأعمال الأدبية العربية الصادرة الى حدود ٢٠٠٩، هو ٢٧٧٧ عملا أدبيا.

[١٠٠] حسن الوزاني، "الأدب المغربي الحديث ١٩٢٩—١٩٩٩"، دار الثقافة، الدار البيضاء، ٢٠٠٢، ص ١٢٥.

[١٠١] حسن الوزاني، "الأدب المغربي الحديث ١٩٢٩—١٩٩٩"، دار الثقافة، الدار البيضاء، ٢٠٠٢، ص ١٢٥.

[١٠٢] أحمد اليبوري، مقالة: "الرواية المغربية الجديدة والتراث"

http://www.minculture.gov.ma/

[١٠٣] أحمد اليبوري، "دينامية النص الروائي"، منشورات اتحاد كتاب المغرب، الطبعة الأولى، الرباط، ١٩٩٣، ص٧٩.

[١٠٤] أحمد اليبوري، "دينامية النص الروائي"، منشورات اتحاد كتاب المغرب، الطبعة الأولى، الرباط، ١٩٩٣، ص ٨٦ .

[١٠٥] أحمد اليبوري، "دينامية النص الروائي"، منشورات اتحاد كتاب المغرب، الطبعة الأولى، الرباط، ١٩٩٣، ص ٨٣

[١٠٦] أحمد اليبوري، مقالة: "الرواية المغربية الجديدة والتراث"

http://www.minculture.gov.ma/

[١٠٧] مبارك ربيع، "بدر زمانه"، المؤسسة العربية للدراسات والنشر، الطبعة الأولى، بيروت، ١٩٨٣، ص ٤٥ ، ٧٨، ١٣١، ٦١

[١٠٨] مبارك ربيع، "بدر زمانه"، المؤسسة العربية للدراسات والنشر، الطبعة الأولى، بيروت، ١٩٨٣، ص ٩.

[١٠٩] هناك رواية مترجمة الى العربية.

[١١٠] هناك روايتان أخرتان مترجمتان الى العربية.

[١١١] هناك روايتان أخرتان مترجمتان الى العربية.

[١١٢] هناك روايتان أخرتان مترجمتان الى العربية.

[١١٣] عدد الروايات المترجمة هو سبع روايات.

[١١٤] إن عدد مجموع الأعمال الأدبية الصادرة خلال فترة ١٩٩٠ – ١٩٩٩، هو ٧٦٢ عملا أدبيا.

[١١٥] عدد الأعمال الروائية الصادرة بكل اللغات خلال فترة ١٩٩٠ – ١٩٩٩، هو ٣٦٣ عملا روائيا، منها رواية واحدة مكتوبة بالأمازيغية، و ١٧٠ رواية مكتوبة بالفرنسية، و٤ أعمال مكتوبة بالإسبانية، و١٨٨ رواية مكتوبة بالعربية.

[١١٦] إن عدد مجموع الأعمال الروائية العربية الصادرة الى حدود ٢٠٠٩، هو ٦٤٨ عملا روائيا

[١١٧] إن عدد مجموع الأعمال الروائية الصادرة بكل اللغات الى حدود ٢٠٠٧ هو ١٠٨٠ عملا روائيا

[١١٨] إن عدد مجموع الأعمال الأدبية العربية الصادرة الى حدود ٢٠٠٩، هو ٢٧٧٧ عملا أدبيا

[١١٩] حسن المودن: مقالة: "الرواية المغربية الآن. ماذا عن أعمال حديثة لكتّاب من الأجيال السابقة؟"

http://www.minculture.gov.ma/

[١٢٠] د. هشام العلوي، "الجسد والمعنى – قراءات في السيرة الروائية المغربية"، شركة النشر والتوزيع المدارس، الطبعة الأولى، الدار البيضاء، ٢٠٠٦، ص ٩٦-٩٧

[١٢١] د. هشام العلوي، "الجسد والمعنى – قراءات في السيرة الروائية المغربية"، شركة النشر والتوزيع المدارس، الطبعة الأولى، الدار البيضاء، ٢٠٠٦، ص ١٠٢-١٠٣

[١٢٢] د. هشام العلوي، "الجسد والمعنى – قراءات في السيرة الروائية المغربية"، شركة النشر والتوزيع المدارس، الطبعة الأولى، الدار البيضاء، ٢٠٠٦، ص ١٠٧

[١٢٣] د. هشام العلوي، "الجسد والمعنى – قراءات في السيرة الروائية المغربية"، شركة النشر والتوزيع المدارس، الطبعة الأولى،

الدار البيضاء، ٢٠٠٦، ص ١٢٥

١٢٤ إن عدد مجموع الأعمال الأدبية الصادرة خلال فترة ٢٠٠٠ – ٢٠٠٩، هو ١٤٧٨ عملا أدبيا.

١٢٥ عدد الأعمال الروائية الصادرة بكل اللغات خلال فترة ٢٠٠٠ – ٢٠٠٧، هو ٥٢٦ عملا روائيا، منها ٤ روايات مكتوبة بالأمازيغية، و ٢٢٥ رواية مكتوبة بالفرنسية، و٨ أعمال مكتوبة بالإسبانية، و٥ أعمال مكتوبة بالانكليزية، و٢٨٤ رواية مكتوبة بالعربية.

١٢٦ إن عدد مجموع الأعمال الروائية العربية الصادرة الى حدود ٢٠٠٩، هو ٦٤٨ عملا روائيا.

١٢٧ إن عدد مجموع الأعمال الروائية الصادرة بكل اللغات الى حدود ٢٠٠٧ هو ١٠٨٠ عملا روائيا.

١٢٨ إن عدد مجموع الأعمال الأدبية العربية الصادرة الى حدود ٢٠٠٩، هو ٢٧٧٧ عملا أدبيا.

١٢٩ د. حسن المودن، مقالة: "الرواية بالمغرب: ملاحظات أولية حول الرواية المكتوبة باللغة العربية"
http://www.doroob.com/

١٣٠ حسن المودن، "الرواية والتحليل النصي – قراءات من منظور التحليل النفسي"، الدار العربية للعلوم ناشرون، دار الأمان، الطبعة الأولى، الرباط، ٢٠٠٩، ص ٧٣

١٣١ حسن المودن، "الرواية والتحليل النصي – قراءات من منظور التحليل النفسي"، الدار العربية للعلوم ناشرون، دار الأمان، الطبعة الأولى، الرباط، ٢٠٠٩، ص ٧٧

١٣٢ حسن المودن، "الرواية والتحليل النصي – قراءات من منظور التحليل النفسي"، الدار العربية للعلوم ناشرون، دار الأمان، الطبعة الأولى، الرباط، ٢٠٠٩، ص ٨١

١٣٣ حسن المودن، "الرواية والتحليل النصي – قراءات من منظور التحليل النفسي"، الدار العربية للعلوم ناشرون، دار الأمان، الطبعة الأولى، الرباط، ٢٠٠٩، ص ٨٠

١٣٤ حسن المودن، "الرواية والتحليل النصي – قراءات من منظور التحليل النفسي"، الدار العربية للعلوم ناشرون، دار الأمان، الطبعة الأولى، الرباط، ٢٠٠٩، ص ٨١

١٣٥ حسن المودن، "الرواية والتحليل النصي – قراءات من منظور التحليل النفسي"، الدار العربية للعلوم ناشرون، دار الأمان، الطبعة الأولى، الرباط، ٢٠٠٩، ص ١٩٦

١٣٦ حسن المودن: مقالة: "الرواية المغربية الآن. ماذا عن أعمال حديثة لكتّاب من الأجيال السابقة؟"
http://www.minculture.gov.ma/

١٣٧ حسن المودن، "الرواية والتحليل النصي – قراءات من منظور التحليل النفسي"، الدار العربية للعلوم ناشرون، دار الأمان، الطبعة الأولى، الرباط، ٢٠٠٩، ص ١٩٧

الباب الثاني

قراءة لنماذج الرواية المغربية

الفصل الأول: الرواية الواقعية – "دفنا الماضي" لعبد الكريم غلاب

في هذا الفصل سنختار رواية "دفنا الماضي" للكاتب المغربي الكبير عبد الكريم غلاب، كنموذج للرواية الواقعية. يقال عن الرواية رواية واقعية أو اجتماعية، اذا كانت تتجنب التاريخ المدون، وتتناول الواقع من زاوية الحياة اليومية الاجتماعية.

١- التوطئة

تستعيد "دفنا الماضي" أحداثا كبرى في المجالات الاقتصادية والسياسية والثقافية: من محاولة تطبيق الظهير البربري إلى خلق هوة بين العرب والبربر في المغرب، وبروز الحركة الوطنية المطالبة بالاستقلال واندلاع الحرب العالمية الثانية إلى بداية تكون وعي طبقي.

كما قدمت الرواية مدينة فاس وحي المخفية فيها وقصر الحاج محمد التهامي، ورأس عائلة التهامي، كنموذج للحياة المغربية قبل الاستقلال، حيث العبيد والأسياد وملاك الأراضي والكادحين، وصراع الأجيال والابن الأصغر، وهو صراع يمثل المغرب كله، صراع بين جيلين واتجاهين وتفكيرين. "وكذا طبيعة الصراع الذي يتواجه فيه جيلان، وهو الصراع الذي يعتبر عماد العقدة الروائية، ما يمثل فعلا بناء أول عالم روائي في هذا الأدب، عالم يحتفي برؤية شمولية تتحرك في مدار أربعمائة صفحة، رابطة، حابكة، معيدة الربط، وهدفها في النهاية معانقة مصير ذي

طبيعة سياسية وتاريخية تتجلى مشاهده ومواقفه من منظور واقعية الشهادة، فيما يقدم العمل السردي ككل الصورة الجمالية لواقعية مقعدة وتقليدية."[١]

وقد كشف هذا الصراع عن قوة فكر الجيل الذي تمخض عن معارك استقلال، وعن تهاوي الجيل القديم، الجيل القوي بقوة الماضي ولكنه ضعيف باستسلامه وتخلفه ورجعيته، حتى ان الأب يموت بسبب هذا التخلف لرفضه الثقة في الطب الحديث والاكتفاء بالأحجبة والطب القديم.

يمكننا أن نقسم هذه الرواية إلى قسمين رئيسين: القسم الأول يقدم صورة عن الأوضاع المجتمعية والثقافية بالمغرب وبفاس خاصة، حيث يتناول حياة العائلة الكبيرة والعلاقات المعقدة بين أفراد الأسرة التي تمتد من الفصل الأول إلى الفصل السادس عشر؛ والقسم الثاني تبرز فيه العناصر السياسية بصفة عامة، حيث أصبح الصراع بين الجيلين الجديد والقديم عقدة الرواية، كما النضال بين الأمة والاستعمار.

أما بالنسبة للقسم الأول، "تسجل الأحداث الأولى للمتن الحكائي لرواية "دفنا الماضي" حقائق إثنوغرافية عرفها الواقع المغربي في مرحلة يمكن أن نطلق عليها تجاوزا "امتدادات القرون الوسطى أو العصور القديمة"، ترصد عملية امتلاك النساء والجواري عبر الاختطاف والسبي. كما ترصد من جهة أخرى خصوصيات نمطي الإنتاج والعيش في فاس العتيقة والتقاليد والعلاقات الإنسانية الدافئة المتناغمة التي كانت تعيشها مدينة فاس قبل أن تداهمها قوى الاستعمار، وتدمر نمط عيشها وتحول حياتها إلى جحيم."[٢]

وبالنسبة للقسم الثاني، "الرواية التي كتبت في مرحلة لاحقة عن تاريخ انطلاق المقاومة، وعن تاريخ الحصول على الاستقلال بحوالي عقد من الزمان، يمكن اعتبارها بالأساس سيرة جماعية تعتمد على الذاكرة للقيام برصد بعدي لوقائع الكفاح الذي خاضه الشعب المغربي عامة، وأهل

فاس خاصة ضد قوى الاستعمار؛ وإدانة لاحقة لأساليب القمع والبطش والتقتيل الذي استهدف المقاومين المغاربة."[٣]

وتأخذ حركة المقاومة الوطنية في النمو والازدياد مع اقتراب نهاية الحرب العالمية الثانية. وتصور الرواية تصاعد الحركة الوطنية وانتشارها في مدن المغرب، ودور حزب الاستقلال في قيادة الحركة الوطنية في تلك الحقبة، والصدام مع الاستعمار وحل الحزب وإلقاء القبض على قياداته الرئيسية وبعض قواعده. وهنا يدافع عبد الكريم غلاب دفاعا حماسيا عن صلابة مدينة فاس ومقاوماتها للإرهاب الاستعماري، وهو في هذا السبيل إنما يلجأ إلى الوصف العام والسرد العام، بدلا من التخصصي، كما يجب أن يحدث في الفن.

١-١ أهمية الرواية الواقعية

"ما من شك في أن الرواية المغربية جاءت نتيجة للتحولات الاجتماعية والثقافية التي عرفها الواقع المغربي بعيد الاستقلال. ولذلك ظلت هذه الرواية، باعتبارها أداة تعبيرية وشكلا أدبيا جديدين أفرزهما الواقع الجديد، مرتبطة بالتعبير عن هذا الواقع بأبعاده الاجتماعية والثقافية والسياسية. كما ظلت شاهدة على التحولات التي تعرفها القيم الفردية والجماعية، ومهمة في تغيير وتحديد مساراتها وآفاقها من خلال انخراط الرواية في الصراع داخل مجتمع متحرك، مشدود إلى الماضي لكنه يعيش مخاض الحاضر ويتوق إلى المستقبل في تاريخ مطبوع بالتوتر بين الصحوات والكبوات، بين التبعية والتحرر، بين الأصالة والحداثة."[٤]

رغم أن الرواية المغربية الواقعية تأثرت كثيرا بالرواية المشرقية العربية، وتقتفي أثر رواد الرواية الواقعية العربية، مثل أعمال كتاب الشرقيين: "يوميات نائب في الأرياف" لتوفيق الحكيم و"الأرض" للشرقاوي و"بين القصرين" لنجيب محفوظ وما إلى ذلك. وإن الرواية المغربية لم تكن

فقط محاكاة لهذه الأعمال الروائية، أو متفوقة دائما في التصوير الفني، بل طبقت النقد الاجتماعي والإصلاح كمكونين رئيسين من مكونات الرواية المغربية. كما أولت اهتماما كبيرا على مستويي التعبير الفني والأداء الأدبي المتعلقين بالاستعمال اللغوي وتوظيف الحبكة وتشخيص المشاهد والمواقف وإغناء الحوار وضبطه وما إلى ذلك.

أما في أعمال "غلاب" القصصية والروائية، فيقدم لنا الواقع والتاريخ المغربي الحديث بأساليب نثرية، مُولِيا اهتماما متزايدا بالأشكال والبنيات والصور، دون السقوط في التعقيد والغموض والالتباس. " على أن ذلك لا يعني أن هذه القصص إنما هي صور منقولة من الواقع نقلا حرفيا، كما تنقل عدسة العين الصورة المشاهدة، وكما تنقل حاسة الأذن الصورة المسموعة، وإنما هي صور فيها من الواقع بقدر ما في صور الحياة، وفيها من التصور بقدر ما يتيحه فن الأدب التصويري، وفيها من الخيال بقدر ما يحتمله فن القصص."[٥]

١-٢ حياة عبد الكريم غلاب وأعماله

ولد عبد الكريم غلاب سنة ١٩١٩ بمدينة فاس. تابع دراسته بالقرويين، ثم التحق بالقاهرة حيث حصل على الإجازة في الأدب العربي من جامعة القاهرة. كان يشتغل بالصحافة منذ سنة ١٩٤٨ بتوليه تحرير مجلة "رسالة المغرب"، وعمل بوزارة الخارجية سنة ١٩٥٦، كما عين سنة ١٩٨٣ وزيرا. يشتغل حاليا مديرا لجريدة "العلم".

ساهم عبد الكريم غلاب في تأسيس اتحاد الكتاب المغربي وانتخب عضوا في "لجنة الكتابة" المنبثقة عن المؤتمر الأول ١٩٦١ ثم رئيسا لاتحاد الكتاب المغربي خلال الفترة الممتدة من سنة ١٩٦٨ إلى ١٩٧٦، كما أنه عضو في أكاديمية المملكة المغربية وفي المجمع العلمي العراقي. تتوزع أعماله بين الرواية، القصة القصيرة، الدراسة الأدبية والسياسية.

له مجموعة من الأعمال الروائية المنشورة:

جدول الأعمال الروائية لعبد الكريم غلاب

	رواية	تاريخ الاصدار	حجم
١	سبعة أبواب	١٩٦٥	٢٠٤ص
٢	دفنا الماضي	١٩٦٦	١١٤ص
٣	المعلم علي	١٩٧١	٤١٤ص
٤	صباح ويزحف الليل	١٩٨٤	٢٤٠ص
٥	وعاد الزورق إلى النبع	١٩٨٩	٢٨٦ص
٦	شروخ في المرايا	١٩٩٤	١٥٩ص
٧	سفر التكوين	١٩٩٦	١٩٢ص
٨	الشيخوخة الظالمة	١٩٩٩	١٩٠ص
٩	ما بعد الخلية	٢٠٠٣	٢٢١ص
١٠	شرقية في باريس	٢٠٠٦	٢٣١ص
١١	لم ندفن الماضي	٢٠٠٦	٣٧٦ص
١٢	الأرض ذهب	٢٠٠٩	٤٧١ص

حظيت الإيديولوجية بالمكانة الأولى في إنتاج "غلاب"، حيث تقدم بعض أعماله الواقع والتاريخ المغربي الحديث بلغة نثرية وتعبير دقيق مباشر، دون السقوط في التعقيد والغموض والالتباس، حتى تنعكس تغيرات العالم الحقيقية.

"في نظره وهي: المضمون الفكري الملتزم، وتغيير الواقع، ورسم خطوط المستقبل، في تواصل مع القراء، بعيدا عن مذهب الفن للفن، موضحا بأن الرواية ليست عملى إبداعية يعبر بها

الكاتب عن نفسه وأحاسيسه ومقولاته. ليست عملية ذاتية تؤكد ذات الكاتب في فنه وقدرته. هي رسالة يؤديها نحو الآخر، إن لم يكن في الحاضر، ففي المستقبل. ولذلك أطمح إلى الرواية التي تقول شيئا، تحاول أن تغير واقعا، أن تصنع مستقبلا."[٦]

لذلك، يصعب علينا أن نحدد ما إذا كان غلاب كاتبا واقعيا أم كاتبا مجردا، إذ أنه يقدم رؤيا للعالم قد تختلف عن تلك التي يتبناها نفس الكاتب خارج الإبداع. "إذا كان غلاب ككاتب واقعي يؤمن بالالتزام الفكري والسياسي، ويدعو ويعمل من أجل أهداف وطنية وقومية، ضمن رسالة ثقافية وحضارية واضحة المعالم، فإن غلاب الكاتب المجرد قد يطرح أسئلة بطرق فنية غير مباشرة، في لحظة الإبداع، على بعض أنماط السلوك والممارسة، كما يمكن أن يدخل في جدل مع بعض المسلمات التي تؤطر منظومته الفكرية السياسية."[٧]

يقال إن "سبعة أبواب" و"دفنا الماضي" و"المعلم علي"، هي الثلاثية لعبد الكريم غلاب، التي تذكرنا بثلاثية الكاتب المصري نجيب محفوظ، فتعطينا المشاهد الحية في المغرب خلال الفترة التاريخية لتحقيق الاستقلال ضد المستعمرين.

لقد صدرت رواية "سبعة أبواب" سنة ١٩٦٥ وتمثل ما يشبه صلة الوصل بين الرواية والسيرة الذاتية، ويعتبر القسم الأول في ثلاثية روائية لغلاب غير ممثل للجنس الأدبي الموضوع على غلافها، ولا نعلم هل كان ذلك مقصودا.

١-٣ أسباب اختيار عبد الكريم غلاب: أزمة التاريخ

يعتبر عبد الكريم غلاب من أبرز الكتاب والمفكرين المغاربة الذين ساهموا في مجال الإبداع السردي والحقل الثقافي، إنه رائد أدبي قدم مساهمة عظيمة بإنتاجه الغزير الملتزم بقضايا الحرية والعدالة الاجتماعية طوال خمسة عقود متواصلة. فله أعمال عديدة متنوعة في مختلف المجالات

السياسية والتاريخية والأدبية.

ولا يجب أن ننسى أن غلاب عضو في حزب الاستقلال، ما يعني أنه يكتب، بدرجة معينة، تحت تأثير الرؤية الحزبية، وهذا شيء يسهل استخلاصه من التجربة الروائية للكاتب؛ فضلا عن تأثره بالتيارات المشرقية التي دعمها الموقف الإيديولوجي القومي والوطني. "وبانتمائه إلى جيل ما قبل الاستقلال، إلى نخبة الوطنيين، وموقعه كناطق باسم حركة سياسية، فإن حرية غلاب إزاء الحدث التاريخي تأخذ شكل تعبير روائي مبني على الاعتقاد بأن التجربة المعيشة من طرف النخبة المعنية هي ما يشكل حقا المادة الأولية لعمل أدبي ينقل خصوبة التجربة، وأصالتها وتاريخها."[٨] فيعيد كتابة تاريخ الحركة الوطنية، معتبرا التاريخ مسلسلا إيجابا، أي أن كل ما يقع هو الحجة على التحولات التي ستحدث.

"لقد أراد غلاب لروايته أن تكون باستمرار استعادة قومية لمفاهيمه عن التاريخ الوطني... وعلى المستوى النظري، يجدر الانتباه إلى أن الرواية التي تلاحق التاريخ تحكم على نفسها بالأزمة: فالتاريخ ليس فقط لا يبقى على صورة ما ولكنه يراجع نفسه ويناقضها، هذا فضلا على أن الرواية ليس هدفها تقديم الشهادة وإنما التعبير عن حرية الكاتب في التعامل روائيا، مع الحدث التاريخي."[٩]

لقد كان غلاب يؤكد دوما على هدفه من الكتابة، وهو تبليغ رسالة ذات مضمون أخلاقي ووطني تعادلي اجتماعي، تتوخى شحذ الوعي وإيقاظ روح التحدي، لمواجهة الأشكال المتعددة للاستلاب الذي يحاصر الإنسان العربي. "من الملاحظ أنه كان في إبداعه وتنظيره، يربط الأدب بالحياة وبأوضاع الفئات المهشمة في الحواضر والبوادي خاصة، فكان إنتاجه صورة للمغرب خلال فترات حاسمة من تاريخه المعاصر: فترة الاستعمار، لحظة المقاومة، مرحلة البناء، بعد الاستقلال، وما اعتراها من انحرافات، خلقت شروخا في جسم المجتمع المغربي."[١٠]

وعلاوة على هذا تمنح أعمال غلاب للباحثين فرصة مقاربتها من منطلقات نظرية ومنهجية متنوعة تمكنهم من بلورة تحليلات مفيدة تكشف مناطق جديدة من تاريخ المغرب السياسي ومن بينها من يرى في الكتابة الروائية ترميز لرؤية للتاريخ وللإيديولوجية المحددة. "فإنه لا يستطيع بتاتا التناهي كليا مع التاريخ إذ مهما عبر الإبداع الأدبي عن الواقع فإن تعامله الأقوى يبقى مع المتخيل. وهو ما لا يمنعنا من استحضار كون الكاتب المغربي وجد في وضع تطلب منه إنجاز أكثر من مهمة. أي أن يكتب الرواية، ويقدم شهادة عن الواقع، ويسهم في الجدل السياسي، وأن يعيد بطريقة ما كتابة التاريخ."[١١]

ترمز الأعمال الروائية لغلاب في الستينيات وبداية السبعينيات إلى مرحلة التأسيس التي كانت الرواية المغربية الناشئة تحاول فيها بناية قواعد الكتابة الروائية وتسعى إلى تمثل معاييرها الفنية، والاقتناع بأهمية وظائفها الجمالية والفكرية والاجتماعية. كما أن كلا الروايتين "دفنا الماضي" و"المعلم علي" صدرتا في المرحلة التي كان الأسلوب الواقعي مهيمنا على الكتابة الروائية. فالروايتان تمثلان المعايير الفنية والمضمونية لتلك الفترة الخاصة من مراحل تطور الرواية المغربية، ولذلك فإنهما محطتان تاريخيتان أساسيتان في تاريخ الكتابة الروائية بالمغرب تؤشران إلى بداية تشكل ملامح نضج الفن الروائي بالمغرب وإرهاصا لما ستصبح عليه الكتابة الروائية فيما بعد. إنهما النموذجان اللذان سيسمحان بظهور كتابة مضادة بلورتها أعمال الروائيين التجريبيين.

٤-١ دفنا الماضي – الصراع والواقع

تعتبر الرواية الثانية "دفنا الماضي" للكاتب عبد الكريم غلاب التي صدرت في سنة ١٩٦٦، رواية واقعية تصور لنا حقبة هامة من تاريخ المقاومة المغربية ضد الاستعمار الفرنسي. "هذا العمل الذي يعد صورة لتأسيس جنس روائي جديد في الأدب المغربي الحديث، وانتقالا

فعليا إلى التمرس بالصيغ الناظمة لها، وحيث أصبح الخطاب فيه مزوجا إلى حد لا بأس به بين ضوابط التمثيل الفني ومدرجا، وفق فهم معين، في أفق التخيل، وبين المعطيات التاريخية والاجتماعية المساهمة في صنع رؤية ذات مرتكزات إيديولوجية محددة."١٢

تنسج خيوط القصة حول عائلة "الحاج محمد التهامي"، "وهي عائلة بورجوازية ميسورة من هذه العائلات التي كان لها حظ من مال وحظ من جاه وحظ كبير في التشبث بالتقاليد والمحافظة على الوقار في المجتمع الضيق الذي تعيش فيه، وهو مجتمع لا يخرج عن الحي الذي تسكنه العائلة."١٣

تعد رواية "دفنا الماضي" رواية تقليدية البناء، تقوم على الحكاية والزمن الواحد المسلسل والراوي التقليدي المطلع والعارف بكل شيء، ويدخل المؤلف بالتعليق على الأحداث بشكل مباشر إذ يستعمل أسلوب الوعظ والخطابة. وهذا ما ينتج بناءا سرديا تقليديا يتركز على شرح الأحداث بأدق التفاصيل. وتعوق السياق الروائي وتصيب بناءها بالترهل، وتضعف تطور أحداثها. "هذه الرواية انبعاث لرواسب عديدة من فترة المخاض في المغرب، هي فترة عاشها شعب بلادي بكل وعيه وتفتحه على العالم الجديد."١٤ كذلك الفصول الطويلة التي تتحدث عن طقوس العبودية وبيوت النحاسين، وطقوس الزار والجان والخطبة والزواج والزفاف والتجارة وحياة المزارعين، وملابس المغاربة. "إن أهمية الرواية، هي في قدرتها على استيعاب الواقع الاجتماعي في شموليته، وهي حينما تفعل ذلك وبروح انتقادية تكون أساسية بالنسبة للواقع نفسه، وعندما يتم إلغاء بعض جوانب الواقع، معنى ذلك أن الإيديولوجية تتغلب عند الأديب على النزاع الإنساني."١٥ وهي فصول بدت مستقلة تماما عن تصاعد الدراما في الرواية. كما أن الحوار طويل وغير درامي ويكرر الكثير من الأفكار.

إضافة إلى ذلك ينطلق الكاتب من القاعدة الفنية العامة للمحاكاة التي لا تسعى إلى

تقويض الواقع العيني الخارجي وتجاوزه، بل تصبو إلى تصوير واقع آخر ومناظر له. "غير أن ما تجدر الإشارة إليه أن المبدأ الجمالي للمحاكاة الذي يعتبر القاعدة الفنية العامة للكتابة الروائية في رواية "دفنا الماضي" ينقسم إلى شقين. يتمثل الشق الأول في محاولة تصوير مختلف جوانب المجتمع المغربي في المرحلة التي يسميها الكاتب "مرحلة القنطرة"، انطلاقا من محاكاة ظواهره وقضاياه وصراعاته أي ما يمكن أن نطلق عليه باختصار محاكاة الواقع. أما الشق الثاني فيتمثل في محاولة تصوير المجتمع ذاته لكن ليس انطلاقا من محاكاة الواقع، وإنما انطلاقا من محاكاة الخطاب. وتتجلى هذه المسألة في تمثل طرائق كتابة الخطاب الروائي الواقعي المشرقي كما تبلورت عند رواد الكتابة الروائية المشرقية واستلهام خصوصياتها الفنية والأسلوبية من أجل تصوير الواقع المغربي والتعبير عن همومه وصراعاته وخصوصيته."[١٦]

عنوان رواية "دفنا الماضي" هو عنوان يعكس رغبة فئة كبيرة من المغاربة في الحرية، والكرامة والاستقلال، هذه الرغبة تعبر عنها بشكل قوي الشخصيات الثورية في الرواية. وهى شخصيات تهدف لدفن ماضي العبودية، القمع والذل، وتصب إلى القضاء على كل رموز الفساد والتخلف داخل المجتمع. "وهى البنية القائمة على الصراع بين الماضي والمستقبل، بين القديم والجديد، بين الكائن والممكن، أو الواقع بين المناهضة والتبشير."

أخيرا، تختتم رواية "دفنا الماضي" بعودة الملك محمد الخامس وإعلان الاستقلال وهنا يهتف عبد الرحمن الابن المناضل:" دفنا الماضي ولكنه سرعان ما يسمع صدى صوت زميله الشهيد عبد العزيز "لا لم ندفن الماضي بعد". فالماضي هو المجتمع المستغل المتخلف، المفتقر إلى الحضارة والعدالة الاجتماعية، الذي ورثه عهد الاستقلال، والذي أبدعت رواية عبد الكريم غلاب في تصويره بجمال بكل دقة وصدق، رغم بنيتها الأدبية التقليدية المباشرة والكلاسيكية.

٢- القوتان المتعارضتان في الرواية

إن رواية "دفنا الماضي" عمل روائي مميز من حيث الكم والمضمون، فهي تحتوي على ٤٧ فصلا و٤٠٧ صفحة. "تتوفر، بدءا على حكاية (قصة)، تركبها، تنظم حلقاتها وتفاصيلها، وتقيم توزيعا منسجما، شبه آلي، لأدوار الشخصيات. مشاغل المؤلف في هذه القصة عديدة، ويستطيل السرد تواز مع طول الحقبة الموصوفة، وتنوع الأحداث وكثرة الفاعلين."[١٧] كما ظهرت فيها شخصيات كثيرة، لكننا لا نولي أهمية كبيرة للشخصيات غير الرئيسية، لأنها تابعة لتلك الشخصيات الرئيسية، لذلك سننطلق أولا في عملية فرز بسيطة تبين درجة اهتمام الكاتب بالأبطال في الرواية، ومن التوزيع التالي لفصول الرواية يتضح لنا أن هناك عددا من الشخصيات البارزة، ولكن أهميتها تختلف باختلاف الحيز الذي تشغله في الأحداث الكلية للرواية. فيما يلي توزيع الأبطال حسب الفصول في الرواية:

جدول الأبطال الرئيسيون في "دفنا الماضي":

	البطل الرئيسي	فصول الرواية	المجموع
١	الحاج محمد التهامي	١-٢-٣-٤-٥-٦-٧-٨-١١-١٢-١٣-٢٥-٣٧-٤١-٤٤-٤٧	١٦
	عبد الغني	٩-١٨-٢٠-٢١-٢٢	٥
	محمود	١٩-٣٣-٣٨-٤٥	٤
٢	عبد الرحمن	٩-١٠-١٤-١٥-١٦-١٧-١٨-٢٣-٢٤-٢٥-٢٦-٢٧-٢٨-٢٩-٣٠-٣١-٣٢-٣٤-٣٥-٣٦-٣٨-٣٩-٤٠-٤٢-٤٣-٤٦-٤٧	٢٧

	عبد العزيز	٣٩-٤٢-٤٣	٣

يتضح جليا من خلال هذا التوزيع أن "عبد الرحمن" هو أهم بطل في الرواية، يحتل أكبر حيز في الامتداد الروائي، ويحمل دلالة محورية في الرواية، إن "عبد الرحمان" باعتباره شخصية رئيسية ومحورية فهو يعكس إلى حد ما الموقف الإيديولوجي والسياسي للمؤلف. وهذه الرواية تعكس لنا من زوايا مختلفة، أنماط ومظاهر عيش المجتمع المغربي خلال فترة زمنية جد مهمة من تاريخ المغرب.

كما "تقدم لنا الرواية مشاهد مختلفة تصف معيشة تهيمن عليها المحافظة الصارمة، ويحجب عن الأنظار الأم والبنات والخادمات، ويتلقى فيه الأبناء أوامر قطعية. ويتكون محيط العائلة من الأم خدوج، والبنت عائشة، والأبناء عبد العزيز البكر وعبد الرحمن وأخوه محمود، المصنف في مرتبة دونية بسبب أمه ياسمين الأمة التي استحلها لاتهامي لنفسه ككل متاعه."[١٨]

يحاول الراوي من خلال شخصياته الروائية إظهار واقع المجتمع المغربي من خلال الصراعات التي تربط هذه الشخصيات. هناك جدول آخر يمكننا أن نرى العلاقات بين أبطال الرواية فيما يلي:

جدول الشخصيات الرئيسية في العائلة

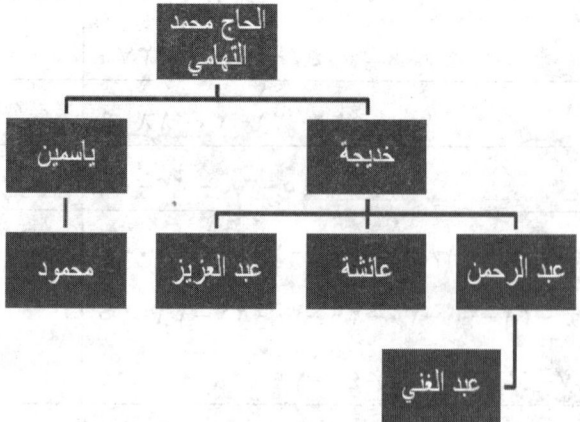

"ومن ثم يمكن القول إن هذه الرواية تدخل في الإطار العام لأدب المقاومة الرامي إلى تخليد البطولات المغربية وصون الذاكرة الجماعية. كما تحتوي على شجب لقيم الهيمنة والغطرسة والاستغلال، وتثمينا للمواقف الثورية التي وقفها الشباب المغربي. كما تقدم في قالب قصصي ذات طابع واقعي، انتصارا للجديد على القديم من خلال التكريم الضمني للقيم الجديدة التي أذكت الحماس في النفوس، ونشرت وعيا جديدا عجل باندلاع حركة المقاومة والتصدي لأساليب الترقيع والاستعباد التي نهجها الاستعمار في حق المغاربة."[١٩]

"بلادي كلها سجن، وعلى أعتابها يقف سجانوها ..أنا ..أنا .. اللطمة على خدي الكلام البذيء الذي يقرع أذني.. شين النظرات الشذراء تفترسني.. أنا مواطن من بين ملايين المواطنين يعيشون حياتهم بين اللطمات والإهانات والكلام البذيء يقرع كرامتهم ويحيلهم إلى رعايا.. أهالي (اندجين)، كرامتي ثارت يوم قبلت أن أتقدم المظاهرة ليكون مصيري مزيدا من اللطمات والكلام البذيء."[٢٠]

إن أحداث الرواية تقوم على علاقة الصراع والنضال بين المجموعتين متناقضتين، الأولى يمثلها الجيل القديم والمحافظ الذي يقف إلى جانب المستعمر؛ الثانية يمثلها الجيل الجديد الثوري، الذي يناهض الاستعمار ويتطلع إلى الحرية. فشخصيات الرواية إذن ينقسمون إلى مجموعة أولى موالية للمستعمر تضم "الحاج محمد التهامي" وابناه "عبد الغني" و"محمد"؛ أما مجموعة ثانية فتمثل المقاومة وتضم كل من "عبد الرحمن" وصديقه "عبد العزيز". ونتطرق فيما يلي إلى أوجه الاختلاف بين كل مجموعة وعناصرها.

٢-١ المجموعة الأولى

تتكون المجموعة الأولى من شخصيات موالون للمستعمر، وهم يمثلون فئة من المجتمع

المغربي التي لا تتطلع للتغيير وتريد الحفاظ على بنية المجتمع التقليدي، السلطوي فهم يخافون من مواجهة المستعمر ويرضون بكل أشكال الذل والقهر. فيما يلي سنحاول رصد بعض صفات هذه الشخصيات.

يمثل في هذه الرواية "الحاج محمد التهامي" وابناه "عبد الغني" و"محمد" الجيل القديم، هم يدعمون الاستعمار أو يحافظون على الهيكل الاجتماعي القديم.

٢-١-١ "الحاج محمد التهامي"

إن "الحاج محمد التهامي" يرمز إلى الجيل الماضي، كان يحتل مكانة اجتماعية عالية في المغرب، يحظى باحترام كبير، ويتحكم في الشؤون العائلية. "يمسك فيها الحاج التهامي زمام جميع الأمور، مادية ومعنوية، وهى، بسكناها بحي المخفية، بالمدينة القديمة لفاس، نموذج للطبقة الموصوفة، ممثلة لذهنية راسخة في التقليد ولتناوب الأجيال."[٢١]

يولي الكاتب لهذه الشخصية اهتماما كبيرا ومحوريا، حيث تبدأ الرواية به وتتجه به إلى انحدار البطيء إلى أن ينتهي به الأمر إلى الموت في الفصل الأخير من الرواية. "من الطبيعي أن يحتل الحاج التهامي، في الفصول الأولى، صدارة القصة سواء بسبب سلطويته أو موقفه الملزمة في الجوار المحيط. فهو التاجر والملاك الزراعي، كما ينبغي له، الرجل المستقيم ذو الخصال العالية يحظى بإكبار شديد."[٢٢] كما أكد السارد مكانه في الرواية "وكان مما يزيد سكان الحي وتجاره تعلقا بهذه الشخصية المحبوبة وحسن وعيه للوعاظ والمرشدين. كثيرا ما كان يتردد على مجالس الوعظ ودروس الإرشاد... وكان يستمع إلى دروس الحديث والسرية النبوية.. وكان يشعر بأنه فقيه الحي ومرشده."[٢٣]

إن الصفات التي يعطيها الراوي لهذه الشخصية تجعله رمزا للجيل القديم، عندما يموت

يؤكد انتهاء الدور التاريخي لهذا الجيل، وموته بالإضافة إلى ذلك إرهاص بخروج المستعمر واستقلال البلاد.

٢-١-٢ "عبد الغنى"

أما "عبد الغني"، فهو أحد أبناء "الحاج محمد التهامي"، رغم أنه من جيل جديد، فهو ليس إلا امتدادا لأبيه من حيث السلوك والتصرفات والزواج والديانة والمهنة والمواقف السياسية. هكذا تصبح حياة عبد الغني تكريسا أو استمرارا لخيارات مسبقة لأبيه، ومسار هذا الابن في شتى النواحي يضعه في موقع الظل وعديم الشخصية.

هناك إشارات كثيرة تدل على ذلك طول الرواية. مثلا قالت أم "عبد الغني" في حديث داخلي مع نفسها: "هو شاب يافع، ومع ذلك لا يكاد يختلف عن والده، في الزى، والهندام والحركة، والاهتمامات. وحديثه ينطبع يوما بعد يوم بطابع "الحاج محمد"، نفس الموضوعات، ونفس الأسلوب في المناقشة وإلقاء الأوامر، ونفس الفضول في كل ما يتصل بالتصرفات الخاصة، وبالمنزل والطعام، والخادمات وحتى صوته بدأ يشبه صوت الحاج محمد، كأنما قدت حبالهما الصوتية من عصب واحد."[٢٤] كما " يفكر بعقل "الحاج محمد وينطق بلسانه ويهيم عقله الباطن فيما يهيم فيه والده. فقد كان يسير على خطي والده دون وعي."[٢٥] و"يشبه "عبد الغني" أباه أيضا في السلوك الديني، يحضر دروس الوعظ في ضريح المولى إدريس ويعتز بإيمانه."[٢٦] و"يشبه "عبد الغني" أباه في المواقف السياسية، وخاصة موقفه من الظهير البربري، فإذا كان أبوه يعلن صراحة أنه ليس بقادر على أن يتحدى المخزن، فإن "عبد الغني" يتعاطف مع كبار "الخونة" (البغدادي)، ويسخر من عبد الرحمن وجماعته من الوطنيين."[٢٧]

٢-١-٣ "محمود"

إن "محمود"، أحد أبناء "الحاج محمد التهامي"، لكنه من الدرجة الثانية في العائلة، بسبب أنه ابن الخادمة. هو موظف بسيط تحول في إطار النظام الفرنسي إلى قاض يحاكم الوطنيين، فيتعاون مع المستعمر بصورة مباشرة، يلتزم بالمقاييس والمواقف القاهرة، لم يخرج من قيود التقاليد القديمة، ويقف إلى جانب أبيه وأخيه "عبد الغني" مع المستعمرين. فينتقده الكاتب على لسان أخيه عبد الرحمن، الناطق الرسمي بمبادئ الروائي، حيث يدل على ذلك الحوار بينهما:

"أنت في المدرسة مثل زملائك جميعا، مثلنا، ولو لم تكن خدوج هي أمك، ياسمين مثل خدوج... أبواها من نوع واحد، من جنس واحد، لا تدع خرافة السيدة والخادم تقهر نفسك، أنت ردل ابن سيدة، ولو كانت في عرف والدك وأمي خادمة اشتريت من سوق النخاسة... ارفع رأسك يا أخي فالوقت ليس وقت السادة والعبيد..."[٢٨] وأخيرا في نهاية الرواية، يلقى "محمود" نفس مصير أبيه، "يموت في حادثة سير وهو في حالة تأنيب الضمير بسبب الأحكام القاسية التي كان يصدرها في حق الوطنيين."[٢٩]

كان "عبد رحمن" يعتبره من جانب "الحاج محمد التهامي"، إذ أنه كان من الجيل الجديد ينتسب إلى عقلية تعود إلى جيل أبيه. "بعقليتكم هذه انتهى المغرب إلى المصير الذي يعيشه منذ نصف قرن."[٣٠] لذلك يكون موته ذا بُعد اجتماعي، ويؤكد أيضا هذا الجانب الرمزي الذي يدل على انهيار الجيل القديم.

٢-٢ المجموعة الثانية

إن هذه المجموعة تضم الشخصيتين: "عبد الرحمن" و"عبد العزيز"، هما من جيل حديث، وينتميان إلى حزب وطني مناهض للاستعمار، ويشاركان في المظاهرات المناهضة، ويدخلان

السجن من أجل مناهضة الاستعمار.

"حين نصل إلى شخصية عبد الرحمن ستبدأ الرواية حقا في تسلق ذروتها وإحداث المنعطف الضروري لتطورها، وذلك مع احتفاظ السارد العارف ومطلق الحضور بيده طليقة في ترتيب البيت الروائي وتوزيع أصواته، فعبد الغني يشخص صراع الأجيال وانبثاق مصير جديد مصنوع بإرادة التغيير في أفق الكفاح الوطني ضد الاستعمار ومن أجل استرداد السيادة، بمسلكية تبطنها إيديولوجية معينة."[٣١]

٢-٢-١ "عبد الرحمن"

"عبد الرحمن" أيضا أحد أبناء "الحاج محمد التهامي"، يعتبر شخصية رئيسية ضمن شخصيات الرواية يجسد رؤية الإنسان المغربي الجديد، يتطلع إلى الغد المشرق الذي تمحى فيه القيم التي كانت تكبل العلاقات الإنسانية، ويعرقل تحرره من أجل خلق مجتمع أكثر مساواة وانسجاما وتقدما. إنه اختار طريقا مختلفا عن طريق أبيه وأخيه، دخل السجن ثلاث مرات وقضى فيه أكثر من سنتين، ثم أصبح قويا نفسيا ومصرا على ما اختاره. "سينتفض عبد الرحمن ضد رتابة التقاليد ليخلخل القيم المهيمنة على العائلة، ويهز سلطة الأب الماحقة. وبذا سيفرض نفسه بطلا جديدا، البديل، الفريد والوحيد الذي امتلك شجاعة معارضة الحاج التهامي، أي الأجداد كلهم. وسنراه تدريجيا يملي إرادته وهو يفكك الضوابط الراسخة ليضع مكانها بدائل من العالم الجديد الذي ينتمي إليه، هذه التي ستمثل قيمها حلبة الصراع في قلب الرواية والتاريخ معا."[٣٢]

عندما يحكم على صديقه "عبد العزيز" بالإعدام ويساق إلى الموت، ما زال واثقا بنجاحهم في الاستقلال. كما يجري الحوار بينهما قبل الإعدام: "إلى اللقاء في الجنة يا عبد

الرحمن... أبشر، فقد استقلت بلادي. كان الصوت صوت عبد العزيز. واعتصر الألم عيون عبد الرحمن ففاضت وهو يحبس أنفاسه، وانغرست أسنانه في مؤخرة سبابته شفاء لألمه وبدأ الصوت يبتعد، وخشي "عبد الرحمن" ألا يودع الحبيب الذي ألهم روحه الفداء والتضحية، فانطلق صوته يهدر: إلى اللقاء يا عبد العزيز... في الجنة يا عبد العزيز."[٣٣]

اهتم الكاتب بهذه الشخصية كثيرا، وجعل "عبد الرحمن" بطلا سياسيا ايجابيا خياليا، إنه ممثل للاتجاه الوطني وللشباب الواعي. تتجسد هذه الإشارات في الجانبين التاليين:

أولا، كان يعتبر أباه رمزا للتخلف، لذلك كان يرى ضرورة موت أبيه، يمكننا أن نجد في الرواية إشارات كثيرة تظهر إلى أنه كان يسعد بمرض أبيه وينزعج لكل تحسن يطرأ على صحته. فأبوه بالنسبة له تجسيد حقيقي للماضي وينبغي أن يندحر.

"-- أكل؟

-- نعم.. أكل بيضا ولبنا.

وانتفض عبد الرحمن كأنما لسعته عقرب."[٣٤]

كان عبد الرحمن باردا وشبه يائس من شفاء أبيه، حيث يكون مدفوعا إلى هذا اليأس بتلك المسألة الرمزية التي أشرنا إليها. في هذه اللحظة كان يعتبر أباه رمز الجيل القديم والماضي ولا غيره، حتى قبل موت أبيه، قال عبد الرحمن الطبيب الذي عالج أباه: "مسؤوليتك انتهت، ليس باستطاعتك أن تحول الماضي إلى المستقبل، ليس باستطاعتك أن تبعث الحياة في تمثال إلا إذا كنت مهرجا لافتانا."[٣٥] أما الماضي فعليه أن يندحر."أهوى عبد الرحمن بقبلة باردة على اليد الواهنة مرة أخرى مودعا، وفارق الغرفة، وصوت هائل يدوي في أذنه: الماضي .. الماضي.. الماضي.."[٣٦] كل هذه الإشارات الموجودة في الرواية تؤكد الطابع الرمزي ذي البعد الاجتماعي لموت الحاج محمد التهامي.

ثانيا، كان "عبد الرحمن" يقع في حب مع فتاة فرنسية، ولكنه تركها بسهولة لا لشيء إلا من أجل نضاله. "عالمي ينتسب إلى الماضي ولن يسمح لي بأن أتخذ لنفسي زوجة من عالم ما وراء الأسوار ولا من داخل الأسوار، لأبعد بنفس عن "مادلين" وعن ذات العينين الخضراوين."[٣٧] من الواضح أن "عبد الرحمن" يعالج العلاقة العاطفية كموضوع سياسي، لا يفكر إلا في طريقة رجل مناضل. "إذا كنا نلاحظ أن "غلاب" اهتم بالجانب العاطفي لهذه الشخصية في الفصل ٣٠ من الرواية، حيث يقع "عبد الرحمن" في حب فتاة فرنسي، إلا أن الكاتب يجعل بطله يبتعد عن هذه الفتاة، لا الشيء إلا لأن هذا البطل ينشغل بدوره النضالي."[٣٨] فيتطور وعي "عبد الرحمن" بشكل سريع ملحوظ، ولم يتراجع عن النضال في حياته، إنه رجل سياسي ولا غيره.

وحتى بعد سجن الابن المناضل الوطني "عبد الرحمن" ظلت المواقف متصلبة بين الجيلين. ولكن في صراع الأجيال يتفوق عبد الرحمن الابن الثوري المثقف بقوة تجربته النضالية ووعيه الفكري وتقدمه الحضاري ونظرته العقلانية، فيؤثر في مجريات الأمور في الأسرة، حتى لينجح في إقناع والده بتغيير نظرته التقليدية نحو زواج ابنته من رجل جاهل لا تعرفه، لمجرد انتمائه لأسرة غنية، وطلب من أبيه أن يأخذ رأي ابنته عائشة في الزواج قبل الإقدام عليه مستقبلا. وهنا يتم لأول مرة زواج حديث بين عائشة وشاب مثقف من أسرة متوسطة يرفض طرق الزواج التقليدية. "فباختياره للمدرسة الغربية، ودفعه لأخيه الأصغر في النهج نفسه، وباعتناقه لمبادئ المساواة التي ستعيد الاعتبار لياسمين وابنها محمود، سيأتي إنجازه الأكبر في مسعاه الناجح لإخراج أسرة التهامي من متحف التاريخ، بل وكل سكان حي المخفية، وتلقيحهم برؤية جديدة للعالم، ثقافية وسياسية واجتماعية."[٣٩]

٢-٢-٢ "عبد العزيز"

أما "عبد العزيز"، صديق "عبد الرحمن"، فيبدو في الرواية أكثر تيقظا وأكثر معرفة ووعيا من "عبد الرحمن"، رغم أن الكاتب لم يكتب عنه كثيرا، وجعله يموت من أجل النضال المستمر، ولكن موته له معنى رمزي، يمثل الانتصار والحرية والحصول على الاستقلال، حتى أن روحه بقيت حية في قلب "عبد الرحمن". "إذا انتقلنا للزمرة الثانية لندرسها بعناية، نجد أن الشخصية الرئيسية في الرواية، وهي شخصية "عبد الرحمن"، تحافظ على بقائها، وهذا البقاء يؤكد الانتصار الذي حصلت عليه الزمرة الثانية، وإذا كان "عبد العزيز" يلقى الموت عندما يُحكم عليه بالإعدام، إلا أن موته لم يكن يدل على انهيار زمرته، بل كان تأكيدا لانتصار هذه الزمرة وبطولتها التاريخية، بمعنى أن الموت هنا يتخذ إرهاب الحياة؛ فإذا كان موت بعض أفراد الزمرة الأولى موتا متجها نحو الموت، فإن موت "عبد العزيز" متجه نحو الحياة."[٤٠]

إن "عبد العزيز" من الطبقة الواعية التي تقود الحركة الوطنية، هو يلعب دوره في الرواية كما أنه أستاذ "عبد الرحمن" النضالي الذي يعلمه طريقة التفكير والوعي الثوري. كما يجري الحوار بينهما في السجن:

"-- منذ متى تعلمت الفلسفة؟

وأجاب عبد العزيز في إصرار وهو يبتسم..

-- منذ بدأت أفكر

-- ومتى بدأت تفكر؟

-- منذ رأيت بلادي لا تستطيع أن تفكر..."[٤١]

من الملاحظ أن "عبد العزيز" أكثر تيقظا وأكثر معرفة ووعيا من "عبد الرحمن"، لذلك عندما يُحكم على "عبد العزيز" بالإعدام، تبقى روحه حية في عقل "عبد الرحمن"، وتشجعه على

النضال.

٣- الواقع في الرواية

انطلقت "دفنا الماضي" من بداية العقد الثالث من القرن الماضي إلى سنة ١٩٥٦ التي تحقق الاستقلال فيها، تناولت مرحلة خصبة من تاريخ المغرب بطريقة تقليدية، فكان الأسلوب السردي يميل إلى الأسلوب الصحفي في بعض الفقرات، فعكست لنا الأوضاع الواقعية لتلك الفترة التاريخية بالمغرب؛ وفي أحيان أخرى، أصبحت كمرجع يرتبط بمصالح طبقية وقضايا عقدية، ويختار أبسط الأساليب وأقل الأشكال تعقيدا للتعبير عنها.

٣-١ أهمية فاس في الرواية

في روايته "دفنا الماضي" يدافع عبد الكريم غلاب، ابن فاس، عن فاس دفاعا حارا ويؤكد دورها الوطني في مقاومة الاستعمار الفرنسي منذ أول صدام معه إلى نهاية الحرب العالمية الثانية وما بعدها. فرواية "دفنا الماضي" هي رواية فاس، رواية مدينة ورواية مكان. وليست رواية زمان، لأن الزمان محدود التأثير في الرواية. بينما يلعب الوجود المادي والروحي وزخم التاريخ والواقع والنضال، لمدينة فاس كل الأدوار في الرواية، فنحن نعيش في هذه الرواية، في فاس، ونتابع واقع الحياة ومجرياتها وزخمها التاريخي والروحي والثقافي والحضاري والنضالي، وتأثير كل ذلك في شخصيات الرواية وأجيالها. فحتى الفتاة الفرنسية "مادلين" أحبت الشاب المناضل الوطني "عبد الرحمن" تطلعا إلى فاس التاريخ والحضارة والأسطورة. فاس المتأبية التي لم تغلبها أية غزوة أجنبية، ولم تنجح في انتزاع عروبتها وثقلها القومي والديني والحضاري والثقافي. ونحن نتشرب جو فاس وتقلباته ومشاعر أهلها، ونعايش ناسها وأحياءها، ونرقب جامع القرويين وأثره في حياة المدينة.

وتتبع رحلة "الحاج محمد التهامي" الأب البورجوازي، يوميا بين قصره ومحل تجارته وجامع القرويين وضريح مولاي إدريس وحي المخفية في مدينة فاس.

صورت الرواية فاس كأول مدينة مغربية تصدت للعدوان الفرنسي في تاريخ المقاومة المغربية، وأكدت الرواية أهمية فاس في معركة المقاومة والنضال الوطني والدعوة للاستقلال، ودور جامع القرويين في حماية القومية العربية والتراث العربي. كما صورت المظاهرات التي تقوم من جامع القرويين والتجمعات الوطنية داخله ودور الأدعية الوطنية في تجميع أهل فاس ضد العدو الفرنسي المستعمر. كما وصف عبد الكريم غلاب الطبيعة لمدينة فاس التي ساعدتها على الاكتفاء الذاتي والاحتفاظ بشخصيتها ودورها في حركة المقاومة الوطنية.

تفتح رواية "دفنا الماضي" بفاس وتختتم بأخبار فاس. ففاس هي مدينة الرواية التي شهدت مولده ونضاله في صفوف حركة المقاومة المغربية وهى البطل الأكبر في رواية عبد الكريم غلاب، والأرض التي تتحرك عليها الشخصيات وتدور حولها الأحداث، ويجري عليها صراع الأجيال والصراع الوطني مع المستعمرين. ولا يعني هذا أن دور فاس في الرواية دور تجميلي أو فولكلوري. بل انه دور أساسي متداخل في كل أنواع الصراع في الرواية. صراع الأجيال، الصراع الوطني، صراع العبيد والأستاذ، وصراع الفلاحين والملاك، وذلك بالرغم من طغيان القضية الوطنية على القضية الاجتماعية. وتتمثل قضية صراع الأجيال أكثر ما تتمثل في الاختلاف حول قضية التحرر والوطن والاستقلال.

٣-٢ اللوحات التسجيلية والرؤية الثنائية للمجتمع

إن المجال الروائي في "دفنا الماضي" أوسع بكثير من المجال الروائي في "سبعة الأبواب"، إذ أن الرواية الثانية كانت تركز على سيرذاتية الكاتب، وعلى خبراته الشخصية ضد المستعمر. أما

"دفنا الماضي" فوسّعت الحكاية إلى عائلة مغربية متكونة من المجموعتين المتخلفة والحديثة، وحاولت أن تصف لنا حقبة معينة من الزمن يشهد فيها المجتمع المغربي تحولا كبيرا من جيل قديم محافظ إلى جيل جديد حديث، وأثناء النضال والصراع بين الجيلين، تصور لنا معاناة الجيل الثوري من جهتين: الأولى من التخلف الاجتماعي الذي يمثله الجيل القديم، الثانية من التدخل الاستعماري.

"لقد استخدم "غلاب" الصراع بين الأجيال كبديل للصراع الطبقي، وذلك من أجل إضفاء المظهر الايجابي على أعماله الروائية، في حين أننا رأينا أنه بمجرد أن يلاحق العمل الروائي فترة تاريخية انتهى مخاضها، ويكتفي بالتسجيل، يصبح هذا العمل غير أساسي بالنسبة للواقع ويتحول إلى مجرد تعليق متأخر عن سيرورة التاريخ نفسه... في رواية "دفنا الماضي"، فإن هذا الصراع يتخذ مظهرا أوسع استنادا إلى تصادم عدد من الشخوص يمثل بعضها جيلا قديما ويمثل البعض الآخر جيلا يتميز بالتفتح الفكري على كل ما هو جديد، وصراع الأجيال لا يسمح بالوقوف على الصراع الاجتماعي الحقيقي حيث تتضارب المصالح وتتعارض بين الفئات الاجتماعية المختلفة، فهذا التعارض هو الذي يحدد في نهاية الأمر المواقف والتحركات الاجتماعية."[٤٢]

من ناحية أخرى، "تعتبر "دفنا الماضي" من الروايات الرائدة التي أسهمت في إرساء قواعد الكتابة الروائية المغربية وفق نموذج الكتابة الواقعية التي أجاد الكاتب تمثيلها بحكم دراسته في مصر، وتشبعه بالقيم الأدبية التي كانت تذيعها عندئذ الكتابات الجديدة اللافتة لنجيب محفوظ وتوفيق الحكيم وعباس محمود العقاد ويحيى حقي وطه حسين وغيرهم."[٤٣]

رغم أن "غلاب" لا يعترف بالبعد الفني أو الجمالي وراء إبداعه، كما يقول في المقدمة: " هذه الرواية انبعاث لرواسب عديدة من فترة المخاض في المغرب. هي فترة عاشها شعب بلادي

بكل وعيه وتفتحه على العالم الجديد. ولكنها ككل فترات المخاض كانت مجال صراع نفسي وفكري ومجتمعي اصطدم فيها جيلان كأقوى ما يكون الاصطدام، وانبثق من خلال القلق والصراع والكفاح روح جديد يعتبر مغرب اليوم بكل محاسنه ومبادله مدينا له... وأحسب أني بهذه الرواية كنت في صميم المعركة التي خاضها جيل القنطرة، وذلك هو التزام الكاتب مع مجتمعه وشعبه."[٤٤]

تتجلى خصائص الرواية على مستويين: المضموني والفني أو الشكلي:

الأول: "المستوى المضموني المتمثل في الانغماس في القضايا الاجتماعية، والعرض الدقيق للعادات والأعراف والقيم ورصدها في خصم التحول الذي عاشه المجتمع المغربي في مرحلة حاسمة من تاريخه قبل الاستقلال وبعده. كما يتمثل في تسجيل وقائع الصراع الذي خاضه الشعب المغربي ضد قوى الاستعمار، وتخليد الدور البطولي الذي لعبه الأبطال والمقاومون والشهداء المغاربة في كفاحهم من أجل التخلص من نيران الاستعمار واسترجاع الاستقلال والكرامة."[٤٥]

كما ذكرنا سابقا أن "غلاب" تأثر ببعض الأعمال الروائية المشرقية التي دعمها الموقف الإيديولوجي القومي والوطني للكاتب ورؤيته الحزبية، تشبع بهذا التيار المشرقي الذي يهيمن على مضمون الرواية وبنيتها، حيث يمكننا أن نخلصها إلى "الصراع بين القديم والجديد" كما وصفها الكتاب في الرواية:

"ومرت الأيام قاسية بطيئة مشحونة بالانفعال والعنف، كانت مدينة فاس جميعها تعبق برائحة السجن والعذاب والاضطهاد والقسوة: شبابها في السجون والمنافي. الحصار مضروب على دروبها وزقاقها، أهلها يساقون إلى الاضطهاد وامتهان الكرامة وفقدان الحرية، المقيم العام يخطب في ساحة النجارين: سأسحق الوطنيين تحت قدمي هاتين، الرعب يند عن العيون الساهمة والوجوه المكفهرة، واختفت الابتسامات عن الشفاه التي طالما انفجرت ضاحكة مدوية."[٤٦]

الثاني: "المستوى الفني أو الشكلي تجسد في نوعية توظيف العناصر والمكونات اللغوية وفق معايير جمالية وبلاغية تتحاشى الإفراط في استعمال البيان والمحسنات والزخرفة متجاوزة بذلك تقاليد الكتابة الأدبية السابقة. ويتجلى كذلك في الاستغلال التقنيات السردية للكتابة الواقعية من خلال الوصف والتشخيص والحوار والحبكة ومماثلة الحقيقة ومشابهة الواقع وما إلى ذلك."[٤٧]

"إن معالجتنا لهذا الجانب الفني مسألة أساسية خصوصا وأن روايات "غلاب" تحظى بشهرة كبيرة، رغم أن قيمتها الفنية تبدو أنها لا ترقى حتى للشكل التقليدي للرواية العربية، وقد لاحظنا أن هذه النقطة لها علاقة أساسية بطبيعة الارتباط بين المضمون الروائي والواقع التاريخي الاجتماعي الذي رأينا أنه يتجاوز هذا المضمون نفسه، على أن المسألة ستنكشف لنا بطريقة أكثر وضوحا عند مناقشتنا للبنية الدالة في رواية "دفنا الماضي" وعند مقارنتنا لها مع الواقع الاجتماعي كما هو متصور في إيديولوجية البورجوازية الوطنية، ثم مقارنتنا إياها بعد ذلك مع الأحداث الاجتماعية الواقعية كما جرت بالفعل انطلاقا من التحليل الذي بسطناه في المدخل السوسيولوجي.

٣-٣ ما وراء خاتمة الرواية

إن رواية "دفنا الماضي" قدمت نموذجا ناجحا للرواية المغربية لمختلف طرائق الكتابة الواقعية، وعبرت عن مستوى أداء روائي جيد بالنظر إلى المرحلة التي كتبت فيها. أما خاتمة الرواية فيمكن أن نقول إنها تتويج للبنية الدرامية التي تقوم عليها حبكة الرواية، ويستقي منها عنوان الرواية دلالته أيضا. فإنها نهاية متفائلة وتبشيرية على نمط الروايات الواقعية التي تنتهي دائما بانتصار البطل، وباحتمال انهيار الواقع وتحقق اللاممكن الذي يستدعي تدخل الكتاب. "يتجلى ذلك من خلال خلق مصائر محددة محبوكة بعناية لشخصيات الرئيسة التي تمثل الأقطاب المتعارضة

للعالم الروائي لرواية "دفنا الماضي". هكذا يقرر وضع حد لحياة الحاج محمد رمز الماضي والتقليد والتخاذل في مناخ جنائزي يدور في فضاء المقبرة. ومقابل هذه النهاية الحزينة يضع نهاية سعيدة هي بداية مستقبل مشرق تتمثل في العودة المظفرة لجلالة الملك محمد الخامس، إيذانا بتدشين عهد جديد تسطع فيه شمس الحرية والاستقلال والكرامة."[٤٨]

"في باب مقبرة "سيدي سارة" كان عبد الرحمن يتقبل المعزين ولوعة الأسى تخنق صوته المتهدج، وفي بداية المعزين صديقه عبد الله وقد احتضنه يعزيه وانحنى على أذنه يهمس:

-- أبشر، فقد عاد الملك اليوم... وأعلن الاستقلال.

نفض عبد الرحمن يده من تراب الحاج محمد وسار في طريقه إلى القصر بين جماعة من أفراد العائلة وأصدقائها... سار وفي أذنه صوت يدوي.

-- دفنا الماضي

-- لا لم ندفن الماضي."[٤٩]

إنه يعني بكل وضوح أن النضال ضد الماضي لم ينته بعد، وأن موت "الحاج محمد التهامي" وعودة "الملك محمد الخامس" لا يعني انتهاء الماضي، وبالتالي ما قيمة النضال الطويل الذي تم تأسيسه على طول الرواية بين الجيل القديم والجيل الجديد، ذلك الصراع الذي كانت تندحر فيه الجيل القديم أمام البطولة الملحمية، والتضحية والتحدي التي كان يقوم بها الجيل الجديد. لقد كان من الضروري أن تكون خاتمة الرواية هي دفن الماضي، والحصول على الاستقلال. إلا أن الرواية تصدع ذاتها، تصدع ذلك الصراع الملحمي المرير ذي الطابع التناحري.

ولكن ما يؤسفنا أن الرواية خلال نصها لم تعطنا دلالة الفترة بعد الاستقلال، أي ما بعد اللحظة السعيدة، حيث تتوقف الرواية عند النهاية السعيدة. "ويبدو أن تلك العبارة التي قالها "عبد العزيز" تريد أن تعطي للرواية بعدا مستقبليا، غير أنها تفشل في ذلك، لأن هذا البعد

المستقبلي ينبغي أن يكون مؤسسا من خلال النسيج الروائي الضارب في عمق الرواية ذاتها. وإذا نحن بحثنا عن هذا التأسيس في عمق الرواية فإننا لا نجد منه شيئا، إذا أن الرواية كلها تخضع للنهاية المحددة، وهى اللحظة السعيدة وانهيار الماضي.

٤- الصراع في الرواية

يبرز في الرواية صراعان رئيسيان، أحدهما الصراع الداخلي، أي الصراع بين الأجيال والآخر الصراع الخارجي، أي الصراع بين النخبة الوطنية والاستعمار. "وبعد محطات من التردد والأوصاف الفائضة، في الخط المؤدي إلى قلب الصراع، فمن جهة، هناك جيلان يتواجهان على مستوى الذهنية وتصور الحياة بصفة عامة حول رؤية الحاضر والمستقبل باعتبار ثنائية الماضي والحاضر في تصادم مستمر. ومن جهة ثانية يحتد الصراع بين النخبة الوطنية الاستعمار. وإذا كان الصراع الأول قد هيمن على الفصول الأولى للرواية، فإن الوجه الثاني منه سينسحب على البقية متحولا إلى المجري الرئيس الذي تصب فيه مختلف الحكايات والمشاهد والأحداث."[٥٠]

٤-١ الصراع الداخلي

يتجسد جوهر الحركة الروائية في صراع معين بين المجموعتين المذكورتين المحددتين في عائلة كبيرة، فتمثل كل مجموعة طبقة معينة في المجتمع المغربي في مرحلة الحماية. ولكن طرح مشكل المجتمع بصيغ الأجيال لا الطبقات الاجتماعية، والمصالح المادية الموجودة في قلب الرهان يتم تعويضها باختلاف الذهنيات.

حيث تحتوي المجموعة الأولى على الجيل القديم الذي يمثل المجتمع المحافظ المتشبث ببنيته القديمة، الجيل نفسه يوالي مصالح المستعمر، لأنه يعتقد في بقاء المستعمر بقاء وسيرورة لمصالحه

وأغراضه. العكس تمثله المجموعة الثانية التي تضم جيلا جديدا يتطلع للحرية ويناضل من أجل الاستقلال. هنا يقدم الكاتب "صورة واحدة عن الشعب والسكوت عن التناقضات العميقة داخله بمسوغ ضمني نطوقه أن الصراع المهيمن خلال الحقبة الموصوفة في الرواية هو تلك المواجهة الحامية بين الحركة الوطنية والاستعمار."[٥١]

أما الشعب الذي يتكون من شعب المدن وشعب البادية، هو مفهوم يحوي كل شرائح المجتمع بمختلف فئاته ومستوياتها الاجتماعية والفكرية. ويلاحظ جليا من خلال أحداث الرواية المكان الواسعة والمهمة التي أعطاها الكاتب لهذا المفهوم. حيث يعتبر توسع مفهوم للشعب تطورا كبيرا في رؤية الكاتب. "يبقى أن نشير إلى أن هناك اختلافا حول مفهوم "شعب" ومشاركته في النضال ضد المستعمر في رواية "دفنا الماضي"؛ فإذا جعلت الرواية السابقة مفهوم الشعب أو الأمة يضيق ليشمل "شعب المدن" فإن هذه الرواية توسع مفهوم الشعب، وتجعل المشاركة في النضال أوسع بكثير لتشمل الجبال والبوادي."[٥٢] أفرزت العلاقات بين مختلف مكونات الشعب صراعات مختلفة ومتباينة بين الأفراد والجماعات بتباين مصالح الأطراف. فيمكننا أن نلخص هذا الصراع إلى الجدول التالي:

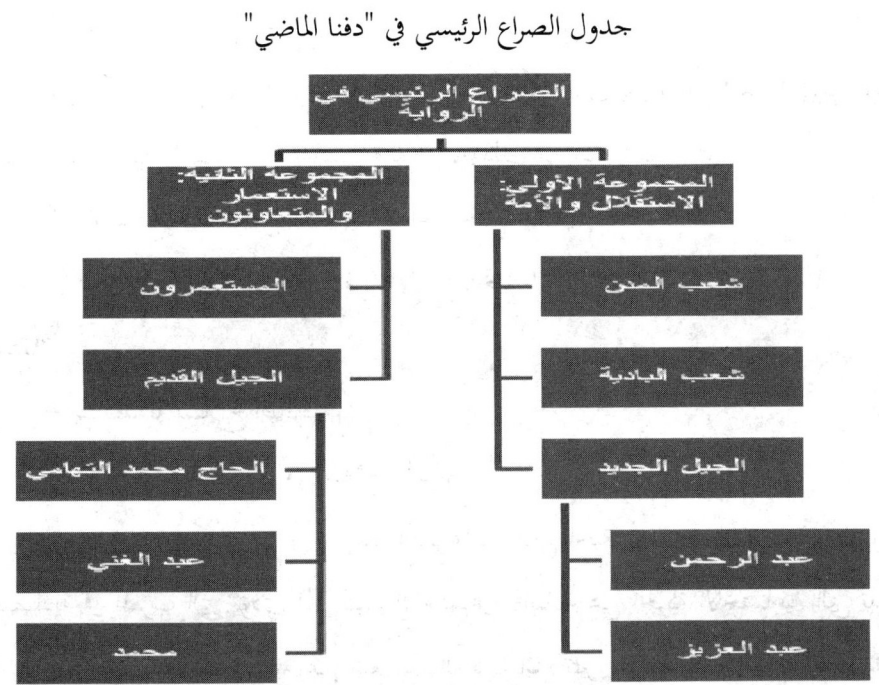

جدول الصراع الرئيسي في "دفنا الماضي"

يمكننا أن نلاحظ من الجدول السابق أن عقدة الرواية تتجسد في الصراع بين المحافظة على الاستعمار وتحقيق الاستقلال، حيث يعوض الصراع الطبقي بالصراع الاجتماعي الذي يتمثل في الصراع بين الجيلين: الجيل القديم والجيل الجديد، فهناك "عبد الرحمن" و"عبد العزيز" اللذان يمثلان الجيل الجديد، وهناك "الحاج محمد التهامي" و"عبد الغني" و"محمد" الذين يمثلون الجيل القديم. كما أوضحنا في السابق أن الشخصيتين الأخيرتين تنتميان إلى الجيل القديم، رغم أنهما من الجيل الجديد من حيث السن. "لذلك يبني الكاتب بهذا التقابل الثنائي صراعا جديدا هو صراع الأجيال، وأساسه بالطبع ليس ماديا أو مصطلحيا كما يتضح من خلال الرواية، وإنما أساسه الاختلاف في العقلية، فعقلية الماضي "رجعية"، وهي كذلك، لكونها عقلية ماضية، وهي تتعامل مع المستعمر، لا لأن مصلحتها تلتقي مع مصلحته، ولكن لأنها لا تدرك حقيقة وجوده،

ومعنى هذا الوجود."[٥٣]

عبر الكاتب عن هذا الصراع عن طريق الحوار الذي جرى بين الحاج محمد التهامي وعبد الرحمن، حيث كان الاصطدام بين الجيلين والقوتين، وذلك من قبيل الحوار التالي:

"- ثم تسلح عبد الرحمن بشجاعته ليواجه الحاج محمد

- لم نعتقد يوما ما أنها (فرنسا) ستمنحنا الاستقلال ولكنا نعتقد أننا سنأخذ الاستقلال...

- ستأخذونه بسلاح أظافركم (...)

- سلاح الشعوب أقوى من سلاح الجيوش."[٥٤]

في الحقيقة، يمكننا أن نرى هذه الصراعات من ناحية أخرى، الأولى هي المشاكل الاقتصادية في المغرب التي تؤدي إلى الثورة الاجتماعية؛ الثانية هي الحركة الاجتماعية التي تدعو إلى تغيير الأحوال الطبقية؛ الثالثة هي التغيرات الفكرية التي تثير إلى اصطدام العالم القديم وبناء النظام الجديد. "إن التحليل الاقتصادي والاجتماعي يؤكد أن بعض الشرائح الاجتماعية دخلت في علاقة توافق اقتصادي مع المستعمر لأنها وجدت في هذه العلاقة مصلحتها الخاصة المادية بالدرجة الأولى، ولايمكن أن نقول بأن الجيل القديم كله دخل في مثل هذه العلاقة، وكذلك فتقابل الأجيال في صراع متخيل، لامعنى له لأن الذي يحدد المواقف لدى الناس ليس هو العمر ولكن الوضع المادي والمؤثرات الفكرية، ورغم أن الرواية تجعل "عبد الغني" و"محمود" الشابين ينتميان إلى الجيل الماضي فهي مع ذلك لا تريد أن تتخلى عما تسميه الصراع بين الأجيال بل إنها تخلق تلك الثنائية وتجعلها أساسية على الدوام في تحديد السيرورة الاجتماعية، ويصر الكاتب على هذا النوع الوحيد من الصراع كأساس تقوم عليه حركة المجتمع."[٥٥]

تتأكد لنا هذه الفكرة في المقدمة: "هذه الرواية انبعاث لرواسب عديدة من فترة المخاض

في المغرب، هي فترة عاشها شعب بلادي بكل وعيه وتفتحه على العالم الجديد، ولكنها ككل فترات المخاض كانت مجال صراع نفسي وفكري ومجتمعي، واصطدم فيها جيلان كأقوى ما يكون الاصطدام، وانبثق من خلال القلق والصراع والكفاح روح جديد يعتبر مغرب اليوم بكل محاسنه ومباذله مدينا له."[٥٦]

بالنسبة للصراع الطبقي، أعطتنا الرواية فكرة عن الطبقة: "ولكن الطبقية شيء جديد على هؤلاء وأولئك، يميزهم الغني والفقر، ولكنهم جميعا يتعاونون في الحياة، كأنما لا يميزهم غني ولا فقر، حتى أخذ هؤلاء الدخلاء يصنفون الناس كما يصنفون البقر، جياد وغير جياد، أعيان وغير أعيان."[٥٧] لم تعط الرواية اهتماما بالصراع الطبقي، بل تعوضه بصراع الأجيال في عائلة تقليدية، اذ أن قضية الاستقلال، والصراع بين الشعب والاستعمار هي أهم مشكلة أمام المغرب في تلك الفترة، حيث لم يتمظهر الوعي بفكرة الطبقية أو الصراع الطبقي بعد. "..منهم "عبد الرحمن" الشخصية الرئيسية، والذي يعتبر فكرة الطبقية، أو الصراع الطبقي، فكرة استعمارية لأن الدخيل هو الذي أخذ يميز بين الأعيان وغير الأعيان مع أن المجتمع المغربي في نظره لم يعرف هذا التمييز حيث أن فقراءه وأغنياءه في تلاؤم كبير دون أن يشعر الفقير بأنه فقير، ولا الغني بأنه غني."[٥٨]

لذلك فإن "دفنا الماضي" تحاول أن تعبر عن التناقض الرئيسي فقط بالنسبة لتلك الفترة، وتركز على تشخيص صراع الأجيال، حيث أنها كذكرى تسجل الواقع الاجتماعي والاحتجاج الفعلي في الحركة الوطنية. من هذه الناحية، لم تكن هذه الرواية إلا تعبيرا عن إيديولوجية الكاتب الخاصة التي تتمثل في طبيعة الصراع الاجتماعي، على أنه صراع بين الأجيال، ثم على أنه صراع بين الأمة والاستعمار.

٤-٢ الصراع الخارجي

يدور محور الصراع في الرواية حول الاستعمار، فهذا الصراع الذي تمثله مجموعتين: مجموعة موالية للمستعمرين، ومجموعة ضد الاستعمار الفرنسي. هكذا تتكون لدينا ثنائية في الصراع. فلم تظهر في هذه الرواية الصراعات داخل الأمة، أو تتناول البعد المستقبلي، بل تنتهي الرواية باللحظة السعيدة (الاستقلال) وانهيار الماضي. "عزل أو حجب أنواع الصراع الأخرى القائمة في الواقع. فعلى سبيل المثال فإن الإقطاعات الزراعية للحاج التهامي، والتي يسيرها قدور، كحماس للعائلة، تطرح في الحقيقة المسألة الإقطاعية التي تقدم بصورة مغايرة بل ومغلوطة."[٥٩]

٥- خلاصة

إن "دفنا الماضي" نموذج الكتابة الواقعية التي تعطينا صورة حية للمجتمع المغربي قبل الاستقلال، وتتجلى في لوحات وصور للواقع والصراع في تلك اللحظة الحاسمة، حيث استيقظ فيها الوعي النضالي والكفاحي ضد الاستعمار. تتميز هذه الرواية في ثلاث نقط كالتالية:

٥-١ دقة التسجيل والوصف للواقع والتاريخ

تتميز "دفنا الماضي" بتصوير ووصف للواقع وللحياة الشعبية بأدق تفاصيلها في فترة زمنية جد مهمة من تاريخ المغرب، وعلى سبيل المثال نذكر الوصف المطول لحفلة "كناوة" في الفصل ٧، أو وصف الربيع في مدينة فاس في الفصل ١١، أو الصيف أيضا في مدينة فاس في الفصل ١٤. إضافة إلى ذلك، في الفصل ٣١ و٣٢ يصور لنا الكاتب تخوف "عائشة" من الزواج واضطرابها مرضيا بعد زواجها. رغم أن بعض هذه الأحداث لم تشكل نواة الصراع في الرواية. فإن

الكاتب كثيرا ما يلجأ إلى الابتعاد عن الخط الروائي ليخلق قصص هامشية أو مشاهد تقليدية وشعبية. على أن هذه الأوصاف الهامشية ذات الطابع الوصفي تحلل الواقع الاجتماعي، وتصور الجوانب الماضية والأحداث التاريخية، حيث أن الماضي ليس إلا ذكرى.

٥-٢ تعويض الصراعات الأخرى بصراع الأجيال

ليس من شك في أن تلك الفترة التاريخية الخاصة بالمغرب مملوءة بالصراعات، منها الصراع الخارجي بين الأمة والمستعمرين، بين الاستقلال والاستعمار؛ والآخر هو الصراع الداخلي ضمن المجتمع المغربي، بين الطبقة البورجوازية الكبيرة والطبقة البورجوازية الصغيرة، بين الأفكار الجديدة والتقاليد المتخلفة، حيث أصر الكاتب على نفي الصراع الطبقي خلال الرواية، ولم يظهر الصراع داخل الأمة، رغم أننا رأينا بعض ملامحها. فإن الكاتب يعوض كل هذه الصراعات بصراع الأجيال الذي يتمظهر من خلال عائلة "الحاج محمد التهامي". إن محور الصراع في الرواية هو الاستعمار، وكان الجيل القديم مع هذا الاستعمار ومحافظا معه، وكان الجيل الجديد ضده ومناضلا من أجل الاستقلال.

٥-٣ انتهاء الرواية بالنهاية السعيدة

تنتهي الرواية باللحظة السعيدة التي يتحقق فيها الاستقلال ويعود الملك محمد الخامس، فإن الرواية لم تمهّد البعد المستقبلي والصراعات داخل الأمة من خلال النسيج الروائي، بل تعبر عن التناقض الرئيسي فقط بالنسبة لتلك الفترة، وهذا ما يؤكد انعدام البعد المستقبلي في المجتمع، لأن هذا المستقبل البعيد لم يكن يتحدد بالتحرر أن عدم التحرر من الاستعمار، بل يتعلق بطبيعة الصراعات الداخلية في المجتمع المغربي. من هذه الناحية، ترك الكاتب الباب مفتوحا للسيرورة

التاريخية، فإن أفق هذه الصيرورة محدودة تبقى في إطار الرؤية الإصلاحية، فممارسة العيش في لحظة الاستقلال أساسية، لذلك فهذه اللحظة ينبغي أن يقف عندها التاريخ أو على الأقل يعبرها بأكثر بطء ممكن.

الفصل الثاني: السيرة الذاتية – "الخبز الحافي" لمحمد شكري

١ – التوطئة

رواية "الخبز الحافي" هي سيرة ذاتية روائية للكاتب المغربي الراحل محمد شكري، كتبت في عام ١٩٧٢، تذكر لنا الحياة القاسية بين العقدين الأربعينيات والخمسينيات قبل الاستقلال، يتخذ الحكي منذ البداية طابعا أسطوريا: عالم يسوده القحط والفتن والمجاعة والحرب والجنون. إنّها الجزء الأول من ثلاثية محمد شكري (الخبز الحافي ... الشطار .... زمن الأخطاء). تعد هذه الرواية من أشهر الأعمال الأدبية لمحمد شكري، كما تحتل موقعا متميزا في الأدب المغربي وحتى الأدب العالمي.

١–١ حياة الكاتب وأعماله الروائية

ولد محمد شكري سنة ١٩٣٥ في آيت شيكر في إقليم الناظور شمال المغرب، توفي في سنة ٢٠٠٣. عاش هذا الشاب الأمازيغي طفولة صعبة وقاسية في قريته الواقعة في سلسلة جبال الريف، ثم في مدينة طنجة التي نزح إليها مع أسرته الفقيرة، وانتقلت أسرته إلى مدينة تطوان من أجل الحياة. ولكنه عاد وحده إلى طنجة وعاش مدة طويلة في هذه المدينة التي احتلت مكانة هامة ضمن كتاباته، فقد كتب عن وجوهها المنسية وظلمتها وعالمها الهامشي الذي كان ينتمي

إليه في يوم من الأيام. خلال هذه السنوات، عملَ شكري كصبي مقهى وهو دون العاشرة، ثم عمل حمالا، فبائع جرائد وماسح أحذية ثم اشتغل بعد ذلك بائعًا للسجائر المهربة...

ولم يتعلم القراءة والكتابة إلا وهو ابن العشرين. ففي سنة ١٩٥٥ قرر شكري بعيدًا عن العالم السفلي وواقع التسكع والتهريب والسجون الذي كان غارقًا فيه، أن يلتحق بالمدرسة في مدينة العرائش ثم تخرج بعد ذلك ليشتغل في سلك التعليم. نشر قصته الأولى في سنة ١٩٦٦ "العنف على الشاطئ" في مجلة الآداب اللبنانية، حصل على التقاعد النسبي ثم اشتغل شكري في المجال الإذاعي من خلال برامج ثقافية كان يعدها ويقدمها في إذاعة البحر الأبيض المتوسط الدولية في طنجة. وله مجموعة من الأعمال الروائية الرئيسية:

جدول أعماله الروائية لمحمد شكري

	رواية	تاريخ الإصدار	حجم
١	الخبز الحافي	١٩٨٢	٢١٥ص
٢	الشطار	١٩٩٢	٢٤٢ص
٣	زمن الأخطاء	١٩٩٢	٢٥٦ص
٤	السوق الداخلي	١٩٨٥	٩٦ص
٥	وجوه	٢٠٠٠	١٥٦ص

١-٢ أسباب اختيار محمد شكري

إن "الخبز الحافي" سيرة ذاتية تنقل المعيشة إلى الرواية، وتعالجه من منظور تخيلي روائي. تقوم الرواية على أساس الواقع والحياة، وتنطلق من يقين القدرة على قول الحقيقة حول الذات،

ملتزمة بقول الصدق. "لا شك في أن الأوطوبيوغرافي يضيف إلى الرواية قوة المعيشة وتلك القيمة التي تمنح للمرجعية، وأن الروائي يضيف بريق التخييل إلى الأوطوبيوغرافيا. ولاشك كذلك في أن الرواية الأوطوبيوغرافية تستدعي قراءة خاصة لا تأخذ النص على أنه مجرد شهادة، وتأخذ بعين الاعتبار أن المعيش قد تمت صياغته روائيا."[٦٠] ولكن في نفس الوقت، ما تقوله الرواية ليس دائما حقيقيا وصادقا، بل تختلط بالتخيل والبلاغة، حيث يدمر الكاتب لغة السرد والحكي، ويريد أن يخلق جنسا أو شكلا سرديا جديدا.

يندمج الانعكاس الواقعي في الرواية بالتلوين البلاغي، وبالطقوس الأسطورية، حيث يتأكد هذا في مشهدين للذبح، "أولي وجهي قبلة المشرق: حيث أرى أمي تولي وجهها وتصلي. قلت جهرا: ((بسم الله. الله أكبر))... ذبحتها حتى أنفصل رأسها. انتظرت أن يسيل دمها. أدلكها لعل الدم يسيل منها. يسيل قليل قاتم من ثقب عنقها."[٦١] وتدخلت الأم ومنعته من أكل الجيفة. ثم ذكر لنا الكاتب خبرته في مشاهدة ذبح الكبش في الريف الذي يرتبط فيه بالدم. "وضعوا طاسا تحت عنق الكبش الفائر بالدم. امتلأ الطاس وأعطوه لأمي المريضة. رأيتهم يمسكون بها في الفراش وهى تقاومهم عازفة عن شراب الدم. جعلوها تشربه بالقوة. تلوث وجهها وثيابها." تم إنقاذ الأم من شرب الدم، ومات الأخ بسبب قلة الأكل. حيث يبرز مفهوم الفداء بالدم بين المشهدين، ويتعزز الواقع في الرواية.

إن "الخبز الحافي" باعتباره تبئيرا للنص يركز على الوضع الاجتماعي المتدني الذي نتجت عنه أنماط من السلوك غير السوى. وترسم الرواية خط تطور شخصية ما، من حالة سلبية إلى وضع إيجابي، وتصبح فيها ممتلكة مهارات وقدرات ومؤهلات جديدة. كما تصف الرواية مراحل مهمة من عمره وعمر المغرب المستعمر والمستقل حديثاً فيما بعد، حيث السواد الأعظم من الشعب يعاني الفقر والجوع والحرمان حتى من كسرة الخبز، وهذا ما فعلته مجاعة الأربعينيات لتنتج

خبزا حافيا وقاسيا جاهد الجميع في سبيل توفيره. "يمكن اعتبار الخبز الحافي وثيقة تصف واقع الجوع والجفاف والحرب والعنف والفتل والموت في شمال المغرب أواسط القرن العشرين، وتدين واقع العنف والتهميش الذي عاشته فئات من المجتمع المغربي الحديث."[٦٢]

تتميز بداية الثلاثية في جزئها الأول (الخبز الحافي) بلغة جديدة تخرج عن قوالب اللغة الروائية فلا تجد مقدمة واضحة ولا خاتمة مبينة، أما متن النص فهو عبارة عن مقاطع - نصوص متلاحقة ذات إيقاع سريع وجمل قصيرة متلاحقة قد يربط بينها حدث معين أو قد تقحم إحدى الجمل بين نصين لتشكل فاصلا غير ذي أهمية. "تتبدى لنا طريقة محمد شكري في الكتابة السردية التي لا تنحصر في الذاتي ولا حتى في الواقعي، بل تحفر لنفسها أخاديد في اللاشعور الجمعي، والمتخيل الأسطوري، وذلك ما يجعلها موغلة، بطريقة غير مباشرة، في طرائق التخيل وأساليبه."[٦٣] لكنه مطلوب لتوضيح معلومة مفقودة يحس القارئ بحاجته إليها دون البحث عنها، وقد يعود مرد هذا التشويش اللامتعمد إلى أن الكاتب قد اختلى بنفسه عدة أيام في مقبرة مهجورة ليكتب ما قضى من عمره في عجالة مكثفة متتالية ذات سرد دقيق، لا يخلو من إيحاءات جنسية تصف أدق التفاصيل وأكثرها شفافية دون المساس بذائقة القارئ وعفويته بعكس ما يروج له من أن كتابات محمد شكري تندرج ضمن الأدب الايروسي. وبعبارة أخرى، "من أهم خصائص الكتابة عند محمد شكري هذا التعلق بالكلام السوقي الفاحش العنيف، وهذا الافتتان بعوالم التشرد والصعلوكة والدعارة والخمر، وهذا النزوع إلى قول ما يزعجنا ويشوش على طمأنينتنا."[٦٤]

إن "خبز الحافي" تبدأ بحدث مهم رسم منحى تفكيره وعلاقته بعائلته التي انفصل عنها مبكرا هاربا من جحيم العائلة، ويكاد أن يكون مقتل أخيه على يد أبيه، لحظة تمرده على الذات والعائلة والمجتمع السفلي الذي خبره وعاشه بكل تفاصيله القاسية، لتنتج هذا الكم من الأحداث

- الرواية التي بدأ بصياغتها بعبارات مملوءة باللغة الدارجة والمفردات الإسبانية الدخيلة.

٢ – الجوع مرض مزمن

في بحثهم عن الحياة فقد الكثيرون أرواحهم، وقامت بعض العائلات بدفن أفرادها الذين ماتوا حيث سقطوا. وتحوّل من لا يزالون علي قيد الحياة إلى لاجئين يلهثون وراء الأكل والعيش. هذه المشاهد تجعلنا نتذكر المعاناة التي عاشتها القرى والمدن المغربية في هذه الحقبة الزمنية. وفي الحقيقة تلك المدن المذكورة لم تكن جنتهم كما كانوا يتمنون ويحلمون، بل كانت تمثل جحيما آخرا، أي جحيم الفقراء الذين يشكون من الجوع والمرض وقسوة الحياة. كان شبح الجوع يطاردهم ويلاحقهم في كل خطوة يخطونها في حياتهم اليومية. رغم انتهاء المجاعة ظلت أسرة الكاتب تعاني: "تنتهي المجاعة، إذن، إلا أن لعنة الجوع مازالت تهدد محمدا وأسرته أينما ذهبوا وحلّوا، تتحدى جميع الحلول المؤقتة التي توهم بالنجاة؛ إذ سرعان ما يفلس الجيب والجسد وتفرغ المعدة والأمعاء، فتصبح غاية الأكل مقاومة الموت وليس الشبع." [٦٥]

لذلك صار الجوع داءا مزمنا مرافقا لمحمد طوال حياته. إنه مفتاح الرواية لاستخلاص مضامينها وفهم قصد الكاتب منها. فيما يلي سأحاول تحليل وتأويل عنصر الجوع في الرواية.

٢-١ الأسلوب الفني لوصف الجوع

الألم ليس شعور منفردا للجوع، اعتمد الكاتب على أسلوب أدبي للتعبير عن تيمة الجوع في الرواية، وهي من بين التيمات المحورية عند شكري، فلتعبير عن الجوع يستعمل البطل الروائي "محمد" إحساس المعدة والأمعاء والبطن ... لوصف الجوع. "كانت حوالي الواحدة بعد الزوال عندما هبطت إلى الميناء... أحسست بجوع قاس في معدتي ماشيا تحت شمس كاوية. جنون الجوع

والقيظ يفقدانني رؤية الأشياء في وضوح. التقطت سمكة صغيرة جافة ومداسة. شممتها. رائحتها مقيئة. سلختها. مضغتها باشمئزاز. طعمها نتن. أضعها وأمضغها دون أن أقوى على بلعها..."٦٦

وبالإضافة إلى ذلك، حاول محمد الوصف من خلال فعل الإنسان للتعبير عن الجوع. فأحاول توضيح هذه الأحاسيس في الجدول التالي:

جدول الأسلوب الفني لوصف الجوع

<table>
<tr><td rowspan="14">الجوع</td><td rowspan="6">من حيث الإحساس</td><td>الألم</td><td colspan="2">الإحساس العام عند الجوع</td></tr>
<tr><td>التقيؤ</td><td colspan="2">يتقيأ محمد ولا يخرج من فمه غير خيوط من اللعاب.</td></tr>
<tr><td>البكاء</td><td colspan="2">يبكي على موت الأهل والأقارب وعلى الخبز والجوع</td></tr>
<tr><td>المرض</td><td colspan="2">يمرض أخو محمد الصغير بقلة التغذية</td></tr>
<tr><td>الحقد</td><td colspan="2">يسمي محمد أباه "وحش ومجنون وملعون"</td></tr>
<tr><td>فقد العقل</td><td colspan="2">فقز إلى الماء من أجل قطعة الخبز المختاط بالبراز</td></tr>
<tr><td rowspan="8">من حيث الفعل</td><td rowspan="5">الذاتي</td><td rowspan="4">من أجل الحياة</td><td>البحوث عن العفونة في المزابل</td></tr>
<tr><td>أكل المداسة والجيفة</td></tr>
<tr><td>الهروب من أبيه وأسرته</td></tr>
<tr><td>يعمل شتى الأعمال</td></tr>
<tr><td>من أجل الموت</td><td>ميول الانتحار</td></tr>
<tr><td rowspan="3">الغيري</td><td>الشتم والاحتقار</td><td>الريفيون كلهم مرضى بمرض الجوع</td></tr>
<tr><td>الضرب المبرح</td><td>الضرب في كل مكان في المجتمع</td></tr>
<tr><td>السرقة</td><td>كثيرون يسرقون من أجل الأكل</td></tr>
</table>

			العنف	العنف وحده قوة المهمشين
			القتل	أبو محمد قتل أبنه في لحظة غضب

فأمام هذه المشاهد القاسية المذكورة، أصبح البكاء ردا أوليا عند الناس.

تبدأ الرواية من مقطع تذكر محمد لهجرته مع أسرته إلى طنجة، حيث استهل الكاتب قصته بكلمة "أبكي" التي شكلت حقلا دلاليا قويا في رواية محمد شكري، إذ تكرر هذا الفعل أكثر من مرة في فقرة واحدة: "أبكي موت خالي والأطفال من حولي. يبكي بعضهم معي. لم أعد أبكي فقط عندما يضربني أحد أو حين أفقد شيئا. أرى الناس أيضا يبكون. المجاعة في الريف. القحط والحرب. ذات مساء لم أستطع أن أكف عن البكاء. الجوع يؤلمني. أمص وأمص أصابعي. أتقيأ ولا يخرج من فمي غير خيوط من اللعاب... رأينا جثث المواشي تحوم حولها الطيور السوداء والكلاب. روائح كريهة، أحشاء ممزقة، دود ودم وصديد... الناس أحيانا يدفنون موتاهم حيث يسقطون."[٦٧]

إن البكاء هو رد فعل مباشر إزاء الجوع والحرمان وخصوصا لدى الصغار الذين يعبرون عن شعورهم بشكل طبيعي. يشكل الجوع بالنسبة لمحمد شبح يطارده ويفرغ كل أمعائه وبطنه، فالجوع يؤلمه ويقيئه حتى يكاد يقتله."إذا كان هذا المقطع يشف عن تواتر زمني لسلسلة من الوقائع، فإن تعاقبها يؤشر كذلك إلى انتظامها في شبكة موضوعاتية تربط بين عناصرها علاقة علية. فالجوع الذي أمرض "الخال" وأماته كما أمات عددا كبيرا من الأقارب والجيران، هو نفسه الذي فجر الدموع في أعين الصغار والكبار أيضا، من جراء الفقد والألم والحاجة إلى الطعام."[٦٨] هذا المقطع يظهر لنا الأحوال الوجودية لمحمد وأسرته في قريتهم والواقع الموضوعي في ذلك الزمن المتدهور، حيث يخبرنا أن الجوع سيصبح كلمة مركزية في الرواية.

عندما وصل محمد وأسرته إلى طنجة، لم يجد الخبز الكثير الذي يشبعه، الجوع أيضا

يهدده، إنّ الواقع القاسي يعلمه درسا: البحث عن الأكل بأي طريقة ممكنة وبنفسه أحسن من الجلوس والانتظار، فخرج إلى المزابل للعثور على ما يمكنه أن يأكل: "في السوق البراني أكلت أوراق الكرنب، قشور البرتقال وبقايا فواكه عفنة." [٦٩]

لقد حاول محمد أن يعيش ويأكل دون أن يكترث بجودة الأكل، ولكن عندما ينتصر الجوع على إرادة الإنسان، وتبخل المزابل عن الخيرات، أصبح أكل الجيفة بالنسبة لمحمد احتمالا واردا: "عثرت على دجاجة ميتة. ضممتها إلى صدري وركضت إلى بيتنا... أخي في ركن مدد، يتنفس بصعوبة. عيناه الكبيرتان الذابلتان ترقبان مدخل الباب. يرى الدجاجة. تتيقظ عيناه. يبتسم. يتورد وجهه النحيل. يتحرك كأنه يفيق من إغماء..." [٧٠]

حسب الدين الإسلامي، لا يأكل المسلمون الحيوانات الميتة أو المريضة، كما قالت أم محمد: "مجنون! الإنسان لا يأكل الجيفة." [٧١] إذن، الجوع القاتل يجعل محمدا كالكلاب والطيور السوداء التي تحوّم حول الجثث، وتتغذي من أحشائها المتحللة. إنّ الطعام حتى الجيفة أعطي لمحمد الأمل والفرح والقوة إلى جسده العليل وجوفه الفارغ.

٢-٢ موقف البطل الروائي أمام الجوع

أمام الجوع، اختار البطل الروائي محمد طريقتين متناقضتين في حياته، إحداهما هي إرادة قوية للحياة، والأخرى هي الميول إلى الانتحار.

أحيانا يمتاز محمد بإرادة قوية في الحياة تدفعه إلى التحمل والصبر والتمسك ببصيص الأمل مهما كان الثمن والتضحية.

يبحث عن الأكل في النفايات، ينام بجانب المقابر، يسرق من أجل العيش، يشتغل شتى الأعمال منذ صغره... كل ذلك يرجع إلى سبب واحد هو الجوع: "أحسست بجوع قاس في

معدتي ماشيا تحت شمس كاوية. جنون الجوع والقيظ يفقداني رؤية الأشياء في وضوح. التقطت سمكة صغيرة جافة ومداسة. شممتها. رائحتها مقيئة. سلختها. مضغتها باشمئزاز. طعمها نتن. أمضغها وأمضغها دون أن أقوى على بلعها... أمعائي تبقبق. تبقبق وتبقبق. دخت وتدفق الماء الأصفر من فمي وأنفي. تنفست بعمق. قلبي يخفق بعنف... العرق يسيل على وجهي، يسيل ويسيل."[٧٢]

إنها مسألة حياة وموت، في هذا الوقت يتوقف العقل عن التفكير، بل المعدة تسيطر على السلوك العقلي. "الأسئلة كثيرة. لكني لا أفهم معناها بوضوح. كل ما أعرفه هو أن الحياة يجب أن أحياها. دخنت العقب بلذة ثم أطفأته ونمت."[٧٣] لقد اختفى الوعي والإنسانية، وبقي الجنون والطبيعة البيولوجية، فتحولت المعدة إلى مركز فريد للقرار والتحكم.

"نزعت قميصي وسروالي وقفزت إلى الماء. طفوت تحت قطعة الخبز... قطع الخراء تعوم حولي. بقع من زيت المراكب... قطع أخرى من الخراء والخبز تطفو أمامي. اختلط في ذهني الخبز بالخراء. تسرب الماء القذر إلى حلقي. اختنق تنفسي."[٧٤]

ما هي النظافة؟ وما هي الكرامة؟ وما هي الصحة؟ إن هذه الكلمات زائدة بدون معنى عند محمد. إن المعدة وإرادة الحياة تتحكم فيه، وجميع الحواس طاعت لنبض البطن دون غيره. اللسان يلوك الطعام العفن، والأنف يشم الرائحة الكريهة، الفم يتدفق منه الماء الأصفر، الأذن يسده صوت القيء وبقبقة الأمعاء، القلب يدق بعنف، الذهن يمتلئ بالخبز المختلط بالبراز.

ولكن رغم هذه الأشياء القاسية، لم يترك محمد رغبة العيش، يحتل كيانه البيولوجي بمكانة رئيسية ويفوز على النتانة والقذارة، يختار الحياة والبقاء بالمقابل يترك الموت والفناء بدون تردد.

يبذل محمد كل ما يستطيع من أجل الحياة، هذا من جهة ومن جهة أخرى، تنشأ فكرة

الانتحار عند محمد وبين حين وآخر تتحرك هذه الرغبة التي تخونه.

إنه ما زال إنسانا ذا حاسة وعقل، رغم أنه يفعل شيئا ضد رغبته الأصلية بسبب الجوع، لذلك يشعر بندم وألم بعد القيام بالسلوكات المنحطة. أصبح يكره نفسه، وليس لديه أي حل تجاه المجتمع السافل، فيبدأ يفكر في الانتحار: "أتخيل أني سأسقط ولا أستطيع أن أقوم. لكي أنسى ما حدث رحت أتأمل خطواتي على الرمل تلعقها الأمواج. رميت قميصي وسروالي على الرمل. أخذت أفرك جسمي بطحالب البحر والرمل. أفرك وأفرك... طلت أحك جسمي وأغوص في الماء حتى أحمر جلدي. ظل جسمي متدفقا لكن أقل قذارة."[٧٥]

إن القذارة ليست في جسده بل في ذهنه، لن يقتنع بما فعل، أو من ناحية أخرى، ممكن أن نقول إنه يختار طريقة مستورة لينهي حياته. فلعل إقدامه على تعقب قطعة الخبز الملوث أو السمكة المداسة، سيؤدي إلى التقيؤ المتواصل والدوار الشديد والتسمم القاتل حتى الغرق في الماء، وكل ذلك خير بالنسبة إليه على أن يظل جائعا أو حقيرا: "انبعثت لدي رغبة في أن أفني هذا الجسد الجاف بأي شيء حلقي ناشف وقلبي يخفق بوهن." [٧٦]

الحياة صعبة، أما الموت فهو أصعب. كما تذكر الوجودية: الحياة كلها مأساة، يعيش الإنسان في عالم يائس معارض، رغم أن الإنسان يمتاز بحرية الاختيار، ما زال يواجهه المستقبل الغامض، هو لا يعرف إلا أن الموت هو نقطة نهاية الحياة.

محمد يدرك هذه النقطة، فيترك نفسه يغرق في بحر الحياة، وخاصة عندما لا يتمكن من تحمل ألم الجوع وقطع الأمل.

٢-٣ آثار الجوع في حياته الباقية

إنّ الجوع يمازج كيان الإنسان العقلي والبيولوجي، ويترك آثارا عميقة في حياته المستقبلية،

فيؤثر على أذواق محمد وعلى ميولاته، ويوجه اختياراته وسلوكاته. فيدفعه الجوع إلى الشراسة والأنانية والجري وراء الملذات حيث لا تخلو من المغامرات والمخاطرات التي تنتهي بالعنف الدموي.

كان محمد يشفق على أمه وأخيه الصغير، عندما عثر على الدجاجة الميتة، أخذها إلى البيت وفكر في أخيه المريض، وهنا يتبين لنا أن الجوع حرم البطل من أحاسيس إنسانية كالحنان والعطف فأصبح بارد الدم، ليس تجاه الأشخاص الآخرين فقط، بل تجاه أفراد أسرته. الجوع يأكل حنان قلبه يوميا حتى يحوله إلى شخص غليظ القلب وعديم العواطف بدون إحساس.

"أنا أزداد شراسة، مع أمي أو أطفال الحي. إذا انهزمت معها أو معهم أكسر الأشياء أو أسقط على الأرض صارخا وأعارك نفسي باكيا شاتما إياها أو الأطفال." [٧٧]

كان محمد حائرا لا يفهم أمه، ثم صار لا يعتمد على أمه أو أبيه في الأكل والحياة. حاجته الشديدة إلى الطعام تعطيه أحسن درس: الاعتماد على نفسه والعناية بنفسه. هكذا أصبح شخصا لا يفكر في غيره أبدا حتى أفراد أسرته.

"مات أخي عاشور، لم أحزن على موته. كنت أسمعه يصرخ وأراه يحبو، لكني لم أكن أفكر فيه. ملذات جسدي ألهتني. أختي "أرحيمو" أيضا أراها تكبر وتتكلم، لكني لم أكن أهتم بها. كنت غارقا في همومي وتشردي، حالما بملذات العالم." [٧٨]

قد يزيل جوع معدته، ولكن جوع ذهنه لن يختفي ويبقى معه أينما يذهب. إن الجوع يؤثر على أفعال محمد ومواقفه وجوارحه، اذ يحوله من ولد خالص إلى شخص أناني لا يفكر إلا لمصلحته الفردية.

"حين سلف لي الكبداني خمس بسيطات. اشتريت ثلاث بسيطات من الكيف وطلبت شايا أخضر ببسيطتين." [٧٩]

"الأسئلة كثيرة، لكني لا أفهم معناها بوضوح. كل ما أعرفه هو أن الحياة يجب أن أحياها. دخنت العقب بلذة ثم أطفأته ونمت." [٨٠]

رغم أن محمدا أصبح يربح بعض النقود، فهو لن ينسى شعور الجوع، ويخاف من الفقر الذي كان يهدده دائما في طفولته، فأصبح يسعى وراء ملذات الجسد ويقبل على حياة الحس والامتلاء ويعيش اللحظات بهوس وجنون، ويسرف في شهوات الجسم لتعويض زمن الحرمان. فيدخن الكيف ويشرب الخمر، وينام مع الفتيات المختلفات، حيث يدل على أنه يفقد روحه وعقله، ينهمك في عالمه الشخصي، ويترك الهموم اليومية وبؤس العائلة والمستقبل.

كما ذكرت فإن الجوع في الرواية هو داء مزمن، يزيل الخصائص الإنسانية، للفرد ويحول الإنسان إلى الجيفة بدون أحاسيس.

إنها ليست قصة محمد وحده، بل هي قصة الجماهير العامة في نهاية الثلاثينات، حيث تظهر لنا صورة حية للمجتمع المغربي في ذلك الوقت. كما قال محمد في نهاية الرواية: "سأكون شيطانا، لقد فاتني أن أكون ملاكا." ليس لمحمد حل لتغيير حياته، وليس للشعب المغربي حلول لتغيير أوضاعهم، حيث يكون أشد ألما بالنسبة إلى الفقراء.

٣ – العنف

تبدأ الرواية في نهاية الثلاثينات بهجرة محمد مع أسرته من أحد الأرياف بشمال المغرب حيث كان يقطن، يهرب من القحط والحرب والفقر والمجاعة. بدأت الرحلة من الريف إلى طنجة، ثم وهران وبعدها تطوان، سعيا وراء لقمة العيش. كان الفقراء في ذلك الوقت يعانون من قسوة ظروف العيش، حيث كانوا يتركون بيوتهم وقراهم، بحثا عن حال أحسن. في مطلع الرواية يمكن ضبط ذلك الزمن الذي تحدث عنه السارد، وتلك الخلفية التاريخية والاجتماعية التي جردت

الإنسان من إنسانيته، وحولته إلى كائن غريب: "في طريق هجرتنا، مشيا على الأقدام، رأينا جثث المواشي تحوم حولها الطيور السوداء والكلاب، روائح كريهة، أحشاء ممزقة، دود ودم وصديد."[٨١]

يمكن القول إن "الخبز الحافي" تنقل واقع العنف الجسدي واللفظي والنفسي الذي ينتشر في الفضاءات الاجتماعية الكثيرة: العائلة، الشارع، محل العمل، السوق... إن العنف موجود في كل مكان في الحياة، لا يستطيع التجنب عنه. "لقد فرض محمد شكري نفسه في المشهد الأدبي، لأن الخبز الحافي يصف عالما مترعا بالعنف والقسوة، فالعنف يحتل مكانة واسعة في جريان الرواية، إذ على طولها نلاحظ تطورا للعنف (من الطفولة إلى المراهقة، من الريف إلى طنجة، من العائلة إلى الشارع..)، أو على الأصح لا نلاحظ في الرواية إلا دورانا في عالم مغلق يهيمن عليه العنف."[٨٢]

وعموما، فالعنف هو كل إكراه جسدي أو نفسي قادر على إثارة الرعب والخوف والألم والموت، وهو أيضا تيمة حاضرة بقوة في الرواية، وهذا ما سنراه فيما يلي:

٣-١ العنف الأسري

أصبح أبو محمد الرمز الأول والأكبر إلى العنف، "أبي يعود كل مساء خائبا. نسكن في حجرة واحدة.. إن أبي وحش. عندما يدخل لا حركة، لا كلمة إلا بإذنه...، يضرب أمي بدون سبب."[٨٣] وهو الذي "أخذ يركلني ويلكمني.. رفعني في الهواء، خبطني على الأرض، ركلني حتى تعبت رجلاه وتبلل سراويلي"[٨٤]؛ وهو الذي "يتكلم وحده. يبصق على أناس وهميين. يشتمنا. يقول لأمي: أنت قحبة بنت قحبة. يسب العالم دائما، ويجذف على الله أحيانا ثم يستغفره."[٨٥]؛ وهو الذي "يصفع ويصرخ مثل حيوان."[٨٦].

كان الكاتب يعتبر أباه وحشا وقاتلا. استعمل الكاتب طريق الاستعارة لتحيل الأب

摩洛哥小说艺术：从产生到发展（1942—2009）

حيوانا ووحشا لا يمت إلى الإنسان بصلة.

إضافة إلى البكاء والجوع تيمة القتل واردة بشدة في "الخبز الحافي". حيث يصور لنا الكاتب مقطع قتل أبي محمد لأخيه الصغير: "أخي يبكي، يتلوى ألما، يبكي الخبز. أبكي معه. أراه يمشي إليه. الوحش يمشي إليه. الجنون في عينيه. يداه أخطبوط. لا أحد يقدر أن يمنعه. أستغيث في خيالي. وحش! مجنون! امنعوه! يلوي اللعين عنقه بعنف. أخي يتلوى. الدم يتدفق من فمه. أهرب خارج بيتنا تاركا إياّه يسكت أمي باللكم والرفس."[٨٧] تعكس الجمل القصيرة حركية المشهد كأنها تقدم صورا سينمائية بدل سرد لغوي. "هذه الصورة للأب الوحش تذكرنا بمشهد تحدث عنه "فرويد"، نقلا عن "داروين" في فرضيته المشهورة حول المرحلة التاريخية القديمة التي عرفت استبداد وشراسة الذكر الأكبر سنا، وقسوته على من هم أصغر منه وضمنهم أبناؤه الذين كان يتخلص منهم في أغلب الأحيان بالقوة."[٨٨]

قتل الأب الوحش ابنه الصغير، لكي يسكته عن البكاء ولتوفير الغذاء لنفسه أو لباقي أفراد الأسرة. كما ذكرته سابقا، الجوع يمكنه أن يجعل الإنسان ينضم إلى صفوف الحيوانات، وأيضا يمكنه أن يحول الإنسان إلى مجنون وقاتل يقتل حتى ولده. "يتعلق الأمر في الرواية بطفل وجد نفسه داخل عالم عنيف يسوده الجفاف والحرب والجوع. ومنذ بداية المحكي، ندرك أن الوسط العائلي الذي يعيش فيه الطفل محمد هو وسط لا يمكن أن تعيش فيه: هو عبارة عن غرفة واحدة وجوع وأب وحش عنيف متجبر، يهيمن على البيت العائلي بحضوره العنيف الذي لا يمكن تحمله."[٨٩]

لما كبر محمد قليلا، صار يشتم أباه ويضربه ويلعنه في خياله، "تعثرت وسقطت. أهوى علي بالعصا. عويت. شتمته في خيالي. يدفعني برأس العصا إلى الأمام... يضربني ويلعنني جهرا. أضربه وألعنه في خيالي. لولا الخيال لانفجرت."[٩٠] لجأ البطل الصغير إلى الانقلاب الخيالي، بدل

أن يصرخ أمام أبيه أو يبادله بعنف مادي مماثل. فإن هذا العنف الخيالي الرمزي نوع من المقاومة، ونوع من التخفيف من شدة الألم.

من هنا توقف محمد عن البكاء خوفا من أن يلقى نفس مصير أخيه الصغير موتا على يد أبيه قبل أن يموت بالمجاعة، الأمر الذي يدفعه إلى الاعتماد على نفسه ليعيش في هذه الدنيا القاسية بأي طريقة ممكنة. فترك محمد أسرته بعيدا عن أبيه، وهاجر إلى وهران وتطوان، يفضل أن ينام بجانب المقبرة على النوم في البيت. هذا يدل على أن المجتمع المغربي في نهاية الثلاثينات عاش وضعية اجتماعية متدهورة، فالحياة كانت كجحيم بالنسبة للمغاربة الفقراء. مصير محمد ليس وحيدا، إنه مصير مجموعة كبيرة من المغاربة.

٣-٢ العنف في الشارع

هرب محمد من الأب الوحش، ثم وجد لاحقا في الشارع الملجأ والحضن الأكثر دفئا من حضن العائلة، ومن الأب، فيتحول الشارع إلى هذا الخارج الذي يجعل محمدا يفلت من العنف الأبوي، ويمنحه الحرية والإحساس بالوجودية، وعن طريقه سيكتشف البطل محمد فضاءات العنف والجنس والدعارة واللذة. "يظهر العنف داخل البيت العائلي بشكل سلبي، لأنه علامة على الظلم والقهر والقمع، ويظهر العنف في الشارع مزدوجا، فهو قد يكون قهرا واغتصابا واعتداء، وقد يكون علامة على الفعل والحرية وفرض الذات. ومع الأيام، سيتحول الشارع إلى فضاء للحرية التي تعني تصورا للحياة كسلسلة من اللذات، بل يتحول الشارع نفسه إلى لذة."[٩١]

إن الشارع فضاء قد لا يخلو من عنف يمارس على الأطفال والمراهقين، "شتموني، بصقوا علي ودفعوني. شاب أقوى مني ركلني وضربني على قفاي، لكني بقيت هناك عنيدا... بينما كنت أحاول حملها هجم علي حمال قوي، شاتما ودافعا إياي... اللعنة على الخبز."[٩٢] كما أن الشارع

قد يعلم الإنسان أن يكون عنيفا علامة على الحرية وفرض الذات. كما قال محمد نفسه: "أنا أزداد شراسة مع أمي أو مع أطفال الحي".[٩٣]

التضارب هو طريقة الحياة، كما تذكر نظرية داروين "البقاء للأقوى" أو "البقاء للأصلح"، من يكن أقوى جسدا وروحا يتمكن من العيش. "بصقت عليه وبدأنا نتضارب بالأيدي. كان أقوى. يضرب بكل ثقل جسمه. كنت أمامه مثل ريشة... أصابتني بعض لكماته. ابتعدت عنه فاقدا توازني. أخرجت شفرة وبدأت أرقص حوله. بدأ يلهث. أفلحت له بضربات سريعة وجهه وذراعيه وصدره. تركته يصرخ، يتلوى ألما."[٩٤]

وخاصة في النصف الثاني من الرواية، أصبح محمدا قوي الإرادة والتحمل: يحمل المنتجات المهربة ووزنها أكثر مما يتحمله؛ يقاتل الشباب الكبار ذوي قامة أطول منه وعضلات أقوى منه... من أجل الخبز أو الحياة، لا يخاف أي شيء. لا يهتم بما يبذل بل يهتم بما يحصل. "سدد لي ركلة إلى أسفل بطني. تقوست حاميا أسفل بطني بيدي من ضربة أخرى ونجوم الألم تدور أمام عيني. ركلني مرة أخرى في نفس المكان...تفاديت ركلة قوية. فقد توازنه وسقط على قفاه. استجمعت قواي وقمت بسرعة وركلته في وجهه... يحمي وجهه وأنا أركله... سقطت مرات في الدرج. الدم يسيل من وجهي وركبتي ويدي."[٩٥]

هذا ما ترك له العنف، إذ بالمقارنة مع العنف الأسري، الدوار والدم والضرب كله لا يستحق الذكر. كان يكره أباه كثيرا، لأنه كان يضربه وأمه دائما، هو رجل يحب العنف، وكان يمارس العنف على محمد، ولكن مع مرور الزمن، أصبح محمد يدرك أن العنف والقوة هو سرّ الحياة. "سأسرق كل من يستغلني حتى ولو كان أبي وأمي. هكذا صرت أعد السرقة حلالا مع أولاد الحرام".[٩٦] من يستوعبه ينجح في الحياة، فصار العنف يمارس على الأب من طرف رفاق محمد كانتقاب.

"ذات يوم كنت مع نشالين.. قررنا أن نسرق لنقضي ليلة في البورديل. ذهبنا إلى السوق الجيد. الزحام خانق. فاجأني من الخلف وقبض علي من ياقة قميصي... هاجمه رفيقاي. ضرباه باللكم ونطاحات الرأس. سمعته يصرخ ويئن ويستغيث. رأيته يغطي وجهه بيديه والدم يسيل من بين أصابعه بغزارة."[٩٧]

وإجمالا، "فالحديث عن عنف الكتابة يعني في الخبز الحافي أننا أمام كتابة تستلذّ التدمير والتكسير والتهجين: تدمير الحدود بين أجناس القول والسرد والحكي، وانتهاك المواثيق السردية المألوفة، والتعلق بالكلام السوقي العنيف، وإنتاج نص ببلاغة متوحشة لافتة.... وكل ذلك مرتبط بالانفتاح على هذه الغيابات في الأدب العربي: الجسد، الجنس، الشذوذ الجنسي، الاغتصاب الجنسي، العنف الأبوي، عوالم الأطفال والمراهقين، عوالم المتشردين واللصوص والمهربين، لغات الشارع وأصواته..."[٩٨]

"وهكذا، ففي حالة الخبز الحافي، لا يتعلق الأمر بعمل روائي أدبي يدعونا إلى التفكير في العنف من خلال الاستعانة بالأدب، بل إن الأمر يتعلق بكتابة أدب عنيف يخرج التفكير من طمأنينته، ويستفزه، ويرغمه على التفكير. وبعبارة أخرى، فان الكتابة هنا لا تطمح إلى نقل العنف ما هو في العالم فقط، بل تطمح إلى الدخول في احتكاك عنيف مع العالم، من هنا تأتي الكتابة عنيفة متوحشة، غريبة ومدهشة."[٩٩]

٤- صورة الذكورة والأنوثة في الرواية

تتكون صورة الذكورة في رواية "الخبز الحافي"من جهتين: الأولى هي صورة الطفل التي تعني الضعف والمنع؛ والأخرى هي صورة الرجل التي يتمثل فيها أبو محمد، حيث يعني القوة والعنف.

أما صورة الأنوثة في الرواية فتتكون من ناحيتين أيضا، الأولى هي الجذب الجنسي للرجل،

فالمرأة غاية الرجل؛ والثانية هي عدم التفاهم والتواصل بين الرجل والمرأة.

٤-١ صورة الذكورة

عندما كان محمد صغيرا في السن، شاهد أن أباه ضرب أمه دائما وقتل أخاه، "يلوي اللعين عنقه بعنف. أخي يتلوى."[١٠٠] كان أبوه رمز العنف والوحشية بالنسبة لمحمد، فكان يرغب كثيرا في التغلب على جسد الطفل ويهرب من البيت.

أمام الدفاع من محمد، إن أبا محمد أحس بالخطرة وخشي أن يفقد مكانته الخاصة في المنزل وحق السيطرة على أفراد الأسرة، خائفا إسقاط سلطانه في المنزل حتى في المجتمع. فزاد الشتم والضرب والتهديد لابنه محمد.

"تدلك كما لو أنك ما زلت ترضع منها. حليبها لا يزال بين أضراسك... إذا كان هناك من يجب أن تطيعه فهو أنا. لا أحد إلا أنا. الطاعة لي وحدي ما دمت حيا... تعتبرني غائبا حتى حين أكون حاضرا... إنك لست إلا عضاض ثدي أمك."[١٠١]

"فإن محمدا سيعيش التمزق والانفصام مذ انكشفت له الهوة بين المرأة والرجل، ووعى أنه يشغل موقعا وسطا بين ضعف الأم وانفعالها وقوة الأب وفاعليته؛ حيث سيتم إقحامه مرارا في عالم النساء، وسيجري عليه ما يجري عليهن من تعنيف كما لو أنه لا يختلف في شيء عن أمه، أو أن حبل السرة الذي يربطهما لم ينقطع عند الولادة."[١٠٢]

يتواصل التوتر داخل محمد بين الطفولة والذكورة، كان يرغب في قوة الرجولة، ومن جانب آخر فيخاف أن يفقد حق المواطنة في مملكته، ويرفض من قبلها؛ وخصوصا أن أباه سيبقى ممتنعا عن منحه صك الاعتراف، خائفا من إسقاط مكانته وسلطانه كرب العائلة.

رغم أن محمدا هرب من البيت، أي هرب من ضرب الأب والعنف الممارس عليه، لم يجد

الباب الثاني: قراءة لنماذج الرواية المغربية

الحرية في منزل المراقب الايطالي "مسيو سيجوندي" الذي كان يعتبره طفلا ويهدده بين تنظيف ثيابه الداخلية أو الرحيل، حيث أصبح هذا الايطالي رمز أبيه.

"بعد أيام، أمرني روجها "مسيو سيجوندي" بالقوة أن أغسل له (سليباته). رفضت. هو يصر وأنا أرفض. أفهمته أن هذا العمل تقوم به المرأة الوهرانية التي تنظف لهما المنزل. عبثا رجته زوجته أن يكف عن عناده. تكلما بصخب وغضب..."[١٠٣]

حينما حدس "مسيو سيجندي" بغريزة الرجل أن محمد لم يعد طفلا، وأن زوجته ربما صارت موضوع رغبته، فلم يرضه ذلك، وهو سيد المنزل والمرأة. فأحس بالتهديد من محمد وطرده من المنزل.

هذه مرحلة مهمة في حياة محمد، أدرك أن جسده يتغير وأفكاره الإيروسية تنشأ، وهو لا يستطيع السيطرة عليها، حيث انتقل محمد من طور الطفولة إلى مرحلة البلوغ حيث بدأ يستيقظ الوعي بجسده، ويندمج في عالم الرجال الذي ينتج معرفة مغرضة عن جسد المرأة.

"قضيبي الصغير ينتصب عندما أترجح.

يؤلمني صدري. سألت عن ذلك الكبار. قيل لي إنه البلوغ. الألم في الحلمتين المتورمتين عند الانتصاب. أستمني على المحرم والحلال من الأجسام. حين أقذف سائلا مثل المخاط أحس كأنه عضوي قد جرح من الداخل."[١٠٤]

إن نضج الجسد يدفعه إلى حضيرة الرجولة، والدفاع عن حقوقه الشخصية ضد المنافسين الرجال مثل الحيوانات في الغابة، إذ لا بد له منأى عن النفوذ الرمزي للأب وعن باقي الأشخاص المماثلة، حتى يمارس رجولته ويستكمل انتماءه إلى عالم الرجال. ولكن كلما اجتاح هذه المنطقة، سواء أكان بيت الأسرة أم خارج البيت، واجه الضغط الكبير من الأب والآخرين.

"يتمظهر الرجل كعين تحدج أو تتلصص أو تتملى، ويد تصفع أو تلكم أو تقضم

الأعناق، ورجل تركل، وقضيب لا يتوقف عن القذف، وغيرها من الأعضاء التي تتوزع فيما بينها أو يستبدل بعضها بعضا، حسب ما يقتضيه الحدث، ويستلزمه المقام لانتقاء العضو الأكثر تمثيلية وتعبيرا عن الجسد الذكوري الراغب أو القاسي أو الحنق، أو المنتفض عموما."[١٠٥]

أما في الشارع لم تتغير حالته بعد، اعتبروه طفلا صغيرا، أمروه بفعل أشياء لا يرغب فيها.

"رأيت ثلاثة رجال يشربون بالتناوب من زجاجة لون سائلها قاتم. ناداني أحدهم:

- أيه تعال إلى هنا أيها الطفل! تعال لكي أعطي لك شيئا."[١٠٦]

حاول محمد أن يستعين إلى الخمر والجنس والمخدرات، لكي يدل على رجولته وكبره: "لقد تنبه محمد لكون الطفولة ليست سوى تنويع للأنوثة، أو نقطة أولى في صيرورتها تقاسمها نفس الوضع الإيحائي، وتشترك وإياها في صوغ صورة الجسد اللازم والجسد — الموضوع؛ جسد الصفات والحالات. لذلك لم يبطئ في الالتحاق بعالم الكبار من عتبة الفعل، عبر شربه للخمر وتدخينه للكيف وزعارته مع أبناء الحي وتردده على مواخير المدينة باستمرار، مسارعا الزمن وباذلا قصارى جهده، كي يخلع عنه جلد الطفل الذي ما انفك يغطيه، ويتجاوز تلك الصورة التي ما فتئت تشي بها فتوته."[١٠٧]

أخيرا، قبلوا شخصيته الجديدة كرجل حقيقي، ولم يعد طفلا.

"تركته يدفع للنادل الحساب. ووقفت خارج المقهى أنتظره. صافحني قائلا:

- أظن أنك تستطيع أن تذهب وحدك إلى فندقك.

- لم أعد طفلا.

ابتسم وانصرف!"[١٠٨]

بعبارة أخرى، فإن الرجولة لا تعني مجرد انتصاب عضو الذكورة، أو السماح بفعل الأشياء الممنوعة، أو ممارسة الجنس مع المرأة، بل تتعلق بالتجربة في الحياة والمجتمع، إنها إجراء ثقافي

مستمر. على هذا الأساس، ما زال محمد طفلا، إذ أنه لم تكتمل مؤهلاته الجسدية والثقافية لامتلاك الرجولة: الفلوس، وسكن مستقل، والمهنة الرسمية...

٤-٢ صورة الأنوثة

تكثر وتتنوع الملاحظات السردية عن صورة الأنوثة في الرواية، يمكننا تلخيصها إلى جانبين: الأول جاذبية المرأة للرجل، والثاني هو عدم فهم المرأة.

يحدد الجانب الأول في مراقبة جسد المرأة، إذ أن المرأة غاية الرجل ورغبته، ومصدر الفتنة والغواية. ذلك يتعلق بالجذب الفيزيقي بين المرأة والرجل، فكان محمد يغمر في مراقبة المرأة. إنه المستوى الأول في مراقبة جسد المرأة في عيون محمد الطفل الصغير قبل أن تتعزيا بحجاب الأخلاق والشهوة.

"... حافية القدمين، حاسرة ثوبها الشفاف عن فخذيها البيضوين ونهديها العاريين الصغيرين. يهتزان، يطلان ويختفيان من خلال فتحة قميصها، مثل عنقودين من العنب يتدليان. شعرها ملفوف في المنديل الأبيض الملطخ بالحنة. ملفوف مثل رأس الملفوف."[١٠٩]

"أرتني وجهي في مرآة صغيرة... تأملت وجهها أكثر مما تأملت وجهي... ودعتني بالقبلات على خدي. باست فمي. فكرت فيها مثل أخت لم تلدها أمي."[١١٠]

"رعشة حلوة وقذف لذيذ أرخياني حالما مستندا على فرع الشجرة... متمهلة تهبط آسية درجات السلم اللزجة. تتأمل الماء. تبلل حشيش إبطيها الأسود وصدرها الأبيض المنتصب. ترش فجوة الفخذين. ترش كل جسمها وتقفز... تسبح مثل سمكة. تغوص وتطفو مثل بطة النهر..."[١١١]

إنه وصف شكلي دقيق بنظرة محمد يستهدف في الجسد والنهدين والشعر... التي تجذب

نظراته أكثر، "كما يحيل هذا الوصف الشفيق والخالي من الشحنة الانفعالية على تشبيهات وإشارات مستمدة من عناصر الطبيعة، تنقل الجسد إلى دائرة من الرموز والعلامات المتعالية عن جاذبية اللحم (النهدان كعنقودين من العنب – الرأس ملفوف مثل الكرنب – البشرة قمحية – الشعر ملطخ بالحناء)، أو نابعة من طبيعة الجسد نفسه وإفرازاته العضوية ومقذوفاته."[١١٢]

يبدو أن كلها ميول تذوقية بصدد موضوع المرأة، بالاعتبار انطلاقا من ثنائية الجميل والقبيح. فالجميل كما ذكرنا سابقا هو جسم رشيق ومتناسق، أما القبيح فهو سمين وبشع.

"امرأة سمينة وقمحية البشر. وجهها مستدير وصدرها كبير وأردافها أبرز ما في جسمها. حين تكون لابسة ثوبا خفيفا جالسة وتنهض، تبدو كما لو أنها خرجت من الحمام. إنها امرأة تعرق كثيرا..."[١١٣]

"لماذا شيئها الوردي الزغب له؟ شيئها الصغير يبشع إذا هي انحنت: مثلما هو الفم الذي بلا أسنان، شيئها بشع. دخلت على جارتنا في دارها لأطلب منها شيئا لأمي. وجدتها تبدل ثيابها الداخلية: بطنها بارز بشع، متهدلان ثدياها. لحمها مترهل.إذا هي أجسام النساء ليست مثلا جسم آسية فإن جسم المرأة بشع، بشع، بشع!"[١١٤]

من هنا نلاحظ أن معايير محمد للجمال والقبح الأنثويين. إن الجميل يتعلق بجسد رشيق وأطراف منسجمة تبعث على الارتياح والألفة والرمق. أما القبيح فبالعكس يعني قوام شمخ، ولحم مترهل، وأعضاء مشوهة، وكُتَل لحمية تبعث على النفور والتقزز والاشمئزاز.

عندما يكبر محمد في السن، تتغير نظرته للمرأة من نظرة جمالية إلى نظرة إيروسية:

"نظرت إلى باسمة. شفتاها صغيرتان مثل خاتم الأصبع... المرأة ذات الفم الصغير يكون فرجها صغيرا. هكذا سمعت."[١١٥]

"تأملت جسدها. جسدها أكثر امتلاء من جسد سلافة وأجمل. شعرها طويل أسود

وأملس. سأتغطى به. نزهت عيني في جسدها كله."[١١٦]

٤-٣ العلاقة بين الرجل والمرأة

يحدد الجانب الثاني عدم فهم المرأة. لاحظ محمد منذ طفولته أن أباه الوحش كان يضربه وأمه، حتى قتل أخاه، فقرر أن يهرب من المنزل من أجل العيش، ولكن أمه لم تفكر في الهرب أبدا، وهى لا زالت تنام مع أبيه، حيث لم يفهم محمد تحديد نوع هذه العلاقة التي تتغدى بالعنف، ثم اعتقد أن الضرب طريقة التواصل بين الرجل والمرأة.

"الرجال يضربون النساء، وهن يبكين ويصرخن."[١١٧]

"أعتقد أنها تجد لذتها حين أضربها."[١١٨]

"عندما أكبر ستكون لي امرأة. سأخاصمها في النهار بالضرب والشتم. وأصالحها في الليل بالعري والعناق. أنها لعبة جميلة هذه ومسلية بين الرجل والمرأة."[١١٩]

إن العلاقة الزوجية بين أبيه وأمه تزعجه وتحيره، "من وحي هذا المشهد الذي أثار استغرابه وخدش عذرية مشاعره الطفولية، إلى أنه في أشد اللحظات الحميمية، وأكثرها صفاء، يختلط شبق الرجل بألم المرأة ويتلبس الغنج بالانتحاب، والقبلة بالصفعة."[١٢٠] حيث أصبح محمد الصغير غالط فهم للمرأة، وخصوصا ما قال أبوه لأمه يشوه صورة المرأة والعلاقة بين الجنسين له.

"كأني لم ألدك. ربما نام مع أمك رجل آخر. يثق الإنسان في الشيطان ولا يثق في النساء. أرى أنك لا تشبهني في شيء. ربما تشبهها هي. أولاد القحاب يشبهون أمهاتهم. إنها دائما تدللك. تتواطآن علي. كلاكما يحاول أن يدافع عن الآخر."[١٢١]

إن المرأة التي تعيش بجانبه، لا أحد يستثنى من هذه القاعدة، الأم والزوجة والبنت والعشيقة... جميعهن يحافظن على هذه العلاقة الصدامية، ويستعملن لغة التواصل هذه بين

الجنسين الرجل والمرأة. ولا أحد يشرح له السبب الخلفي، وربما لا أحد يعرف هذا السبب. "فأساليب "اللكم" المريح و"الرفس" المدمي و"السباب" الجارح، بمثابة ثوابت تبنين اللغة التواصلية بين هذين الجنسين، وتزيح النقاب عن معادلة ناظمة لصلة أحدهما بالآخر."[١٢٢] بالإضافة إلى ذلك، لا يتبين الولد الصغير شعور المرأة، سواء أ كانت فرحانة أم حزينة ففي كلتا الحالتين تذرف الدموع.

"بدأت أدرك أن النساء يبكين أكثر من الرجال. يبكين ويكففن عن البكاء مثل الأطفال. أحيانا يحزن حين يفكر الواحد أنهن سيفرحن. ويفرحن حين يفكر الواحد أنهن سيحزن.

متى يحزن ومتى يفرحن؟ رأيت أمي مرة تبكي باسمة. أ هي حمقاء؟ "[١٢٣]

ثم بدأ يدرك محمد أن المرأة لن تتزين إلا للرجل الحقيقي، ستبذل جسدها وشعورها وروحها، رغم أن الرجل يلعنها ويضربها، فكان يرغب في أن يكبر سنا وجسدا، حتى يقبل من قبل المرأة والرجل كطرف آخر.

"- هن لا يعطين كل شيء إلا للكبار. وأحيانا حتى يضربهن الواحد.

- هذا صحيح. وهل نحن ما زلنا صغيرين؟ كل من ينتصب عضوه فهو رجل."[١٢٤]

إجمالا، من هنا تؤشر إلينا ملفوظات سردية متنوعة، تكون المرأة كموضوع للرغبة والغواية، ومصدر للفتنة، وكذلك مرصودة للألم وجسد مباح للعنف.

٥- مغامرة الجنس

تظهر الأشخاص الأنثوية في كل عالم محمد، تهيمن على حياته، وأصبحت جزءا لا يتجزأ من سيرته، حيث صاحبت نموه الجسدي وشهدت تطوره من الطفل إلى الرجل. فإن الاتجاه نحو

المرأة يحدد في درجتين: الأولى تتركز في مراقبة الأنوثة من أجل إدراك جسد المرأة والجنس؛ أما الثانية فتحدد في التخيل الجنسي وتجربة الجنس بنفسه.

٥-١ مراقبة الأنوثة

كان البطل محمد الصغير يعشق جسد المرأة ويرغب في فهمه، فحاول في مراقبة جسد الأنوثة وحركاتها، حيث إن كيمياء الشهوة قد توسع من الجسد إلى المنطقة الإيروسية، فتصبح العين أفصح الحواس وأبلغها في ترجمة دواخل النفس، ومرآة تعكس بجلاء اعتمال الغرائز، فإن الشهوة للجسد الأنثوي تقود محمدا إلى غاية اللذة والاستغراب.

حيث تقوم هذه الشهوة على ثنائية ما يرى وما لا يرى من المناطق الجسدية والإيروسية. فكان الوصف الدقيق يتأرجح بين اللباس والعري، الحجب والكشف، الظهور والاختفاء، لا ينفصل الأحد عن الآخر.

"أرى من ثقب مفتاح الباب الشابة تنظف الأرض بالماء والصابون بحيوية... أراقب حركاتها. قلبي يخفق مع حركاتها خوفا وفرحا."[١٢٥]

"فكرت: شيئها ليس جيلا، لكن دفأه لذيذ. إنه يدفئ الجسم كله، يزيل الدوخة، لكن من الأحسن أن أدخل فيه دون أن أراه."[١٢٦]

"ينصرفن في الصباح إلى الحمام. في المساء يعدن نظيفات، معطرات مكحلات ومسوكات."[١٢٧]

"تتعري. آسية تتعري... أرى آسية من خلال الأغصان. تمشي مختالة على مهل. تدنو من الصهريج... عيناها سوداوان كبيرتان ويقظتان، تخيف. لو لم أكن أعرفها لظننتها جنية. تقترب من الصهريج بخطوة واثقة وأخرى بشك. أهي تخاف؟ ... تتمهل في المشي كأنها تمشي

على البيض تخاف أن تكسره. تقف على درجات عتبة السلم كأنها الوحيدة في هذا العالم. تفك حزام منامتها. لم أعد أرى سوى جسمها. تنفتح المنامة الوردية مثل جناحي طائر يريد أن يطير ولا يطير. ينبثق بياض أعلى جسمها إلى ردفيها. يدوخ رأسي بلذة. أنبهر. تسقط التينة — من يدي. أبلع التي في فمي. سلتي تميل. يسقط نصف محتواها. يبزغ قرص الشمس... تسبح الكائنات. يصفر عصفور والحمام يهدل — وديك يصيح ونهيق حمار... لا أرى سوى تلك التي... تتعرى. أتخيل الوجود كله يتعرى... تنزلق المنامة على جسدها. تعرت. آسية تعرت. ابنة صاحب البستان تعرت. ما أضوأ ما في جسمها! ما أسود ما في جسمها! صدرها ملآن. ثمرتاها منتصبتان. زغب أسفل سرتها أسود مخيف وجميل. يؤلمني انتصابي. تخطو خطوتين فوق عتبة الصهريج. هياجي يشتد. شعرها الأسود يغطيها من الوراء. تنحني. على كتفيها ينسدل سالفها إلى الأمام. تعرت من الوراء. تنحني. على كتفيها ينسدل سالفها إلى الأمام. تعرت من الوراء. ينفتح لحمها الأبيض من الوراء عن ظلمتها الخفيفة. يتعسل فمي. يتدغدغ. يؤلمني جسمي بلذة. رعشة حلوة وقذف لذيذ أرخياني حالما... ما أجمل أن تظن أن أحدا لا يراها!"[١٢٨]

إنه وصف طويل ودقيق، يستهدف الجسد في ذاته، ويتقيد بالحدود الظاهرية والحسية لأعضائه وملامحه. "فإن النظرة الإيروسية، حسبما يقدمه هذا المقطع النموذجي، لا تكتفي بالتقاط الخصائص الفيزيقية لبؤرتها، ولكنها تتغذى كذلك، من إسقاطات العين الذكورية الطافحة بالرغبة الجنسية في الجسد الأنثوي المرغوب فيه. وهي عبارة عن انفعالات نفسية ترمز إليها تلك الوحدات المعجمية أو المحمولات التي تسند إلى أعضاء الجسد: (مختالة — تخيف — تمشي على البيض — يدوخ رأسي — أنبهر — أتخيل — حالما). [١٢٩]

إن تقنية الوصف للكاتب غنية، تنقل الجسد إلى دائرة من الرموز والعلامات المتعالية عن اللحم، أو نابعة من طبيعة الجسد نفسه، كما ينقل لنا صورة حقيقية لطبيعة جسد المرأة:

"مونيك تبول، مونيك تخرأ. ليتها لا تبول ولا تخرأ. تغسل شيئها وتحك عانتها. تضع منشفة بيضاء في جرحها."[١٣٠]

استلذ محمد بمراقبة الأنوثة ولا أحد يعرف هذه النقطة، فلا شك أن هذا التقاطع النموذجي المتعدد بين العفوية والشهوة، يظهر صراعا بين الواقع واللذة. هكذا تمت الإشارة إلى استغراب البطل والإرادة الإيروسية من خلال المراقبة السرية.

"وضعت عيني على ثقب الباب."[١٣١]

"أرى من ثقب الباب الشابة... أراقب حركاتها. قلبي يخفق مع حركاتها خوفا وفرحا."[١٣٢]

"شاب وشابة... يتعانقان بحب وراء الخيمة الكبيرة للباسهما اللامع."[١٣٣]

"جاءت آنيسة في مشية راقصة. ترقص وتوزع علينا بسماتها. لم تكن تلبس سوى غلالة شفافة بلا رافعة للصدر."[١٣٤]

تحدث كثيرا هذه الظاهرة عند الشباب، لكن بالنسبة للبطل الصغير، أصبح مريضا نفسيا لا يستطيع السيطرة على ذاته. إن "ارتكاز المشاهدة الإيروسية على فعل التلصص، واستراق النظر إلى الجسد الأنثوي، كنوع من اللمس أو الاحتكاك عن بعد. وهى الممارسة التي تحقق لمحمد إشباعا شبيها بلذة النكاح في دورتها الطبيعية (دوخة الرأس – تشنج العضو – القذف – استرخاء البدن)، حيث تنجز العملية الجنسية ككل في شبكية هذه العين المتخفية من دون باقي الأعضاء، فتختزل إلى متوالية من الصور المنسابة استجابة للأمارات التي يرسلها الجسد؛ موضوع الرؤية والرغبة في الآن نفسه."[١٣٥]

رغم أن قدرة الوصف تقتضي ضمنيا، وتصدر هذه المسحة الأخلاقية من وعي محمد الذي استغرب واستدرك للجسد الأنثوي في معظم النظرة الجمالية، فإن حضوره السارد في هذه المشاهد والحوادث الإيروسية يبدو مضاعفا ومقصودا من قبل الرائي.

٥-٢ التخيل والتجربة الجنسية

ازدادت شهوة محمد للجسد الأنثوي من خلال مراقبة الأنوثة السرية، فتطعم بدفقة تخييلية وتزيدها فتنة وإثارة، فيتولد عن ذلك مناخ استبهامي ينسج خيوطه الواقع والحلم معا:

"حلمت ليلا آسية تفسح. حزامها. تطفو عارية... حلمتني أعوم معها. تحتها. على جانبيها. نقف في عناق ثم نغوص...

أتخيل جسم آسية: أبوسها في الخيال، أمس صدرها فتتركني. تلاطفني باليد والفم..."[١٣٦]

كان محمد لا يستغني عن المستوى الشكلي الذي أصبح موضوع الرؤية المحوري الذي هو جسد المرأة، يتخيل الممارسة الجنسية التي تحدث على ذاته.

"لقد سمعت كثيرا عن الاغتصابات الجنسية التي تحدث للفتيات والصبيان"[١٣٧]

"استشارتني في الخيال:

- أهو جيل هذا الوضع؟

- رائع.

- قال لي وضعها هذا:

- تعال!

قالت شهوتي لصوتها:

- أنت لي."[١٣٨]

عندما كان البطل محمد طفلا صغيرا، كان يتأثر كثيرا بأبيه ولم يستدرك علاقة أبويه، حيث ضرب أبوه أمه في النهار، ومارس الجنس مع أمه في الليل، حتى يجعل الطفل الصغير يسيء الفهم للعلاقة بين الذكورة والأنوثة.

"في الليل أيقظتني مثانتي الممتلئة. قبلات تصفق. لهاث. يتلاحق. همسات حب. إنهما

يحبان بعضهما. اللعنة على حبهما. لحم يصفق. تفو؟ إنها تكذب. لن أصدقها بعد اليوم.

لا بد أن يكونا مصابين بالحمى. لهاث. قبلات. تأوهات. لهاث. قبلات. لهاث. قبلات. تأوهات. يعضان بعضهما. يأكلان بعضهما. يلعقان دمها..."[١٣٩]

كان محمد الصغير يجسس أبويه بسبب استغرابه للعلاقة الجنسية في الليل والعلاقة الزوجية في النهار، كان يوجد فرق كبير بين هاتين العلاقتين.

"- فمك.

- ها أنا. ليس بعنف. ليس هكذا. انتظر.

ماذا يفعلان؟

- أقول لك هكذا.

سأهبط لأنام على الأرض.

يصفعها. ماذا يفعلان؟

- بنت الزناء.

- كلا. كلا. تؤلمني. مصاريني. هكذا. هكذا أحسن. لا. لا. ليس هكذا. نعم هكذا."[١٤٠]

بدأ محمد يقوم بالتجربة الجنسية بذاته، بعد مشاهدة العلاقة الجنسية بين أبويه، وتخيله للجنس، وخصوصا كان يعتقد أن الجنس مقياس يميز بين الرجل والطفل.

"- إنها سمينة قليلا.

- لا يهم سنجرب معها. بعد ذلك سنبحث عن أخريات أجمل منها.

فكرت: الجمال عذاب."[١٤١]

كان محمد لا يستطيع أن يثق بوجود الحب، ويعانقه ويلمسه، وهو المهموم دوما بنداء

الغرائز والشغوف بالجسد. كان يخلو من الإحساس أو العاطفة، أو رد فعل يترجم انجذابا وجدانيا له تجاه المرأة، فإن الحب بالنسبة إليه، لم يكن صعيدا للرغبة الجنسية أو للعلاقة العشيقة، وحتى ليس رابطة الزواج أو العشق، بل إنه مجرد التجربة أو الممارسة التي ترتبط بين الرجل والمرأة.

٦- خلاصة

حاولنا هنا التوسل بالطابع الاسترجاعي والمنهج الكتابي والفني لهذه الرواية، لكي نلمس مجموع الحالات والظروف التي أثرت وساهمت في تكون شخصية البطل والراوي محمد، إن الطفولة هي أكبر وأخطر من أن تكون مجرد كتلة فاترة تنتمي إلى ماض انتهى وزمن انقضى، إضافة إلى أن الطفولة هي أهم مرحلة النمو ومرجعية يرى من خلالها الحياة ويقيس عليها ما جد وطرأ.

الفصل الثالث الرواية الجديدة – "المرأة والوردة" لمحمد زفزاف

١ – التوطئة

صدرت رواية "المرأة والوردة" في عام ١٩٧٢، ترتبط بمرحلة متأخرة من تاريخ المجتمع المغربي، فتكشف في الرواية الوضع الاجتماعي الداخلي في المغرب وهموم الشباب المغاربة وتطرح العلاقة مع الغرب بطريقة مأساوية. إن تلك الفترة تعتبر من أكثر الفترات التاريخية الحساسة في المغرب المستقل سياسيا واقتصاديا وثقافيا، حيث تستفيد هذه الرواية من أحداث العشر سنوات التي سبقت صدورها.

كان المغرب يعيش تحت أزمة اجتماعية واقتصادية بعد الاستقلال، تتخلى عن التخطيطات الاقتصادية التي تهدف إلى التطور والتنمية من الاستقلال الذاتي ولم تُولِ الاهتمام الكافي بالحاجات الداخلية التي تؤدي إلى عدم الاستقرار في المجتمع. حيث أصبحت البورجوازية المغربية عاجزة عن القيام بالدور الأساسي في تحريك الاقتصاد الداخلي، أو حل المشاكل الاجتماعية، أو قيادة الدولة إلى التطور والتقدم. أما "الفئات البورجوازية الصغيرة التي تأثرت من الإجراءات الاقتصادية الجديدة التي اتسمت بتجميد المداخل، والاستثمارات الاجتماعية والاحتفاظ بالنظام الجنائي المعتمد في الأساس على الضرائب غير المباشرة. وقد تبع على المستوى السياسي خروج التنظيمات السياسية من المشاركة في التسيير، وإقرار حالة الاستثناء."[١٤٢] وخصوصا أن بعض أفراد هذه الفئة الذين التحقوا بالمدارس الرسمية وتلقوا التعليم العالي كانوا

يواجهون البطالة ويعجزون عن الأعمال الاجتماعية ويتخلى عن الأمكنة الاجتماعية، فأصبحوا يفقدون الأهداف والاتجاهات والقيم الوجودية.

كل هذه التغيرات تنعكس في الأدب، ابتداء من السبعينيات، فظهرت كتابة روائية جديدة في المغرب، كسرت مرحلة الكتابة الإحالية بتشعباتها الواقعية والسير ذاتية التي كانت مسيطرة على الأدب المغربي، أصبح الأدباء وخصوصا الروائيون يهتمون أكثر بسؤال الكتابة وسؤال الحداثة، وعلى رأسهم عند عبد الله العروي ومحمد زفزاف وسعيد علوش وأحمد المديني ومحمد عز الدين التازي... منذ ذلك العقد، أصبحت الأشكال السردية متنوعة لنقل صور عن هامش الواقع وخلفه من زوايا مختلفة ومن فضاءات متعددة على أكثر من ثلاثة عقود.

تتناول رواية "المرأة والوردة" تجربة البطل الروائي "محمد" في مدينة شاطئية صغيرة في إسبانيا، ومغامرته من خلال الجنس وتهريب المخدرات وانهيار نفسه في أحضان الغرب من أجل الهروب من واقع المغرب المأساوي والأزمة الاجتماعية في المغرب. "أن البطل والشخصيات الثانوية والسارد، والفضاء الروائي ومجموع الأفكار المتداولة داخل النص من إبداع الكاتب اعتمادا على معرفته وتجربته وملاحظاته من جهة، وعلى قوة خياله من جهة ثانية، وفي هذه النقطة تبرز الخاصية الأساسية للعمل الروائي والمتمثلة في الانطلاق من الواقع، وتجاوزه مع القدرة على الإيهام بواقعيته."[١٤٣]

وكانت الرواية تحكي الأحداث على خط الزمن السردي على لسان البطل "محمد"، وتركز على نماذج بشرية متماثلة في خططها وأفكارها بصفة عامة، لم تظهر في الرواية شخصيات كثيرة سوى البطل "محمد" وحبيبته "سوز" وصديقاه الفرنسيان "جورج" و"ألان". "فإذا كان زفزاف في "المرأة والوردة" قد اعتمد في سرد أحداث روايته على التسلسل الكرونولوجي، المحقق لنوع من التطابق، شبه التام، بين زمني الحكاية والخطاب، بحيث عرض علينا الأحداث في نفس ترتيب

وقوعها من البداية إلى لنهاية، دون إخلال بذلك إلا فيما نذر."[١٤٤] أما من ناحية أخرى، فإن هذه الرواية ذات حجم صغير، ليست كروايات أخرى قبلها، كانت تحاول أن تركز في نوع معين من الناس في المجتمع المغربي في ذلك الوقت، حيث قدمت لنا الرواية حياة كاملة شريطة للبطل الرئيسي الذي فقد ذاته في الغرب، وكما انتقدت الرواية الواقع المغربي والغربي.

إن تجربة "محمد" في الغرب تعكس حبه لأوربا وكراهيته لها. "ما استهل بها رواية "المرأة والوردة" بتوضيح عملية التحفيز، باعتبارها عنصرا أساسيا يكشف سر التحولات المقبلة، وخصوصا منها الرحلة والسفر."[١٤٥] كما تعكس في نفس الوقت مظاهر المغرب السياسية والاجتماعية والاقتصادية، إضافة إلى المشاكل الأساسية بما فيها مشاكل التشغيل والتعليم والصحة، والمشاكل الأخرى المتعلقة بالارتباطات الإنسانية المختلفة. وخصوصا تعطينا الرواية صورة الأوضاع التي تعشيها البورجوازية الصغيرة.

"النموذج الذي تعالجه رواية "المرأة والوردة" ينطلق بالذات من وضعية المثقف البورجوازي الصغير الذي يعاني التشرد في واقع يسحقه ويسد المنافذ في وجهه، كما تؤكد في نفس الوقت طبيعة اختلال القيم التي يؤمن بها وارتماءه في أحضان التجربة العفوية، وفي أحضان المغامرة وخاصة في بلاد الغرب. وقبل تحديد الرؤية الاجتماعية التي يتبناها الكاتب، وحصر علاقة البطل الرئيسي في هذه الرواية بالغرب."[١٤٦]

أما من البناء والدلالة، "أن هذه الرواية لا تتبنى الأحادية على مستويي البناء والدلالة، بل ترتكز على تركيب معقد يتداخل فيه الشعوري واللاشعوري، وتتواشج فيه اللغات ومستويات السرد لتحديد موقف متوازن من العالم."[١٤٧]

إضافة إلى ذلك، طبق الكاتب في الرواية التراث العربي الإسلامي، حيث تتميز هذه الرواية عن الروايات السابقة، "أصبحت "المرأة والوردة"، في ضوء هذه القراءة، التي أولت

اهتماما خاصا للعناصر التراثية المنبثة فيها، رواية تجربة وتحولات على مستوى الشعور والسلوك، وليست مجرد سرد أفقي لمغامرات جنسية، وتقلصت نتيجة لذلك، الأحادية، ليحل محلها التعدد على مستوى اللغات والأساليب، والتوتر على مستوى المحافل السردية، دون أن يعني ذلك ترجيح قراءة معينة على حساب أخرى."[١٤٨]

يمكننا أن نلخص القصص الرئيسية في الرواية "المرأة والوردة" إلى الجدول التالي:

جدول قصة الرواية حسب الفصول

الفصل	القصة الرئيسية	الصفحة
١	قصة صديق "محمد" ومغامرته في الغرب وحبه العميق للغرب	٧-١٤
٢	أول لقاء بين "محمد" و"سوز"	١٥-٢٣
٣	الحكاية بين"محمد" و"سوز"	٢٤-٤٥
٤	قصة التعارف بين "محمد" و"ألان" و"جورج"	٤٦-٥٦
٥	الوقت الذي قضاه "محمد" مع "سوز" في دارها	٥٧-٧٢
٦	الحلم الذي يحلم "محمد" فيه المرأة والوردة	٧٣-٨٣
٧	الحديث والنقاش بين "محمد" و"جورج" و"ألان"	٨٤-١٠١
٨	المحاكمة في الوهم، والبحث عن "جورج" و"ألان"	١٠٢-١٤١

تنطلق الرواية بحكاية الصديق الذي ينتقد الوضع الاجتماعي في المغرب، ويمدح كل الظروف في الغرب، ثم يشجع البطل الرئيسي "محمد" على المغامرة في الغرب. وبالفعل تتناول جميع الفصول الباقية مغامرة "محمد" في بلاد الغرب، ويمكننا أن نقول إن الفصل الأول يمثل حافزا وتمثل الفصول الباقية من الفصل ٢ إلى الفصل ٨ تجربة "محمد". من هنا نحاول أن نضع هيكلة قريبة لهذه الرواية تسهل قيامنا بمهمة الكشف عن المضمون الفكري فيها.

١-١ حياة الكاتب وأعماله الروائية

ولد محمد زفزاف في سنة ١٩٤٢ أو ١٩٤٥ بسوق الأربعاء الغرب، وتوفي اليوم ١٣ يوليوز سنة ٢٠٠١، سطر أعمالا أدبية متعددة. وكان أستاذا في مدرسة إعدادية قبل أن يصبح أمين مكتبة التلاميذ. ثم انتقل من مدينة القنيطرة ليستقر بالدار البيضاء ومنها كان يبعث قصصه ومقالاته وترجماته من عيون الأدب.

إن محمد زفزاف كاتب عظيم وظف أشكالا سردية عتيقة بشذرات من بدائع السرد الغربي، وكان يهتم بالحياة الهامشية والخلفية في المجتمع المغربي، ويكشف المشاكل الاجتماعية من زوايا متعددة وفضاءات مختلفة، كما يهتم بسؤال الكتابة والكتابة نفسها بدلا عن الكتابة الإحالية. "في ذلك اعتراف بإبداع أصيل يرتكز على رؤية استطيقية وفكرية متكاملة، تتجلى عبر اللغات والفضاءات التي تتجذر امتداداتها في الواقع الاجتماعي والمتخيل الجمعي، وفي خريطة الاستبهامات والتوجسات والأحلام والكوابيس والأوهام التي يحفل بها عاله الروائي والقصصي."[١٤٩] له مجموعة من الأعمال الروائية:

جدول الأعمال الروائية لمحمد زفزاف :

	رواية	تاريخ الاصدار	حجم
١	المرأة والوردة	١٩٧٢	١٤١ص
٢	أرصفة وجدران	١٩٧٤	١٥٥ص
٣	قبور في الماء ا	١٩٧٨	١٠٠ص
٤	الأفعى والبحر	١٩٧٩	١٢٠ص
٥	بيضة الديك	١٩٨٤	٨١ص

٦	الثعلب الذي يظهر ويختفي	١٩٨٥	٩٣ص
٧	محاولة عيش	١٩٨٥	١١٣ص
٨	الحي الخلفي	١٩٩٢	٩١ص
٩	أفواه واسعة	١٩٩٨	٩٦ص

٢– الصراع بين المغرب والغرب

"إذا كانت فترة الخمسينات، فترة مخاض وتقلبات أدت إلى فشل كل القوى الاجتماعية الايجابية التي كانت مهيأة لخلق وضع اجتماعي جديد بعيد عن التبعية للخارج، ومحقق لبعض الإصلاحات الاجتماعية الايجابية، فإن فترة الستينات قد كشفت عن التصالح بين القوة الليبرالية المرتبطة بالمغرب والجناح التقليدي للحركة الوطنية، كما كشفت العلاقة العضوية بين هذه القوى جميعها والنظام الاجتماعي الرأسمالي الغربي."[١٥٠]

إن الفصل الأول في هذه الرواية يشكل منطلقا أساسيا لبناء الحدث الحكائي. في هذا الفصل يحكي لنا صديق "محمد" القادم من بلاد الغرب عن تجاربه العجيبة ومغامراته في الغرب، وعن إعجابه وحبه بالحياة الغربية. وبالمقابل ينتقد هذا الصديق المغرب من خلال المقارنات بين المغرب والغرب. أما في الفصول الباقية يتبع "محمد" مغامرة "الصديق" في الغرب، حيث يكشف الصراع بين المغرب والغرب.

"يتجلى العنصر الأول في موقف هذه الشخصية في انتقاد الوضع الاجتماعي المغربي بما في ذلك إظهار الاستغلال الاقتصادي الذي تمارسه بعض الفئات الاجتماعية العليا، ثم في إظهار التسلط السياسي والتبعية الفكرية إلى الغرب، وفي إبراز غربة الإنسان، وهو بالتحديد البورجوازي

الصغير المثقف، داخل مجتمعه. أما العنصر الثاني في موقف هذه الشخصية الروائية فيتجلى في انسلاخه الكامل عن واقعه وتمجيده للغرب، واختياره الإقامة الدائمة فيه."[١٥١]

٢-١ صورة المغرب

إن الموقف الروائي النهائي من الوضع الاجتماعي المغربي، ومن طبيعة العلاقة مع الغرب، لا ينبغي أن يحدد انطلاقا من رؤية هذه الشخصية التي لا تظهر إلا في الفصل الأول. فالكاتب لا يقدم هذا النموذج كاختيار نهائي، ولكنه يقدمه كمنطلق أو كنموذج قابل للاختبار والتجربة.

٢-١-١ خيبة الأمل

في الفصل الأول التقى "محمد" بصديقه الذي مدح الغرب بصورة كاملة، إذا كان هذا الصديق قد عبر عن انسجامه الكامل بعد اختياره بلاد الغرب وانسلاخه عن التفكير في بلاده، فما الذي يؤدي إلى هذه النتيجة؟ وما الذي جعل "محمد" يتابع تجربة هذا الصديق ومغامرته في أوروبا؟ وما هي النقطة المشتركة بينهما؟

كان هذا الصديق يحكي ل"محمد" تجربة حياته وشعوره تجاه الفرق بين المغرب وأوروبا، قال: "أوروبا هي التي أخرجت الرجال وستخرجهم. المرأة هناك تساوي رجلا هنا... الدليل فها هو: كان هؤلاء الوحوش يغتصبون بكارة فتيات في الثانية عشرة وكانوا يعتقدون ذلك شجاعة... مع ذلك فهم يتحدثون عن كونهم رجالا. أين رجولتهم وهو يبعثون نساءهم وبناتهم إلى بيوتات الأقلية الأوروبية..."[١٥٢]

إن كل ما خلف هذه الملاحظات والظواهر هو الفقر المزري الذي كان يعيشه "محمد" وصديقه، حيث إن الرواية تبرز نقطة الانطلاق هذه في البحث عن عالم أكثر تجاوبا مع النوازع

الفردية للبطل الرئيسي بوضعه الاجتماعي الخاص. وإن الفقر والجوع مرضان مزمنان، لهما آثار عميقة لا تزال في الحياة الباقية، كما ذكرها الكاتب في الرواية:

" في سنوات معينة – سنوات منطبعة بحد السكين في ذاكرتي وقلبي – كنا نعاني من الجوع الشديد والفقر – قيل حينما إن العالم كله كان يجتاز أزمة اقتصادية – غير أنه في حقيقة الأمر لم يكن العالم هو الذي يجتاز الأزمة – ولكن – العائلة – عائلتي أنا – لذلك كان أبي يعود بأي شيء يستطيع أن يملأ البطن حتى ولو كان براز بعض الحيوانات – وكان من العسير والصعب والعثور على الخبز - لم أكن أعرف شكل الخبز الحقيقي الذي أصبحت فيما بعد لا أعبأ به وهو أمامي في مطاعم فخمة أو عادية – كنا نأكل أي شيء – نبات غرنينش مثلا – أو الحميضة التي تخلط مع البقولة – باختصار نأكل أي شيء – أي شيء."[١٥٣]

ومن هذه الناحية، وجد "محمد" صدى مشترك مع صديقه في الفصل الأول، فهو موضع الفقر الذي يعانيه الشعب والبؤس الاجتماعي الذي يبقى في المغرب.

-- "حركت قدمي وتذكرت كل ماضي السيئ الذي عشته واحدا مثل الملايين في قرى قذرة منتشرة في جبال الأطلس أو جبال الريف أو سهول الشاوية أو صحراء طنطان المترامية. وتذكرت صوت آلامي الكثيرة التي قصمت ظهري الضعيف."[١٥٤]

إن موقف "محمد" للواقع الاجتماعي والسياسي في المغرب موقف انتقادي، وهو لا يقوم على أساس تحليل بنائي للمجتمع المغربي، بل ينطلق من معاناة البطل الرئيسي وهمومه في حياته الذاتية، فما دام هناك فقراء، و"محمد" واحد منهم، وما دامت هناك مجاعة يعانيها وبحث عبثي عن العمل، فإن المجتمع المغربي مجتمعا غير إنساني. "إذا كان في هذا الموضع يصور البؤس الاجتماعي العام في بلده، ويصور معه معاناته الذاتية، فإن الكاتب يجعل بطله يتحدث عن فقر عائلته أيضا وما كانت تعانيه من جوع وما كان يعانيه هو من خوف ورهبة في وسطه الأسري

المتفسخ."[155] وبسبب الفقر والجوع، أصبح المرء يتمسخ ويفقد الإنسانية، حتى لا يتورع عن القتل من أجل نصف درهم.

"فهو يعرف حتى تلك الأزقة المطلمة في الدار البيضاء التي تعثر فيها الشرطة على جثة إنسان مقتول من أجل نصف درهم لا غير."[156]

وبالإضافة إلى ما عرضناه سابقا، قد فقد المجتمع المغربي أخلاقه الأساسية، حتى في الحرم الجامعي النقي: "الجواب سهل. في الجامعة، الأساتذة مكبوتون. يأخذون كل الفتيات إلى غرفهم أو إلى الأوتيلات مقابل أن ينجحن في نهاية السنة... لذلك تجدون أن كل الطلبة يتهافتون على الدكتوراه حتى يصبحوا أساتذة في الجامعة، ليس حبا في العلم لكن حبا في الفتيات الضعيفات المعقدات."[157]

أما بالنسبة للبطل "محمد"، رغم أنه متفوق في الدراسة والتعليم، لكنه ما زال في البطالة، ويبني أمله وأمنيته على أساس الحلم والتخيل. "الحقيقة أني أعرف أشياء كثيرة، متنوعة، طريفة وغريبة... العمل؟ أين العمل؟... صحيح أن كل الكتب التي قرأته ولم يقرأها "جروج" و"ألان" تجعلني ألعب دور الوسيط فقط بين البائع والمشتري...مهما يكن فإنهما... يبنيان عالمهما في الواقع، بينما أبني أنا عالمي – في الحلم. والحلم، كما تعرف، ينهار."[158]

من هنا من خلال ما حكى لنا البطل الرئيسي "محمد" وصديقه، يمكننا أن نعرف أنهما معا يدينان الواقع الاجتماعي ويعلنان إفلاسه وانسداد آفاقه، وكان المجتمع يقوم على التفاوت الطبقي، وعلى الاستغلال والقهر. حيث أن كل هذه الأسباب تدفع "الصديق" يبتعد عن واقعه المؤلم للارتماء في أحضان الغرب، فيما يتابع "محمد" تجربة هذا الصديق ومغامرته في بلاد الغرب.

٢-١-٢ الاحتقار من الغرب

يمكننا أن نلتمس أن صديق "محمد" كان ينتقد المغرب ويكرهه بصورة كاملة، بل يمجد الحياة الحرة والمغامرة في بلاد الغرب، حيث كان قائما على اختياره النهائي، أي يفضل على البقاء الدائم في الغرب، رغم بطريقة غير قانونية. أما بالنسبة ل"محمد" فيختلف عن صديقه من موقفه الأساسي تجاه المغرب، حيث يعتقد أن أصله عربي، فحساسيته في الرواية حتى وهو يرتاد الغرب كانت قوية، ولم يكن منهمكا في مغامرته خارج بلاده المغرب بلا أحاسيس عربية. وكل أهميته وحيويته وحبه تجاه بلاده المغرب، تكمن في هذا الجانب الخفي من انتقاده وكراهيته للمغرب.

عندما هرب"محمد" من المغرب إلى الغرب، رغم أنه وتعارف وتصادق على بعض الأوروبيين وتفوق على بعضهم ثقافيا وعلميا، ظلوا يعتبرونه إنسانا من الدرجة الثانية. هذا التميز يظهر عنصرية الأوروبيين، فمحمد إنسان متخلف لأنه من أصل عربي وينحدر من بلد متخلف، هذا البلد الذي هو المغرب، ويمكننا التلمس هذا من خلال الحوار التالي:

"- قال ألان: نأخذها إلى البلاج، ونتعاقب عليها.

- قال جورج: نحن من الأمام والعربي من ...

- قلت لجورج: هيه! هل تعتقد أني أبله. الفتاة لطيفة ولا تستحق ذلك.

- قال ألان: إنك أكثر من أبله. وماذا يفعل العرب الذين في باريس؟"[١٥٩]

إن العلاقة بين "محمد" وصديقيه الفرنسيين "ألان" و"جورج" لم تخل من التوتر والكراهية المتبادلة ذات الجذور الدفينة التي يمكن ربطها بالعلاقة بين المجتمعات المتخلفة وعقلية بعض الأوربيين المتعالية، لذلك لم تكن علاقتهم علاقة صداقة ودية وعادلة.

كان "محمد" يعرف تلك العنصرية جيدا، ولكنه حاول أن يهملها وينساها، هذه اللامبالاة من طرف البطل كانت محاولة منه لنسيان وتجنب مشاكله الشخصية. فكان يتبع

صديقيه الفرنسيين "ألان" و"جورج"، حتى يشاركهما في تهريب المخدرات. ومن جانب آخر، كان يعبر عن غضبه واستيائه منهما، بسبب أن "ألان" يحقر العرب، حتى في مرة أخرى يعبر عن غضبه بالضرب ويبتعد عنهما عندما أثار "ألان" حساسية عنصرية ضد العرب.

عندما وافق "محمد" على المشاركة في تهريب المخدرات من المغرب إلى أوروبا، لم يثق به "جورج"، بل اتهم "محمد" بالغموض وكثرة الحساسية والشرود وهى أشياء ينبغي ألا يتصف بها المغامر: "إنك كثير الحساسية أنت لا تصلح لأشياء مثل هذه... إنك تشرد كثيرا، ليس ذلك من علامة النجاح."[١٦٠] ثم قال "ألان" ل"جورج": "جورج لا تغامر مع هذا العربي، إني أعرفهم جيدا... ثم قال في غضب: حشرات!"[١٦١] يصف "محمد" بعد هذا: "لم أشعر فضربته على وجهه بلكمة. ألقيته وسط الحرج، ورأيته ملقى وسط الحشائش وهو يضع كفه على وجهه."[١٦٢] أخيرا، ذهب "محمد" معهما إلى طنجة بأحاسيس التردد وشدة الشرود، وفشل في العملية الأولية، وانتهت مغامرة "محمد" نهائيا باختفاء "جورج" و"ألان".

عكست علاقة الصداقة بين محمد والأوروبيين للقراء مدى تمسك البطل بهويته وعروبته. إذ نجح في تمرير صورة "الآخر الغربي العنصري". فمحمد من خلال الأحداث دافع عن كل شخص عربي بوعي وبدونه وواجه الاحتقار وازدراء الأوروبيين من أصوله. وبالعكس أبرز محمد أن هناك تنتشر العنصرية والقمع، وينظر الأوروبيون إلى العرب بازدراء، وكل هذه الظواهر تزيد ألم البطل روحيا وجسديا.

٢-٢ صورة الغرب

من خلال تحليل الرواية، يمكننا أن نحس بأن البطل الرئيسي "محمد" يحب الحياة في الغرب ويتلذذ بمغامراته هناك، وفي نفس الوقت يكره نفسه وينتقد تجربته في بلاد الغرب. إن الغرب

مصدر الشقاء وهو أيضا مصدر الأمل والتحرر، فيرينا الغرب مرحلة إنسانية: اللذة والتهريب، والعنصرية، والاستغلال. كما تتناول الرواية جانب الاستلاب وجانب الانبهار بالغرب، إضافة إلى طرح التفكير على الارتماء في أحضان الغرب والخضوع له، فالمسألة متعلقة بنوعية التعامل مع الغرب، فيما يلي سنحاول تأويل جانبي البطل الروائي تجاه الغرب.

٢-٢-١ المجد

إن الغرب بالنسبة لجميع الدول المتخلفة التي تربطها به علاقات تاريخية، يعتبر جزءا من كيانها الذاتي، لهذا يصب موضوع إثارة قضية الغرب عملية مشروعة وقائمة في صلب إشكالية الواقع الاجتماعي الوطني. فتتناول هذه الرواية جانب الانبهار بالغرب وانغماس الإنسان فيه بعديد من الأشكال، فتنطلق الرواية من حكاية الصديق ومغامرته، حيث من موقف انتقادي للوضع الاجتماعي في المغرب، ومن موقف تقدير كامل لبلاد الغرب، "إننا محظوظون في أوربا أكثر مما نحن عليه هنا في الدار البيضاء."[١٦٣] وذلك منطلق من ثلاث نقط: أولها نقطة إشباع الرغبات والحاجات الذاتية: "آكل وأشرب، وأرتدي أفخر الثياب وأنكح أجمل النساء."[١٦٤]

"لكني كنت متيقنا من شيء، وهو أنه نفخ في روحا جديدا، حتى كنت راضيا عن نفسي."[١٦٥]

وثانيها نقطة التحرر من كل المسؤوليات الاجتماعية: "إني لا أقبل وظيفة هنا في الدار البيضاء حتى لو تقاضيت ألف درهم، لأني هنا أشعر بأن إنسانيتي مفقودة. ولكن هناك (أي في أوربا) تستطيع أن تصير ما شئت."[١٦٦]

وثالثها نقطة اللاانتماء: "أنا لست ثوريا ولا أي شيء، لا أعرف شيئا من هذا."[١٦٧]

إن صديق "محمد" في الفصل الأول هو مثال نمطي للشخصية المهوسة بالغرب، والتي

تقترح سلوكها كنموذج للاحتذاء، "هذه الشخصية النمطية المنسلخة عن الواقع الذي انحدرت منه، والمفجرة لكبتها الاجتماعي والسياسي والأخلاقي في بيئة غربية وبوسائل غير إنسانية، هي صورة مقاربة لشخصية "عمر" في رواية "الغربة"، ولكنها أكثر انحلالا وتفسخا منها. وهى نموذج يضع نفسه كاختبار أمام البطل الأساسي لرواية "المرأة والوردة". [١٦٨] لذلك نرى هذا الصديق يحث البطل الرئيسي "محمد" على المغامرة والبقاء الأبدي في بلاد الغرب.

-- "إذا أتيت إلى هناك فمر بي ستجدني في أمستردام وسأقدم لك أية مساعدة، يجب أن تفكر في بناء المستقبل. لا شاب مثلك يحمل أفكرا مثل أفكارك لن يكون له مستقبل إلا هنا. لا في الدار البيضاء ولا في طول المملكة السعيدة وعرضها. إني أنصحك كصديق أن تركب المغامرة. لا تخف. كن شجاعا." [١٦٩]

وبالفعل قد وجد "محمد" نفسه أمام رغبة أكيدة في أن يجرب المغامرة التي ذكرتها وجرّبها صديقه في الغرب. حيث يسمح له بلاد الغرب بالتحرر من المشاكل والمسؤولية في بلاده المغرب، ويوفر له جميع الإمكانية لإشباع رغباته الذاتية، فأصبح الغرب أفضل مكان للاستقرار واللجوء.

فكان "محمد" ينغمس في اللذة الجسدية والرغبة الذاتية: الجنس والخمر والمخدرات، حيث يشعره بأنه سعيد في حياته: "سوز، والحب، والجنس، والخمر. جميع آلهات اليونان أصبحت أمامي: ديونيزوس، وأنا أيضا له. سأسمي نفسي: محمدوس، اله هذه الأشياء جميعها. لماذا الموت وأنا أشم رائحة عدن، بل أعيشها؟" [١٧٠]

إن هذه اللذة الذاتية حقيقية وواضحة له، فيقول: "لكن ذلك لا يعطي لذة. فاللذة الحقيقية هي لذة الحواس. وعدن عدن الحواس لا عدن الخيال والحلم." [١٧١] فأصبحت فلسفة اللذة تتجلى في سعي البطل للحياة. "ولا شك أن هذا المفهوم للذة هو وليد المجتمع الاستهلاكي الذي يجعل قيمة الأشياء – حتى المعنوية منها – فيما لها من مظهر حسي من شأنه أن يحدث اللذة أو

المنفعة."[١٧٢]

من هنا يمكننا أن نعرف لماذا البطل الرئيسي "محمد" ينغمس في الحياة في الغرب، ويقدر الحب والحرية والمستوى الحضاري العام هناك، فيكون السبب الأول هو تجنب والابتعاد عن مشاكله الشخصية، أي المشاكل السياسية والاقتصادية والاجتماعية في بلاده المغرب؛ السبب الثاني هو إشباع رغبته الذاتية، أي الجنس والخمر والمخدرات التي يشعره بأنه وصل إلى قمة السعادة.

٢-٢-٢ النقد

لم يكن البطل الرئيسي "محمد" يميل إلى أحضان الغرب كما فعله صديقه في الفصل الأول، بل كان يتعامل مع الحضارة الغربية من جانبين: جانب الحب الذي ذكرناه سابقا، وجانب النقد الذي كشف لنا نقط الإنساني والعنصري والظلم في أوروبا التي تحتوي على الجنس والخمر والمخدرات والجريمة.

في الفصل الأول، حكى لنا "محمد" الحضارة الغربية المزيفة في أوروبا بلسان صديقه:

"هنا تسيرنا أقلية بيضاء من المغامرين والقوادين وبائعي نسائهم فيبنون الشركات ويستثمرون الأموال... لا مكانة لك أو لي هنا في هذه المدينة الكبيرة إلا إذا كنت ذا بشرة بيضاء وتتكلم الفرنسية بطلاقة الباريسيين... هؤلاء الشرطة أميون جهلة، قادمون من البادية، تحولوا من مكانهم وراء الماشية والإبل إلى مكان آخر وراء الشعب يرفسونه ويذلونه."[١٧٣]

من هنا يمكننا أن نعرف أن الحياة في أوروبا ليست سهلة وبسيطة كما قال صديقه، أحس الناس بالاغتراب مثلما كانوا يحسون به في بلادهم، والغرب ليس جنة لهم كما قال السابقون، بل عالما تنتشر فيه الجريمة. كان "محمد" يصادق شخصيتين فرنسيين "جورج"

و"ألان"، هما يمارسان اللصوصية من قبل، ويدفعاه إلى تهريب المخدرات من المغرب إلى اسبانيا، هما أشد تدهور من الناس من الدول المتخلفة. "ان الغرب هنا يعرض نفسه على البطل في وجه سيء، ويستحثه على خوض المغامرة والدخول في عالم الانحراف الذي ولده الغرب نفسه، كنتيجة لتحكم القيم المادية فيه."[١٧٤] لذلك، عندما التقيا بفتاة انجليزية غنية، قررا سرقتها من أجل الحصول على النقود، ولكن البطل "محمد" يرفض بحدة. في الحقيقة، إنهما نموذجان لصورة أوروبا بالنسبة لبطل الرواية.

-- "قلت: لا أوافق... إنها طيبة ولا تستحق ذلك. وقال جورج محتجا: أنت لا تصلح لنا إذن. ماذا نأكل وبأي شيء نذهب إلى المرقص ونجلس في المقهى. إنها غنية وتستحق ذلك. كل الأغنياء يستحقون السرقة. قم أنت باستدعائها للرقص وأنا سأهتم بالحقيبة عندما تسكر."[١٧٥]

رغم أن "محمد" رفض اقتراحهما، ولم يستوجب لرغبتهما، لم ينصرف عنهما، أما في مناسبة أخرى، وافق على المشاركة في تهريب الكيف من مدينة طنجة إلى أوربا. لأن "محمد" بدأ يدرك أن الفلوس مفتاح الحياة في الغرب، إنه مقياس لكرامة الإنسان، إنه كل شيء، وبدونه لا يعني الإنسان أي شيء. حيث تتناول الرواية روح القيمة الغربية المنتشرة في مجتمع الاستهلاك الذي يقاس فيه الإنسان بقدر ما يمتلئ جيبه من المال.

"لكن جيبي أقوى من نفسي. الجيب يعطي معنى لحياة الإنسان. وأكثر من ذلك، فالجيب هو الكرامة وهو الاحترام، هو الوضعية وهو المعنوية... عندما فتشت في جيبي لم أجد أنه يستطيع أن يعطيني كرامة أكثر. كرامتي إذن محدودة. لا أستطيع أن أتحرك إذا لم تتحرك يدي في جيبي."[١٧٦]

لا شك أن هذا المفهوم لقيمة المال هو نتاج لا مفر منه للمجتمع الرأسمالي الذي جعل

قيمة الأشياء حتى كرامة الإنسان تقاس باحتياطي الأموال والثروة ولا غيرها. ولكن يدور الصوت الثاني المخالف للأول في أذني البطل: "ظلت تلك الأخلاق الخاصة المتخيلة موجودة فقط في الكتب مثل "الشريف هو شريف النفس". و"الحكيم هو من تجاوز ترهات الدنيا"."[١٧٧] فأبرز الكاتب التناقض النفسي تجاه الفلوس من خلال المونولوج الداخلي ليعبر عن توتره وفقدانه في العالم الغربي. أما في نفس الوقت فإن الأوروبيون ليسوا حضاريون كما يتظاهرون ويدعون، بل يفعلون من أجل الحصول على المال مثل الناس من الدول الأخرى، كما قالت صاحبة الفندق:

"-- لا تكن مغرورا يا وليدي. أولئك لا يصادقون أحدا. أعرفهم جيدا. هم ليسوا سوى جماعة من اللصوص. لطالما هربوا دون أن يدفعوا لي ثمن الليالي التي قضوها هنا... كلهم كذلك. كل واحد شعرها طويل هو لص أو قاتل... أقول ليست معهم صداقة. أولئك المشعكوكون."

كما تتناول الرواية المغامرة الجنسية عند البطل الرئيسي "محمد" في الغرب، بما فيها التجربة مع فتاة ألمانية تسمى ب"باربارا"، حيث مارسا الجنس في الحشائش، ولكن تلك الممارسة لم تعط له انطباعا جميلا، بل بالعكس، تركت له انطباع الخوف والوحش: "أخذت تحدث بفمها صوتا حيوانيا قريبا من بعض الطيور... تمددنا عند جذع شجرة- رفعت روبها إلى بطنها وتخلصت من بنطلوني – بدأنا نفعل مثل الآن – مثل الحشرات."[١٧٨]

بالإضافة إلى ذلك، ذكرت الرواية مرات عديدة أن الإنسان تحول إلى حشرة، فأصبحت ممارسة الجنس بهذه الطريقة الحيوانية اللاإنسانية، حيث يدل على أن الإنسان في مجتمع الاستهلاك قد فقد الصفات الإنسانية. أما تجربة البطل في ممارسة الجريمة، فقد كشفت أيضا جانبا آخرا من جوانب شخصيته، وهو يتعامل مع الغرب في أبشع أخلاقياته. "والتفكير في تهريب المخدر لا ينبغي أن يؤخذ كقرار أو كاختيار، أو على أن البطل قد اندمج في لعبة الغرب أو ضاع فيها، لكن على العكس من ذلك إن الرواية تكشف من زاويتها الخاصة صلابة متجذرة

في أعماق البطل تعارض بحدة لا شعورية كامنة، سلوك الغرب الشاذ الذي يعرض نفسه للاحتذاء."[١٧٩]

من هنا نستطيع أن ندرك أن كل هذه الأفكار والمواقف ضمن التجربة العامة التي كان البطل يخوضها في الغرب، هي تجربة لا تسير في اتجاه واحد، بل تنقسم إلى جهتين متناقضتين: الحب والنقد، التقريب والتبعيد، لذلك فقد "محمد" نفسه، ولا يعرف اختياره النهائي.

إذا ندرس مستويات التفكير الإيديولوجي في العالم العربي، نجد أنها ترتبط غالبها، مهما حاولت إخفاء ذلك، بأنماط التفكير الغربي. "إن أية رؤية إيديولوجية عربية، لا بد وأن تكون مرتبطة بالضرورة مع بعض ملامح الإيديولوجية الغربية، لأن الفكر الغربي بشتى أنماطه ومستوياته موجود فينا. ولذلك ففهمنا حتى لذواتنا يمر غالبا عبر قناة الفكر الغربي، ولا يلبث بعد هذا أن يتوضع في نسق التفكير الوطني."[١٨٠] وخصوصا ان المغرب كانت دولة استعمارية لفرنسا لمدة تزيد عن نصف قرن، فتتأثر بالحضارة الغربية تأثرا كبيرا، نظرا لاعتبارات جغرافية وتاريخية، فظهر بعض الروائيين المغاربة الذين اتصلوا بالأدب الغربي والأدب الشرقي، واستغلوا أقلامهم في التعبير عن أفكارهم ونظراتهم تجاه العالم والمشاكل الاجتماعية والسياسية.

إن البلدان النامية تتصل بالغرب بشكل متين، تدخل طريقة التفكير الغربي في مجال الفكر العربي وتؤثره في إطار شمولي. فإن الفكرة الأساسية التي نستخلصها هي أن الغرب قوة الحضور الكبيرة في نطاق الفكر العربي، وأن الغرب ليس ذا وجه واحد فحسب. "إن وضع إشكالية العلاقة بالغرب وإثارتها في الأعمال الروائية المغربية لا ينبغي أن يفسر دائما بأنه استلاب من جهة الغرب. إن مثل هذا التفكير يبقى أسير رؤية ضيقة وأحادية الجانب ترى في الغرب دائما تجاها واحدا. إن الغرب ليس عالما متجانسا." لذلك لا نستطيع أن ننظر إلى حضارة الغرب من جانب واحد، أو نقع في موقفين إما الانتقاد المطلق للغرب، وإما الارتماء الكامل فيه، لأن الغرب متعدد

الوجوه.

٣- الأسلوب الفني في الرواية

قد ظهرت الأساليب الفنية الجديدة في رواية "المرأة والوردة" ل"محمد زفزاف"، فرأيناه يستغل التقنيات المختلفة، بما فيها المسخ وتكرار الجمل والحلم والوهم... مثل التي يستخدمها الكتاب الغرب المشهورون في القرن العشرين، مثل "كافكا" في كتابه "المسخ" و"ماركيز" في كتابه "مئة عام من العزلة"، حيث تحضر العنصر الغربي في كتابة هذه الرواية كهاجس ملح انعكس ظاهر أيضا على تقنيات التعبير، كما كان الكاتب يتلاعب بالتراكيب اللغوية من أجل التعبير عن المضامين المختلفة بالأساليب الفنية الجديدة.

٣-١ المسخ

جردت حضارة المجتمع المغرب الفرد من صفاته الإنسانية والاجتماعية فحولته إلى كائن يسعى وراء كل ما هو مادي وهذا ما عبر عنه الكاتب في هذه الرواية باستعمال أسلوب المسخ هذا الأسلوب الفني الذي يعبر عن شعوره القوي تجاه الحضارة الغربية.

"صرنا أنا وسوز حشرتين كبيرتين صخمتين. ولكي لا يبقى هناك نشاز أخذنا نضحك ونتفرج على الفترينات ونتبادل الرأي في معروضاتها. وقعنا مع الحشرات أيضا أمام السلف - سيرفس. رأينا الحشرات تدخل، تدفع عربات صغيرة، ذات سلاسل معدنية. تملأ الحشرات السلال وتمر قرب الفتاة الرابضة وراء آلتها الحاسبة. قالت سوز وقد تحولت إلى حشرة كبيرة ضخمة."[١٨١]

جاءت فكرة المسخ لدى الإنسان القديم من الأسطورة والخرافة التي ترتبط بعقاب الإله،

حيث يحول الإله الإنسان الذي ابتعد عن كل ما هو روحي إلى نوع من الحيوانات، أي يعقب الإنسان المخطئ، أما من بداية القرن العشرين، استخدمت هذه الفكرة في الأدب الأوروبي المعاصر، وخصوصا في مجال كتابة الرواية. "بدءا من القرن العشرين على يد بعض الروائيين دون الاحتفاظ بالطابع الخرافي الذي كان يلف فكرة المسخ. فإذا كانت الإلهة في الأساطير القديمة هي التي تنزل عقابا من هذا النوع على الأشرار من أهل الأرض، فإن الأديب المعاصر ينزل هذا العقاب الوهمي على أبطاله المنبوذين وسط مجتمع يرفضهم أو يرفضونه، وكثيرا ما يجعل المسخ ينسحب على جميع الناس والأشياء."[١٨٢]

"صمتنا وأصخنا السمع للصوت المنبعث والموسيقى الغريبة. التقت أصابعنا وأخذنا نسمع فتحولت الموسيقى إلى صوت حشرات بدأت تقفز فوق بعضها البعض وتتهامس. انتشر الدفء في جسد الحشرات. أخذت الحشرات تفعل كل شيء مثل الإنسان على نغمات موسيقى خارج النافذة وراء ستائر سوداء وداخل غرفة تؤدي إلى غرفة أخرى ومطبخ."[١٨٣]

إن "كافكا" كان من أبرز الأدباء السرياليين في ذلك الزمن، وفتح شباكا جديدا في خلق الأساليب الفنية الكتابية، وكانت الرواية "المسخ" ذات قوة الانعكاس الكبيرة في الكتابة الأدبية المعاصرة. إضافة إلى ذلك، كما تركت فكرة المسخ تأثيرات كبيرة على الأدب المغربي، خصوصا على الأدباء المغاربة الذين كانوا يتصلون بالغرب.

كان الكاتب محمد زفزاف من هؤلاء الأدباء، وقد استفادت رواية "المرأة والوردة" من النماذج الروائية الأولى التي شهدت فيها الأساليب الفنية للرواية الغربية المعاصرة، وإضافة إلى ذلك، هي رواية تبرز أسلوب المسخ لتظهر صفات الإنسان في المجتمع.

"تخيلت أن كل الناس الآن قرود لأنهم لا يستطيعون أن يفهموا بعضهم البعض إلا بالحركات."[١٨٤]

"نظرت بكل إحساسي إلى أذني ألان اللتين ظهرتا لي مثل غلاصم السمك البوري. إني كثير الخيال وتخيلته سمكة تضرب بذيلها ماء النهر العكر فيطير في الهواء ويستقر في النهاية ليعاود مجراه إلى حيث لا يدري أحد."[١٨٥]

هرب البطل الرئيسي "محمد" من بلاده إلى أوروبا من أجل الحرية النفسية وإشباع الرغبة الذاتية، ثم فقد نفسه في العالم الغربي، إن هذا الضياع جعله ينظر إلى الناس من جانبه يتحولون إلى حيوانات مختلفة، حيث يعبر البطل عن إحساس الغربة الذي ينتابه ويسيطر عليه مثلما كان يحس به في المغرب، مهما يذهب، لا يستطيع الهروب من الاغتراب. هناك مثل أخر يوضح هذا الشعور:

"وجوه يبدو عليها أنها من تاريخ غير تاريخي، ومن منطقة مهما قيل عنها فهي ليست منطقتي. ثم عاد خيالي لنشاطه. وتصورت من جديد أن لهؤلاء الناس غلاصم مثلما للأسماك. وتخيلت هذه الأسماك مربوطة من غلاصمها إلى حبل. كانت الصورة مضحكة ودرامية في نفس الوقت."[١٨٦]

رغم أن البطل "محمد" في الغرب، لا يعني أنه انسلخ كليا عن تاريخه، وبالعكس، عندما يجد نفسه وسط الناس، يزداد الشعور بالوحدة والعزلة والاغتراب، وبذلك يتضخم تفرده ويطفح بالحقد على الجميع الذين يحيطون به، فكان يصورهم إلى أسماك أو أشكال الحيوانات الأخرى. "إن تقنية إضفاء الصفات الحيوانية على الإنسان من الوسائل الفنية التي استخدمها الكاتب لإظهار مدى انحطاطي الناس الذين كان يتعامل معهم البطل ومدى احتقاره لهم...وهذا ما يزيدنا تأكيدا بأن الكاتب لم يجعل بطله يرتمي في أحضان الغرب مقدسا إياه بقدر ما كان يتعامل معه على مستويين، مستوى الانبهار ومستوى الاحتقار."[١٨٧]

إن الأساليب الفنية البارزة التي استعملتها الرواية هي طريقة المسخ، وهى وسيلة وظفها

الكاتب من أجل تصوير حالة البطل الرئيسية والعالم الذي يغرق فيه، والتعارض بين الحضارة الشرقية والغربية، ومسألة الاغتراب الذي يحس به الإنسان في مجتمع الاستهلاك. فاختار الكاتب هذا الأسلوب الفني في تكوين الرواية ليظهر لنا طبيعة العلاقة التي تربط البطل بالغرب.

٣-٢ التعبير اللغوي

منذ بداية السبعينيات من القرن العشرين، تجددت العلاقة بين المغرب وأوروبا وخصوصا فرنسا، هذه التغيرات انعكست جليا على الأدب، فإن عالم الغرب لم يتسرب إلى أفكار الكتاب وتصورهم لقضايا المجتمع فقط، بل دخل أيضا إلى اللغة التي كتبوا بها. إن الرواية "المرأة والوردة" نموذج روائي في هذا المجال، يمكننا أن نجد بعض الأمثال اللغوية لتأكيد هذا الملمح الغربي في الكتابة.

"تنمو الحشرات – تزداد وتتكاثر دون أن تشعر بذلك – في كل مكان تتوالد – موجودة دون أن يكون لها اختيار – ولكن ما تفعله طريف – طريف جدا – لا تضايقنا – غير أني لا أعرف إذا كنا نضايقها – تتكاثر – تتكاثر وتزداد في كل مكان – مكان."[١٨٨]

كان الكاتب يتلاعب بتكرار الكلمات الواضحة المألوفة ليعمق اشتراك القراء، واندماجهم في المشهد. "إن اللعب بالكلمات هنا يعتبر استغلالا واعيا لإمكانيات التعبير اللغوي وطاقاته اللانهائية على التحول وإخصاب عدد من الدلالات المختلفة انطلاقا من وحدات متقاربة فيما بينها."[١٨٩] كان الكاتب يستغل طريقة التعبير اللغوي هذه في شتى الأمكنة في الرواية، هنا نعرض نموذج آخر من تكرار الكلمات، حيث كان الكتاب يريد أن يصور لنا اندماج "محمد" في الزحام واكتئابه في العالم الغربي.

"مشيت وسطهم ومشيت وسطهم. وأيضا، مشيت وسطهم. كذلك، وسطهم مشيت.

ومشيت فخف الزحام."[١٩٠] اختار الكاتب التعبير بهذه الطريقة المعقدة بدلا عن جملة بسيطة: "مشيت طويلا وسط الزحام."، لها معنى عميق وتأثير كبير على أسلوب الكتابة. "مثل هذه العبارة التي افترضناها تعتبر مألوفة ومستهلكة، وهي لا تحمل شحنة كافية مؤثرة لمعاناة المشي وسط الزحام، مثلما يحمله التعبير الذي استخدمه الكاتب، وهي شحنة صادرة بكل وضوح عن تلك التكرارات، والتغييرات والإضافات البسيطة على امتداد المنظومة اللغوية التي تتكون منها هذه الجمل القصيرة المتتالية."[١٩١]

من التأكيد أن مثل هذه الجمل المتكررة المألوفة لها تأثير كبير على القارئ المتلقي، فتكرار الكلمات يعكس لدى المتلقي مختلف مشاعر وأحاسيس البطل وعلى سبيل الذكر شعوره بالحزن. وإضافة إلى هذا، فإن كل تكرار يحمل إضافة إلى المعنى الذي تتضمنه الجملة الأصلية. "فالتكرار الأول نعني الاستمرارية والمعاناة في المشي وسط الناس، والتكرار الثاني يصعد درجة المعاناة والاستمرارية في القيام بالفعل... والتكرار الأخير يشير إلى ذروة المشي مع انتفاء الزحام. وهكذا فالكلمتان المكررتان في عدد من الصيغ السابقة لا تحملان معنى واحدا، ففي كل حالة تضفيان على الجملة حسب السياق الذي وضعتا فيه، وحسب ترتيبهما في الفقرة، معنى جديدا، أو تعملان على تقوية المعاني السابقة."[١٩٢] فإن النموذج السابق يعتبر مثلا واضحا لخصائص اللعب بتكرار الكلمات.

الجدير بالذكر أن كلمة "عدن" التي تكررت مرات في الرواية ذات معنى خاص، يبدو أن الكاتب يراوغ القارئ المتلقي، لم يستعمل التراكيب التقليدية المألوفة للتعبير عن شعور البطل "محمد"، بل يستغل أسلوبا جديدا من تكرار الكلمات. نقرأ هذا النموذج من الرواية:

"عندما استرخيت فوق الكرسي أمام فنجان القهوة، شعرت بسعادة حقيقية. كانت عدن أمامي جاهزة حاضرة في فنجان القهوة، وفي صحن فنجان القهوة وفي قطعة السكر المتبقية.

ورأيت عدن فوق الورقة التي تلف قطعة السكر المتبقية. قرأت على الورقة "قهوة ديبوا". ثم تحولت الكتابة إلى شيء آخر: "قهوة عدن" ثم "عدن ديبوا" ثم "عدن عدن" ثم "عدن".[١٩٣]

تكررت كلمة "عدن" سبع مرات في هذه الفقرة، وهى تحيل على مدينة عدن، عاصمة اليمن التي تمتاز بحضارة عريقة وتشتهر بالقهوة العربية الأصلية. إذن كان البطل الروائي "محمد" يعيش لحظة من لحظات "عدن"، ويحس مؤقتا بالسعادة الحقيقية، وكل تلك الأشياء الصغيرة التي كانت تظهر أمامه تدركه بشكل واضح الوقت السعيد. حيث استغل الكاتب هذه الصيغ اللغوية التي تتناسخ وتتوالد من أجل إقناعنا بأن كل ما أحس به البطل كان حقيقيا بسبب وجود الكأس والورقة.

"فالأصل (ع.د.ن) مدينة وجنة، وقهوة في آن واحد، لكنها أصبحت في النهاية (عدن) التي تقف في مواجهة (ديبوا)، ثم تقلصت (ديبوا) تدريجيا لتتوحد على مستوى الشعور العميق في (عدن)، مبرزة العلاقة المتوترة بين الذات والآخر، على مستوى المعجم والتركيب اللغوي متلاحما مع التركيب السردي والدلالة العامة للنص."[١٩٤]

إضافة إلى ذلك، إن كلمة "عدن" ذات معنى ديني أيضا. "كما تحيل نفس الكلمة على "عدن" التي ورد ذكرها في القرآن في عدة آيات منها. (جنات عدن يدخلونها ومن صلح من آبائهم وأزواجهم وذرياتهم، والملائكة يدخلون عليهم من كل باب سلام عليكم بما صبرتم، فنعم عقبى الدار). (سورة الرعد). لقد كانت الشخصية تقرأ كلمة "عدن" في كل شيء... متجاوزة كلمة "ديبوا" المكتوبة في الأشياء المذكورة. تحت تأثير الرؤيا الفنية، ومرت بعد ذلك بعدة مراحل قبل أن تستقر في وضعها النهائي. هنا في المرأة والوردة، تشير (عدن ديبوا) إلى حالة التوتر النفسي للبطل، ملمحة بذلك إلى بداية تحوله من سلوك إباحي إلى شعور غامض وعميق، متفتح على قيم دينية لذلك ربما نسمعه لأول مرة يتحدث في نفس السياق عن شعوره بسعادة

حقيقية."[١٩٥]

استعمل الكاتب طريقة التعدد اللغوي وعملية المزج بين مفردات الجملة للتعبير عن أدق المواقف، هي طريقة تقوم على التوليد والاشتقاق والتفكيك اللغوي، وهى أكثر تعقيدا ولكنها أكثر إقناعا من الطريقة المباشرة في التعبير، رغم أن ذلك قد يؤدي إلى تعطيل الحوار، سنرى من خلال الحوار التالي الذي يدور بين "محمد" و"سوز" حول تمثال "دون كيخوت": "— أوه. رائع. دون كيخوتي دي لامانشا. — نعم. — فوق حصانه. — نعم.

بدأت تنظر ثم انحنت بنصفها الأعلى حتى لامست نظارتاها زجاج الواجهة. وقفت وأشارت بإصبعها:

- رائع أليس كذلك؟ ما اسم حصانه؟ - حصان من؟ - دون كيخوتي. — من هو دون كيخوتي؟ - دون كيخوتي دي لامانشا. دي لامانشا دون كيخوتي. حصان دون كيخوتي. —من دي لامانشا دون كيخوتي. حصان دي لامانشا دون كيخوتي. حصان؟ - دون كيخوتي حصان؟ - آه نعم. لا أدري. — سأشتريه غدا. — طبعا."[١٩٦]

كان الحوار يعبر عن جهل البطل للفرد الأوروبي بالبناء اللغوي غير المألوف. "إذ يتمظهر عدم الفهم الذي كان يعانيه بطل "المرأة والوردة" أمام "سوز"، على صورة اختلال في التركيب اللغوي فتتداخل الكلمات وتفقد معناها. وتبلغ ذروة هذا التداخل في المثال السابق عندما أخذ البطل تخلط بين الكلمات ويسيء إلى ترتيبها."[١٩٧] فأصبحت الكتابة في هذه الفقرة أشبه بلعبة أو متاهة.

كان الأدباء مهما أنهم من الشرق أم من الغرب، يلعبون باللغة منذ القديم، أما منذ القرن العشرين، أصبحوا يهتمون بها أكثر من أي وقت مضى، خصوصا في بعض الكتب الأدبية الأوروبية، برزت هذه المتميزات والخصائص. كان الكاتب "زفزاف" واحدا ممن اتصلوا بالغرب

كثيرا، واستفاد من هذه الظاهرة الأدبية وطبقها في الكتابة الروائية، حيث استغل جميع الإمكانيات والحيل اللغوية الجديدة، لتوسيع مضامين الرواية من شتى الزوايا.

٣-٣ الحلم والوهم

اشتغل الكاتب طريقة الحلم والوهم للتعبير عن العالم النفسي الحقيقي والخيالي في ذاته. في الفصل السادس، جرت القصة والمحادثة بين "محمد" و"مرأة الوردة": "تحت السقيفة المنحدرة بشكل هرمي تألفت مجموعة من الأزهار قبالتي. تمتد دوائر خيالية من الرماد، تخرج من مكان لامرئ. المرأة تقف أمام الأزهار وتحدق إلى. يا إلهي! ذاك مجرد حلم... لو أتيح لي تفسير الحلم (أي المرأة البدينة) هي زوجتي. والأزهار الجميلة المتفتحة تحت السقيفة الهرمية هي أولادي."[١٩٨]

كما قدم "فرويد" في "تفسير الأحلام" أن الأحلام هي وسيلة تلجأ إليها النفس لإشباع رغباتها ودوافعها، وهى طريقة للتعبير عن الأنا الأعلى الذي يمثل القيم والمثل، وإذا تكون رغباتها صعب للتحقيق في الواقع، ففي الأحلام، يرى الفرد دوافعه قد تحققت أو شبه تحققت. أما في هذه الرواية، فيُرينا الأنا الأعلى في الحلم العالم الداخلي للبطل "محمد"، ورغباته الأصلية وتناقضه النفسي.

"كما الحلم نفسه، رغبة في الاستقرار والدفء العائلي والتكيف داخل الإطار الاجتماعي بعد موجات الاضطراب والتقلب والتيه والتمرد على النظام التقليدي. وإذا ما رجعنا إلى الحلم نفسه وجدنا من بين عناصره الشكل الهرمي الذي يرمز إلى الدقة والتناسق والصرامة والغموض باعتباره ملجأ وقبرا ومعبدا."[١٩٩]

أما في الفصل الثامن، فكان الحلم يتكرر عندما "محمد" شرب حتى أغرق نفسه ونام على شاطئ طنجة، كان يسرح بخياله في رغباته، ويسيطر الأنا الأعلى في حلمه، حتى يستيقظ تدريجيا

في العالم الحقيقي. كان الكاتب يستعمل الجمل القصيرة الرنانة التي تشبه دقات الساعة، حيث تنقل كلمات الصراع والنزاع بين قوة اليقظة وقوة الإغراق.

"لم أستطع إلى الضجيج المتضخم مباشرة حولي. كان يأتيني كما لو كنت أسمعه في حلم. كان ضجيجا صاخبا مثل يوم القيامة. يوم ينفخ في الصور، آتى أفواجا أفواجا. ورأيت وأنا بين النوم واليقظة صورا هندسية غريبة ليوم القيامة. كانت الأفواج مصطفة هكذا:

فرادى

فرادي

مثنى مثنى

ثلاث ثلاث ثلاث

رباع رباع رباع رباع

رباع رباع رباع رباع

ثلاث ثلاث ثلاث

مثنى مثنى

فرادى

فرادي

كان بالقرب من هذا الشكل، شكل آخر مشابه. وقربه أيضا شكل يشابهه. وهكذا إلى ما لا نهاية من: فرادى، فرادى إلى فرادى، إلى ما لا نهاية."[٢٠٠]

هذا نموذج آخر لتأثر الكاتب بالتراث العربي الإسلامي في روايته، واستفاد من الدين الإسلامية: "فأتت الصورة مطابقة في تأثيثها التشكيلي ليوم القيامة في القرآن: (وعُرضوا على ربِّك صفا) (سورة الكهف)، (وكلهم آتيه يود القيامة فردا) (سورة مريم)، (ولقد جئتمونا فرادى كما

خلقناكم أول مرة)."[٢٠١]

إن الكاتب يحاول أن يبرز التناقض النفسي للبطل الروائي، حيث سعى إلى اللذة الجسدية وضاع في المغامرة الجنسية، فوقع في اللاشعور، هذا من جهة؛ ومن جهة أخرى، الأنا الأعلى يحذره باليقظة، ويذكره بالعقل والنظام. هاتان القوتان المتناقضتان تعذبان البطل "محمد"، وتدافعاته في البحث عن نفسه الحقيقي.

وكان في الفصل الثامن أيضا، رجع "محمد" إلى طنجة، واستعد لمساعدة "جورج" و"ألان" على تهريب المخدرات، ثم أنشأ محكمة تاريخية تحاكمه في وهمه. وفي الحقيقة، لم يكن يتعامل "محمد" مع الوهم، ويحاكم بالقضاء، بل يتعامل مع حضارة غربية. والجدير بالذكر أن "محمد" كان في طنجة، ولكنه تخيل أن المحاكمة تجري في الغرب، في أوروبا، وتعكس الواقع الأوروبي نفسه، ثم ترينا نظام المحاكمة الغربي، وتظهر طابعه الرأسمالي، كما تبرز التواطؤ الموجود بين جهاز التنفيذ القضائي والشرطة القضائية. قال رئيس المحاكمة: "لكن عليك أن تعرف بأن المحاكم الحقيقية لا تنظر في دوافع الأفعال عادة، ولكنها تنظر في النتائج فقط."[٢٠٢] كما قال: "لا تخف. نحن كلنا أصدقاء: المهرب، والشرطي، والقاضي."[٢٠٣]

إن الديمقراطية الغربية وسيادة القانون والقضاء التي يدعوها الغرب ليست تخدم الجماهير، بل تخدم الطبقة ذات الأموال والمكانة، وتخدم الإيديولوجية القاهرة. كما قال رئيس المحاكمة سابقا، فتظهر طابع الظلم الاجتماعي، وبرز الطابع الدكتاتوري، لأن المحاكم تأخذ بالجريمة، أي بالفعل، لا بالأسباب التي تؤدي إليه. إضافة إلى ذلك، أن الغرب يطمس الجرائم التاريخية ويعاقب على الجرائم الفردية:

"ج – نعم، لكن هناك آخرين أجرموا في حقي.

س – هل لديك حجج مادية ضدهم؟

ج – لا.

س – إذن عليك أن تتحمل العقاب كما تحملته آلاف الأجيال من قبلك."[٢٠٤]

في الفصل الأخير من الرواية، كان الكاتب يحاول أن يكشف لنا التناقض النفسي عند البطل الرئيسي "محمد"، كان يصر على البحث عن صديقيه الفرنسيين، والبحث عن حياته الغربية في المغرب من جهة، ومن جهة أخرى، كان يتساءل نفسه عن قيمة الإنسان في مجتمع الاستهلاك، وينقد الحضارة الغربية الباهرة الزافة.

إضافة إلى هذه الأساليب الفنية، كما نلاحظ في الرواية أن الكاتب وظف طريقة العرض السينمائي البطيء في السرد، كما يتضح في هذه الفقرة: "نظرت إليها فوجدتها قد أغمضت عينيها وهي تتنفس برتابة. مدت يدها ببطء شديد وبحذر وهي ما تزال تغمض عينيها. أحسست بكفها دافئة على بطني تحت القميص. أمسكت بعض الشعيرات القليلة التي تمثل حبلا طويلا إلى الصدر. ظلت تفعل هكذا وكان رأسها ثقيلا فوق فخذي."[٢٠٥] يمكننا أن نلتمس من الفقرة السابقة أننا نشاهد الفيلم الصامت، وأصبح المشهد بالحركات والإشارات، حيث يكون أحسن وأجمل من الكلام والصوت. "إن حيوية المشهد نابعة من غياب الصوت وحضور الحركة، وكأن الإشارة أصبحت بديلا للغة والجسد بديلا للفكر. من هنا انتفاء العنصر المنطقي والذهني، على مستوى التعبير اللغوي، وعلى مستوى ردود الفعل الشخصية."[٢٠٦]

الجدير بالذكر أن الكاتب استخدم الأساليب الفنية الغربية في الكتابة، وأصبح حضور الغرب قوة لا يمكن تجاهلها في الرواية. "معنى ذلك أن تحولات المضمون الفكري في عقلية الروائيين تفترض على الدوام تحولات هيكلية عميقة قائمة في بنية التركيب اللغوي والتعبير عندهم. وليس من الغريب أن نبحث عن الغرب في طرق الأداء اللغوي داخل رواية تجعل أحداثها مرتبطة بعالم الغرب مسجلة العلاقة التي تقوم بين المجتمع المغربي والمجتمع الغربي."[٢٠٧] فكان الكاتب

يستغل بنية التركيب اللغوي والتعبير الخاص في تشكيل الرواية، كما يستعمل طرق بعض الأدباء في التعامل مع اللغة اشتقاقا وتوليدا وإبداعا.

٤- المرأة والجنس في الرواية

تبدأ الرواية بعنوان "المرأة والوردة"، إن المرأة كادت تظهر في كل فصل من الرواية بشخصيات مختلفة، أما الوردة فلم تظهر إلا في فقرات محدودة: في الفصل السادس، حيث تظهر في الحلم، "الأزهار الجميلة المتفتحة تحت السقيفة الهرمية هي أولادي."[٢٠٨]؛ وفي حين آخر، تذكر في المونولوج الداخلي: "لماذا لا أصير زهرة؟ ... على الأقل، أصير زهرة لا أحقد ولا أفكر ولا أتألم."[٢٠٩] من هنا يمكننا أن نلاحظ أن الوردة هي رمز الصفات الصافية والكاملة، وهى الحب الحقيقي، حيث ترتبط بالمرأة البدينة، ومن هذه النقطة، إن المرأة هي الوردة.

أما في حين آخر، فتتمثل المرأة في هدف الجنس والرغبة الذاتية، حيث تتكرر مرات في الرواية: "دخلت عارية من المطبخ وجاءت إلى الشرفة. رأيت كل شيء. كنت عاريا فرأت كل شيء."[٢١٠] كما تذكر المشاهد الجنسية مرات في الرواية، فكل هذه يدل على أن المرأة هدف الجنس واللذة الجسدية.

لذلك كانت المرأة ليست هدف الجنس فحسب، بل موضوع مهم يتكرر كثيرا في الرواية، حيث تمتاز المرأة بصورتين متناقضتين في هذه الرواية، أحداهما رمز الحب الصالح النبيه؛ والأخرى رمز اللذة الجسدية.

٤-١ من الجنس الحيواني إلى الحب الحقيقي

إن موضوع الجنس في هذه الرواية يحتل مكانة كبيرة، كما حظي باهتمام كبير من جانب

من يقرؤون هذه الرواية، حيث اختار البطل "محمد" هذه الطريقة للتعبير عن ملذات الغرب وقيمه كبديل عن تفكيره في القضايا الاجتماعية التي تهم بلده الخاص.

في بداية الرواية، ذكرنا "محمد" مشهد ممارسة الجنس بين أبويه، ولم يعتبرها الجنس الإنساني أو الجنس الجميل، بل يصفها مجرد فعل حيواني. "نمنا أنا وإخوتي في الكوخ – وأبي وأمي فوق السرير يطقطقان ويفعلان مثل باقي الحشرات الأخرى – ثم حدث ذلك الشيء الغريب – أصبح الكوخ القصديري مثل غرفة تنفست فيها البوتاغاز – وقف أبي – رأيته في الظلام يفعل ذلك – يفعل مثل الحشرات."[٢١١]

كان البطل يدين ممارسة الجنس بهذه الطريقة الحيوانية، فيتمظهر الجنس في شكل المسخ، حيث تحول الإنسان إلى الحشرات أو إلى كائن حقير، وفقد كل صفاته النسانية مع هذا الفعل الحيواني. بذلك، عندما كبر البطل، قام بالمغامرة الجنسية مع المرأة الأوروبية، ذكر في الرواية فتاتين، إحداهما فتاة ألمانية "باربارا"، والأخرى فتاة دنماركية "سوز". قد مارس الجنس معهما في الخارج، ولم يعتبر ذلك إلى مستوى الجنس الإنساني، بل كان يعتبرها مجرد فعل حيواني كما فعلها أبوه. لذلك، في بداية الرواية كان الجنس بالنسبة للبطل "محمد" يعني اللذة الجسدية، والمرأة عنده مختصر في الهدف الجنسي.

"نزلنا في الصيف الماضي، أنا وباربارا إلى البلاج، كانت السعاة الرابعة ليلا... تتهددنا عند جذع شجرة، رفعت روبها إلى بطنها وتخلصت من بنطلوني، بدأنا نفعل مثل الآن، مثل الحشرات." وعندما فعل نفس شيء مع "سوز"، كان يشعر بنفس الذعر، ويعتبره فعل حيواني بدون شعور إنساني. "صرنا أنا وسوز حشرتين كبيرتين صخمتين...رأينا الحشرات تدخل، تدفع عربات صغيرة، ذات سلاسل معدنية. تملأ الحشرات السلال وتمر قرب الفتاة الرابضة وراء آلتها الحاسبة. قالت سوز وقد تحولت إلى حشرة كبيرة ضخمة."[٢١٢]

الجدير بالذكر، أن مفهوم الجنس في القسم الأول من الرواية مبني على الإدانة والاتهام، وذلك من جانبين: جانب الفعل الحيواني كما ذكرنا سابقا، وجانب من المرأة الأوروبية اللاتي يقصدن الشباب الأفارقة من أجل البحث عن اللذة وإشباع رغبتهن الجسدية.

٤-٢ ما وراء الجنس

سلط الكاتب، خلال فصول الرواية، الضوء على جوانب من حياة الطبقة المهشمة من المجتمع، وبما أن الجنس شكل محورا مهما في أحداث الرواية، استند عليه الكاتب، لكي يكشف لنا صورة من العالم الداخلي لهؤلاء الناس. "فإن الجنس بجميع تلويناته وإيقاعاته وانحرافاته وجنونه، هو السمة المفضلة لديه، خاصة عندما يقترن بالشذوذ والحشيش والعطية والغواية والخمر والفحولة."[٢١٣]

إن "محمد" يعرف موقعه في أوروبا، ولكنه يتظاهر أنه لم يدرك ذلك، وهو سعيد وراض بحياته الراهنة. "سأظل ماشيا وسأخفي رائحة السردين أملك شيئا سوى عضو متدل أنهكته حرب الاستنزاف من أجل لقمة العيش. وبلا حب مثل عاهرة سأمشي وسأوزع البسمات. أقول للعالم اضحك فأنت سعيد. أنا سعيد والناس سعداء. وحتى إذا لم أكن سعيدا فسأتخيل ذلك أو أفتعله."

كان "محمد" ضائعا في عالمه، مهما كان في المغرب أم في بلاد الغرب، لم يشعر بحيويته وقوته إلا بطريقة الجنس، فأصبح ينغمس في مغامرته الجنسية مع المرأة الأوربية. ولكن في نفس الوقت ما زال "محمد" يدرك أنه لا يعني شيئا بالنسبة لهؤلاء النساء إلا موضوع الجنس الإفريقي الغريب الذي يشبع رغباتهن، الأمر الذي يشدد ألمه.

"إن البطل "محمد" عندما كان منغمسا في بلاد الغرب في عالم الجنس والمخدرات، كانت

تنتابه بين الحين والآخر صحوات من الوعي بأنه شخص ضائع حتى في بلاد الغرب. وإذا كان يشعر بأنه مستلب ماديا في الغرب فهذا يعني أنه لم يكن مستلبا على الأقل من الناحية الفكرية لأنه كان واعيا باستلابه، فمغامراته الجنسية الكثيرة والمتوترة لم تكن تعني انحلالا وتفسخا بقدر ما كانت وسيلة من وسائل العيش في أوربا. وهنا يدرك البطل أيضا أنه أصبح حتى في بلاد الغرب بضاعة قابلة للرواج في سوق استهلاكي."[٢١٤]

إن هذه النقطة تتعلق ببعض الأفكار في رواية "موسم الهجرة إلى الشمال" ل"الطيب الصالح" الكاتب السوداني، فكان البطل الروائي في هذه الرواية يقوم بنفس المغامرة الجنسية في بريطانيا، ويتصور أنه بطلا إفريقيا عظيما يخوض معركة جنسية في الغرب، حتى ينغمس في اللذة الذاتية ويفقد نفسه. ويبدو أنه يستغل المرأة الأوروبية ظاهريا، وفي حقيقة الأمر علاقته مع المرأة الغربية ليست علاقة الحب بل علاقة الاستغلال من الطرفين. في النهاية، يرجع البطل الروائي إلى بلاده السودان بعد مغامرته المؤلمة مثل "محمد" في "المرأة والوردة"، عودة البطل إلى بلده السودان عبرت عن تيهه فقد خط العودة إلى الذات. بهذا المعنى يعتبر الكاتب أن الجنس في الرواية ليس فقط غريزة لإشباع النزوات ولكنه الصورة الوحيدة التي تعكس وجودية البطل.

أما في القسم الثاني من الرواية، أصبح شعور البطل تجاه "سوز" يتغير كثيرا، ويتحول ذلك إلى إحساس بالحب، كان ينظر إليها كمنطقته. "شعرت أن سوز، لا كأي امرأة أخرى، تعرف كيف تساهم في إعطاء العالم الحنان والعذوبة والتناغم. وعلى العكس، فبعض النساء اللائي عرفتهم، كن يجعلن العالم يكشر في وجهي فأشعر بخوف وإرهاب. أتقلص وأنزوي وأصير مثل السلحفاة التي تدخل أعضاءها تحت غطائها تجنبا لشر خارجي."[٢١٥]

ثم لم تعد "سوز" امرأة عادية بالنسبة للبطل "محمد"، بل تصبح امرأة خاصة تختلف عن الأخريات، حتى من رائحتها. "فلسوز رائحة متميزة لا كباقي روائح النساء. تتسرب هذه الرائحة

متميزة بليونة ويسر، تتسرب بسهولة وبلا شعور في المسام الجلدية."[٢١٦] إضافة إلى ذلك، تغيرت علاقتهما من علاقة الجنس إلى علاقة الحب والتواصل الروحي، وأصبحت صورتها له خيالية أو غير حقيقية، كما وصف "محمد" إحساسه لها: "أفقد التوتر وأعترف لنفسي أنها صارت حرة. تعيش حرية مطلقة عفوية. تتضخم حريتها وتنمو في الوقت الذي تسقط فيه كل العراقيل التي نماها الماضي، وولدتها تجارب بسيطة ومعقدة في نفس الوقت."[٢١٧]

من هذه النقطة بالذات تنقلب الصورة رأسا على عقب فتصبح المرأة رمزا للحب النقي والهدوء النفسي، وبفضل "سوز" لم يعد الجنس كابوسا ولا هاجسا بل أملا. "فالصور النووية لهذا المشهد تنزع عن المرأة القناع الشيطاني، وتدثرها بالقناع الملائكي، وكل ذلك في انسجام مع التحول الذي شهدته الشخصية الساردة التي أصبحت تعيش في طقوس عبادة ظهرية: الرهبة، الحرية، الحنان، العذري."[٢١٨]

في الحوار التالي تبدو المرأة، وهي تتواصل مع البطل محمد في المجالات الروحية مكافئة للرجل فتطرح أفكارها تجاه الحرب والمجتمع والحضارة الإنسانية، ولم تحصر الجنس في إرضاء الرغبات الذاتية، بل سيصبح قوة الإنقاذ ورمز الإيديولوجية الغربية.

"-- أعتقد أنك لا تحبين الحروب؟

-- لا أحبها.

-- لماذا وضعت في ذهنك صورة محارب؟

قالت سوز وهى تحرك السرير:

-- لكي أغيظك. أعرف أنك العربي والوحيد الذي يرفض الحروب."[٢١٩]

إن العلاقة بين "محمد" و"سوز" أصبحت تتفوق على العلاقة بين الرجل والمرأة، إنه يتواصل معها ليس بهدف الجنس فحسب، بل ليبلغ مستوى روحيا، أي يتواصل معها كما

يتواصل مع الرجال، وفوق الرجال. "لكنه كان يتعامل مع المرأة كإنسان يمكن أن يعبر عن إيديولوجية بلاده، تماما مثل تعامله مع رجال الغرب، فالمرأة، فوق أنها كانت موضوعا لإرضاء رغباته الجنسية نراها تعبر عن أفكارها الغربية أيضا، وتدخل مع البطل في حوار له خلفيات حضارية، يتجاوز إطار الجنس كما يعتقد أولئك النقاد."[٢٢٠]

لذلك ليس غريبا أن البطل يلجأ إلى الجنس للتعبير عن وجوديته وحبه، "رواية المرأة والوردة – رغم ما فيها من مشاهد جنسية مكشوفة – لا تخلو من حس أخلاقي كون لدى البطل مفهوما متساميا للغريزة الجنسية في نهاية الرواية، فتحولت الممارسة الجنسية إلى حب حقيقي."[٢٢١] لذلك في نهاية الرواية، قال البطل :"سوز، أحبك وأحب الدانمارك. أنتظر دائما أن تنقذيني. أحبك. أحبك. أ ح أ. أ. الخ. الخ"[٢٢٢]

من هنا يمكننا أن نسجل أن البطل الروائي كان يعاني كثيرا من التعذيب النفسي، وضاع في الغرب، لم يشعر بوجوده، فاتجه إلى ممارسة الجنس، ليحس بأنه ما زال إنسانا حيا. "أوصلته تجربة الجنس إلى أنه كان في حقيقة الأمر صاحب مشاعر عاطفية وأخلاقية، وهكذا أدرك أنه كان صاحب قلب."[٢٢٣] في الحقيقة، إن مفهوم الجنس في الرواية يتطور مع تجربة البطل، هو متجه من اللذة إلى الحب، من الجنس الحيواني إلى الحب الروحي، من إدانة الواقع المغربي حيث يتحول الرجل إلى حشرة حقيرة تمارس الجنس بلا إحساس أو إنساني، إلى إدانة الواقع الأوروبي، حيث لم يكرر البطل مغامرة صديقه في الفصل الأول، ولم يخضع لقيم الحضارة الغربية المادية، بل يرغب في الإنقاذ من هذا المأزق الروحي.

٥- خلاصة

الآن نحاول أن نخلص بعض النقط الأساسية التي تميزت بها رواية "المرأة والوردة":

٥-١ نقد الواقع الغربي والواقع المغربي

رغم أن البطل الرئيسي في الرواية هرب من المغرب إلى الغرب من أجل البحث عن الحرية واللذة الذاتية، لم ينظر إلى العالم الغربي من الناحية الايجابية فحسب، بل يرى فيه من الناحية الانتقادية، حيث يتجلى ذلك في المستوى الحضاري العام، أي علاقته مع الأوروبيين وحياته في الغرب.

عكست لنا الرواية الجانب السلبي في الغرب، لم تسقط في شرك النزعة التبريرية التي قرأناها في الروايات السابقة، فتناولت بعض القضايا في الغرب، مثل مشكلة الجنس والجريمة والعنف وتهريب المخدرات. كان البطل الرئيسي ينظر إلى الغرب من موقف انتقادي، لم يكن الغرب بديلا للواقع الاجتماعي المغربي بالنسبة له مثلما كان الأمر بالنسبة لصديقه في الفصل الأول، فكان الغرب مكان يتجنب البطل فيه من شتى المشاكل في بلاده المغرب.

كما كشفت هذه الرواية عديدا من مشاكل التخلف الاجتماعي العام في الواقع المغربي، ولم يكن ذلك عن طريق التحليل والتوصفات المباشرة للواقع، بل ظهرت هذه الفكرة من سيرذاتية لصديق البطل في بداية الرواية، وهوامش القصة التي رواها البطل نفسه. كما ذكرنا سابقا، المشاكل الاجتماعية هي القوة الرئيسية التي دفعت البطل إلى الهروب من المغرب إلى الغرب.

يمكننا أن نحدد هذه المشاكل الاجتماعية المغربية في النقط التالية: الأول: وجود الفوارق الكبيرة بين الفئة الغنية والفئة الفقيرة، حيث تعيش الطبقة الأدنى في المأزق؛ الثاني: أزمة الطبقة البرجوازية، خاصة أزمة الشباب المثقفين الذين يتأرجحون بين القيم التقليدية والقيم الغربية؛ الثالث: احتباس الحقوق الإنسانية وانعدام الحرية الفردية وعدم المساواة في المجتمع. كل هذه جسدت الواقع المغربي والوضع المأساوي للشعب المغربي.

الجدير بالذكر أن الرواية انتهت برجوع البطل إلى المغرب ولاجئا إلى مساعدة صديقته

الأوروبية، راغبا في أن تنقذه من تيهه. حيث كان البطل يفكر في تحرير ذاته قبل تحرير بلاده، لأنه لم ينظر إلى المجتمع بشكل صحيح ولم يجد حلا للتغلب على هذه المشاكل، فكل ذلك عكس التناقض النفسي للبطل، وبرز صحة القصة وحقيقة الواقع.

٥-٢ الاستفادة من العناصر الغربية والعربية

استفاد الكاتب من الأساليب الفنية الغربية في كتابة هذه الرواية، واستغل التقنيات الفنية المختلفة مثل المسخ وتكرار الجمل والحلم... حيث عكس حضور قوة الغرب في مجال الأدب المغربي. كما استفاد الكاتب من التقاليد العربية في إبداع الرواية، مثل توليد معنى الكلمات الجديد، واستغلال أسماء المدن العربية... حيث أصبحت الكتابة لعبة الشطرنج، تُوسع وتحول معاني الكلمات واشتقاقها، وتطبق وتجدد العناصر العربية التقليدية.

في تلك المرحلة التاريخية، كان الغرب يؤثر على الدول المتخلفة في كل المجالات، خصوصا أن الغرب كقيم إيديولوجية وفكرية لعب دورا مهما في تشكيل فكر المثقفين. أما في المجال الأدبي، فظهر بعض الكتاب الذين كانوا يدرسون في الغرب، ويطبقون التقنيات الفنية الغربية في الكتابة. كل ذلك يتعلق بالتاريخ المغربي، حيث كان المغرب دولة استعمارية تحت فرنسا، رغم أنها حققت الاستقلال في الخمسينات، تأثرت كثيرا عن طريق التعليم والإعلام، فتغيرت عاداته اللغوية تدريجيا، ودخلت القيم الجديدة التي كانت تتعارض مع ما كان للعربية من قداسة وتقدير ثقافي وميل إلى تقليد السلف في بلاغتهم التقليدية، فدعا المجتمع إلى خلق أنماط جديدة تناسب المفاهيم الجديدة.

في نهاية الستينيات، ظهر تيار التراث العربي التقليدي، حيث دعا إلى تطبيق العادات والتقاليد العربية في الأدب واستخدام الأسلوب العربية في الكتابة، أما في رواية "المرأة والوردة"،

فيمكننا أن نلتمس علامات هذا التيار، فتكررت كلمة "عدن" مرات في الرواية، وذات معنى عميق، حيث تدفع الرواية إلى مستوى أعلى.

٥-٣ شعور التناقض تجاه المغرب والغرب

إن البطل الروائي مغربي عربي، كان يرغب في حل مشاكله الذاتية وتحرير نفسه بالدرجة الأولى، ليس "محمد" ثوري مثل الأبطال في الروايات المغربية الأخرى، فتختلف نهاية الرواية عن النهايات التي وصلت إليها الروايات الانتقادية أو التاريخية. ولكن هذه الحقيقة لا تنفي الطابع الانتقادي في الرواية، حيث عكست الرواية الواقع المغربي والأوروبي، كما تناولت الشعور المتناقض تجاه المغرب والغرب.

هرب البطل إلى الغرب لتجنب المشاكل الاجتماعية وتخليص ذاته، ولكن علاقته مع الغرب ليست مثل علاقة صديقه الذي ارتمى في أحضان الغرب واستلب تجاه القيمة الرأسمالية المادية. أما علاقة "محمد" بالغرب مصحوبة بوعي الطبيعة المزدوجة، انغمس في العالم الغربي وأعطاه مجدا كبيرا، واكتفى بجعل الغرب مكانا صالحا للهروب من المشاكل التي كان يعاني منها، كما انتقد البطل طرق المعيشة في الغرب، حيث استغل الطرق الفنية الغربية، مثل تقنية المسخ التي تكشف المشاكل في المجتمع الاستهلاكي.

التفسير:

[١] أحمد المديني، "الكتابة السردية – في الأدب المغربي الحديث"، مطبعة المعارف الجديد، الرباط، ٢٠٠٠، ص ٢٦٥

[٢] د. الأمين العمراني، "الرواية المغربية – بين قيود التأثر ومغامرة التجريب"، مطبعة الطوبريس، الطبعة الأولى، طنجة،

٢٠٠٣، ص ٩٨

[3] د. الأمين العمراني، "الرواية المغربية – بين قيود التأثر ومغامرة التجريب"، مطبعة الطوبريس، الطبعة الأولى، طنجة، ٢٠٠٣، ص ٩٨

[4] د. الأمين العمراني، "الرواية المغربية – بين قيود التأثر ومغامرة التجريب"، مطبعة الطوبريس، الطبعة الأولى، طنجة، ٢٠٠٣، ص ٩٥

[5] أحمد اليبوري، "الكتابة الروائية في المغرب – البنية والدلالة"، شركة النشر والتوزيع المدارس، الطبعة الأولى، الدار البيضاء، ٢٠٠٦، ص ٧٩

[6] أحمد اليبوري، "الكتابة الروائية في المغرب – البنية والدلالة"، شركة النشر والتوزيع المدارس، الطبعة الأولى، الدار البيضاء، ٢٠٠٦، ص ٧٩

[7] أحمد اليبوري، "دينامية النص الروائي"، منشورات اتحاد كتاب المغرب، الطبعة الأولى، الرباط، ١٩٩٣، ص ٣٥

[8] أحمد المديني، "الكتابة السردية – في الأدب المغربي الحديث"، مطبعة المعارف الجديد، الرباط، ٢٠٠٠، ص ٢٦٩

[9] أحمد المديني، "الكتابة السردية – في الأدب المغربي الحديث"، مطبعة المعارف الجديد، الرباط، ٢٠٠٠، ص ٢٦٨

[10] أحمد اليبوري، "الكتابة الروائية في المغرب – البنية والدلالة"، شركة النشر والتوزيع المدارس، الطبعة الأولى، الدار البيضاء، ٢٠٠٦، ص ١٠٥

[11] أحمد المديني، "الكتابة السردية – في الأدب المغربي الحديث"، مطبعة المعارف الجديد، الرباط، ٢٠٠٠، ص ٢٦٨

[12] أحمد المديني، "الكتابة السردية – في الأدب المغربي الحديث"، مطبعة المعارف الجديد، الرباط، ٢٠٠٠، ص ٢٦٤

[13] عبد الكريم غلاب، "دفنا الماضي"، مطبعة الرسالة، الطبعة الرابعة، الرباط، ٢٠٠٤، ص ٧

[14] أحمد المديني، "الكتابة السردية – في الأدب المغربي الحديث"، مطبعة المعارف الجديد، الرباط، ٢٠٠٠، ص ٢٦٨

[15] محمد أخ حميد، "الرواية المغربية ورؤية الواقع الاجتماعي – دراسة بنيوية تكوينية"، دار الثقافة، الطبعة الأولى، الدار البيضاء، ١٩٨٥، ص ١٦٢

[16] د. الأمين العمراني، "الرواية المغربية بين قيود التأثر ومغامرة التجريب"، مطبعة الطوبريس، الطبعة الأولى، طنجة، ٢٠٠٣، ص ١٠٣

[17] أحمد المديني، "الكتابة السردية – في الأدب المغربي الحديث"، ٢٠٠٠، ص ٢٦٤

[18] أحمد المديني، "الكتابة السردية – في الأدب المغربي الحديث"، ٢٠٠٠، ص ٢٦٥

[19] د. الأمين العمراني، "الرواية المغربية – بين قيود التأثر ومغامرة التجريب"، ص ٩٩

[20] عبد الكريم غلاب، "دفنا الماضي" مطبعة الرسالة، الطبعة الرابعة، الرباط، ٢٠٠٤، ص ٢٢٨

[٢١] أحمد المديني، "الكتابة السردية – في الأدب المغربي الحديث"، مطبعة المعارف الجديد، الرباط، ٢٠٠٠، ص ٢٦٥

[٢٢] أحمد المديني، "الكتابة السردية – في الأدب المغربي الحديث"، مطبعة المعارف الجديد، الرباط، ٢٠٠٠، ص ٢٦٥

[٢٣] عبد الكريم غلاب، "دفنا الماضي"، مطبعة الرسالة، الطبعة الرابعة، الرباط، ٢٠٠٤، ص ١٧

[٢٤] عبد الكريم غلاب، "دفنا الماضي"، مطبعة الرسالة، الطبعة الرابعة، الرباط، ٢٠٠٤، ص ٨٤-٨٥

[٢٥] عبد الكريم غلاب، "دفنا الماضي"، مطبعة الرسالة، الطبعة الرابعة، الرباط، ٢٠٠٤، ص ٨٦

[٢٦] عبد الكريم غلاب، "دفنا الماضي"، مطبعة الرسالة، الطبعة الرابعة، الرباط، ٢٠٠٤، ص ٨٧

[٢٧] عبد الكريم غلاب، "دفنا الماضي"، مطبعة الرسالة، الطبعة الرابعة، الرباط، ٢٠٠٤، ص ١٣٣- ١٥٣

[٢٨] عبد الكريم غلاب، "دفنا الماضي"، مطبعة الرسالة، الطبعة الرابعة، الرباط، ٢٠٠٤، ص ٢٣٧

[٢٩] عبد الكريم غلاب، "دفنا الماضي"، مطبعة الرسالة، الطبعة الرابعة، الرباط، ٢٠٠٤، ص ٣٩٢

[٣٠] عبد الكريم غلاب، "دفنا الماضي"، مطبعة الرسالة، الطبعة الرابعة، الرباط، ٢٠٠٤، ص ٣٢١

[٣١] أحمد المديني، "الكتابة السردية – في الأدب المغربي الحديث"، مطبعة المعارف الجديد، الرباط، ٢٠٠٠، ص ٢٦٦

[٣٢] أحمد المديني، "الكتابة السردية – في الأدب المغربي الحديث"، مطبعة المعارف الجديد، الرباط، ٢٠٠٠، ص ٢٦٦

[٣٣] عبد الكريم غلاب، "دفنا الماضي"، مطبعة الرسالة، الطبعة الرابعة، الرباط، ٢٠٠٤، ص ٣٧٢

[٣٤] عبد الكريم غلاب، "دفنا الماضي"، مطبعة الرسالة، الطبعة الرابعة، الرباط، ٢٠٠٤، ص ٣١٦

[٣٥] عبد الكريم غلاب، "دفنا الماضي"، مطبعة الرسالة، الطبعة الرابعة، الرباط، ٢٠٠٤، ص ٣١٥

[٣٦] عبد الكريم غلاب، "دفنا الماضي"، مطبعة الرسالة، الطبعة الرابعة، الرباط، ٢٠٠٤، ص ٣١٨

[٣٧] عبد الكريم غلاب، "دفنا الماضي"، مطبعة الرسالة، الطبعة الرابعة، الرباط، ٢٠٠٤، ص ٢٥٦

[٣٨] محمد أخ حميد، "الرواية المغربية ورؤية الواقع الاجتماعي – دراسة بنيوية تكوينية"، دار الثقافة، الطبعة الأولى، الدار البيضاء، ١٩٨٥، ص ١٤٤

[٣٩] أحمد المديني، "الكتابة السردية – في الأدب المغربي الحديث"، مطبعة المعارف الجديد، الرباط، ٢٠٠٠، ص ٢٦٦

[٤٠] محمد أخ حميد، "الرواية المغربية ورؤية الواقع الاجتماعي – دراسة بنيوية تكوينية"، دار الثقافة، الطبعة الأولى، الدار البيضاء، ١٩٨٥، ص ١٤٣

[٤١] عبد الكريم غلاب، "دفنا الماضي"، مطبعة الرسالة، الطبعة الرابعة، الرباط، ٢٠٠٤، ص ٣٣٣-٣٣٤

[٤٢] محمد أخ حميد، "الرواية المغربية ورؤية الواقع الاجتماعية – دراسة بنيوية تكوينية "، دار الثقافة، الطبعة الأولى، الدار البيضاء، ١٩٨٥، ص ١٩٣

[٤٣] د. الأمين العمراني، "الرواية المغربية – بين قيود التأثر ومغامرة التجريب"، مطبعة الطوبريس، الطبعة الأولى، طنجة،

ص ٩٧

[44] عبد الكريم غلاب، "دفنا الماضي"، مطبعة الرسالة، الطبعة الرابعة، الرباط، ٢٠٠٤، ص ٥-٦

[45] د. الأمين العمراني، "الرواية المغربية – بين قيود التأثر ومغامرة التجريب"، مطبعة الطوبريس، الطبعة الأولى، طنجة، ص ٩٦

[46] عبد الكريم غلاب، "دفنا الماضي"، مطبعة الرسالة، الطبعة الرابعة، الرباط، ٢٠٠٤، ص ٢١٧

[47] د. الأمين العمراني، "الرواية المغربية – بين قيود التأثر ومغامرة التجريب"، مطبعة الطوبريس، الطبعة الأولى، طنجة، ص ٩٧

[48] د. الأمين العمراني، "الرواية المغربية – بين قيود التأثر ومغامرة التجريب"، مطبعة الطوبريس، الطبعة الأولى، طنجة، ص ١٠٣

[49] عبد الكريم غلاب، "دفنا الماضي"، مطبعة الرسالة، الطبعة الرابعة، الرباط، ٢٠٠٤، ص ٤٠٨

[٥٠] أحمد المديني، "الكتابة السردية – في الأدب المغربي الحديث"، مطبعة المعارف الجديد، الرباط، ٢٠٠٠، ص ٢٦٧

[٥١] أحمد المديني، "الكتابة السردية – في الأدب المغربي الحديث"، مطبعة المعارف الجديد، الرباط، ٢٠٠٠، ص ٢٦٧

[٥٢] محمد أخ حميد، "الرواية المغربية ورؤية الواقع الاجتماعي – دراسة بنيوية تكوينية"، دار الثقافة، الطبعة الأولى، الدار البيضاء، ١٩٨٥، ص ١٥٠

[٥٣] محمد أخ حميد، "الرواية المغربية ورؤية الواقع الاجتماعي – دراسة بنيوية تكوينية"، دار الثقافة، الطبعة الأولى، الدار البيضاء، ١٩٨٥، ص ١٥٩

[54] عبد الكريم غلاب، "دفنا الماضي"، مطبعة الرسالة، الطبعة الرابعة، الرباط، ٢٠٠٤، ص ٢٩٥

[55] محمد أخ حميد، "الرواية المغربية ورؤية الواقع الاجتماعي – دراسة بنيوية تكوينية"، دار الثقافة، الطبعة الأولى، الدار البيضاء، ١٩٨٥، ص ١٦٠

[56] عبد الكريم غلاب، "دفنا الماضي"، مطبعة الرسالة، الطبعة الرابعة، الرباط، ٢٠٠٤، ص ٥

[57] عبد الكريم غلاب، "دفنا الماضي"، مطبعة الرسالة، الطبعة الرابعة، الرباط، ٢٠٠٤، ص ٢٨٠

[58] محمد أخ حميد، "الرواية المغربية ورؤية الواقع الاجتماعي – دراسة بنيوية تكوينية"، دار الثقافة، الطبعة الأولى، الدار البيضاء، ١٩٨٥، ص ١٦٠

[59] أحمد المديني، "الكتابة السردية – في الأدب المغربي الحديث" مطبعة المعارف الجديد، الرباط، ٢٠٠٠، ص ٢٦٧

[60] حسن المودن، "الرواية والتحليل النصي – قراءات من منظور التحليل النفسي"، الدار العربية للعلوم ناشرون، دار الأمان، الطبعة الأولى، الرباط، ٢٠٠٩، ص ٣٥

[٦١] محمد شكري، "الخبز الحافي"، دار الساقي، الطبعة العاشرة، بيروت، ٢٠٠٨، ص ١١

[٦٢] حسن المودن، "الرواية والتحليل النصي — قراءات من منظور التحليل النفسي"، الدار العربية للعلوم ناشرون، دار الأمان، الطبعة الأولى، الرباط، ٢٠٠٩، ص ٢٨

[٦٣] أحمد اليبوري، "الكتابة الروائية في المغرب — البنية والدلالة"، شركة النشر والتوزيع المدارس، الطبعة الأولى، الدار البيضاء، ٢٠٠٦، ص ١٤٢

[٦٤] حسن المودن، "الرواية والتحليل النصي — قراءات من منظور التحليل النفسي"، الدار العربية للعلوم ناشرون، دار الأمان، الطبعة الأولى، الرباط، ٢٠٠٩، ص ٣٦

[٦٥] د. هشام العلوي، "الجسد والمعنى — قراءات في السيرة الروائية المغربية"، شركة النشر والتوزيع المدارس، الطبعة الأولى، الدار البيضاء، ٢٠٠٦، ص ١٤

[٦٦] محمد شكري، "الخبز الحافي"، دار الساقي، الطبعة العاشرة، بيروت، ٢٠٠٨، ص ١٠٠-١٠١

[٦٧] محمد شكري، "الخبز الحافي"، دار الساقي، الطبعة العاشرة، بيروت، ٢٠٠٨، ص ٩-١٠

[٦٨] د. هشام العلوي، "الجسد والمعنى — قراءات في السيرة الروائية المغربية"، شركة النشر والتوزيع المدارس، الطبعة الأولى، الدار البيضاء، ٢٠٠٦، ص ١٥

[٦٩] محمد شكري، "الخبز الحافي"، دار الساقي، الطبعة العاشرة، بيروت، ٢٠٠٨، ص ١٥- ١٦

[٧٠] محمد شكري، "الخبز الحافي"، دار الساقي، الطبعة العاشرة، بيروت، ٢٠٠٨، ص ١١

[٧١] محمد شكري، "الخبز الحافي"، دار الساقي، الطبعة العاشرة، بيروت، ٢٠٠٨، ص ١١

[٧٢] محمد شكري، "الخبز الحافي"، دار الساقي، الطبعة العاشرة، بيروت، ٢٠٠٨، ص ١٠٠-١٠١

[٧٣] محمد شكري، "الخبز الحافي"، دار الساقي، الطبعة العاشرة، بيروت، ٢٠٠٨، ص ١٠٩

[٧٤] محمد شكري، "الخبز الحافي"، دار الساقي، الطبعة العاشرة، بيروت، ٢٠٠٨، ص ١٠١

[٧٥] محمد شكري، "الخبز الحافي"، دار الساقي، الطبعة العاشرة، بيروت، ٢٠٠٨، ص ١٠٢

[٧٦] محمد شكري، "الخبز الحافي"، دار الساقي، الطبعة العاشرة، بيروت، ٢٠٠٨، ص ١٠٣

[٧٧] محمد شكري، "الخبز الحافي"، دار الساقي، الطبعة العاشرة، بيروت، ٢٠٠٨، ص ٢٥

[٧٨] محمد شكري، "الخبز الحافي"، دار الساقي، الطبعة العاشرة، بيروت، ٢٠٠٨، ص ٤٩

[٧٩] محمد شكري، "الخبز الحافي"، دار الساقي، الطبعة العاشرة، بيروت، ٢٠٠٨، ص ١١٧

[٨٠] محمد شكري، "الخبز الحافي"، دار الساقي، الطبعة العاشرة، بيروت، ٢٠٠٨، ص ١٠٩

[٨١] محمد شكري، "الخبز الحافي"، دار الساقي، الطبعة العاشرة، بيروت، ٢٠٠٨، ص ١٠

٨٢ حسن المودن، "الرواية والتحليل النصي — قراءات من منظور التحليل النفسي"، الدار العربية للعلوم ناشرون، دار الأمان، الرباط، ٢٠٠٩، ص ٢٩-٣٠

٨٣ محمد شكري، "الخبز الحافي"، دار الساقي، الطبعة العاشرة، بيروت، ٢٠٠٨، ص ١٢

٨٤ محمد شكري، "الخبز الحافي"، دار الساقي، الطبعة العاشرة، بيروت، ٢٠٠٨، ص ١٠

٨٥ محمد شكري، "الخبز الحافي"، دار الساقي، الطبعة العاشرة، بيروت، ٢٠٠٨، ص ١٢

٨٦ محمد شكري، "الخبز الحافي"، دار الساقي، الطبعة العاشرة، بيروت، ٢٠٠٨، ص ٣٢

٨٧ محمد شكري، "الخبز الحافي"، دار الساقي، الطبعة العاشرة، بيروت، ٢٠٠٨، ص ١٢

٨٨ أحمد اليبوري، "الكتابة الروائية في المغرب — البنية والدلالة"، شركة النشر والتوزيع المدارس، الطبعة الأولى، الدار البيضاء، ٢٠٠٦، ص ١٤١

٨٩ حسن المودن، "الرواية والتحليل النصي — قراءات من منظور التحليل النفسي"، الدار العربية للعلوم ناشرون، دار الأمان، الرباط، ٢٠٠٩، ص ٣٠

٩٠ محمد شكري، "الخبز الحافي"، دار الساقي، الطبعة العاشرة، بيروت، ٢٠٠٨، ص ٥٣

٩١ حسن المودن، "الرواية والتحليل النصي — قراءات من منظور التحليل النفسي"، الدار العربية للعلوم ناشرون، دار الأمان، الطبعة الأولى، الرباط، ٢٠٠٩، ص ٣١

٩٢ محمد شكري، "الخبز الحافي"، دار الساقي، الطبعة العاشرة، بيروت، ٢٠٠٨، ص ١٠٣

٩٣ محمد شكري، "الخبز الحافي"، دار الساقي، الطبعة العاشرة، بيروت، ٢٠٠٨، ص ٢٥

٩٤ محمد شكري، "الخبز الحافي"، دار الساقي، الطبعة العاشرة، بيروت، ٢٠٠٨، ص ٥٠-٥١

٩٥ محمد شكري، "الخبز الحافي"، دار الساقي، الطبعة العاشرة، بيروت، ٢٠٠٨،١٧٧-١٧٨

٩٦ محمد شكري، "الخبز الحافي"، دار الساقي، الطبعة العاشرة، بيروت، ٢٠٠٨، ص ٣٠

٩٧ محمد شكري، "الخبز الحافي"، دار الساقي، الطبعة العاشرة، بيروت، ٢٠٠٨،ص ٧٥

٩٨ حسن المودن، "الرواية والتحليل النصي — قراءات من منظور التحليل النفسي"، الدار العربية للعلوم ناشرون، دار الأمان، الرباط، ٢٠٠٩، ص ٣٦

٩٩ حسن المودن، "الرواية والتحليل النصي — قراءات من منظور التحليل النفسي"، الدار العربية للعلوم ناشرون، دار الأمان، الرباط، ٢٠٠٩، ص ٢٩

١٠٠ محمد شكري، "الخبز الحافي"، دار الساقي، الطبعة العاشرة، بيروت، ٢٠٠٨، ص ١٢

١٠١ محمد شكري، "الخبز الحافي"، دار الساقي، الطبعة العاشرة، بيروت، ٢٠٠٨، ص ٩٣

الباب الثاني: قراءة لنماذج الرواية المغربية

١٠² د. هشام العلوي، "الجسد والمعنى – قراءات في السيرة الروائية المغربية"، شركة النشر والتوزيع المدارس، الطبعة الأولى، الدار البيضاء، ٢٠٠٦، ص ٢٢

١٠³ محمد شكري، "الخبز الحافي"، دار الساقي، الطبعة العاشرة، بيروت، ٢٠٠٨، ص ٥٨

١٠⁴ محمد شكري، "الخبز الحافي"، دار الساقي، الطبعة العاشرة، بيروت، ٢٠٠٨، ص ٣٢-٣٣

١٠⁵ د. هشام العلوي، "الجسد والمعنى – قراءات في السيرة الروائية المغربية"، شركة النشر والتوزيع المدارس، الطبعة الأولى، الدار البيضاء، ٢٠٠٦، ص ٢٢

١٠⁶ محمد شكري، "الخبز الحافي"، دار الساقي، الطبعة العاشرة، بيروت، ٢٠٠٨، ص ١٧

١٠⁷ د. هشام العلوي، "الجسد والمعنى – قراءات في السيرة الروائية المغربية"، شركة النشر والتوزيع المدارس، الطبعة الأولى، الدار البيضاء، ٢٠٠٦، ص ٢٣

١٠⁸ محمد شكري، "الخبز الحافي"، دار الساقي، الطبعة العاشرة، بيروت، ٢٠٠٨، ص ١٧٦

١٠⁹ محمد شكري، "الخبز الحافي"، دار الساقي، الطبعة العاشرة، بيروت، ٢٠٠٨، ص ٢١

١١⁰ محمد شكري، "الخبز الحافي"، دار الساقي، الطبعة العاشرة، بيروت، ٢٠٠٨، ص ٢٧

١١¹ محمد شكري، "الخبز الحافي"، دار الساقي، الطبعة العاشرة، بيروت، ٢٠٠٨، ص ٣٤

١١² د. هشام العلوي، "الجسد والمعنى – قراءات في السيرة الروائية المغربية"، شركة النشر والتوزيع المدارس، الطبعة الأولى، الدار البيضاء، ٢٠٠٦، ص ٢٧

١١³ محمد شكري، "الخبز الحافي"، دار الساقي، الطبعة العاشرة، بيروت، ٢٠٠٨، ص ٣٢

١١⁴ محمد شكري، "الخبز الحافي"، دار الساقي، الطبعة العاشرة، بيروت، ٢٠٠٨، ص ٣٥

١١⁵ محمد شكري، "الخبز الحافي"، دار الساقي، الطبعة العاشرة، بيروت، ٢٠٠٨، ص ١٣٤

١١⁶ محمد شكري، "الخبز الحافي"، دار الساقي، الطبعة العاشرة، بيروت، ٢٠٠٨، ص ١٦٨

١١⁷ محمد شكري، "الخبز الحافي"، دار الساقي، الطبعة العاشرة، بيروت، ٢٠٠٨، ص ١٢

١١⁸ محمد شكري، "الخبز الحافي"، دار الساقي، الطبعة العاشرة، بيروت، ٢٠٠٨، ص ٨٤

١١⁹ محمد شكري، "الخبز الحافي"، دار الساقي، الطبعة العاشرة، بيروت، ٢٠٠٨، ص ٢٩

١٢⁰ د. هشام العلوي، "الجسد والمعنى – قراءات في السيرة الروائية المغربية"، شركة النشر والتوزيع المدارس، الطبعة الأولى، الدار البيضاء، ٢٠٠٦، ص ١٩

١٢¹ محمد شكري، "الخبز الحافي"، دار الساقي، الطبعة العاشرة، بيروت، ٢٠٠٨، ص ٩٣

١٢² د. هشام العلوي، "الجسد والمعنى – قراءات في السيرة الروائية المغربية"، شركة النشر والتوزيع المدارس، الطبعة

الأولى، الدار البيضاء، ٢٠٠٦، ص ٢٧

[١٢٣] محمد شكري، "الخبز الحافي"، دار الساقي، الطبعة العاشرة، بيروت، ٢٠٠٨، ص ٢٤

[١٢٤] محمد شكري، "الخبز الحافي"، دار الساقي، الطبعة العاشرة، بيروت، ٢٠٠٨، ص ٤٦

[١٢٥] محمد شكري، "الخبز الحافي"، دار الساقي، الطبعة العاشرة، بيروت، ٢٠٠٨، ص ٢١

[١٢٦] محمد شكري، "الخبز الحافي"، دار الساقي، الطبعة العاشرة، بيروت، ٢٠٠٨، ص ٤٥

[١٢٧] محمد شكري، "الخبز الحافي"، دار الساقي، الطبعة العاشرة، بيروت، ٢٠٠٨، ص ٧٩

[١٢٨] محمد شكري، "الخبز الحافي"، دار الساقي، الطبعة العاشرة، بيروت، ٢٠٠٨، ص ٣٣-٣٤

[١٢٩] د. هشام العلوي، "الجسد والمعنى – قراءات في السيرة الروائية المغربية"، شركة النشر والتوزيع المدارس، الطبعة الأولى، الدار البيضاء، ٢٠٠٦، ص ٢٨

[١٣٠] محمد شكري، "الخبز الحافي"، دار الساقي، الطبعة العاشرة، بيروت، ٢٠٠٨، ص ٦٥

[١٣١] محمد شكري، "الخبز الحافي"، دار الساقي، الطبعة العاشرة، بيروت، ٢٠٠٨، ص ٦٥

[١٣٢] محمد شكري، "الخبز الحافي"، دار الساقي، الطبعة العاشرة، بيروت، ٢٠٠٨، ص ٢١

[١٣٣] محمد شكري، "الخبز الحافي"، دار الساقي، الطبعة العاشرة، بيروت، ٢٠٠٨، ص ٦٠

[١٣٤] محمد شكري، "الخبز الحافي"، دار الساقي، الطبعة العاشرة، بيروت، ٢٠٠٨، ص ٨٦

[١٣٥] د. هشام العلوي، "الجسد والمعنى – قراءات في السيرة الروائية المغربية"، شركة النشر والتوزيع المدارس، الطبعة الأولى، الدار البيضاء، ٢٠٠٦، ص ٣٠

[١٣٦] محمد شكري، "الخبز الحافي"، دار الساقي، الطبعة العاشرة، بيروت، ٢٠٠٨، ص ٣٥

[١٣٧] محمد شكري، "الخبز الحافي"، دار الساقي، الطبعة العاشرة، بيروت، ٢٠٠٨، ص ٣١

[١٣٨] محمد شكري، "الخبز الحافي"، دار الساقي، الطبعة العاشرة، بيروت، ٢٠٠٨، ص ٦١-٦٢

[١٣٩] محمد شكري، "الخبز الحافي"، دار الساقي، الطبعة العاشرة، بيروت، ٢٠٠٨، ص ٢٦-٢٧

[١٤٠] محمد شكري، "الخبز الحافي"، دار الساقي، الطبعة العاشرة، بيروت، ٢٠٠٨، ص ٢٦-٢٧

[١٤١] محمد شكري، "الخبز الحافي"، دار الساقي، الطبعة العاشرة، بيروت، ٢٠٠٨، ص ٤٧

[١٤٢] محمد أخ حميد، "الرواية المغربي ورؤية الواقع الاجتماعي – دراسة بنيوية تكوينية"، دار الثقافة، الطبعة الأولى، الدار البيضاء، ١٩٨٥، ص ٢٩١-٢٩٢

[١٤٣] أحمد اليبوري، "دينامية النص الروائي"، منشورات اتحاد كتاب المغرب، الطبعة الأولى، الرباط، ١٩٩٣، ص ٧٠

[١٤٤] د. عبد العالي بوطيب، "مستويات دراسة النص الروائي – مقاربة تطبيقية لنماذج مغربية"، مطبعة فضالة، المحمدية،

٢٠٠٠، ص ٥٦

[١٤٥] د. عبد العالي بوطيب، "مستويات دراسة النص الروائي — مقاربة تطبيقية لنماذج مغربية"، مطبعة فضالة، المحمدية، ٢٠٠٠، ص ٥٧

[١٤٦] محمد أخ حميد، "الرواية المغربي ورؤية الواقع الاجتماعي — دراسة بنيوية تكوينية"، دار الثقافة، الطبعة الأولى، الدار البيضاء، ١٩٨٥، ص ٢٩٢

[١٤٧] أحمد اليبوري، "دينامية النص الروائي"، منشورات اتحاد كتاب المغرب، الطبعة الأولى، الرباط، ١٩٩٣، ص ٧٧

[١٤٨] مطبعة المناهل، "الرواية العربية في نهاية القرن — رؤى ومسارات"، مطبعة دار المناهل، ٢٠٠٥، ص ١٥١

[١٤٩] أحمد اليبوري، "الكتابة الروائية في المغرب — البنية والدلالة"، شركة النشر والتوزيع المدارس، الطبعة الأولى، الطبعة الأولى، الدار البيضاء، ٢٠٠٦، ص ١٣٧

[١٥٠] محمد أخ حميد، "الرواية المغربي ورؤية الواقع الاجتماعي — دراسة بنيوية تكوينية"، دار الثقافة، الطبعة الأولى، الدار البيضاء، ١٩٨٥، ص ٢٩١

[١٥١] محمد أخ حميد، "الرواية المغربي ورؤية الواقع الاجتماعي — دراسة بنيوية تكوينية"، دار الثقافة، الطبعة الأولى، الدار البيضاء، ١٩٨٥، ص ٢٩٣

[١٥٢] محمد زفزاف، "المرأة والوردة"، المركز الثقافي العربي، ٢٠٠٧، ص ١٢

[١٥٣] محمد زفزاف، "المرأة والوردة"، المركز الثقافي العربي، ٢٠٠٧، ص ٤٢

[١٥٤] محمد زفزاف، "المرأة والوردة"، المركز الثقافي العربي، ٢٠٠٧، ص ٧٥

[١٥٥] محمد أخ حميد، "الرواية المغربي ورؤية الواقع الاجتماعي — دراسة بنيوية تكوينية"، دار الثقافة، الطبعة الأولى، الدار البيضاء، ١٩٨٥، ص ٢٩٥

[١٥٦] محمد زفزاف، "المرأة والوردة"، المركز الثقافي العربي، ٢٠٠٧، ص ١٠٣

[١٥٧] محمد زفزاف، "المرأة والوردة"، المركز الثقافي العربي، ٢٠٠٧، ص ١١٩

[١٥٨] محمد زفزاف، "المرأة والوردة"، المركز الثقافي العربي، ٢٠٠٧، ص ١٠٢

[١٥٩] محمد زفزاف، "المرأة والوردة"، المركز الثقافي العربي، ٢٠٠٧، ص٥٠

[١٦٠] محمد زفزاف، "المرأة والوردة"، المركز الثقافي العربي، ٢٠٠٧، ص ٩٤

[١٦١] محمد زفزاف، "المرأة والوردة"، المركز الثقافي العربي، ٢٠٠٧، ص ٩٥

[١٦٢] محمد زفزاف، "المرأة والوردة"، المركز الثقافي العربي، ٢٠٠٧، ص ٩٥

[١٦٣] محمد زفزاف، "المرأة والوردة"، المركز الثقافي العربي، ٢٠٠٧، ص ٧

١٦٤ محمد زفزاف، "المرأة والوردة"، المركز الثقافي العربي، ٢٠٠٧، ص ١٠
١٦٥ محمد زفزاف، "المرأة والوردة"، المركز الثقافي العربي، ٢٠٠٧، ص ١٤
١٦٦ محمد زفزاف، "المرأة والوردة"، المركز الثقافي العربي، ٢٠٠٧، ص ٨
١٦٧ محمد زفزاف، "المرأة والوردة"، المركز الثقافي العربي، ٢٠٠٧، ص ٨
١٦٨ محمد أخ حميد، "الرواية المغربي ورؤية الواقع الاجتماعي – دراسة بنيوية تكوينية"، دار الثقافة، الطبعة الأولى، الدار البيضاء، ١٩٨٥، ص ٢٩٤
١٦٩ محمد زفزاف، "المرأة والوردة"، المركز الثقافي العربي، ٢٠٠٧، ص ١٣
١٧٠ محمد زفزاف، "المرأة والوردة"، المركز الثقافي العربي، ٢٠٠٧، ص ٩٧
١٧١ محمد زفزاف، "المرأة والوردة"، المركز الثقافي العربي، ٢٠٠٧، ص ١٠٢
١٧٢ محمد أخ حميد، "الرواية المغربي ورؤية الواقع الاجتماعي – دراسة بنيوية تكوينية"، دار الثقافة، الطبعة الأولى، الدار البيضاء، ١٩٨٥، ص ٢٩٩
١٧٣ محمد زفزاف، "المرأة والوردة"، المركز الثقافي العربي، ٢٠٠٧، ص ٧-٨
١٧٤ محمد أخ حميد، "الرواية المغربي ورؤية الواقع الاجتماعي – دراسة بنيوية تكوينية"، دار الثقافة، الطبعة الأولى، الدار البيضاء، ١٩٨٥، ص ٣٠٦
١٧٥ محمد زفزاف، "المرأة والوردة"، المركز الثقافي العربي، ٢٠٠٧، ص ٥٠
١٧٦ محمد زفزاف، "المرأة والوردة"، المركز الثقافي العربي، ٢٠٠٧، ص ٢١-٢٢
١٧٧ محمد زفزاف، "المرأة والوردة"، المركز الثقافي العربي، ٢٠٠٧، ص ٢٢
١٧٨ محمد زفزاف، "المرأة والوردة"، المركز الثقافي العربي، ٢٠٠٧، ص ٣٩
١٧٩ محمد أخ حميد، "الرواية المغربي ورؤية الواقع الاجتماعي – دراسة بنيوية تكوينية"، دار الثقافة، الطبعة الأولى، الدار البيضاء، ١٩٨٥، ص ٣٠٦
١٨٠ محمد أخ حميد، "الرواية المغربي ورؤية الواقع الاجتماعي – دراسة بنيوية تكوينية"، دار الثقافة، الطبعة الأولى، الدار البيضاء، ١٩٨٥، ص ٣٠٨
١٨١ محمد زفزاف، "المرأة والوردة"، المركز الثقافي العربي، ٢٠٠٧، ص ٤١-٤٢
١٨٢ محمد أخ حميد، "الرواية المغربي ورؤية الواقع الاجتماعي – دراسة بنيوية تكوينية"، دار الثقافة، الطبعة الأولى، الدار البيضاء، ١٩٨٥، ص ٣٠١
١٨٣ محمد زفزاف، "المرأة والوردة"، المركز الثقافي العربي، ٢٠٠٧، ص ٦١

الباب الثاني: قراءة لنماذج الرواية المغربية

[184] محمد زفزاف، "المرأة والوردة"، المركز الثقافي العربي، 2007، ص 85-86

[185] محمد زفزاف، "المرأة والوردة"، المركز الثقافي العربي، 2007، ص 86

[186] محمد زفزاف، "المرأة والوردة"، المركز الثقافي العربي، 2007، ص 88

[187] محمد أخ حميد، "الرواية المغربي ورؤية الواقع الاجتماعي – دراسة بنيوية تكوينية"، دار الثقافة، الطبعة الأولى، الدار البيضاء، 1985، ص 302

[188] محمد زفزاف، "المرأة والوردة"، المركز الثقافي العربي، 2007، ص 36

[189] محمد أخ حميد، "الرواية المغربي ورؤية الواقع الاجتماعي – دراسة بنيوية تكوينية"، دار الثقافة، الطبعة الأولى، الدار البيضاء، 1985، ص 314

[190] محمد زفزاف، "المرأة والوردة"، المركز الثقافي العربي، 2007، ص 90

[191] محمد أخ حميد، "الرواية المغربي ورؤية الواقع الاجتماعي – دراسة بنيوية تكوينية"، دار الثقافة، الطبعة الأولى، الدار البيضاء، 1985، ص 315

[192] محمد أخ حميد، "الرواية المغربي ورؤية الواقع الاجتماعي – دراسة بنيوية تكوينية"، دار الثقافة، الطبعة الأولى، الدار البيضاء، 1985، ص 316

[193] محمد زفزاف، "المرأة والوردة"، المركز الثقافي العربي، 2007، ص 127

[194] أحمد اليبوري، "دينامية النص الروائي"، ص 72-73

[195] مطبعة المناهل، "الرواية العربية في نهاية القرن – رؤى ومسارات"، مطبعة دار المناهل، 2005، ص 149-150

[196] محمد زفزاف، "المرأة والوردة"، المركز الثقافي العربي، 2007، ص 26

[197] محمد أخ حميد، "الرواية المغربي ورؤية الواقع الاجتماعي – دراسة بنيوية تكوينية"، دار الثقافة، الطبعة الأولى، الدار البيضاء، 1985، ص 313

[198] محمد زفزاف، "المرأة والوردة"، المركز الثقافي العربي، 2007، ص 73

[199] أحمد اليبوري، "دينامية النص الروائي"، ص 74

[200] محمد زفزاف، "المرأة والوردة"، المركز الثقافي العربي، 2007، ص 124-125

[201] أحمد اليبوري، الرواية العربية في نهاية القرن – رؤى ومسارات"، ص 150

[202] محمد زفزاف، "المرأة والوردة"، المركز الثقافي العربي، 2007، ص 117

[203] محمد زفزاف، "المرأة والوردة"، المركز الثقافي العربي، 2007، ص 113

[204] محمد زفزاف، "المرأة والوردة"، المركز الثقافي العربي، 2007، ص 122

[٢٠٥] محمد زفزاف، "المرأة والوردة"، المركز الثقافي العربي، ٢٠٠٧، ص ٣٤

[٢٠٦] أحمد اليبوري، "دينامية النص الروائي"، منشورات اتحاد كتاب المغرب، الطبعة الأولى، الرباط، ١٩٩٣، ص ٧١

[٢٠٧] محمد أخ حميد، "الرواية المغربي ورؤية الواقع الاجتماعي – دراسة بنيوية تكوينية"، دار الثقافة، الطبعة الأولى، الدار البيضاء، ١٩٨٥، ص ٣١٢

[٢٠٨] محمد زفزاف، "المرأة والوردة"، المركز الثقافي العربي، ٢٠٠٧، ص ٧٣

[٢٠٩] محمد زفزاف، "المرأة والوردة"، المركز الثقافي العربي، ٢٠٠٧، ص٧٥

[٢١٠] محمد زفزاف، "المرأة والوردة"، المركز الثقافي العربي، ٢٠٠٧، ص ٥٧-٥٨

[٢١١] محمد زفزاف، "المرأة والوردة"، المركز الثقافي العربي، ٢٠٠٧، ص ٤٣

[٢١٢] محمد زفزاف، "المرأة والوردة"، المركز الثقافي العربي، ٢٠٠٧، ص ٤١-٤٢

[٢١٣] أحمد اليبوري، "الكتابة الروائية في المغرب – البنية والدلالة"، شركة النشر والتوزيع المدارس، الطبعة الأولى، الدار البيضاء، ٢٠٠٦، ص ١٣٥

[٢١٤] محمد أخ حميد، "الرواية المغربي ورؤية الواقع الاجتماعي – دراسة بنيوية تكوينية"، دار الثقافة، الطبعة الأولى، الدار البيضاء، ١٩٨٥، ص ٢٩٨

[٢١٥] محمد زفزاف، "المرأة والوردة"، المركز الثقافي العربي، ٢٠٠٧، ص ٦٣

[٢١٦] محمد زفزاف، "المرأة والوردة"، المركز الثقافي العربي، ٢٠٠٧، ص ٣٦

[٢١٧] محمد زفزاف، "المرأة والوردة"، المركز الثقافي العربي، ٢٠٠٧، ص ٦٢

[٢١٨] مطبعة المناهل، "الرواية العربية في نهاية القرن – رؤى ومسارات"، مطبعة دار المناهل، ٢٠٠٥، ص ١٥١

[٢١٩] محمد زفزاف، "المرأة والوردة"، المركز الثقافي العربي، ٢٠٠٧، ص ٦٥

[٢٢٠] محمد أخ حميد، "الرواية المغربي ورؤية الواقع الاجتماعي – دراسة بنيوية تكوينية"، دار الثقافة، الطبعة الأولى، الدار البيضاء، ١٩٨٥، ص ٢٩٨

[٢٢١] محمد أخ حميد، "الرواية المغربي ورؤية الواقع الاجتماعي – دراسة بنيوية تكوينية"، دار الثقافة، الطبعة الأولى، الدار البيضاء، ١٩٨٥، ص ٣٠٥

[٢٢٢] محمد زفزاف، "المرأة والوردة"، المركز الثقافي العربي، ٢٠٠٧، ص ١٤١

[٢٢٣] محمد أخ حميد، "الرواية المغربي ورؤية الواقع الاجتماعي – دراسة بنيوية تكوينية"، دار الثقافة، الطبعة الأولى، الدار البيضاء، ١٩٨٥، ص ٣٠٦

خاتمة

من خلال كل ما سلف ذكره في فصول هذا البحث، نكون قد حاولنا تفكيك عناصر الإشكالية المركزية، مع الإجابة على مختلف الأسئلة الفرعية التي يطرحها هذا الموضوع، ويمكن في الأخير أن نسجل مجموعة من الخلاصات التي تم التوصل إليها والمتمثلة في ما يلي:

أولا: الرواية المغربية باعتبارها جنس أدبي حديث، أفرزته التحولات الاجتماعية والثقافية التي عرفتها بنية المجتمع المغربي بعيد الاستقلال، وتعتبر أداة تعبيرية وشكلا أدبيا جديدا أفرزه الواقع بأبعاده الاجتماعية والثقافية والسياسية، وكذا تعد شاهدا على التحولات التي تعرفها القيم الفردية والجماعية داخل النسق المغربي؛

ثانيا: الرواية المغربية في بداية نشأتها كانت عبارة عن تقليد ومحاكاة لمجموعة من النماذج السابقة عليها والمنتمية إلى الرواية الغربية والمشرقية على حد سواء؛

ثالثا: شهدت الرواية المغربية ثلاث مراحل مركزية تتجلى في مرحلة التأسيس ومرحلة الانتشار ومرحلة التحول، ولكل مرحلة مميزاتها ومعالمها، وعليه فقد حققت تراكما كميا ونوعيا لافتا، لكن يبقى متواضعا إذا ما قارناه بالرواية العربية والغربية؛

رابعا: الرواية المغربية عرفت تشكيل نوعي من عدة أنماط من قبيل الرواية العمالية، الرومانسية، السياسية، السينمائية، الرمزية...، هذا بالإضافة للحضور القوي للغة الفرنسية؛ مع

وجود خاصية أساسية تكمن في اشتراك الروائيين في كتابة رواية واحدة، مع تعدد الحقول المعجمية؛

خامسا: النزعة الواقعية والاجتماعية شكلت طابع متميز للكتابة الروائية المغربية أضفت عليها خصوصية محلية تميزها عن نظيرتها الغربية والمشرقية؛

سادسا: من خلال قراءة النماذج الروائية التي وقع اختيارنا عليها: "دفنا الماضي" لعبد الكريم غلاب و"الخبز الحافي" لمحمد شكري و"المرأة والوردة" لمحمد زفزاف، نلاحظ أن لكل منها خصائصها ومميزاتها التي تعطيها صبغة مختلفة في المعالجة والتحليل، الأمر الذي يفسر الطرق التعددية للرواية المغربية في تناول المواضيع؛

نسجل أن الغرب كقيم إيديولوجية وفكرية لعب دورا مهما في تشكيل فكر الروائيين المغاربة، كما نلاحظ استفادة الرواية المغربية من التقنيات الفنية الغربية في الكتابة، مع تسجيل الاستفادة كذلك من التقاليد العربية في إبداع الرواية. لكن يجب التأكيد من خلال التحليل النصي أن الرواية المغربية جادة في البحث عن أساليب جديدة في طرائق التعبير السردي؛

إن هذا بشكل مقتضب أهم الخلاصات التي توصلنا إليها في هذا البحث، ولا يفوتني في هذا الصدد أن أعترف بأن هذا العمل المتواضع لا يخلو من النواقص من قبيل:

➢ غياب نماذج روائية لبعض الرموز المغربية الأخرى؛

➢ التركيز في دائرة الرواية المغربية المكتوبة بالعربية وحدها، لم أتناول الرواية المغربية المكتوبة بالفرنسية؛

➢ غياب المقارنة بين الروايات المغربية والشرقية والصينية؛

خاتمة

⮞ نقص التحليل العميق للنماذج الروائية موضوع الدراسة؛

أخيرا، نتمنى أن تشكل هذه الأطروحة المتواضعة مساهمة بناءة ولو بقسط صغير في حقل الجهود العلمية، وفي مجال الدراسة الروائية تنظيرا وتطبيقا، كما نتمنى أن هذا العمل يكون نافذة أخرى أمام الصينيين ليتعرفوا عن قرب على الأدب المغربي والمغرب عن طريق الرواية الأدبية، فيصبح بذلك جسرا يربط الصين والمغرب ويعمق التعارف بينهما.

المصادر والمراجع

١. قائمة الروايات المدروسة

- برادة (محمد)، "الضوء الهارب"، نشر الفنك، الطبعة الثانية، ١٩٩٥
- برادة (محمد)، "لعبة النسيان"، دار الأمان، ٢٠٠٤
- بنجلون (عبد المجيد)، "في الطفولة"، دار نشر المعرفة للنشر والتوزيع، الرباط، ٢٠٠٩
- التازي (محمد عزالدين)، "دم الوعول"، منشورات سليكي اخوان، الطبعة الأولى، طنجة، ٢٠٠٥
- ربيع (مبارك)، "بدر زمانه"، المؤسسة العربية للدراسات والنشر، الطبعة الأولى، بيروت، ١٩٨٣
- ربيع (مبارك)، "رفقة السلاح والقمر"، مطبعة النجاح الجديدة، الدار البيضاء، ١٩٩٤
- ربيع (مبارك)، "الريح الشتوية"، مطبعة النجاح الجديدة، الطبعة الثانية، الدار البيضاء، ٢٠٠٠
- زفزاف (محمد)، "المرأة والوردة"، المركز الثقافي العربي، الطبعة الأولى، الدار البيضاء، ٢٠٠٧
- زفزاف (محمد)، "أفواه واسعة"، المركز الثقافي العربي، الطبعة الأولى، الدار البيضاء، ٢٠٠٧
- زفزاف (محمد)، "أرصفة وجدران"، المركز الثقافي العربي، الطبعة الأولى، الدار البيضاء، ٢٠٠٧
- زفزاف (محمد)، "الأفعى والبحر"، المركز الثقافي العربي، الطبعة الأولى، الدار البيضاء، ٢٠٠٧
- شكري (محمد)، "وجوه"، دار الساقي، الطبعة الثالثة، بيروت، ٢٠٠٦
- شكري (محمد)، "الخبز الحافي"، دار الساقي، الطبعة العاشرة، بيروت، ٢٠٠٨
- شكري (محمد)، "الشطار"، دار الساقي، الطبعة السابعة، بيروت، ٢٠٠٩

- شغموم (الميلودي)، "عين الفرس"، منشورات دار الأمان، الطبعة الثانية، الرباط، ٢٠٠٥
- شغموم (الميلودي)، "شجر الخلاطة"، دار الأمان، الطبعة الثانية، الرباط، ٢٠٠١
- العروي، عبد الله، "الغربة"، المركز الثقافي العربي، الطبعة الخامسة، الدار البيضاء، ١٩٩٤
- غلاب (عبد الكريم)، "المعلم علي"، مطبعة النجاح الجديدة، الطبعة الرابعة، الدار البيضاء، ١٩٨٤
- غلاب (عبد الكريم)، "دفنا الماضي"، مطبعة الرسالة، الطبعة الرابعة، الرباط، ٢٠٠٤
- المديني (أحمد)، "الجنازة"، مطبعة المعارف الجديدة، الطبعة الثانية، الرباط، ٢٠٠٤
- مودن، (عبد الحي)، "خطبة الوداع"، منشورات مركز تواصل الثقافات، الرباط، ٢٠٠٣

٢. المراجع العربية المعتمدة في البحث

- أمنصور (محمد)، "خرائط التجريب الروائي"، مطبعة أنفوبرانت، فاس، ١٩٩٩
- أمنصور (محمد)، "استراتيجيات التجريب في الرواية المغربية المعاصرة"، شركة النشر والتوزيع المدارس، الدار البيضاء، ٢٠٠٦
- بوطيب (عبد العالي)، "مستويات دراسة النص الروائي – مقاربة تطبيقية لنماذج مغربية"، سلسلة دراسات وأبحاث ٦ \ ٢٠٠٠، جامعة المولي إسماعيل، كلية الآداب والولوم الإنسانية، مكناس، ٢٠٠٠
- بوطيب (عبد العالي)، "الرواية المغربية من التأسيس إلى التجريب"، سلسلة دراسات وأبحاث ٢٩\ ٢٠١٠، جامعة المولي إسماعيل، كلية الآداب والولوم الإنسانية، مكناس، ٢٠١٠
- الحجمري (عبد الفتاح)، "التخييل وبناء الخطاب في الرواية العربية – التركيب السردي"، شركة النشر والتوزيع المدارس، الدار البيضاء، ٢٠٠٢

- حميد (محمد أخ)، "الرواية المغربي ورؤية الواقع الاجتماعي – دراسة بنيوية تكوينية"، دار الثقافة، الطبعة الأولى، الدار البيضاء، ١٩٨٥

- خليل (إبراهيم)، "بنية النص الروائي"، الدار العربية للعلوم ناشرون، منشورات الاختلاف، ٢٠٠٩

- الدغمومي (محمد)، "الرواية المغربية والتغير الاجتماعي – دراسة سوسيو – ثقافية"، افريقيا الشرق، الدار البيضاء، ١٩٩٠

- سعيد جبار (سعيد)، "السيري والتخييلي في الرواية المغربية"، جذور للنشر، الطبعة الأولى، ٢٠٠٤

- عقار (عبد الحميد)، "الرواية المغاربية – تحولات اللغة والخطاب"، شركة النشر والتوزيع المدارس، الدار البيضاء، ٢٠٠٠

- العلوي (هشام)، "الجسد والمعنى – قراءات في السيرة الروائية المغربية"، شركة النشر والتوزيع المدارس، الطبعة الأولى، الدار البيضاء، ٢٠٠٦

- العماري (محمد) \ أدادا (محمد)، "الريح الشتوية التشكيل الفني وصورة الواقع، دار الأمان، الطبعة الأولى، الرباط، ١٩٩٧

- العمراني (الأمين)، "الرواية المغربية – بين قيود التأثر ومغامرة التجريب"، مطبعة الطوبريس، الطبعة الأولى، طنجة، ٢٠٠٣

- كرام (زهور)، "السرد النسائي العربي – مقارنة في المفهوم والخطاب "، الدار البيضاء، ٢٠٠٤

- المديني (أحمد)، "الكتابة السردية – في الأدب المغربي الحديث"، مطبعة المعارف الجديد، الرباط، ٢٠٠٠

- المودن (حسن)، "الرواية والتحليل النصي – قراءات من منظور التحليل النفسي"، الدار العربية

للعلوم ناشرون، دار الأمان، الطبعة الأولى، الرباط، ٢٠٠٩

- الوزاني (حسن)، "الأدب المغربي الحديث ١٩٢٩—١٩٩٩"، دار الثقافة، مطبعة النجاح الجديدة، الدار البيضاء، ٢٠٠٢

- اليبوري (أحمد)، "الكتابة الروائية في المغرب – البنية والدلالة"، شركة النشر والتوزيع المدارس، الطبعة الأولى، الدار البيضاء، ٢٠٠٦

- اليبوري (أحمد)، "في الرواية العربية – التكون ولاشتغال"، شركة النشر والتوزيع المدارس، الدار البيضاء، ٢٠٠٠

- اليبوري (أحمد)، "دينامية النص الروائي"، منشورات اتحاد كتاب المغرب، الطبعة الأولى، الرباط، ١٩٩٣

- اليبوري (أحمد)، "تطور القصة في المغرب – مرحلة التأسيس"، مطبعة دار القرويين، الطبعة الأولى، ٢٠٠٥

- يقطين (سعيد)، "من النص إلى النص المترابط – مدخل إلى جماليات الإبداع التفاعلي"، المركز الثقافي العربي، الطبعة الأولى، الدار البيضاء، ٢٠٠٥

- مطبعة المناهل، "الرواية العربية في نهاية القرن – رؤى ومسارات"، مطبعة دار المناهل، ٢٠٠٥

- جماعة من المؤلفين، "الرواية المغربية- أسئلة الحداثة"، دار الثقافة للنشر والتوزيع، الطبعة الأولى، الدار البيضاء، ١٩٩٦

- جماعة من الباحثين، "الرواية المغربية وقضايا النوع السردي"، منشورات دار الأمان، مطبعة الأمنية، رباط، ٢٠١٠

٣. المراجع باللغة الصينية

- 董学文. 西方文学理论史[M]. 北京：北京大学出版社，2005.

- 黄铁池，杨国.20 世纪外国文学名著文本阐析[M]. 北京：北京大学出版社，2006.

- 梁坤. 外国文学名著批评教程[M]. 北京：北京大学出版社，2010.

- 林丰民. 文化转型中的阿拉伯现代文学[M]. 北京：北京大学出版社，2007.

- 刘俐俐. 外国经典短篇小说文本分析[M]. 北京：北京大学出版社，2004.

- （美）莱恩，赵炎秋译. 文学作品的多重解读[M]. 北京：北京大学出版社，2006.

- （美）韦勒克，（美）沃伦著，刘象愚译. 文学理论[M]. 北京：文化艺术出版社，2010.

- 齐明敏，薛庆国，张洪仪. 阿拉伯文学选集[M]. 北京：外语教学与研究出版社，2004.

- 申丹，韩加明，王丽亚. 英美小说叙事理论研究[M]. 北京：北京大学出版社 2005.

- 吴晓东. 从卡夫卡到昆德拉：20 世纪的小说和小说家[M]. 北京：生活.读书.新址三联书店，2003.

- 吴晓东.20 世纪外国文学专题十三讲[M]. 北京大学出版社，2008.

- 徐岱. 小说叙事学[M]. 商务印书馆，2010.

- （英）伊格尔顿，吴晓明译. 二十世纪西方文学理论[M]. 北京大学出版社，

المصادر والمراجع

2007.

- 郅溥浩译. 阿拉伯文学史[M]. 银川：宁夏人民出版社，2008.
- 仲跻昆. 阿拉伯文学通史[M]. 南京：译林出版社，2010.
- 仲跻昆. 阿拉伯现代文学史——东方文化集成[M]. 北京：昆仑出版社，2004.

٤. المواقع الالكترونية

- http://www.alawan.org/
- http://www.aljabriabed.net/
- http://www.almothaqaf.com/
- http://www.ahewar.org/
- http://www.arab-ewriters.com/
- http://www.arabiancreativity.com/
- http://www.arabicstory.net/
- http://awu-dam.net/
- http://www.diwanalarab.com/
- http://www.doroob.com/
- http://www.essahafa.info.tn/
- http://www.maroc.ma/
- http://www.minculture.gov.ma/
- http://www.pulpit.alwatanvoice.com

الملحق: الجداول والرسوم البيانية في البحث

١. جدول وضع الإنتاج الأدبي الصادر خلال فترة ١٩٣٢- ٢٠٠٩ .... ١٤

٢. رسم بياني: وضع الإنتاج الأدبي الصادر خلال فترة ١٩٣٣ — ٢٠٠٩ .... ١٤

٣. جدول توزع الإنتاج الروائي حسب مراحله ١٩٤٢- ٢٠٠٩ .... ١٥

٤. رسم بياني: تطور الإنتاج الروائي حسب مراحله ١٩٤٢- ٢٠٠٩ .... ١٥

٥. جدول أنماط الكتابة الروائية ١٧

٦. جدول إنتاج الروايات المغربية المكتوبة باللغات المختلفة ١٩٣٤- ٢٠٠٧ .... ١٩

٧. جدول الروايات المترجمة إلى العربية ٢٠

٨. جدول أماكن الطبع للرواية المغربية خلال فترة ١٩٤٢ — ٢٠٠٩ .... ٢٣

٩. جدول جهات الطبع للرواية المغربية خلال فترة ١٩٤٢-٢٠٠٩ .... ٢٥

١٠. جدول الروايات في أجزاء ٢٨

١١. جدول كتابة الرواية المشتركة ٣١

١٢. جدول التوضيح لتجنيسات الرواية المغربية ٣٢

١٣. جدول الرواية التاريخية ٣٥

١٤. جدول السيرة الذاتية خلال فترة ١٩٤٢ — ٢٠٠٩ .... ٣٦

١٥. جدول توزع الإنتاج الروائي النسائي حسب مراحله ١٩٤٢-٢٠٠٨ .... ٣٩

١٦. جدول الرواية البوليسية خلال فترة ١٩٤٢ — ٢٠٠٩ .... ٤٥

١٧. جدول الرواية الرئيسية في مرحلة التأسيس ٥٩

الملحق: الجداول والرسوم البيانة في البحث

18. جدول (1): وضع الإنتاج الروائي الصادر في مرحلة الحماية 1942-1955 74
19. رسم بياني: وضع الإنتاج الأدبي الصادر في مرحلة الحماية 1942 - 1955 74
20. جدول (2): وضع الإنتاج الروائي الصادر في مرحلة الحماية 1942 - 1955 64
21. جدول (1): وضع الإنتاج الروائي الصادر خلال فترة 1956 – 1969 78
22. جدول (2): وضع الإنتاج الروائي الصادر خلال فترة 1956 – 1969 79
23. رسم بياني: وضع الإنتاج الأدبي الصادر خلال فترة 1956 – 1969 79
24. جدول (1): وضع الإنتاج الروائي الصادر خلال فترة 1970-1979 73
25. جدول (2): وضع الإنتاج الروائي الصادر خلال فترة 1970-1979 84
26. رسم بياني: وضع الإنتاج الأدبي الصادر خلال فترة 1970-1979 84
27. جدول (1): وضع الإنتاج الروائي الصادر خلال فترة 1980 – 1989 94
28. جدول (2): وضع الإنتاج الروائي الصادر خلال فترة 1980 – 1989 95
29. رسم بياني: وضع الإنتاج الأدبي الصادر خلال فترة 1980 – 1989 95
30. جدول (1): وضع الإنتاج الروائي الصادر خلال فترة 1990-1999 101
31. جدول (2): وضع الإنتاج الروائي الصادر خلال فترة 1990 – 1999 101
32. رسم بياني: وضع الإنتاج الأدبي الصادر خلال فترة 1990 – 1999 102
33. جدول (1): وضع الإنتاج الروائي الصادر خلال فترة 2000- 2009 109
34. جدول (2): وضع الإنتاج الروائي الصادر خلال فترة 2000 – 2009 109
35. رسم بياني: وضع الإنتاج الأدبي الصادر خلال فترة 2000 – 2009 110
36. جدول الأعمال الروائية لعبد الكريم غلاب 139
37. جدول الأبطال الرئيسيون في "دفنا الماضي" 145

٣٨. جدول الشخصيات الرئيسية في العائلة لـ"دفنا الماضي"................١٤٦
٣٩. جدول الصراع الرئيسي في "دفنا الماضي"................................١٦٣
٤٠. جدول أعماله الروائية لمحمد شكري ١٧٠
٤١. جدول الأسلوب الفني لوصف الجوع لـ"الخبز الحافي"................١٧٤
٤٢. جدول قصة رواية "المرأة والوردة" حسب الفصول ٢٠٢
٤٣. جدول الأعمال الروائية لمحمد زفزاف ٢٠٣

الباب الثاني: قراءة لنماذج الرواية المغربية

[٢١] أحمد المديني، "الكتابة السردية – في الأدب المغربي الحديث"، مطبعة المعارف الجديد، الرباط، ٢٠٠٠، ص ٢٦٥

[٢٢] أحمد المديني، "الكتابة السردية – في الأدب المغربي الحديث"، مطبعة المعارف الجديد، الرباط، ٢٠٠٠، ص ٢٦٥

[٢٣] عبد الكريم غلاب، "دفنا الماضي"، مطبعة الرسالة، الطبعة الرابعة، الرباط، ٢٠٠٤، ص ١٧

[٢٤] عبد الكريم غلاب، "دفنا الماضي"، مطبعة الرسالة، الطبعة الرابعة، الرباط، ٢٠٠٤، ص ٨٤-٨٥

[٢٥] عبد الكريم غلاب، "دفنا الماضي"، مطبعة الرسالة، الطبعة الرابعة، الرباط، ٢٠٠٤، ص ٨٦

[٢٦] عبد الكريم غلاب، "دفنا الماضي"، مطبعة الرسالة، الطبعة الرابعة، الرباط، ٢٠٠٤، ص ٨٧

[٢٧] عبد الكريم غلاب، "دفنا الماضي"، مطبعة الرسالة، الطبعة الرابعة، الرباط، ٢٠٠٤، ص ١٣٣- ١٥٣

[٢٨] عبد الكريم غلاب، "دفنا الماضي"، مطبعة الرسالة، الطبعة الرابعة، الرباط، ٢٠٠٤، ص ٢٣٧

[٢٩] عبد الكريم غلاب، "دفنا الماضي"، مطبعة الرسالة، الطبعة الرابعة، الرباط، ٢٠٠٤، ص ٣٩٢

[٣٠] عبد الكريم غلاب، "دفنا الماضي"، مطبعة الرسالة، الطبعة الرابعة، الرباط، ٢٠٠٤، ص ٣٢١

[٣١] أحمد المديني، "الكتابة السردية – في الأدب المغربي الحديث"، مطبعة المعارف الجديد، الرباط، ٢٠٠٠، ص ٢٦٦

[٣٢] أحمد المديني، "الكتابة السردية – في الأدب المغربي الحديث"، مطبعة المعارف الجديد، الرباط، ٢٠٠٠، ص ٢٦٦

[٣٣] عبد الكريم غلاب، "دفنا الماضي"، مطبعة الرسالة، الطبعة الرابعة، الرباط، ٢٠٠٤، ص ٣٧٢

[٣٤] عبد الكريم غلاب، "دفنا الماضي"، مطبعة الرسالة، الطبعة الرابعة، الرباط، ٢٠٠٤، ص ٣١٦

[٣٥] عبد الكريم غلاب، "دفنا الماضي"، مطبعة الرسالة، الطبعة الرابعة، الرباط، ٢٠٠٤، ص ٣١٥

[٣٦] عبد الكريم غلاب، "دفنا الماضي"، مطبعة الرسالة، الطبعة الرابعة، الرباط، ٢٠٠٤، ص ٣١٨

[٣٧] عبد الكريم غلاب، "دفنا الماضي"، مطبعة الرسالة، الطبعة الرابعة، الرباط، ٢٠٠٤، ص ٢٥٦

[٣٨] محمد أخ حميد، "الرواية المغربية ورؤية الواقع الاجتماعي – دراسة بنيوية تكوينية"، دار الثقافة، الطبعة الأولى، الدار البيضاء، ١٩٨٥، ص ١٤٤

[٣٩] أحمد المديني، "الكتابة السردية – في الأدب المغربي الحديث"، مطبعة المعارف الجديد، الرباط، ٢٠٠٠، ص ٢٦٦

[٤٠] محمد أخ حميد، "الرواية المغربية ورؤية الواقع الاجتماعي – دراسة بنيوية تكوينية"، دار الثقافة، الطبعة الأولى، الدار البيضاء، ١٩٨٥، ص ١٤٣

[٤١] عبد الكريم غلاب، "دفنا الماضي"، مطبعة الرسالة، الطبعة الرابعة، الرباط، ٢٠٠٤، ص ٣٣٣-٣٣٤

[٤٢] محمد أخ حميد، "الرواية المغربية ورؤية الواقع الاجتماعية – دراسة بنيوية تكوينية "، دار الثقافة، الطبعة الأولى، الدار البيضاء، ١٩٨٥، ص ١٩٣

[٤٣] د. الأمين العمراني، "الرواية المغربية – بين قيود التأثر ومغامرة التجريب"، مطبعة الطوبريس، الطبعة الأولى، طنجة،

ص ٩٧

[٤٤] عبد الكريم غلاب، "دفنا الماضي"، مطبعة الرسالة، الطبعة الرابعة، الرباط، ٢٠٠٤، ص ٥-٦

[٤٥] د. الأمين العمراني، "الرواية المغربية – بين قيود التأثر ومغامرة التجريب"، مطبعة الطوبريس، الطبعة الأولى، طنجة، ص ٩٦

[٤٦] عبد الكريم غلاب، "دفنا الماضي"، مطبعة الرسالة، الطبعة الرابعة، الرباط، ٢٠٠٤، ص ٢١٧

[٤٧] د. الأمين العمراني، "الرواية المغربية – بين قيود التأثر ومغامرة التجريب"، مطبعة الطوبريس، الطبعة الأولى، طنجة، ص ٩٧

[٤٨] د. الأمين العمراني، "الرواية المغربية – بين قيود التأثر ومغامرة التجريب"، مطبعة الطوبريس، الطبعة الأولى، طنجة، ص ١٠٣

[٤٩] عبد الكريم غلاب، "دفنا الماضي"، مطبعة الرسالة، الطبعة الرابعة، الرباط، ٢٠٠٤، ص ٤٠٨

[٥٠] أحمد المديني، "الكتابة السردية – في الأدب المغربي الحديث"، مطبعة المعارف الجديد، الرباط، ٢٠٠٠، ص ٢٦٧

[٥١] أحمد المديني، "الكتابة السردية – في الأدب المغربي الحديث"، مطبعة المعارف الجديد، الرباط، ٢٠٠٠، ص ٢٦٧

[٥٢] محمد أخ حميد، "الرواية المغربية ورؤية الواقع الاجتماعي – دراسة بنيوية تكوينية"، دار الثقافة، الطبعة الأولى، الدار البيضاء، ١٩٨٥، ص ١٥٠

[٥٣] محمد أخ حميد، "الرواية المغربية ورؤية الواقع الاجتماعي – دراسة بنيوية تكوينية"، دار الثقافة، الطبعة الأولى، الدار البيضاء، ١٩٨٥، ص ١٥٩

[٥٤] عبد الكريم غلاب، "دفنا الماضي"، مطبعة الرسالة، الطبعة الرابعة، الرباط، ٢٠٠٤، ص ٢٩٥

[٥٥] محمد أخ حميد، "الرواية المغربية ورؤية الواقع الاجتماعي – دراسة بنيوية تكوينية"، دار الثقافة، الطبعة الأولى، الدار البيضاء، ١٩٨٥، ص ١٦٠

[٥٦] عبد الكريم غلاب، "دفنا الماضي"، مطبعة الرسالة، الطبعة الرابعة، الرباط، ٢٠٠٤، ص ٥

[٥٧] عبد الكريم غلاب، "دفنا الماضي"، مطبعة الرسالة، الطبعة الرابعة، الرباط، ٢٠٠٤، ص ٢٨٠

[٥٨] محمد أخ حميد، "الرواية المغربية ورؤية الواقع الاجتماعي – دراسة بنيوية تكوينية"، دار الثقافة، الطبعة الأولى، الدار البيضاء، ١٩٨٥، ص ١٦٠

[٥٩] أحمد المديني، "الكتابة السردية – في الأدب المغربي الحديث" مطبعة المعارف الجديد، الرباط، ٢٠٠٠، ص ٢٦٧

[٦٠] حسن المودن، "الرواية والتحليل النصي – قراءات من منظور التحليل النفسي"، الدار العربية للعلوم ناشرون، دار الأمان، الطبعة الأولى، الرباط، ٢٠٠٩، ص ٣٥

الباب الثاني: قراءة لنماذج الرواية المغربية

---

⁶¹ محمد شكري، "الخبز الحافي"، دار الساقي، الطبعة العاشرة، بيروت، ٢٠٠٨، ص ١١

⁶² حسن المودن، "الرواية والتحليل النصي – قراءات من منظور التحليل النفسي"، الدار العربية للعلوم ناشرون، دار الأمان، الطبعة الأولى، الرباط، ٢٠٠٩، ص ٢٨

⁶³ أحمد اليبوري، "الكتابة الروائية في المغرب – البنية والدلالة"، شركة النشر والتوزيع المدارس، الطبعة الأولى، الدار البيضاء، ٢٠٠٦، ص ١٤٢

⁶⁴ حسن المودن، "الرواية والتحليل النصي – قراءات من منظور التحليل النفسي"، الدار العربية للعلوم ناشرون، دار الأمان، الطبعة الأولى، الرباط، ٢٠٠٩، ص ٣٦

⁶⁵ د. هشام العلوي، "الجسد والمعنى – قراءات في السيرة الروائية المغربية"، شركة النشر والتوزيع المدارس، الطبعة الأولى، الدار البيضاء، ٢٠٠٦، ص ١٤

⁶⁶ محمد شكري، "الخبز الحافي"، دار الساقي، الطبعة العاشرة، بيروت، ٢٠٠٨، ص ١٠٠-١٠١

⁶⁷ محمد شكري، "الخبز الحافي"، دار الساقي، الطبعة العاشرة، بيروت، ٢٠٠٨، ص ٩-١٠

⁶⁸ د. هشام العلوي، "الجسد والمعنى – قراءات في السيرة الروائية المغربية"، شركة النشر والتوزيع المدارس، الطبعة الأولى، الدار البيضاء، ٢٠٠٦، ص ١٥

⁶⁹ محمد شكري، "الخبز الحافي"، دار الساقي، الطبعة العاشرة، بيروت، ٢٠٠٨، ص ١٥- ١٦

⁷⁰ محمد شكري، "الخبز الحافي"، دار الساقي، الطبعة العاشرة، بيروت، ٢٠٠٨، ص ١١

⁷¹ محمد شكري، "الخبز الحافي"، دار الساقي، الطبعة العاشرة، بيروت، ٢٠٠٨، ص ١١

⁷² محمد شكري، "الخبز الحافي"، دار الساقي، الطبعة العاشرة، بيروت، ٢٠٠٨، ص ١٠٠-١٠١

⁷³ محمد شكري، "الخبز الحافي"، دار الساقي، الطبعة العاشرة، بيروت، ٢٠٠٨، ص ١٠٩

⁷⁴ محمد شكري، "الخبز الحافي"، دار الساقي، الطبعة العاشرة، بيروت، ٢٠٠٨، ص ١٠١

⁷⁵ محمد شكري، "الخبز الحافي"، دار الساقي، الطبعة العاشرة، بيروت، ٢٠٠٨، ص ١٠٢

⁷⁶ محمد شكري، "الخبز الحافي"، دار الساقي، الطبعة العاشرة، بيروت، ٢٠٠٨، ص ١٠٣

⁷⁷ محمد شكري، "الخبز الحافي"، دار الساقي، الطبعة العاشرة، بيروت، ٢٠٠٨، ص ٢٥

⁷⁸ محمد شكري، "الخبز الحافي"، دار الساقي، الطبعة العاشرة، بيروت، ٢٠٠٨، ص ٤٩

⁷⁹ محمد شكري، "الخبز الحافي"، دار الساقي، الطبعة العاشرة، بيروت، ٢٠٠٨، ص ١١٧

⁸⁰ محمد شكري، "الخبز الحافي"، دار الساقي، الطبعة العاشرة، بيروت، ٢٠٠٨، ص ١٠٩

⁸¹ محمد شكري، "الخبز الحافي"، دار الساقي، الطبعة العاشرة، بيروت، ٢٠٠٨، ص ١٠

⁸² حسن المودن، "الرواية والتحليل النصي – قراءات من منظور التحليل النفسي"، الدار العربية للعلوم ناشرون، دار الأمان، الرباط، ٢٠٠٩، ص ٢٩-٣٠

⁸³ محمد شكري، "الخبز الحافي"، دار الساقي، الطبعة العاشرة، بيروت، ٢٠٠٨، ص ١٢

⁸⁴ محمد شكري، "الخبز الحافي"، دار الساقي، الطبعة العاشرة، بيروت، ٢٠٠٨، ص ١٠

⁸⁵ محمد شكري، "الخبز الحافي"، دار الساقي، الطبعة العاشرة، بيروت، ٢٠٠٨، ص ١٢

⁸⁶ محمد شكري، "الخبز الحافي"، دار الساقي، الطبعة العاشرة، بيروت، ٢٠٠٨، ص ٣٢

⁸⁷ محمد شكري، "الخبز الحافي"، دار الساقي، الطبعة العاشرة، بيروت، ٢٠٠٨، ص ١٢

⁸⁸ أحمد اليبوري، "الكتابة الروائية في المغرب – البنية والدلالة"، شركة النشر والتوزيع المدارس، الطبعة الأولى، الدار البيضاء، ٢٠٠٦، ص ١٤١

⁸⁹ حسن المودن، "الرواية والتحليل النصي – قراءات من منظور التحليل النفسي"، الدار العربية للعلوم ناشرون، دار الأمان، الرباط، ٢٠٠٩، ص ٣٠

⁹⁰ محمد شكري، "الخبز الحافي"، دار الساقي، الطبعة العاشرة، بيروت، ٢٠٠٨، ص ٥٣

⁹¹ حسن المودن، "الرواية والتحليل النصي – قراءات من منظور التحليل النفسي"، الدار العربية للعلوم ناشرون، دار الأمان، الطبعة الأولى، الرباط، ٢٠٠٩، ص ٣١

⁹² محمد شكري، "الخبز الحافي"، دار الساقي، الطبعة العاشرة، بيروت، ٢٠٠٨، ص ١٠٣

⁹³ محمد شكري، "الخبز الحافي"، دار الساقي، الطبعة العاشرة، بيروت، ٢٠٠٨، ص ٢٥

⁹⁴ محمد شكري، "الخبز الحافي"، دار الساقي، الطبعة العاشرة، بيروت، ٢٠٠٨، ص ٥٠-٥١

⁹⁵ محمد شكري، "الخبز الحافي"، دار الساقي، الطبعة العاشرة، بيروت، ٢٠٠٨، ١٧٧-١٧٨

⁹⁶ محمد شكري، "الخبز الحافي"، دار الساقي، الطبعة العاشرة، بيروت، ٢٠٠٨، ص ٣٠

⁹⁷ محمد شكري، "الخبز الحافي"، دار الساقي، الطبعة العاشرة، بيروت، ٢٠٠٨،ص ٧٥

⁹⁸ حسن المودن، "الرواية والتحليل النصي – قراءات من منظور التحليل النفسي"، الدار العربية للعلوم ناشرون، دار الأمان، الرباط، ٢٠٠٩، ص ٣٦

⁹⁹ حسن المودن، "الرواية والتحليل النصي – قراءات من منظور التحليل النفسي"، الدار العربية للعلوم ناشرون، دار الأمان، الرباط، ٢٠٠٩، ص ٢٩

¹⁰⁰ محمد شكري، "الخبز الحافي"، دار الساقي، الطبعة العاشرة، بيروت، ٢٠٠٨، ص ١٢

¹⁰¹ محمد شكري، "الخبز الحافي"، دار الساقي، الطبعة العاشرة، بيروت، ٢٠٠٨، ص ٩٣

١٠٢ د. هشام العلوي، "الجسد والمعنى – قراءات في السيرة الروائية المغربية"، شركة النشر والتوزيع المدارس، الطبعة الأولى، الدار البيضاء، ٢٠٠٦، ص ٢٢

١٠٣ محمد شكري، "الخبز الحافي"، دار الساقي، الطبعة العاشرة، بيروت، ٢٠٠٨، ص ٥٨

١٠٤ محمد شكري، "الخبز الحافي"، دار الساقي، الطبعة العاشرة، بيروت، ٢٠٠٨، ص ٣٢-٣٣

١٠٥ د. هشام العلوي، "الجسد والمعنى – قراءات في السيرة الروائية المغربية"، شركة النشر والتوزيع المدارس، الطبعة الأولى، الدار البيضاء، ٢٠٠٦، ص ٢٢

١٠٦ محمد شكري، "الخبز الحافي"، دار الساقي، الطبعة العاشرة، بيروت، ٢٠٠٨، ص ١٧

١٠٧ د. هشام العلوي، "الجسد والمعنى – قراءات في السيرة الروائية المغربية"، شركة النشر والتوزيع المدارس، الطبعة الأولى، الدار البيضاء، ٢٠٠٦، ص ٢٣

١٠٨ محمد شكري، "الخبز الحافي"، دار الساقي، الطبعة العاشرة، بيروت، ٢٠٠٨، ص ١٧٦

١٠٩ محمد شكري، "الخبز الحافي"، دار الساقي، الطبعة العاشرة، بيروت، ٢٠٠٨، ص ٢١

١١٠ محمد شكري، "الخبز الحافي"، دار الساقي، الطبعة العاشرة، بيروت، ٢٠٠٨، ص ٢٧

١١١ محمد شكري، "الخبز الحافي"، دار الساقي، الطبعة العاشرة، بيروت، ٢٠٠٨، ص ٣٤

١١٢ د. هشام العلوي، "الجسد والمعنى – قراءات في السيرة الروائية المغربية"، شركة النشر والتوزيع المدارس، الطبعة الأولى، الدار البيضاء، ٢٠٠٦، ص ٢٧

١١٣ محمد شكري، "الخبز الحافي"، دار الساقي، الطبعة العاشرة، بيروت، ٢٠٠٨، ص ٣٢

١١٤ محمد شكري، "الخبز الحافي"، دار الساقي، الطبعة العاشرة، بيروت، ٢٠٠٨، ص ٣٥

١١٥ محمد شكري، "الخبز الحافي"، دار الساقي، الطبعة العاشرة، بيروت، ٢٠٠٨، ص ١٣٤

١١٦ محمد شكري، "الخبز الحافي"، دار الساقي، الطبعة العاشرة، بيروت، ٢٠٠٨، ص ١٦٨

١١٧ محمد شكري، "الخبز الحافي"، دار الساقي، الطبعة العاشرة، بيروت، ٢٠٠٨، ص ١٢

١١٨ محمد شكري، "الخبز الحافي"، دار الساقي، الطبعة العاشرة، بيروت، ٢٠٠٨، ص ٨٤

١١٩ محمد شكري، "الخبز الحافي"، دار الساقي، الطبعة العاشرة، بيروت، ٢٠٠٨، ص ٢٩

١٢٠ د. هشام العلوي، "الجسد والمعنى – قراءات في السيرة الروائية المغربية"، شركة النشر والتوزيع المدارس، الطبعة الأولى، الدار البيضاء، ٢٠٠٦، ص ١٩

١٢١ محمد شكري، "الخبز الحافي"، دار الساقي، الطبعة العاشرة، بيروت، ٢٠٠٨، ص ٩٣

١٢٢ د. هشام العلوي، "الجسد والمعنى – قراءات في السيرة الروائية المغربية"، شركة النشر والتوزيع المدارس، الطبعة

الأولى، الدار البيضاء، ٢٠٠٦، ص ٢٧

[١٢٣] محمد شكري، "الخبز الحافي"، دار الساقي، الطبعة العاشرة، بيروت، ٢٠٠٨، ص ٢٤

[١٢٤] محمد شكري، "الخبز الحافي"، دار الساقي، الطبعة العاشرة، بيروت، ٢٠٠٨، ص ٤٦

[١٢٥] محمد شكري، "الخبز الحافي"، دار الساقي، الطبعة العاشرة، بيروت، ٢٠٠٨، ص ٢١

[١٢٦] محمد شكري، "الخبز الحافي"، دار الساقي، الطبعة العاشرة، بيروت، ٢٠٠٨، ص ٤٥

[١٢٧] محمد شكري، "الخبز الحافي"، دار الساقي، الطبعة العاشرة، بيروت، ٢٠٠٨، ص ٧٩

[١٢٨] محمد شكري، "الخبز الحافي"، دار الساقي، الطبعة العاشرة، بيروت، ٢٠٠٨، ص ٣٣-٣٤

[١٢٩] د. هشام العلوي، "الجسد والمعنى — قراءات في السيرة الروائية المغربية"، شركة النشر والتوزيع المدارس، الطبعة الأولى، الدار البيضاء، ٢٠٠٦، ص ٢٨

[١٣٠] محمد شكري، "الخبز الحافي"، دار الساقي، الطبعة العاشرة، بيروت، ٢٠٠٨، ص ٦٥

[١٣١] محمد شكري، "الخبز الحافي"، دار الساقي، الطبعة العاشرة، بيروت، ٢٠٠٨، ص ٦٥

[١٣٢] محمد شكري، "الخبز الحافي"، دار الساقي، الطبعة العاشرة، بيروت، ٢٠٠٨، ص ٢١

[١٣٣] محمد شكري، "الخبز الحافي"، دار الساقي، الطبعة العاشرة، بيروت، ٢٠٠٨، ص ٦٠

[١٣٤] محمد شكري، "الخبز الحافي"، دار الساقي، الطبعة العاشرة، بيروت، ٢٠٠٨، ص ٨٦

[١٣٥] د. هشام العلوي، "الجسد والمعنى — قراءات في السيرة الروائية المغربية"، شركة النشر والتوزيع المدارس، الطبعة الأولى، الدار البيضاء، ٢٠٠٦، ص ٣٠

[١٣٦] محمد شكري، "الخبز الحافي"، دار الساقي، الطبعة العاشرة، بيروت، ٢٠٠٨، ص ٣٥

[١٣٧] محمد شكري، "الخبز الحافي"، دار الساقي، الطبعة العاشرة، بيروت، ٢٠٠٨، ص ٣١

[١٣٨] محمد شكري، "الخبز الحافي"، دار الساقي، الطبعة العاشرة، بيروت، ٢٠٠٨، ص ٦١-٦٢

[١٣٩] محمد شكري، "الخبز الحافي"، دار الساقي، الطبعة العاشرة، بيروت، ٢٠٠٨، ص ٢٦-٢٧

[١٤٠] محمد شكري، "الخبز الحافي"، دار الساقي، الطبعة العاشرة، بيروت، ٢٠٠٨، ص ٢٦-٢٧

[١٤١] محمد شكري، "الخبز الحافي"، دار الساقي، الطبعة العاشرة، بيروت، ٢٠٠٨، ص ٤٧

[١٤٢] محمد أخ حميد، "الرواية المغربي ورؤية الواقع الاجتماعي — دراسة بنيوية تكوينية"، دار الثقافة، الطبعة الأولى، الدار البيضاء، ١٩٨٥، ص ٢٩١-٢٩٢

[١٤٣] أحمد اليبوري، "دينامية النص الروائي"، منشورات اتحاد كتاب المغرب، الطبعة الأولى، الرباط، ١٩٩٣، ص ٧٠

[١٤٤] د. عبد العالي بوطيب، "مستويات دراسة النص الروائي — مقاربة تطبيقية لنماذج مغربية"، مطبعة فضالة، المحمدية،

٢٠٠٠، ص ٥٦

[١٤٥] د. عبد العالي بوطيب، "مستويات دراسة النص الروائي – مقاربة تطبيقية لنماذج مغربية"، مطبعة فضالة، المحمدية، ٢٠٠٠، ص ٥٧

[١٤٦] محمد أخ حميد، "الرواية المغربي ورؤية الواقع الاجتماعي – دراسة بنيوية تكوينية"، دار الثقافة، الطبعة الأولى، الدار البيضاء، ١٩٨٥، ص ٢٩٢

[١٤٧] أحمد اليبوري، "دينامية النص الروائي"، منشورات اتحاد كتاب المغرب، الطبعة الأولى، الرباط، ١٩٩٣، ص ٧٧

[١٤٨] مطبعة المناهل، "الرواية العربية في نهاية القرن – رؤى ومسارات"، مطبعة دار المناهل، ٢٠٠٥، ص ١٥١

[١٤٩] أحمد اليبوري، "الكتابة الروائية في المغرب – البنية والدلالة"، شركة النشر والتوزيع المدارس، الطبعة الأولى، الطبعة الأولى، الدار البيضاء، ٢٠٠٦، ص ١٣٧

[١٥٠] محمد أخ حميد، "الرواية المغربي ورؤية الواقع الاجتماعي – دراسة بنيوية تكوينية"، دار الثقافة، الطبعة الأولى، الدار البيضاء، ١٩٨٥، ص ٢٩١

[١٥١] محمد أخ حميد، "الرواية المغربي ورؤية الواقع الاجتماعي – دراسة بنيوية تكوينية"، دار الثقافة، الطبعة الأولى، الدار البيضاء، ١٩٨٥، ص ٢٩٣

[١٥٢] محمد زفزاف، "المرأة والوردة"، المركز الثقافي العربي، ٢٠٠٧، ص ١٢

[١٥٣] محمد زفزاف، "المرأة والوردة"، المركز الثقافي العربي، ٢٠٠٧، ص ٤٢

[١٥٤] محمد زفزاف، "المرأة والوردة"، المركز الثقافي العربي، ٢٠٠٧، ص ٧٥

[١٥٥] محمد أخ حميد، "الرواية المغربي ورؤية الواقع الاجتماعي – دراسة بنيوية تكوينية"، دار الثقافة، الطبعة الأولى، الدار البيضاء، ١٩٨٥، ص ٢٩٥

[١٥٦] محمد زفزاف، "المرأة والوردة"، المركز الثقافي العربي، ٢٠٠٧، ص ١٠٣

[١٥٧] محمد زفزاف، "المرأة والوردة"، المركز الثقافي العربي، ٢٠٠٧، ص ١١٩

[١٥٨] محمد زفزاف، "المرأة والوردة"، المركز الثقافي العربي، ٢٠٠٧، ص ١٠٢

[١٥٩] محمد زفزاف، "المرأة والوردة"، المركز الثقافي العربي، ٢٠٠٧، ص٥٠

[١٦٠] محمد زفزاف، "المرأة والوردة"، المركز الثقافي العربي، ٢٠٠٧، ص ٩٤

[١٦١] محمد زفزاف، "المرأة والوردة"، المركز الثقافي العربي، ٢٠٠٧، ص ٩٥

[١٦٢] محمد زفزاف، "المرأة والوردة"، المركز الثقافي العربي، ٢٠٠٧، ص ٩٥

[١٦٣] محمد زفزاف، "المرأة والوردة"، المركز الثقافي العربي، ٢٠٠٧، ص ٧

١٦٤ محمد زفزاف، "المرأة والوردة"، المركز الثقافي العربي، ٢٠٠٧، ص ١٠
١٦٥ محمد زفزاف، "المرأة والوردة"، المركز الثقافي العربي، ٢٠٠٧، ص ١٤
١٦٦ محمد زفزاف، "المرأة والوردة"، المركز الثقافي العربي، ٢٠٠٧، ص ٨
١٦٧ محمد زفزاف، "المرأة والوردة"، المركز الثقافي العربي، ٢٠٠٧، ص ٨
١٦٨ محمد أخ حميد، "الرواية المغربي ورؤية الواقع الاجتماعي – دراسة بنيوية تكوينية"، دار الثقافة، الطبعة الأولى، الدار البيضاء، ١٩٨٥، ص ٢٩٤
١٦٩ محمد زفزاف، "المرأة والوردة"، المركز الثقافي العربي، ٢٠٠٧، ص ١٣
١٧٠ محمد زفزاف، "المرأة والوردة"، المركز الثقافي العربي، ٢٠٠٧، ص ٩٧
١٧١ محمد زفزاف، "المرأة والوردة"، المركز الثقافي العربي، ٢٠٠٧، ص ١٠٢
١٧٢ محمد أخ حميد، "الرواية المغربي ورؤية الواقع الاجتماعي – دراسة بنيوية تكوينية"، دار الثقافة، الطبعة الأولى، الدار البيضاء، ١٩٨٥، ص ٢٩٩
١٧٣ محمد زفزاف، "المرأة والوردة"، المركز الثقافي العربي، ٢٠٠٧، ص ٧-٨
١٧٤ محمد أخ حميد، "الرواية المغربي ورؤية الواقع الاجتماعي – دراسة بنيوية تكوينية"، دار الثقافة، الطبعة الأولى، الدار البيضاء، ١٩٨٥، ص ٣٠٦
١٧٥ محمد زفزاف، "المرأة والوردة"، المركز الثقافي العربي، ٢٠٠٧، ص ٥٠
١٧٦ محمد زفزاف، "المرأة والوردة"، المركز الثقافي العربي، ٢٠٠٧، ص ٢١-٢٢
١٧٧ محمد زفزاف، "المرأة والوردة"، المركز الثقافي العربي، ٢٠٠٧، ص ٢٢
١٧٨ محمد زفزاف، "المرأة والوردة"، المركز الثقافي العربي، ٢٠٠٧، ص ٣٩
١٧٩ محمد أخ حميد، "الرواية المغربي ورؤية الواقع الاجتماعي – دراسة بنيوية تكوينية"، دار الثقافة، الطبعة الأولى، الدار البيضاء، ١٩٨٥، ص ٣٠٦
١٨٠ محمد أخ حميد، "الرواية المغربي ورؤية الواقع الاجتماعي – دراسة بنيوية تكوينية"، دار الثقافة، الطبعة الأولى، الدار البيضاء، ١٩٨٥، ص ٣٠٨
١٨١ محمد زفزاف، "المرأة والوردة"، المركز الثقافي العربي، ٢٠٠٧، ص ٤١-٤٢
١٨٢ محمد أخ حميد، "الرواية المغربي ورؤية الواقع الاجتماعي – دراسة بنيوية تكوينية"، دار الثقافة، الطبعة الأولى، الدار البيضاء، ١٩٨٥، ص ٣٠١
١٨٣ محمد زفزاف، "المرأة والوردة"، المركز الثقافي العربي، ٢٠٠٧، ص ٦١

الباب الثاني: قراءة لنماذج الرواية المغربية

---

[184] محمد زفزاف، "المرأة والوردة"، المركز الثقافي العربي، 2007، ص 85-86

[185] محمد زفزاف، "المرأة والوردة"، المركز الثقافي العربي، 2007، ص 86

[186] محمد زفزاف، "المرأة والوردة"، المركز الثقافي العربي، 2007، ص 88

[187] محمد أخ حميد، "الرواية المغربي ورؤية الواقع الاجتماعي – دراسة بنيوية تكوينية"، دار الثقافة، الطبعة الأولى، الدار البيضاء، 1985، ص 302

[188] محمد زفزاف، "المرأة والوردة"، المركز الثقافي العربي، 2007، ص 36

[189] محمد أخ حميد، "الرواية المغربي ورؤية الواقع الاجتماعي – دراسة بنيوية تكوينية"، دار الثقافة، الطبعة الأولى، الدار البيضاء، 1985، ص 314

[190] محمد زفزاف، "المرأة والوردة"، المركز الثقافي العربي، 2007، ص 90

[191] محمد أخ حميد، "الرواية المغربي ورؤية الواقع الاجتماعي – دراسة بنيوية تكوينية"، دار الثقافة، الطبعة الأولى، الدار البيضاء، 1985، ص 315

[192] محمد أخ حميد، "الرواية المغربي ورؤية الواقع الاجتماعي – دراسة بنيوية تكوينية"، دار الثقافة، الطبعة الأولى، الدار البيضاء، 1985، ص 316

[193] محمد زفزاف، "المرأة والوردة"، المركز الثقافي العربي، 2007، ص 127

[194] أحمد اليبوري، "دينامية النص الروائي"، ص 72-73

[195] مطبعة المناهل، "الرواية العربية في نهاية القرن – رؤى ومسارات"، مطبعة دار المناهل، 2005، ص 149-150

[196] محمد زفزاف، "المرأة والوردة"، المركز الثقافي العربي، 2007، ص 26

[197] محمد أخ حميد، "الرواية المغربي ورؤية الواقع الاجتماعي – دراسة بنيوية تكوينية"، دار الثقافة، الطبعة الأولى، الدار البيضاء، 1985، ص 313

[198] محمد زفزاف، "المرأة والوردة"، المركز الثقافي العربي، 2007، ص 73

[199] أحمد اليبوري، "دينامية النص الروائي"، ص 74

[200] محمد زفزاف، "المرأة والوردة"، المركز الثقافي العربي، 2007، ص 124-125

[201] أحمد اليبوري، الرواية العربية في نهاية القرن – رؤى ومسارات"، ص 150

[202] محمد زفزاف، "المرأة والوردة"، المركز الثقافي العربي، 2007، ص 117

[203] محمد زفزاف، "المرأة والوردة"، المركز الثقافي العربي، 2007، ص 113

[204] محمد زفزاف، "المرأة والوردة"، المركز الثقافي العربي، 2007، ص 122

²⁰⁵ محمد زفزاف، "المرأة والوردة"، المركز الثقافي العربي، ٢٠٠٧، ص ٣٤

²⁰⁶ أحمد اليبوري، "دينامية النص الروائي"، منشورات اتحاد كتاب المغرب، الطبعة الأولى، الرباط، ١٩٩٣، ص ٧١

²⁰⁷ محمد أخ حميد، "الرواية المغربي ورؤية الواقع الاجتماعي – دراسة بنيوية تكوينية"، دار الثقافة، الطبعة الأولى، الدار البيضاء، ١٩٨٥، ص ٣١٢

²⁰⁸ محمد زفزاف، "المرأة والوردة"، المركز الثقافي العربي، ٢٠٠٧، ص ٧٣

²⁰⁹ محمد زفزاف، "المرأة والوردة"، المركز الثقافي العربي، ٢٠٠٧، ص٧٥

²¹⁰ محمد زفزاف، "المرأة والوردة"، المركز الثقافي العربي، ٢٠٠٧، ص ٥٧-٥٨

²¹¹ محمد زفزاف، "المرأة والوردة"، المركز الثقافي العربي، ٢٠٠٧، ص ٤٣

²¹² محمد زفزاف، "المرأة والوردة"، المركز الثقافي العربي، ٢٠٠٧، ص ٤١-٤٢

²¹³ أحمد اليبوري، " الكتابة الروائية في المغرب – البنية والدلالة"، شركة النشر والتوزيع المدارس، الطبعة الأولى، الدار البيضاء، ٢٠٠٦، ص ١٣٥

²¹⁴ محمد أخ حميد،"الرواية المغربي ورؤية الواقع الاجتماعي – دراسة بنيوية تكوينية"، دار الثقافة، الطبعة الأولى، الدار البيضاء، ١٩٨٥، ص ٢٩٨

²¹⁵ محمد زفزاف، "المرأة والوردة"، المركز الثقافي العربي، ٢٠٠٧، ص ٦٣

²¹⁶ محمد زفزاف، "المرأة والوردة"، المركز الثقافي العربي، ٢٠٠٧، ص ٣٦

²¹⁷ محمد زفزاف، "المرأة والوردة"، المركز الثقافي العربي، ٢٠٠٧، ص ٦٢

²¹⁸ مطبعة المناهل، "الرواية العربية في نهاية القرن – رؤى ومسارات"، مطبعة دار المناهل، ٢٠٠٥، ص ١٥١

²¹⁹ محمد زفزاف، "المرأة والوردة"، المركز الثقافي العربي، ٢٠٠٧، ص ٦٥

²²⁰ محمد أخ حميد، "الرواية المغربي ورؤية الواقع الاجتماعي – دراسة بنيوية تكوينية"، دار الثقافة، الطبعة الأولى، الدار البيضاء، ١٩٨٥، ص ٢٩٨

²²¹ محمد أخ حميد، "الرواية المغربي ورؤية الواقع الاجتماعي – دراسة بنيوية تكوينية"، دار الثقافة، الطبعة الأولى، الدار البيضاء، ١٩٨٥، ص ٣٠٥

²²² محمد زفزاف، "المرأة والوردة"، المركز الثقافي العربي، ٢٠٠٧، ص ١٤١

²²³ محمد أخ حميد، "الرواية المغربي ورؤية الواقع الاجتماعي – دراسة بنيوية تكوينية"، دار الثقافة، الطبعة الأولى، الدار البيضاء، ١٩٨٥، ص ٣٠٦

خاتمة

خاتمة

من خلال كل ما سلف ذكره في فصول هذا البحث، نكون قد حاولنا تفكيك عناصر الإشكالية المركزية، مع الإجابة على مختلف الأسئلة الفرعية التي يطرحها هذا الموضوع، ويمكن في الأخير أن نسجل مجموعة من الخلاصات التي تم التوصل إليها والمتمثلة في ما يلي:

أولا: الرواية المغربية باعتبارها جنس أدبي حديث، أفرزته التحولات الاجتماعية والثقافية التي عرفتها بنية المجتمع المغربي بعيد الاستقلال، وتعتبر أداة تعبيرية وشكلا أدبيا جديدا أفرزه الواقع بأبعاده الاجتماعية والثقافية والسياسية، وكذا تعد شاهدا على التحولات التي تعرفها القيم الفردية والجماعية داخل النسق المغربي؛

ثانيا: الرواية المغربية في بداية نشأتها كانت عبارة عن تقليد ومحاكاة لمجموعة من النماذج السابقة عليها والمنتمية إلى الرواية الغربية والمشرقية على حد سواء؛

ثالثا: شهدت الرواية المغربية ثلاث مراحل مركزية تتجلى في مرحلة التأسيس ومرحلة الانتشار ومرحلة التحول، ولكل مرحلة مميزاتها ومعالمها، وعليه فقد حققت تراكما كميا ونوعيا لافتا، لكن يبقى متواضعا إذا ما قارناه بالرواية العربية والغربية؛

رابعا: الرواية المغربية عرفت تشكيل نوعي من عدة أنماط من قبيل الرواية العمالية، الرومانسية، السياسية، السينمائية، الرمزية...، هذا بالإضافة للحضور القوي للغة الفرنسية؛ مع

وجود خاصية أساسية تكمن في اشتراك الروائيين في كتابة رواية واحدة، مع تعدد الحقول المعجمية؛

خامسا: النزعة الواقعية والاجتماعية شكلت طابع متميز للكتابة الروائية المغربية أضفت عليها خصوصية محلية تميزها عن نظيرتها الغربية والمشرقية؛

سادسا: من خلال قراءة النماذج الروائية التي وقع اختيارنا عليها: "دفنا الماضي" لعبد الكريم غلاب و" الخبز الحافي" لمحمد شكري و"المرأة والوردة" لمحمد زفزاف، نلاحظ أن لكل منها خصائصها ومميزاتها التي تعطيها صبغة مختلفة في المعالجة والتحليل، الأمر الذي يفسر الطرق التعددية للرواية المغربية في تناول المواضيع؛

نسجل أن الغرب كقيم إيديولوجية وفكرية لعب دورا مهما في تشكيل فكر الروائيين المغاربة، كما نلاحظ استفادة الرواية المغربية من التقنيات الفنية الغربية في الكتابة، مع تسجيل الاستفادة كذلك من التقاليد العربية في إبداع الرواية. لكن يجب التأكيد من خلال التحليل النصي أن الرواية المغربية جادة في البحث عن أساليب جديدة في طرائق التعبير السردي؛

إن هذا بشكل مقتضب أهم الخلاصات التي توصلنا إليها في هذا البحث، ولا يفوتني في هذا الصدد أن أعترف بأن هذا العمل المتواضع لا يخلو من النواقص من قبيل:

- غياب نماذج روائية لبعض الرموز المغربية الأخرى؛
- التركيز في دائرة الرواية المغربية المكتوبة بالعربية وحدها، لم أتناول الرواية المغربية المكتوبة بالفرنسية؛
- غياب المقارنة بين الروايات المغربية والشرقية والصينية؛

<u>خاتمة</u>

⮞ نقص التحليل العميق للنماذج الروائية موضوع الدراسة؛

أخيرا، نتمنى أن تشكل هذه الأطروحة المتواضعة مساهمة بناءة ولو بقسط صغير في حقل الجهود العلمية، وفي مجال الدراسة الروائية تنظيرا وتطبيقا، كما نتمنى أن هذا العمل يكون نافذة أخرى أمام الصينيين ليتعرفوا عن قرب على الأدب المغربي والمغرب عن طريق الرواية الأدبية، فيصبح بذلك جسرا يربط الصين والمغرب ويعمق التعارف بينهما.

المصادر والمراجع

١. قائمة الروايات المدروسة

- برادة (محمد)، "الضوء الهارب"، نشر الفنك، الطبعة الثانية، ١٩٩٥
- برادة (محمد)، "لعبة النسيان"، دار الأمان، ٢٠٠٤
- بنجلون (عبد المجيد)، "في الطفولة"، دار نشر المعرفة للنشر والتوزيع، الرباط، ٢٠٠٩
- التازي (محمد عزالدين)، "دم الوعول"، منشورات سليكي اخوان، الطبعة الأولى، طنجة، ٢٠٠٥
- ربيع (مبارك)، "بدر زمانه"، المؤسسة العربية للدراسات والنشر، الطبعة الأولى، بيروت، ١٩٨٣
- ربيع (مبارك)، "رفقة السلاح والقمر"، مطبعة النجاح الجديدة، الدار البيضاء، ١٩٩٤
- ربيع (مبارك)، "الريح الشتوية"، مطبعة النجاح الجديدة، الطبعة الثانية، الدار البيضاء، ٢٠٠٠
- زفزاف (محمد)، "المرأة والوردة"، المركز الثقافي العربي، الطبعة الأولى، الدار البيضاء، ٢٠٠٧
- زفزاف (محمد)، "أفواه واسعة"، المركز الثقافي العربي، الطبعة الأولى، الدار البيضاء، ٢٠٠٧
- زفزاف (محمد)، "أرصفة وجدران"، المركز الثقافي العربي، الطبعة الأولى، الدار البيضاء، ٢٠٠٧
- زفزاف (محمد)، "الأفعى والبحر"، المركز الثقافي العربي، الطبعة الأولى، الدار البيضاء، ٢٠٠٧
- شكري (محمد)، "وجوه"، دار الساقي، الطبعة الثالثة، بيروت، ٢٠٠٦
- شكري (محمد)، "الخبز الحافي"، دار الساقي، الطبعة العاشرة، بيروت، ٢٠٠٨
- شكري (محمد)، "الشطار"، دار الساقي، الطبعة السابعة، بيروت، ٢٠٠٩

- شغموم (الميلودي)، "عين الفرس"، منشورات دار الأمان، الطبعة الثانية، الرباط، 2005
- شغموم (الميلودي)، "شجر الخلاطة"، دار الأمان، الطبعة الثانية، الرباط، 2001
- العروي، عبد الله، "الغربة"، المركز الثقافي العربي، الطبعة الخامسة، الدار البيضاء، 1994
- غلاب (عبد الكريم)، "المعلم علي"، مطبعة النجاح الجديدة، الطبعة الرابعة، الدار البيضاء، 1984
- غلاب (عبد الكريم)، "دفنا الماضي"، مطبعة الرسالة، الطبعة الرابعة، الرباط، 2004
- المديني (أحمد)، "الجنازة"، مطبعة المعارف الجديدة، الطبعة الثانية، الرباط، 2004
- مودن، (عبد الحي)، "خطبة الوداع"، منشورات مركز تواصل الثقافات، الرباط، 2003

2. المراجع العربية المعتمدة في البحث

- أمنصور (محمد)، "خرائط التجريب الروائي"، مطبعة أنفوبرانت، فاس، 1999
- أمنصور (محمد)، "استراتيجيات التجريب في الرواية المغربية المعاصرة"، شركة النشر والتوزيع المدارس، الدار البيضاء، 2006
- بوطيب (عبد العالي)، "مستويات دراسة النص الروائي – مقاربة تطبيقية لنماذج مغربية"، سلسلة دراسات وأبحاث 16\ 2000، جامعة المولى إسماعيل، كلية الآداب والولوم الإنسانية، مكناس، 2000
- بوطيب (عبد العالي)، "الرواية المغربية من التأسيس إلى التجريب"، سلسلة دراسات وأبحاث 29\ 2010، جامعة المولى إسماعيل، كلية الآداب والولوم الإنسانية، مكناس، 2010
- الحجمري (عبد الفتاح)، "التخييل وبناء الخطاب في الرواية العربية – التركيب السردي"، شركة النشر والتوزيع المدارس، الدار البيضاء، 2002

- حميد (محمد أخ)، "الرواية المغربي ورؤية الواقع الاجتماعي – دراسة بنيوية تكوينية"، دار الثقافة، الطبعة الأولى، الدار البيضاء، ١٩٨٥
- خليل (إبراهيم)، "بنية النص الروائي"، الدار العربية للعلوم ناشرون، منشورات الاختلاف، ٢٠٠٩
- الدغمومي (محمد)، "الرواية المغربية والتغير الاجتماعي – دراسة سوسيو – ثقافية"، افريقيا الشرق، الدار البيضاء، ١٩٩٠
- سعيد جبار (سعيد)، "السيري والتخييلي في الرواية المغربية"، جذور للنشر، الطبعة الأولى، ٢٠٠٤
- عقار (عبد الحميد)، "الرواية المغاربية – تحولات اللغة والخطاب"، شركة النشر والتوزيع المدارس، الدار البيضاء، ٢٠٠٠
- العلوي (هشام)، "الجسد والمعنى – قراءات في السيرة الروائية المغربية"، شركة النشر والتوزيع المدارس، الطبعة الأولى، الدار البيضاء، ٢٠٠٦
- العماري (محمد) \ أدادا (محمد)، "الريح الشتوية التشكيل الفني وصورة الواقع، دار الأمان، الطبعة الأولى، الرباط، ١٩٩٧
- العمراني (الأمين)، "الرواية المغربية – بين قيود التأثر ومغامرة التجريب"، مطبعة الطوبريس، الطبعة الأولى، طنجة، ٢٠٠٣
- كرام (زهور)، "السرد النسائي العربي – مقارنة في المفهوم والخطاب "، الدار البيضاء، ٢٠٠٤
- المديني (أحمد)، "الكتابة السردية – في الأدب المغربي الحديث"، مطبعة المعارف الجديد، الرباط، ٢٠٠٠
- المودن (حسن)، "الرواية والتحليل النصي – قراءات من منظور التحليل النفسي"، الدار العربية

المصادر والمراجع

- للعلوم ناشرون، دار الأمان، الطبعة الأولى، الرباط، ٢٠٠٩

- الوزاني (حسن)، "الأدب المغربي الحديث ١٩٢٩—١٩٩٩"، دار الثقافة، مطبعة النجاح الجديدة، الدار البيضاء، ٢٠٠٢

- اليبوري (أحمد)، "الكتابة الروائية في المغرب – البنية والدلالة"، شركة النشر والتوزيع المدارس، الطبعة الأولى، الدار البيضاء، ٢٠٠٦

- اليبوري (أحمد)، "في الرواية العربية – التكون ولاشتغال"، شركة النشر والتوزيع المدارس، الدار البيضاء، ٢٠٠٠

- اليبوري (أحمد)، "دينامية النص الروائي"، منشورات اتحاد كتاب المغرب، الطبعة الأولى، الرباط، ١٩٩٣

- اليبوري (أحمد)، "تطور القصة في المغرب – مرحلة التأسيس"، مطبعة دار القرويين، الطبعة الأولى، ٢٠٠٥

- يقطين (سعيد)، "من النص إلى النص المترابط – مدخل إلى جماليات الإبداع التفاعلي"، المركز الثقافي العربي، الطبعة الأولى، الدار البيضاء، ٢٠٠٥

- مطبعة المناهل، "الرواية العربية في نهاية القرن – رؤى ومسارات"، مطبعة دار المناهل، ٢٠٠٥

- جماعة من المؤلفين، "الرواية المغربية- أسئلة الحداثة"، دار الثقافة للنشر والتوزيع، الطبعة الأولى، الدار البيضاء، ١٩٩٦

- جماعة من الباحثين، "الرواية المغربية وقضايا النوع السردي"، منشورات دار الأمان، مطبعة الأمنية، رباط، ٢٠١٠

٣. المراجع باللغة الصينية

- 董学文. 西方文学理论史[M]. 北京：北京大学出版社，2005.
- 黄铁池，杨国.20 世纪外国文学名著文本阐析[M]. 北京：北京大学出版社，2006.
- 梁坤. 外国文学名著批评教程[M]. 北京：北京大学出版社，2010.
- 林丰民. 文化转型中的阿拉伯现代文学[M]. 北京：北京大学出版社，2007.
- 刘俐俐. 外国经典短篇小说文本分析[M]. 北京：北京大学出版社，2004.
- （美）莱恩，赵炎秋译. 文学作品的多重解读[M]. 北京：北京大学出版社，2006.
- （美）韦勒克，（美）沃伦著，刘象愚译. 文学理论[M]. 北京：文化艺术出版社，2010.
- 齐明敏，薛庆国，张洪仪. 阿拉伯文学选集[M]. 北京：外语教学与研究出版社，2004.
- 申丹，韩加明，王丽亚. 英美小说叙事理论研究[M]. 北京：北京大学出版社 2005.
- 吴晓东. 从卡夫卡到昆德拉：20 世纪的小说和小说家[M]. 北京：生活.读书.新址三联书店，2003.
- 吴晓东.20 世纪外国文学专题十三讲[M]. 北京大学出版社，2008.
- 徐岱. 小说叙事学[M]. 商务印书馆，2010.
- （英）伊格尔顿，吴晓明译. 二十世纪西方文学理论[M]. 北京大学出版社，

المصادر والمراجع

2007.

- 郅溥浩译. 阿拉伯文学史[M]. 银川：宁夏人民出版社，2008.
- 仲跻昆. 阿拉伯文学通史[M]. 南京：译林出版社，2010.
- 仲跻昆. 阿拉伯现代文学史——东方文化集成[M]. 北京：昆仑出版社，2004.

٤. المواقع الالكترونية

- http://www.alawan.org/
- http://www.aljabriabed.net/
- http://www.almothaqaf.com/
- http://www.ahewar.org/
- http://www.arab-ewriters.com/
- http://www.arabiancreativity.com/
- http://www.arabicstory.net/
- http://awu-dam.net/
- http://www.diwanalarab.com/
- http://www.doroob.com/
- http://www.essahafa.info.tn/
- http://www.maroc.ma/
- http://www.minculture.gov.ma/
- http://www.pulpit.alwatanvoice.com

摩洛哥小说艺术: 从产生到发展 (1942—2009)

الملحق: الجداول والرسوم البيانية في البحث

1. جدول وضع الإنتاج الأدبي الصادر خلال فترة ١٩٣٢- ٢٠٠٩ .... ١٤
2. رسم بياني: وضع الإنتاج الأدبي الصادر خلال فترة ١٩٣٣ – ٢٠٠٩ .... ١٤
3. جدول توزع الإنتاج الروائي حسب مراحله ١٩٤٢- ٢٠٠٩ .... ١٥
4. رسم بياني: تطور الإنتاج الروائي حسب مراحله ١٩٤٢ – ٢٠٠٩ .... ١٥
5. جدول أنماط الكتابة الروائية ١٧
6. جدول إنتاج الروايات المغربية المكتوبة باللغات المختلفة ١٩٣٤- ٢٠٠٧ .... ١٩
7. جدول الروايات المترجمة إلى العربية ٢٠
8. جدول أماكن الطبع للرواية المغربية خلال فترة ١٩٤٢ – ٢٠٠٩ .... ٢٣
9. جدول جهات الطبع للرواية المغربية خلال فترة ١٩٤٢-٢٠٠٩ .... ٢٥
10. جدول الروايات في أجزاء ٢٨
11. جدول كتابة الرواية المشتركة ٣١
12. جدول التوضيح لتجنيسات الرواية المغربية ٣٢
13. جدول الرواية التاريخية ٣٥
14. جدول السيرة الذاتية خلال فترة ١٩٤٢ – ٢٠٠٩ .... ٣٦
15. جدول توزع الإنتاج الروائي النسائي حسب مراحله ١٩٤٢-٢٠٠٨ .... ٣٩
16. جدول الرواية البوليسية خلال فترة ١٩٤٢ – ٢٠٠٩ .... ٤٥
17. جدول الرواية الرئيسية في مرحلة التأسيس ٥٩

الملحق: الجداول والرسوم البانية في البحث

18. جدول (1): وضع الإنتاج الروائي الصادر في مرحلة الحماية 1942-1955 74
19. رسم بياني: وضع الإنتاج الأدبي الصادر في مرحلة الحماية 1942 - 1955 74
20. جدول (2): وضع الإنتاج الروائي الصادر في مرحلة الحماية 1942 - 1955 64
21. جدول (1): وضع الإنتاج الروائي الصادر خلال فترة 1956 – 1969 78
22. جدول (2): وضع الإنتاج الروائي الصادر خلال فترة 1956 – 1969 79
23. رسم بياني: وضع الإنتاج الأدبي الصادر خلال فترة 1956 – 1969 79
24. جدول (1): وضع الإنتاج الروائي الصادر خلال فترة 1970-1979 73
25. جدول (2): وضع الإنتاج الروائي الصادر خلال فترة 1970-1979 84
26. رسم بياني: وضع الإنتاج الأدبي الصادر خلال فترة 1970-1979 84
27. جدول (1): وضع الإنتاج الروائي الصادر خلال فترة 1980- 1989 94
28. جدول (2): وضع الإنتاج الروائي الصادر خلال فترة 1980 – 1989 95
29. رسم بياني: وضع الإنتاج الأدبي الصادر خلال فترة 1980 – 1989 95
30. جدول (1): وضع الإنتاج الروائي الصادر خلال فترة 1990-1999 101
31. جدول (2): وضع الإنتاج الروائي الصادر خلال فترة 1990 – 1999 101
32. رسم بياني: وضع الإنتاج الأدبي الصادر خلال فترة 1990 – 1999 102
33. جدول (1): وضع الإنتاج الروائي الصادر خلال فترة 2000- 2009 109
34. جدول (2): وضع الإنتاج الروائي الصادر خلال فترة 2000 – 2009 109
35. رسم بياني: وضع الإنتاج الأدبي الصادر خلال فترة 2000 – 2009 110
36. جدول الأعمال الروائية لعبد الكريم غلاب 139
37. جدول الأبطال الرئيسيون في "دفنا الماضي". 145

٣٨. جدول الشخصيات الرئيسية في العائلة ل"دفنا الماضي".................١٤٦

٣٩. جدول الصراع الرئيسي في "دفنا الماضي".......................١٦٣

٤٠. جدول أعماله الروائية لمحمد شكري ١٧٠

٤١. جدول الأسلوب الفني لوصف الجوع ل"الخبز الحافي"...............١٧٤

٤٢. جدول قصة رواية "المرأة والوردة" حسب الفصول ٢٠٢

٤٣. جدول الأعمال الروائية لمحمد زفزاف..........................٢٠٣